AtV

MANFRED BÖCKL, geboren 1948 in Landau, ist erfolgreicher Autor zahlreicher Romane und Sachbücher. Er lebt im Bayerischen Wald.

Im Aufbau Taschenbuch Verlag erschienen bisher seine Romane *Agnes Bernauer. Hexe, Hure, Herzogin* (AtV 1290), *Jennerwein* (AtV 1291), *Mühlhiasl. Die Weissagungen des Sehers vom Rabenstein* (AtV 1292) und *Die Bischöfin von Rom* (AtV 1293).

Barbara Blomberg, die zauberhaft schöne und von allen begehrte Regensburger Gürtlerstochter, wird während der Reichstagswochen Anno 1546 dem alternden Kaiser Karl V. als Mätresse zugeführt. Was Barbara als Chance ihres Lebens erscheint, entpuppt sich schon bald als herbe Enttäuschung; mehr noch: als Menetekel für ihre Zukunft. Denn sie bringt einen Sohn zur Welt – der Kaiser indes ficht längst wieder seine blutigen Kriegszüge gegen die verhaßten Protestanten in Sachsen. Und es kommt noch schlimmer: Schon bald zwingt das Haus Habsburg Barbara zur Heirat mit einem Landsknecht und entreißt ihr zudem ihren kleinen Sohn. Er wird nach Spanien gebracht, wo er später unter dem Namen Don Juan d'Austria zum Admiral aufsteigt und im Kampf gegen die Türken Heldenruhm erringt. Seine Mutter aber wird weiterhin verfolgt und gedemütigt. Das Haus Habsburg versucht alles, um sie zu zerbrechen – doch Barbara Blomberg weiß sich zu wehren.

Die packende, historisch verbürgte Geschichte einer vom Schicksal zutiefst geschlagenen Frau und ihres unerschütterlichen Willens zum Überleben.

Manfred Böckl

Die Geliebte des Kaisers

Roman

Aufbau Taschenbuch Verlag

ISBN 3-7466-1294-2

1. Auflage 2003

Umschlaggestaltung Torsten Lemme
unter Verwendung des Gemäldes »Flaming June« von Lord Leighton, 1895
Druck Elsnerdruck GmbH, Berlin
Printed in Germany

www.aufbau-taschenbuch.de

In disem hauss vonn alter art
Hat offt geruet nach langer Fahrdt
Herr Keyser Carl der fünfft genandt,
In aller Welt gar wohl beckhant.

Der hat auch hie zue gueter stundt
Geküsset einer Jungkfraw mundt.
Dieselb die hiess bey Fern und nah
Man nur die scheene Barbara.

Ihr Stamm war pieder, schlicht und recht,
Pluemberger schrieb sich das geschlecht,
Dem bracht des Keysers Lieb vil leid,
Doch trost und Heyl der Christenhait.

(Inschrift an der Kaiserherberge
»Goldenes Kreuz« in Regensburg)

Des Kaisers Liebe

Regensburg
Mai 1546

Fahler Morgennebel hing über dem Platz mit den hohen gotischen Gebäuden; noch schien die Donaustadt zu schlafen – doch plötzlich zerriß ein gellender Schrei die Stille. Verzweifelt wehrte sich die junge Frau gegen die derben Griffe zweier Büttel, aber rasch brachen die Männer den Widerstand der Delinquentin. Brutal zerrte der eine Folterknecht den Kopf der Metze an den Haaren nach hinten, gleichzeitig fetzte ihr der andere das Mieder vom Oberkörper. Nackter als nackt standen die Brüste der Frau einige Herzschläge lang vor der dunkelgrauen Quadermauer und dem helleren filigranen Maßwerk des Rathauses; überzogen sich jäh mit körniger Gänsehaut.

Ins Wimmern der Erniedrigten mischte sich nun das geile Johlen und Stöhnen der Schaulustigen. Dann zwangen die Büttel Hals und Handgelenke der zitternden Frau in die Muldungen des Prangers. Der schwere Sperrbalken aus Eichenholz rastete in die Halterung und wurde verkettet. Einem gefangenen Tier gleich, kauerte die Delinquentin auf dem schandbaren Podium. Langsam, wie tückisch tappende Bestien, schoben sich die ehrbaren Bürger näher. Den ganzen Tag würde ihnen die Hure jetzt ausgeliefert sein; das sündige Miststück, das es gewagt hatte, seinen Gemahl, den Bierschenk vom Fischmarkt, zu hintergehen.

Anfangs versuchte die ertappte Ehebrecherin noch, sich kreischend gegen die zotigen Anschuldigungen zu wehren;

zwischendurch wand und bäumte sie sich im Stock, um heranfliegenden Kotbatzen auszuweichen. Bald jedoch, als die Frühlingssonne über den Stufengiebeln der Handelshäuser, den Zinnen der Patrizierburgen, den Kirchendächern und Domtürmen der Reichsstadt höher stieg, gab die junge Frau ihren sinnlosen Kampf auf und verfiel in dumpfe Teilnahmslosigkeit.

Das bösartige Geschrei der Regensburger rief nun kaum noch eine Regung auf ihrem schmutz- und blutverkrusteten Antlitz hervor; stumpf starrten ihre Augen ins Leere – auch dann, als der Waibel der Wache ihr gegen Mittag gnädig ein paar Kellen Wasser reichen ließ. Im Lauf der folgenden Stunden urinierte die Beklagenswerte, ohne es zu bemerken, mehrmals hilflos unter sich und erreichte damit den tiefsten Grad ihrer Demütigung.

Zuletzt, als die Schatten der Abenddämmerung in die Straßen der Donaustadt krochen, hing am Pranger bloß noch eine gebrochene Kreatur. Die Metze vernahm nicht einmal mehr das Dröhnen der Kirchenglocken, welche die Vesper und damit das Ende ihrer Qualen einläuteten.

***

In der Tändlergasse, nahe des Domes Sankt Peter, schien der Glockenschall die Mauern des Handwerkerhauses zum Summen zu bringen. Barbara, die sechzehnjährige Tochter des Gürtlermeisters Wolfgang Pluemberger und seiner Gattin Sibylle, spürte die Schwingungen im Bauch, in der Kehle und im Gehirn. Auch unter ihren Fußsohlen, scheinbar aus den Bohlen der Treppe dringend, war das gleichermaßen berauschende und beängstigende Vibrieren – und verstärkte die Nervosität, unter der Barbara ohnehin schon den ganzen Tag litt. Auf dem vorletzten Treppenabsatz strauchelte sie und wäre um ein Haar gestürzt; mit einem raschen Griff an den

Ellenbogen brachte die Mutter, welche an ihrer Seite ging, sie wieder ins Gleichgewicht.

»Langsam, du Fohlen! Wirst noch früh genug fallen diese Nacht – so es der Majestät gefällt!« scherzte, das Wortspiel mit frivolem Kichern begleitend, Sibylle Pluemberger.

Ihre Tochter setzte zu einer Erwiderung an; sie wirkte störrisch, erregt und verwirrt. Doch im gleichen Moment wurde unten das Straßenportal aufgestoßen, und über die Schwelle trat der livrierte Ratsbote, der Barbara zum Bankett im »Goldenen Kreuz« geleiten sollte.

Die Sechzehnjährige – tiefschwarz das füllige Haar, in seltsam aufreizendem Kontrast dazu die blauen Augen und das gleichfarbene Ballkleid – nahm die letzten Stufen wie gehetzt. Fast sah es so aus, als wollte sie sich dem jungen Magistratsdiener in kindlichem Übermut an den Hals werfen, aber unter dem steinernen Torbogen wurde sie jäh wieder damenhaft und versteifte sich. Draußen auf der Gasse dann mußte der Bursche im Wappenkoller eine ganze Weile insistieren, ehe Barbara Pluemberger endlich dem Brauch gehorchte und ihm ihren Arm überließ.

Der Weg führte durch verwinkelte Straßenzüge in Richtung Kohlenmarkt. Nicht mehr weit von diesem Platz entfernt, als das Paar einer Gruppe von Dominikanern ausweichen mußte und die Gürtlerstochter dabei wegen ihrer ängstlichen Hast erneut ins Stolpern kam, geriet unvermittelt ein häßliches Ruinenareal in Barbaras Blickfeld. Die hellen Augen der Herausgeputzten verdunkelten sich, ihre Nasenflügel bebten; etwas Bitteres schien heranzuwehen von dort drüben, wo bis zu dem Pogrom vor einem Menschenalter die Synagoge und die ineinander verschachtelten Häuser des Regensburger Judenghettos gestanden hatten.

Dann aber, weil er die Beklemmung der Sechzehnjährigen bemerkte, leistete sich ihr Begleiter einen halblauten Witz zu Lasten der Mönche. Barbara lachte, wenn auch ein bißchen zu schrill; wenig später, auf dem Kohlenmarkt, vergaß sie ihr Unbehagen ganz. Im Zentrum des Platzes zeigte eine spanische Gauklertruppe ihre Künste. Zimbeln schrillten, Tamburine pochten; ein Tanzbär und ein feuerspuckender Seiltänzer, der über dem zottigen Haupt des Tieres kapriolte, schlugen die Zuschauer in ihren Bann. Die Sechzehnjährige ließ sich nur zu gerne aufnehmen in die jauchzende Menge; erst als der Livrierte ernsthaft drängte, verschwand sie mit ihm in einer Gasse, welche den Kohlenmarkt mit dem angrenzenden Rathausviertel verband.

Romanische und gotische Hausfronten, gelegentlich von eleganteren Renaissancefassaden aufgelockert, bildeten hier wieder das architektonische Spalier; darüber hing der schmale Streifen des nun bereits tintigen Firmaments. Die letzten Glockenschläge des Vesperläutens wummerten, plötzlich aus dem Rhythmus fallend, durch die steinerne Schlucht – und an deren Ausgang, vor quadriges und zugleich filigranes Mauerwerk gesetzt, erblickte die Schwarzhaarige jetzt jäh das blasphemische Bild.

Mit aufgestelltem Sperrbalken stand dort der Pranger. Grölend, angetrunken nach der grausigen Pflicht dieses Tages, zerrten die Büttel soeben das blutverkrustete, mit Kot besudelte Bündel Mensch aus dem Block. Nacktes, geschändetes Frauenfleisch zitterte unter den derb zupackenden Männerpranken. Verfilztes Haar fitzte und riß an splittrigem Holz; wie eine Wunde war der Mund.

Unter den obszönen Spottrufen der Folterknechte taumelte die abgestrafte Metze davon; die Flucht erfolgte zunächst orientierungslos, dann zielgerichteter hinunter zur Donaulände. Die Kreatur passierte den »Roten Herzfleck«, den Kerkerbau am Rand des Rathausplatzes, wo die von den reichsstädtischen Richtern zum Tod Verurteilten ihre Hinrichtung erwarteten. Jenseits des düsteren Gemäuers hastete die Ehebrecherin in einen finsteren Gassenschlund; im selben Augenblick klatschte aus dem Ledereimer eines der Büttel ein Wasserschwall gegen den Pranger. Ein paar Spritzer trafen den Kleidersaum Barbara Pluembergers, die nun ebenfalls floh und dabei notgedrungen ganz nah am schandbaren Podium vorbei mußte.

Erst mitten auf dem weiter westlich liegenden Haidplatz holte der Ratsbote die junge Frau wieder ein. »Daran hätte ich denken müssen, daß die Hure bis Einbruch der Dunkelheit im Strafstock stecken würde«, entschuldigte er sich. »Jetzt hat dir der Anblick die Freude aufs Bankett verdorben; wäre ja auch kein Wunder ...«

»Schweig!« Heftiger, als gewollt, stieß Barbara das Wort hervor. Dann aber drängte sie sich unvermittelt an den Magistratsdiener, hakte sich erneut unter und setzte hinzu: »Was kratzt mich die Dirne? – Ich jedenfalls bin keine von der Art, bin als Ehrengast zum Fest der Majestät geladen! Mich darf keiner an den Pranger stellen, sollte ich auch noch so schöntun mit dem erlauchten Herrn ...« Etwas Fiebriges schwang auf einmal in ihrer Stimme mit, irrlichterte in ihren Augen; sie zerrte den verdutzten Burschen weiter, auf das Portal des »Goldenen Kreuzes« zu, wo anstelle des Erniedrigenden, das sie gerade gesehen hatte, der Glanz war, der Prunk, der vom Fackellicht überflutete Widerschein der großen Welt.

Gepanzerte standen links und rechts des Palasttores auf Posten; rötlich spiegelte sich das Züngeln der Feuerbrände auf ihren Harnischen, Helmen und Hellebardenklingen. Unter den hochgeklappten Visieren waren die oliv getönten Gesichter iberischer Landsknechte oder die hellhäutigeren deutscher und flämischer Söldner zu erkennen; allen gemeinsam indessen die Feldbinden, die sie trugen: Schwarz und Gelb, das Wappenbandelier des Habsburgers, in dessen ungeheurem Reich die Sonne nicht unterging. Auch von der Fassade der Stadtburg wehten die wespenfarbenen Fahnen, blähten sich zu Häupten der teils von weither angereisten Honoratioren, die nun in ständig anschwellendem Strom von allen Seiten herankamen. Die Ortsansässigen zu Fuß, die anderen in Sänften oder auf edlen Rössern, nahmen sie ihre verbrieften, beziehungsweise erkauften Privilegien wahr. Die zumindest vorgebliche Elite des Nordgaues – Patrizier, Ritter und Handelsherren samt ihren nach der neuesten spanischen Mode herausgeputzten Gattinnen, der hohe Klerus dazu – gaben sich in dieser Nacht ein Stelldichein in den Mauern der uralten Reichsstadt.

Barbara Pluemberger, die jetzt keinen Blick mehr für ihren Begleiter im schlichten Koller übrig hatte, stürzte sich förmlich in den Mahlstrom aus teilweise barbarisch parfümierten Menschenleibern. Dem Rempeln und Stoßen so gut wie möglich ausweichend, der oftmals derben Zurufe nicht achtend, erkämpfte sie sich den Zugang zum Portal; anschließend den Weg weiter zur Freitreppe, die hinauf zum Kaisersaal im ersten Obergeschoß der imperialen Herberge führte. Dort klang der Lärm unvermittelt gedämpfter – und dann, während der Ratsbote ihr den Platz, den sie einnehmen sollte, anwies, erblickte die Sechzehnjährige den Monarchen.

***

Karl V., Beherrscher des Heiligen Römischen Reiches Deutscher Nation, zudem deutscher und spanischer König, stand in diesem Frühling 1546 in seinem 47. Lebensjahr; er wirkte aber wie ein galliger, vom Dasein bereits allzusehr verbitterter Mittfünfziger. Die schwarze Staatsrobe, der grau durchschossene Oberlippen- und Kinnbart sowie das eigenartig morbide Emblem des Ordens vom Goldenen Vlies, den der

Habsburger auf der eher schmächtigen Brust trug, unterstrichen diesen Eindruck noch. Verbittert und gallig klang auch die Stimme des seit geraumer Zeit Verwitweten, als er den Ratsherrn Thuner, der soeben einen Trinkspruch auf das edle Waidwerk ausgebracht hatte, schroff zurechtwies: »Sauhatzen! Schwefelkuren! Wildbäder! Bankette! – Seit Wochen nichts als nutzloses Tandaradei hier auf dem Nordgau! Ich vergeude meine Zeit! Der Wittelsbacher, der Münchner Fettsack, läßt mich schmoren! Bequemt sich nicht, endlich nach Regensburg zu kommen …«

Empört schnaufend brach der Monarch ab, griff nach dem Bierhumpen und trank unmäßig. Der Thuner, nun vor dem erhöhten Sitz des Kaisers buckelnd und das Feixen der übrigen Edelleute mühsam ignorierend, wartete ab, bis das Bockbier seine Wirkung tat und der Habsburger unter schaumfleckigem Schnauzbart heraus ungeniert rülpste.

Erst dann erwiderte der Ratsherr besänftigend: »Mit Verlaub, Majestät! Seit Martinus Luther tot ist, scheint man es halt am bayerischen Herzogshof nicht mehr für so pressant zu halten, den Protestanten militärisch aufs Haupt zu schlagen. Womöglich möchte Herzog Wilhelm in seinem unerschütterlichen Gottvertrauen einfach auf die Zeit setzen, um das Übel unspektakulär aus der Welt zu schaffen. Viele im Lande denken wie er; sie meinen, daß man es jetzt, wo der Teufel den Erzketzer endlich geholt hat, ein wenig langsamer angehen könnte …«

Mit seinen beruhigend gemeinten Worten hatte der Thuner die Rage Karls V. jedoch noch mehr angestachelt. »Kusch!« fuhr ihn der Kaiser an; wegen seines von Geburt an verengten Nasensattels kam der Laut wie gebellt heraus. »Als ob mit der Höllenfahrt des Wittenbergers das ganze belialische Pack hin wäre! Exakt«, neuerlich das Blaffen, »das Gegenteil ist der Fall. Nun wollen die Hundsfötter im

Schmalkaldischen Bund erst recht beweisen, daß sie auch wer sind. Der verräterische Johann von Sachsen und der hinterfotzige Philipp von Hessen allen voran, die abtrünnigen Städte hinterdrein. Zu Paaren muß man sie treiben, um des alleinseligmachenden Glaubens willen! Aber allein kann ich's nicht, ich brauche den Wittelsbacher für den katholischen Pakt!« Zum dritten Mal das gequälte Rachenkeuchen, dann schloß der Spanier, erneut nach dem silbernen Humpen greifend: »Doch der Herzog hat nichts Beßres zu tun, als Maulaffen feilzuhalten an der Isar!«

»So betrachtet, ist's in der Tat eine Schande«, gab sich der Regensburger Ratsherr geschlagen und zog sich devot so weit wie möglich aus der Gewitterzone zurück.

Der Abt des Klosters Sankt Emmeran, violett und gelb ausstaffiert wie ein Pfau, nutzte die Gelegenheit, drängte den Thuner völlig beiseite und intrigierte: »Zu Paaren treiben, die Lutherischen – löblich, sehr löblich gedacht, Eure Majestät! Noch gottgefälliger freilich wäre es, sie gleich Hexen verbrennen zu lassen. Oder man springt so mit ihnen um, wie man es Anno '19 in der hiesigen Stadt mit den Juden getan hat. Doktor Balthasar Hubmaier, Domprediger zu Sankt Peter damals, hat schon das rechte Mittel gewußt. Hat mit Musketen über die Ghettomauern hinweg auf das baalsanbeterische Pack schießen lassen. Da war Regensburg schnell gereinigt von den Abrahamitischen. Und mit den Feinden des Papstes muß man es ebenso machen, denn«, der Kleriker bekreuzigte sich dreifach, »Deus lo volt! – Gott will es!«

Zwei, drei Lidschläge lang ließ der Abt den letzten Satz nachwirken, dann machte er sich bis auf Tuchfühlung an den Habsburger heran und wiederholte verschwörerisch: »Deus lo volt! – So hat es zur höheren Ehre des Allmächtigen einst bei den Kreuzzügen geheißen. Und an der Zeit wäre es, solche Glaubensopfer auch heute wieder vom Volke Christi zu verlangen. Ungleich schärfer noch als bisher muß gegen die Schmalkaldischen gepredigt werden. Von jeder Kanzel herunter muß der heilige Ruf erschallen, in jedem Beichtstuhl das Nötige geflüstert werden. Dann besäße die Majestät bald genügend Musketen, Arkebusen, Feldschlangen, Bombarden, Kartaunen – und die freiwilligen Mannschaften dazu. – Nur ein Wort, Herr, und ich mache den Anfang; rufe den Glaubenskrieg aus in meiner Abtei und in allen ihr zugehörigen Pfründen ...«

Anfangs eher reserviert, dann aber mit wachsendem Interesse hatte der Monarch sich den Sermon des Kirchenfürsten angehört; während der abschließenden Sätze hatten seine stets etwas verkniffenen Augen unvermittelt zu leuchten begonnen. Der Hetzer registrierte es höchst befriedigt; es war offensichtlich, daß er glaubte, sich zumindest für diesen Abend die Gunst des Kaisers errungen zu haben – um so nachdrücklicher freilich malte sich im nächsten Moment die Enttäuschung auf seinem hängebackigen Antlitz.

Karl V. nämlich räumte hastig seinen Ehrensitz, ließ den Kleriker wie einen Lakaien stehen, eilte zum verdutzten Thuner, packte ihn am Arm und raunte ihm zu: »Die Schwarzlockige dort drüben, die im blauen Kleid, wer ist sie?«

Ratlos, denn im Bankettsaal drängten sich mittlerweile mehrere hundert Menschen, spähte der Patrizier umher; plötzlich feixte er und erwiderte: »Die Barbara Pluemberger meint Ihr wohl? Die reizende Tochter der Schöngürtlerin aus der Tändlergasse. Mein Kompliment für Euren Geschmack, Majestät!« Sein Grinsen wurde noch eine Spur breiter. »Selbstverständlich steht die Kleine Euch zu Diensten, wann immer Ihr es befehlt. Aus diesem Grund ließ der Rat sie ja zum heutigen Fest laden. Und es ist eine Ehre für die Stadt Regensburg, daß die Gegenwart der jungen Pluembergerin Euch Freude zu bereiten scheint!«

»Freude ...«, murmelte der schwarzgewandete Habsburger. »Dieses Gefühl habe ich selten genug verspürt in den vergangenen Jahren ...«

Spröde, sehr verwundbare Sehnsucht – erstaunlich bei einem, der Herrscher war über eine ganze Welt – schwang in seiner Stimme mit. Den Thuner schien er vergessen zu haben; seltsam tappend machte er ein paar Schritte in den Saal hinein, dünn klirrte die Ordenskette auf seiner Brust. Dann fing sein Blick denjenigen der Berückenden ein; etwas flirrte auf zwischen dem alternden Mann und der blutjungen Frau, eine Brücke entstand.

***

Seine Augen! Barbara konnte nur noch das eine denken: Seine Augen – jetzt, endlich, sind sie mein! Nicht Zuneigung war es, die ihr den Kitzel verschaffte; es war das Gefühl, einen winzigen Splitter Macht über den Mächtigen errungen zu haben. Der Kaiser hatte sie bemerkt, er fixierte sie; sie war ihm nicht gleichgültig! Im Gehirn, in der Kehle, im Unterleib empfand die Sechzehnjährige wieder das gleiche Vibrieren wie eine Stunde zuvor: beim Vesperläuten der Domglocken, auf der Treppe im Gürtlerhaus. Sie ließ sich hineingleiten in diese betäubende, nervöse Lust; in der Tändlergasse war aus ihrer Erregung nichts weiter als Verwirrung erwachsen, doch nun spürte sie ein nie gekanntes, dunkles Locken in jeder Pore ihres Körpers.

Wie zwanghaft gab sie sich der Vorstellung hin, daß die imperialen Augen ihr immer näher kämen; so nahe, bis sie alles in ihr beherrschten – und wiederum sie selbst alles beherrschte in ihnen. Noch tiefer ließ Barbara sich fallen in ihren Wachtraum; ließ sich fallen, bis die fast satanische Faszination jäh zurückschlug in die Realität. Eisklar im Kopf, schaute die junge Frau nun wieder auf den alternden Mann dort drüben, aber möglicherweise gerade deswegen glaubte sie plötzlich, jene verwundbare Nervosität, dazu die Sucht nach Lust und Betäubung auch aus seinen Pupillen brechen zu sehen – und schrankenloses Begreifen ihres eigenen intimsten Empfindens obendrein.

Unvermittelt jedoch, von einem Lidschlag auf den nächsten, stürzte die Brücke ein. Der bittere Zauber verflog im Aufbranden der Musik; das Defilee der Honoratioren, weder vom Kaiser noch von Barbara in diesem Moment erwartet, begann. Zwei Menschen wurden zurückgepeitscht in ihre gegensätzlichen Welten; zum Mittelpunkt des Bankettsaals mußte, wie zuvor, der Habsburger werden; an den Rand und in die Bedeutungslosigkeit gespült wurde die Bürgerliche.

Etwas krampfte sich zusammen in der Brust der Dunkelhaarigen; sie fragte sich verschreckt, ob alles – seine Augen! – nicht bloß irrlichternde Einbildung gewesen war?

***

Ein einziges Irrlichtern dann tatsächlich die Nacht. Wie ein düsterer Gott thronte der Monarch im Zentrum des Trubels; die Trabanten um ihn – ihre schwarze Sonne – schienen sich immer besessener in einen schillernden Danse macabre zu verlieren. Barbara fühlte sich in ein Panoptikum entrückt, wie sie es einmal auf einem Gemälde des flämischen Malers Hieronymus Bosch gesehen hatte; außer Rand und Band geraten war die Welt im Bannkreis der zahllosen Fackeln und Kandelaber. Pelze, Ritterketten, gefältelte Halskrausen, Prälatenstolen, von Brüsseler Spitzen überflossene Prunkroben, juwelenbesetzte Degenschärpen, Mantillen und Federbarette kontrastierten protzig mit den erhitzten, lachenden, brüllenden, zunehmend ins Animalische sich verzerrenden Gesichtern ihrer Träger. Längst hatte sich das zu Beginn noch gemessene Defilieren und Quadrillenschreiten ins Schlemmen und Bechern aufgelöst; immer schriller jauchzten die Fideln, pfiffen und blökten die Schalmeien, setzten zwischendurch schmetternd die Posaunen ihre grellen Akzente.

Stunden ging dies so; von Stunde zu Stunde wurde der Brodem im Saal dicker und stickiger. Mehr als einmal ertappte die Sechzehnjährige sich bei dem Gedanken, daß sie am liebsten geflohen wäre: Hals über Kopf weg von hier. Aber selbst dann, wenn sie nicht dem Willen des Rates ausgeliefert gewesen wäre, hätten die Galane um sie herum ihr das Entkommen unmöglich gemacht.

Barbara, in gewissen schwülen Männerphantasien schon jetzt Kokotte des Kaisers, zog die von ihren erotischen Obsessionen Gekitzelten unwiderstehlich an; sie konnte sich vor zweideutigen Späßen, obszönen Anspielungen und gelegentlich sogar unverschämten Handgreiflichkeiten kaum retten. Zunehmend mißbraucht und abgestoßen fühlte sie sich: den Aasgeiern zum Fraß vorgeworfen – während doch nach wie vor anderswo der Adler thronte. Der Habsburger aber schien nun, während die gargantuanische Nacht sich ihrer Mitte näherte, unerreichbarer denn je für die Schwarzhaarige zu sein.

Wie einen fernen, verwischten Fleck nahm sie sein Antlitz jetzt bloß noch wahr; wie eine wächserne Maske, die schier verweichen wollte im Rahmen des dunklen Robenkragens, des tief in die Stirn gezogenen spanischen Hutes. Seltsam erstarrt wirkte die hagere Gestalt; nur selten und dann fast widerwillig griff die Hand zum Pokal, führte das gleißende Gefäß zum Mund. Der einzige, der die Schranke dann und wann zu durchbrechen vermochte, war – so jedenfalls Barbaras Eindruck aus der Distanz – der Patrizier Thuner, doch auch ihm warf Karl V. bei solchen Gelegenheiten nicht mehr als ein paar rüde Wortfetzen hin. Der Überdruß, den man dem Monarchen schon seit Jahren nachsagte, hatte ihn sichtlich einmal mehr gepackt. Wie eine neidische Reaktion auf das Ausgelassensein der anderen schien das Gallebittere den Habsburger zu würgen; unvermittelt assoziierte die Sechzehnjährige nun: Ein Adler ja – aber grausam ausgebrannt von der Einsamkeit …

Etwas schmerzte sie bei dieser Vorstellung im Innersten; wie unter einem Zwang war sie versucht, den Gedanken bis in seine allerletzte Konsequenz weiterzuverfolgen. Doch ehe sie sich dessen, was nicht allein Mitleid war, schärfer bewußt werden konnte, erlaubte sich einer der Provinzadligen, der sie in dieser Nacht schon mehrmals plump angegangen war, wiederum eine Frivolität.

»Falls es am Ende nichts wird mit dem Gesalbten, solltest du dich vielleicht beizeiten nach Ersatz umsehen«, feixte der Betrunkene. »Ich wäre genau der richtige Kerl, um dir das Paradiespförtchen zu schmieren: ein Ritter vom Nordgau voller Saft und Kraft.«

Hilfesuchend blickte Barbara auf den jungen Magistratsdiener, der sie herbegleitet hatte und sich auch jetzt wieder in ihrer Nähe aufhielt. Aber der Bursche konnte nichts unternehmen, der Rüpel stand im Rang haushoch über ihm. Infolgedessen blieb der Schwarzhaarigen nichts anderes übrig, als selbst zu kontern: »Ihr solltet Euch schämen, Herr! Solltet wissen, daß ich keine Ehrlose bin, der man so kommen darf!«

»Metze oder nicht – ich muß deinen sündigen Leib haben!« vergaß sich der Adlige nun völlig. Er packte die junge Frau, versuchte ihr Miederband aufzunesteln; erschrocken wehrte sich die Bedrängte, dachte verzweifelt: Wenn ich ihn jetzt ohrfeigen muß, läßt er's gewiß den Vater an seinem Handel büßen. Er braucht bloß seine Standesgenossen aufzustacheln, damit sie nicht mehr in der Tändlergasse kaufen!

Ehe es jedoch zum Eklat kam, sah sich der Alkoholisierte plötzlich heftig zurückgerissen. Ein Humpen stürzte um; die eben vorbeischreitende Gattin eines welschen Großkaufmanns, welche den Guß abbekam, kreischte auf; der Ritter landete in den Armen des zurücktaumelnden Magistratsdieners.

Wütend griff der Adlige zum Degen – im nächsten Moment erstarrte er. Er hatte den Thuner erkannt, den Vertrauten des Kaisers, der jetzt mit grimmiger Miene zwischen ihm und Barbara Pluemberger stand.

Drei, vier Herzschläge lang fixierten die beiden Männer sich scharf; zuletzt zog der vom Nordgau den Schwanz ein und drückte sich beiseite wie ein geprügelter Hund. Der Regensburger Ratsherr atmete tief durch, dann wandte er sich, als sei nichts weiter geschehen, der Gürtlerstochter zu und teilte ihr in gedämpftem Tonfall mit: »Die Majestät hat sich soeben zurückgezogen, hat aber zuvor noch nach dir verlangt. Gestatte, daß ich dir den Weg zu den Privatgemächern zeige ...«

Barbara verspürte eine jähe Hitzewallung und zugleich ein eisiges Frösteln; verwirrt nickte sie. Ihr Blick freilich ging dabei am Thuner vorbei, suchte in der Tiefe des Bankettsaales den bewußten Platz. Als sie sah, daß der Thronsitz tatsächlich leer war, schienen sich in ihrem Leib zitternde Lust und erregende Furcht zu einem heftig pochenden Knoten zu verklammern.

***

Hoch über der Welt, im obersten Geschoß des wuchtigen Wohnturmes, der sich östlich an den Haupttrakt der Kaiserherberge anschloß, standen Karl V. und Barbara Pluemberger einander gegenüber.

Zum Greifen nahe war der Kaiser der jungen Frau; dennoch hatte sie das Gefühl, sie würde womöglich nichts weiter als einen Schattenriß berühren, falls sie die Hand nach ihm ausstreckte. Seine schwarze Staatsrobe schien mit dem Halbdunkel des Raumes und der Finsternis jenseits der Mittelsäule im gotischen Spitzbogenfenster zu verschmelzen. Nur dort, wo der glühende Schein des Kaminfeuers das Gewand des Monarchen erreichte, wirkte die Silhouette körperlich. Der verzerrte, irreale Eindruck allerdings blieb auch hier bestehen und erinnerte Barbara neuerlich an eine Figur auf jenem Gemälde des Hieronymus Bosch: Für einen lastenden Moment vermeinte sie den Habsburger zu sehen, wie er sich zuckend in den Flammen des Purgatoriums wand.

Im gleichen Augenblick, da Beklemmung und unterschwelliges Mitleid für die Sechzehnjährige unerträglich zu werden drohten, brach der Spanier den Bann. Er löste sich aus dem Halbschatten, trat ganz ins flackernde Licht und hielt die Handflächen gegen die Kaminglut. Leise, über die eingezogene Schulter hinweg, sagte er: »Du siehst, ich bin ein müder, alter Mann. Kann gar nicht genug Wärme kriegen ...«

»Ihr sollt sie bei mir finden, und ich werde Euch auch wieder jung machen ... Majestät«, erwiderte Barbara; spontan war ihr der Satz über die Lippen gekommen. Dann trat sie von hinten an den Hageren heran und schlang die Arme um seinen Körper.

Wenig später, nachdem er das beinahe noch anonyme Streicheln und Flüstern der Dunkelhaarigen in seinem Rücken genossen und sich dabei entspannt hatte, übernahm der Mittvierziger die Initiative. Nun war er es, der sie hielt; der spüren wollte, wie ihr Leib in seinen Armen weich und willig wurde. Barbara ließ sich hineingleiten in seine eher spröde Zärtlichkeit; mehr denn je war der Kitzel, Macht über einen Mächtigen zu haben, da, und daraus erwuchs erneut das berauschende Locken in jeder Pore ihres Körpers.

Prickelnd – auf ihrem Mund, ihrem Hals, in der Mulde unterhalb ihrer Kehle – empfand sie seine Küsse. Sie warf den Kopf zurück; spätestens jetzt begriff sie, daß sie ihm nichts, gar nichts vorzuspielen brauchte; nichts anderes wünschte sie sich jetzt mehr, als daß er sie entkleidete.

Er gehorchte ihrem fordernden Beben; er löste die Zierkämme aus ihrem Haar, befreite ihre Schultern und Brüste von der störenden Umhüllung. Er barg, während sie sich verzückt dehnte, sein Antlitz an ihrem Busen; zum Kind wurde er für einen Moment; zu einem Kind, das sich verkriechen wollte. Gleich darauf aber übermannte ihn sein Begehren und traf sich mit ihrer steigenden Lust. Der blaue Kleiderstoff glitt über ihren Bauch, die Schenkel, die Knie; zum Kissen wurde er dem Kaiser, der nun auf einmal vor der Gürtlerstochter kniete. Niemand, so dachte sie noch, würde mir das glauben, selbst wenn ich es auf die Bibel schwören würde! Mit dem nächsten Herzschlag stöhnte sie leidenschaftlich auf: Der Habsburger hatte seine Zunge fast schmerzlich intensiv in die Verletzlichkeit ihres Schoßes gewühlt.

Der Raum begann sich um sie zu drehen, das zuckende Flackern des Kaminfeuers fand glühenden Widerhall in ihrer Scham. Ihre Hände führten den Kopf des Monarchen; irgendwann fühlte sie sich hochgehoben und zum Bett getragen. Die Grannen der Pelzdecken vertieften, als sie hineinsank, ihre rauschhafte Sensibilität noch; dann war der Herrscher über eine ganze Welt in ihr und erfüllte Barbara mit seiner Kraft.

Hastige Kraft, zunehmend eigennützig – trotzdem genügte sie, um die Sechzehnjährige mitzureißen. Etwas, das sich kurz vor dem Verlassen des Bankettsaales zu einem unbändig pochenden Knoten verklammert hatte, schien nun endgültig weichen zu wollen in der beinahe schon greifbaren Klimax. Die Schwarzhaarige schrie danach, keuchte und wimmerte ihre Sehnsucht heraus; hektisch und zuletzt fast verzweifelt versuchte sie, dem Toben des Mittvierzigers zu folgen. Schon flutete ihr Empfinden hinein in die sich anbahnende Ekstase – doch plötzlich kam die Ernüchterung. Der Kaiser, sich bäumend, sich wegbäumend von ihr, ejakulierte zu früh; einen Herzschlag später entzog er sich ihr abrupt.

Die junge Frau stürzte ins Leere, zudem raubte ihr die brutale Enttäuschung das Gefühl von Geborgenheit. Nur Krampfiges und Schmerzliches war jetzt noch da – und mischte sich mit der jäh zurückschlagenden Erinnerung an die nervösen Stunden, in denen Barbara der Begegnung mit dem Monarchen entgegengefiebert hatte. Wieder schien sie die Treppe im Gürtlerhaus herabzuhasten, schien unversehens zu straucheln unter dem peinigenden Glockendröhnen. Diesmal freilich fing niemand sie auf; keiner war zur Stelle, der sie hielt; statt dessen wurde aus dem schockartigen Zusammenbruch ihrer Lust Panik – dann wirbelten alptraumhafte Bilder heran.

Krachend schlug ihr Körper gegen das Stiegengeländer, wie geblendet taumelte sie auf die Gasse. Sie wollte zurück ins Haus, wurde aber weitergejagt von den Dominikanern, den Inquisitoren; gleißend irrlichterten die Ruinen des zerstörten jüdischen Ghettos vorbei. Am Kohlenmarkt fand die Gehetzte sich wieder; spanische Gaukler kreischten, ein Bärenfell raubte ihr mit seiner reißend scharfen Ausdünstung den Atem. Keuchend floh sie in die Schlucht, die zum Rathausplatz führte; im Prangerstock dort krümmte sich die geschändete Frau. Kot und Blut waren eingekrustet auf ihrer nackten Haut, wie eine Wunde war ihr Mund; die

Krallen der Büttel sättigten sich an ihrem wehrlosen Fleisch. Dann klaffte irgend etwas auf, balkenstark war etwas erigiert; die Tochter der Schöngürtlerin und die Metze wurden gemeinsam eingesaugt vom hohnkeckernden »Herzfleck«, dem roten. Neuerlich waren die Henkersknechte da und packten zu; ihre Klauen rissen am verfitzten Haar der Frauen – plötzlich schien sich der Sechzehnjährigen ein Fluchtweg zu öffnen: der majestätisch dahinfließende Donaustrom weiter unten. Barbara wollte sich retten ins rauschende Fluten; in weiches, traumhaft behütendes Licht. Doch es gelang ihr nicht; vielmehr wurde sie vor dem Eintauchen ins Wasser von einer Klinge getroffen, die einer im »Goldenen Kreuz« gegen sie zückte. Der Stahl durchbohrte ihren zuckenden Schoß, bereitete ihr unbeschreiblichen Schmerz; sie schrie – und kam schluchzend zu sich.

Barbara drängte sich in die Arme des Kaisers; wenn der Mann, dem sie alles gegeben hatte, schon zum Versager an ihrem Körper geworden war, wollte sie wenigstens seelisch zur Ruhe gebracht werden. Doch Karl V. begriff nicht, warum sie zitterte und weinte. Kein warmes Wort hatte der Monarch für sie übrig, mit unverbindlichem Gemurmel speiste er sie ab; fahrig und knöchern waren seine Hände jetzt wieder. Ihr Versteinern deutete er falsch; kaum hatte sich ihr Wimmern zumindest äußerlich gelegt, entzog er sich ihr zum zweiten Mal in dieser Nacht: rollte sich weg und schlief ein.

In ihrer Wut darüber fühlte die Schwarzhaarige sich versucht, das Verbotene zu tun: sich selbst zu befriedigen – aber sie schaffte letztlich auch das nicht. Zu kalt und zu düster engte der Raum hoch über der Welt sie ein; der Hagere irgendwo an ihrer Seite war erneut zum Phantom geworden. Nichts, gar nichts bot der Schatten, der das Bett neben ihr verfinsterte, ihr noch; nicht die ärmlichste erotische Phantasie ließ sich mehr an ihm festmachen.

Als das erste dünne Morgenlicht durchs östliche Fenster des Gemachs fingerte, stahl die Sechzehnjährige sich vom zerwühlten Lager. Sie streifte das zerknitterte Kleid über, fand vor dem Kamin ihre Schuhe und ihren Schmuck. Auf dem Weg zum steinernen Türsturz fiel ihr das Funkeln eines venezianischen Spiegels auf. Sie verharrte; für einen Moment wirkte sie unschlüssig, dann, fast wie unter einem Zwang, trat sie nah an das in einen Bronzerahmen gefaßte kristallene Oval heran.

Lange betrachtete sie ihr Antlitz: die Augen, deren tiefblaue Intensität selbst von der schlaflosen Nacht nicht gebrochen worden war; die schmale Nase mit den sensiblen Flügeln und die weich gezeichneten Wangen; den leicht geöffneten Mund mit den vollen Lippen, der durch eine winzige Unregelmäßigkeit ihrer Schneidezähne seinen ganz besonderen, unverwechselbaren Reiz gewann. Von reizvoller Verspieltheit waren auch die kleinen Ohren, und all dies wurde umrahmt von der wilden Pracht ihres rabenschwarz schimmernden südländischen Haares: Erbe welscher Kaufleute oder Söldner, die sich vor langer Zeit an der Donau ansässig gemacht hatten. Barbara spürte, wie das Genießen ihrer Schönheit ihr ein wenig inneren Halt zurückgab – plötzlich jedoch bemerkte sie den häßlichen, rotgeränderten Fleck am Hals.

Jäh erinnerte sie sich wieder an den Mann, dem sie ausgeliefert gewesen war; der sie, ihr zwiespältiges Begehren erwitternd, geschändet oder erhöht hatte – je nachdem. Sie wandte den Kopf ab, weil sie die beängstigende Frage in ihren eigenen Augen nicht ertragen konnte, und dabei geriet ihr unversehens noch einmal der Habsburger ins Blickfeld. Als fahl, als schäbig beinahe empfand sie den reglosen Körper auf dem Bett; sie biß sich auf die Lippen und hastete zur Tür.

Draußen stieß sie auf einen Doppelposten von Hellebardieren in Brustharnischen. Das Grinsen der Männer verfolgte Barbara Pluemberger über die Treppenfluchten und durch die Korridore; an weiteren Bewaffneten und Lakaien vorbei, bis auf den Haidplatz. Noch vom Morgennebel verhüllt, lag das von hohen Gebäuden gesäumte Areal da. Die junge Frau im blauen Kleid wandte sich zunächst gedankenlos östlich; dorthin, wo hinter den Zinnen einer Patrizierburg die Doppeltürme des Domes ins rötlich durchschossene Firmament stachen. Ehe Barbara aber die Einmündung der Gasse erreichte, die an dem Adelspalast vorbei zum Rathausplatz führte, stutzte sie plötzlich verschreckt. Sie schlug einen gehetzten Bogen und nahm einen Umweg zur Tändlergasse; neuerlich war ihr der Pranger in den Sinn gekommen, und sie wußte: Sie hätte seinen Anblick zu dieser Stunde unmöglich ertragen können.

Wenig später, fast schon in Sichtweite des elterlichen Hauses, fragte die Schwarzhaarige sich, ob der Kaiser sie wohl noch einmal zu sich befehlen würde?

***

Dies war der Fall; in etwa halbwöchentlichen Abständen sättigte Karl V. sich bis zum Ende des Marienmonats am blutjungen Leib der Bürgerlichen. Zumeist hastig, quasi zwischen Rindfleisch und Meerrettich, pflegte er ihren Körper zu genießen; manchmal jedoch bequemte er sich vor oder nach dem Akt immerhin zu einer gewissen menschlichen Anteilnahme. So erkundigte er sich einmal beinahe väterlich, ob Barbara denn schon einen Bräutigam habe; beim nächsten Treffen, vielleicht, weil sie die Frage verneint hatte, entlohnte er sie überraschend mit einer Handvoll Dublonen.

Die Tochter der Schöngürtlerin lernte, das eine wie das andere mit Anstand hinzunehmen; sie lernte ebenso, die häufigen Unmutsäußerungen des Monarchen wegen des immer noch nicht in der Reichsstadt eingetroffenen Wittelsbachers zu ertragen. Zuletzt aber, nachdem Dutzende berittener Boten zwischen dem Nordgau und dem bayerischen Oberland hin- und hergeeilt waren, tauchte die Kavalkade des Münchners vor dem südlichen Stadttor auf, und erstaunlich schnell konnte nun die katholische Allianz gegen den Schmalkaldischen Bund unter Dach und Fach gebracht werden. Während die militärischen Modalitäten beraten, die pekuniären Aspekte berechnet und schließlich ganze Bündel von Dokumenten gesiegelt wurden, lebte der Kaiser sichtlich auf. Seine Kurtisane schien er darob völlig vergessen zu haben, doch Barbara Pluemberger grämte sich deswegen gewiß nicht; der einstige Kitzel war ohnehin schon während der ersten Nacht verflogen.

Lediglich mit einem etwas wehen Gefühl des Erstaunens schaute sie dem Habsburger nach, als er nach Beendigung der Verhandlungen inmitten eines kleinen Heerbannes in Richtung Nürnberg abritt. Die Wälder nordwestlich von Regensburg schluckten den Düsteren samt seinem gleißenden Gefolge. Fast erleichtert verließ die junge Frau ihren Aussichtsposten auf dem Wehrgang neben der Steinernen Brücke, aber auf dem Heimweg überfiel sie plötzlich beklemmende Furcht.

Es wurde ihr bewußt, daß sie dem Imperialen beinahe einen ganzen Monat zu Willen gewesen war, und nun fragte sie sich angstvoll, was werden sollte, falls er sie geschwängert hatte …

Deus lo volt!

Mühlberg/Sachsen
April 1547

Jörg Eisenschinkh hatte jede Menge Pech gehabt auf seinem monatelangen Weg von der Donau zur Elbe. Hundertmal hatte er sich einen Narren gescholten, weil er den leidigen Auftrag angenommen hatte, obwohl er doch ebensogut in der reichsstädtischen Wachstube auf der faulen Haut hätte liegen können. Doch der Extralohn und dazu die Bitte in den Augen des Thuner, mit dem der etwa dreißigjährige Söldner um etliche Ecken herum verschwägert war, hatten ihn die spätwinterliche Mühsal auf sich nehmen lassen.

»Es geht nicht an, Jörg, daß die Majestät bloß eine nüchterne Depesche erhält«, hatte der Ratsherr in seltsamem Tonfall zwischen Grimm und Betroffenheit gesagt. »Der Kaiser muß von dem … Mißgeschick, wenn es denn schon einmal passiert ist, aus dem Mund eines verständigen Mannes erfahren. Du bist herumgekommen in der Welt, bist genau der richtige Kerl für diese heikle Mission; also tu mir und den anderen Patriziern den Gefallen und reite. Soll dein Schaden gewiß nicht sein – fünf Goldstücke gleich auf die Hand, fünf weitere nach deiner Rückkehr, und über eine Beförderung zum Waibel können wir danach auch reden. Ich verspreche es dir; ich nehm's in die Hand, sobald nur erst die Sache mit der Pluembergerin geregelt ist …«

Das waren in den letzten Februartagen die Worte des Thuner gewesen; vierundzwanzig Stunden später hatte der Regensburger Stadtknecht seinen Braunen gesattelt und war über die Steinerne Brücke davongetrabt. Vier Wochen hatte er für den Weg über Böhmen ins sächsische Kurfürstentum gerechnet; jetzt, da er im Tal den breiten Nebelstreifen über der Elbe erspähte, mußte er sich sagen, daß es acht geworden waren.

Fluchend löste sich Jörg Eisenschinkh aus dem Windschatten der halbverfallenen Kate, wo er die Nacht verbracht hatte. Der nagende Hunger und die frühmorgendliche Kälte ließen ihn frösteln; das Schaudern legte sich erst, als er die Hochebene verließ und sich an den Abstieg durch eine verstrüppte Klamm in der Flußleite machte. Während er trotz seiner Schwäche ziemlich mühelos tiefer und tiefer kam, erinnerte sich der Regensburger noch einmal an die Heimsuchungen, denen er in den beiden vergangenen Monaten ausgesetzt gewesen war.

Unterm stichelnden Februarschnee in den Nordwald hinein; das Fell des Wallachs vom Morgen bis zum Abend harsch überkrustet. Ein Eiszapfen auch der Reiter; das gefrorene Kollerleder hart wie Schmiedeeisen, die Stiefel wie Schraubstöcke, der Mantel brettschroff; am schlimmsten die Schaller, die sich gleich glühendem Stahl in die Schädelhaut zu fressen schien. Schon das erste Wegdrittel bis Eger also eine einzige Tortur; das Irrereiten im oft völlig menschenleeren Waldgebirge gar nicht gerechnet. Hinter den Stadtmauern von Eger dann ein noch schlimmerer Schlag. Das Roß, kaum daß es im Stall stand, vom Rotz befallen, bald das Röcheln und Husten; mit dem weicher werdenden Windpludern in der ersten Märzwoche ging der Braune ein.

Jörg sah sich gezwungen, tagelang in der böhmischen Stadt auszuharren; weil die kaiserlichen Truppen den Winter hindurch schonungslos für den bevorstehenden Krieg requiriert hatten, dauerte es, bis er Ersatz für den Gaul fand.

Drei seiner fünf Goldstücke gingen drauf, ehe er sich wenigstens wieder beritten gemacht hatte. Anschließend erneut der zermürbende Kampf ums Vorwärtskommen durch zumeist weglose Wildnis: das Erzgebirge diesmal. Statt des Schneetreibens nun Regengüsse; statt der verfirnten Krusten unter den Hufen Schlamm. Nächte, die in Höhlen verbracht werden mußten, in der äußersten Not unter freiem Himmel; nur selten das Dach einer verlausten Herberge über dem Kopf. In der zweiten Märzhälfte, als der Falbe seinen abgerissenen Reiter hinab ins Flußtal der Mulde trug, hätte Jörg den Thuner, das gewesene Liebchen des Kaisers dazu, ohne viele Gewissensbisse erwürgen können.

Absolut keine Skrupel in den tückischen Augen der Strauchdiebe dann, die ihn auf halber Strecke zwischen Zwickau und Leipzig abfingen. Vier, fünf Galgenstricke plötzlich aus dem Unterholz am linken Stromufer heraus; Waidmesser, Äxte und Knüttel in den Fäusten. Der müde Gaul sich noch halb bäumend, das Schwert des Regensburgers noch eine Elle aus der Scheide – aber dann auch schon die schwirrende Seilschlinge und der mörderische Ruck im Genick. Der Sturz gegen die wirbelnde Erde, das Hineinplatzen des Körpers in den von Kieseln und Granittrümmern durchsetzten Schlick. Schläge, Fußtritte noch zusätzlich in die ohnehin schon heranwummernde Ohnmacht hinein; unmittelbar darauf die explodierende Sonnenscheibe unendlich hoch oben.

Dämmerung, sehr nahe an der völligen Finsternis bereits, als Jörg stöhnend wieder zu sich kam. Dämmerung und beißende Kälte: Einzig das Schamtuch trug der Blessierte noch am blaugefrorenen und von Platzwunden übersäten Leib. Als er den Stoff betastete, war jede Bewegung eine Qual; erst nachdem er sicher sein konnte, daß die Halsabschneider ihn wenigstens unter dem Tuch nicht gefilzt hatten, dachte er an sich selbst und kroch gleich einem angeschweißten Tier auf ein Weidengestrüpp zu.

Es sei ein Wunder, daß sie ihn überhaupt noch lebend aufgefunden hätten, behaupteten am nächsten Morgen die Plättenschiffer, die sich seiner erbarmten. Während der Älteste, der ihm auch das Leinenwams und den Mantel gegeben hatte, ihn mit Branntwein und eher heidnischen denn christlichen Wundbeschwörungen traktierte, suchten dessen Gefährten mit gezückten Kurzspießen die Umgebung ab. Kehrten aber bald unverrichteter Dinge zurück; hatten vom geraubten Roß und den Wegelagerern nichts weiter mehr als die Spuren vom Vortag entdeckt. Jörg, einigermaßen bei Sinnen jetzt wieder, hatte nichts anderes erwartet; er war schon froh, daß die Händler sich bereit erklärten, ihn bis Leipzig mitzunehmen.

Geschlagene drei Wochen dort im Hospiz neben der Thomaskirche; die protestantischen Pfleger nach Kräften um den Katholiken bemüht, dennoch machtlos gegen das Eiterschwären in seinen Wunden. Erst gegen die Aprilmitte hin allmählich das Eintrocknen und Verkrusten der Verletzungen; trotzdem hatte es bis zum zwanzigsten Tag des launischen Monats gedauert, ehe Jörg Eisenschinkh fähig gewesen war, das letzte Stück seines schier endlosen Weges zum Kaiser in Angriff zu nehmen. Daß Karl V. sich am Mühlberger Elbufer auf eine Schlacht gegen den sächsischen Kurfürsten vorbereitete, hatte der Regensburger von den Leipziger Spitalbrüdern erfahren. Noch einmal war er drei Tage mit knurrendem Magen gewandert, und nun, am Morgen des 24. April 1547, lag das Ziel vor ihm: der von einem breiten Nebelstreifen überflutete Strom und irgendwo dort unten das Heerlager der deutschen und spanischen Majestät.

Der reichsstädtische Bote brachte die verstrüppte Klamm hinter sich; als das Gelände flacher wurde, beschleunigte er seinen Lauf. Während er über die binsenbestandene und von Altwassern durchsetzte Auenebene rannte, hatte er das Gefühl, letztlich doch noch zu spät zu kommen. Unter der kräftiger werdenden Sonne lichtete sich der Dunst jetzt rasch; als Jörg um eine Flußkrümmung bog, tauchte hinter einem Waldstreifen am jenseitigen Hochufer die befestigte Stadt Mühlberg auf. Damit hatte der Bayer das Ziel greifbar vor Augen; ebenso wie der Nebel um ihn herum begann seine ungewisse Beklemmung sich aufzulösen. Im nächsten Moment aber stolperte er, wäre um ein Haar gestürzt – konnte sich gerade noch festklammern an der Hellebarde, die aus der Deckung eines Erlenstammes heraus jäh gegen ihn gezückt worden war.

»Halt, du Hundsfott!« raunzte ihn, überflüssigerweise, der Landsknecht in den schwarzen und gelben Feldfarben an. »Keinen Schritt weiter, oder mein Kamerad da schlitzt dir die Kehle von einem Ohr bis zum anderen auf!«

Als Jörg Eisenschinkh vorsichtig den Kopf wandte, erblickte er den zweiten Söldner, der ihn grinsend mit dem Raufdegen bedrohte; gleich darauf kamen im Laufschritt weitere Geharnischte herbei.

Jörg begriff, daß er an einen Vorposten der habsburgisch-wittelsbachischen Armee geraten war. Schlagartig verwich die in seinen Gedärmen köchelnde Furcht; er löste die Hände vom eisenbeschlagenen Hellebardenschaft, hob die Arme halb über den Kopf und erwiderte hastig: »Gut Freund und gut katholisch bin ich; ich schwör's! Aus der Reichsstadt Regensburg stamme ich und habe eine wichtige Nachricht für die kaiserliche Majestät zu überbringen …«

»Nachricht für den Kaiser? So schaust du aus!« Der Sergeant, der ihn unterbrochen hatte, ließ ein verächtliches Lachen hören, dann setzte er spöttisch hinzu: »Warum nicht gleich für die Madonna? Oder die Dreifaltigkeit höchstpersönlich?« Unvermittelt wurde seine Stimme hart: »Selten habe ich eine solche Frechheit gehört! Ein abgerissener Lump wie du – und möchte was mit der Majestät zu schaffen haben. Eher glaube ich, daß uns mit dir ein Spion in die Falle gegangen ist.« Nun sprach aus den Worten des Postenführers blanker Haß: »Der Teufel soll mich holen, wenn du nicht ein gottverfluchter Ketzer bist, der sich von Mühlberg aus über den Fluß gestohlen hat. Wärst nicht der erste von der Art. Aber im katholischen Heer ist man wachsam. Da pflegt man mit solchen wie dir kurzen Prozeß zu machen!«

Urplötzlich saß die Hellebardenspitze erneut auf der Brust des Ratsknechtes von der Donau, im Genick spürte er gleichzeitig den eiskalten Stahl einer Schwertklinge. Verzweifelt wollte er seine Unschuld beteuern, doch der würgende Kloß in seiner Kehle ließ es nicht zu. Lediglich ein gequältes Keuchen drang aus dem schnappenden Mund Jörg Eisenschinkhs, wurde ein paar Herzschläge später vom Brüllen der Söldnerrotte überlagert: »Recht so, Waibel!« – »Die Landsknechte des Kaisers lassen sich nicht für blöd verkaufen!« – »Aufhängen! Auf der Stelle!« – »Jawohl, so muß man umspringen mit der lutherischen Brut!« – »Gleich hier und jetzt muß er Hochzeit mit des Seilers Tochter halten!«

Ganz nahe waren die geifernden Fratzen auf einmal. Einer der Geharnischten trat dem Regensburger die Beine weg, andere fesselten ihn; dann pendelte von einem knorrigen Erlenast auch schon der Strick. Jörg wehrte sich wie ein Wahnsinniger gegen die zupackenden Fäuste, aber es war aussichtslos. Die Schlinge glitt über seinen Kopf; während das Seil sich straffte, hörte der Delinquent, wie weiter elbabwärts Kanonenschüsse abgefeuert wurden.

***

Die Artilleriebatterien des katholischen Heeres standen in guter Deckung am südlichen Gestade des Stromes. Im Gegensatz zum Hochufer drüben, wo Mühlberg bereits im vollen Sonnenlicht lag, hielten sich hier unten am Wasser noch immer die Nebelfetzen. Dieser Umstand ermöglichte den kaiserlichen Kanonieren ein ausgezeichnetes Zielen auf die protestantische Stadt; die Sächsischen hingegen vermochten die feindlichen Stellungen nur undeutlich zu erkennen, entsprechend wirkungslos blieb der Beschuß von Norden her.

»Gott ist mit der gerechten Sache! Nachdem wir bereits Plauen, Reichenbach, Werdau und Glauchau eingenommen haben, erweist sich's heute einmal mehr, daß der Allmächtige auf unserer Seite steht. Euer Banner, Majestät, wird von den Zinnen der Festung dort oben wehen, noch ehe der Tag sich neigt.«

Der Sprecher, der zusammen mit Karl V. durch das einzige Fenster einer von ihren Bewohnern verlassenen Fischerkate nach Mühlberg hinüberspähte, zählte etwa vierzig Jahre. Er trug einen Plattenpanzer aus geschwärztem Stahl, dessen düstere Farbe lediglich durch die blutrote Schärpe mit den eingestickten weißen Kreuzen aufgehellt wurde. Düster, mönchisch-asketisch fast, wirkte auch das Antlitz des Spaniers. Die Augen in ihren tiefen Höhlen unter der knochigen Stirn hatten etwas Stechendes; die fleischlose Nase, die flachen Jochbögen, der verkniffene Mund und das spitze Kinn schienen krankhaft in die Länge gezogen zu sein. Der Name des Feldherrn lautete Alvarez Fernando de Toledo; besser bekannt war der Heerführer unter seinem offiziellen Titel: Herzog von Alba.

Nun, nachdem er mit gefletschten Zähnen dem Donnern und Röhren einer weiteren Geschützsalve nachgelauscht hatte, setzte der Grande hinzu: »Freilich darf trotz unserer

Anfangserfolge nicht versäumt werden, den Befehl zum Sturmangriff zu geben, Euer Gnaden!« Ein dünnes, vampirisches Lächeln des Toledaners, dann der zynische Schlußsatz: »Den rechten Weg dazu hat uns die Madonna ja längst gewiesen, nachdem sie es unseren Spähern in der Nacht ermöglichte, den ketzerischen Bauern aufzugreifen ...«

Nach kurzem Zögern kam die Antwort, die der Herzog erwartet hatte. »Deus lo volt!« blaffte der Kaiser; sein Nasenleiden hatte sich seit Regensburg nicht gebessert. »Nach dem Willen Gottes geschehe es so, wie Ihr sagt. Laßt uns zu Pferde steigen. Ich werde die Attacke in höchsteigener Person anführen.«

An der flußabgewandten Seite der Kate bemühten sich gleich darauf etliche Edelleute, dem Monarchen und dem Feldherrn in die hochlehnigen Sättel ihrer Streitrösser zu helfen. Der mit blinkendem Stahl gepanzerte Kaiser voraus, der Herzog halblinks hinter ihm, in geringem Abstand das Adelsgefolge und die Leibwachen, trabte die Kavalkade ein Stück nach Süden, wo knapp außer Reichweite der sächsischen Artillerie die habsburgisch-wittelsbachische Kavallerie lagerte.

Auf halbem Weg passierte der Trupp das Quartier des Profosen; mehrere standrechtlich Gehenkte schwangen dort im Wind. Hart neben dem Galgen ruhte auf einem Eichenpfahl ein quergelegtes Wagenrad. An dessen Speichen war ein Mensch mit gewaltsam gebrochenen Armen und Beinen gefesselt: der Bauer, den der Toledaner vorhin erwähnt hatte. Schwach röchelte der fürchterlich Zugerichtete noch; Karl V. runzelte die Stirn, wandte sich zu seinem Heerführer um und fragte: »Ist es denn nötig, daß der Dörper auch jetzt noch leidet?«

»Es muß sein! Der Geistliche, welcher der Folterung beiwohnte, hat es verlangt«, erwiderte der Herzog von Alba.

»Nachdem man den Ketzer dazu gezwungen hatte, den Lageort der versteckten Furt über die Elbe zu beschreiben, begann er plötzlich die Madonna und den Papst zu lästern. Deswegen ließ der Dominikaner den Stab endgültig über ihn brechen; ansonsten hätte man ihn nach der Schlacht durchaus wieder laufenlassen können.«

»Man möchte nicht glauben, von welch satanischer Verstocktheit diese Protestanten sind«, versetzte der Kaiser; mit dem letzten Wort spornte er seinen Percheron zum Galopp.

Der Geschundene auf dem Rad kam außer Sicht; eine Viertelmeile jenseits der Hinrichtungsstätte brachen die wartenden Reiterverbände beim Anblick ihres Kriegsherrn in Hochrufe aus. Alba gab Befehl, daß sich die Einheiten im Karree aufstellen sollten. Von rasch davonjagenden Ordonnanzen wurde das Kommando weitergegeben; der Morgen war noch immer taudunstig, als der Kaiser, von seiner engsten Bedeckung flankiert, die obligatorische Ansprache hielt.

»Deus lo volt!« Mehrere Male bellte er den blasphemischen Kampfruf der Bekreuzten vergangener Jahrhunderte heraus. Zwischendurch versprach er seinen Kriegsleuten ehrenvolle Belohnung, falls es ihnen gelänge, das Ketzernest noch vor der Abenddämmerung einzunehmen. Außerdem gestand er den Geharnischten das Recht auf zwölfstündige Plünderung zu und versicherte sie des für solche Fälle vorgesehenen päpstlichen Sündenablasses.

Als der Habsburger auf diese Weise seine katholische Pflicht erfüllt hatte, stimmten die Feldprediger ein Tedeum an; nachdem das Gotteslob verklungen war, setzten sich die vielen hundert Panzerreiter in Bewegung. Die dröhnende und scheppernde Woge aus Tier- und Menschenleibern rückte über die Elbmarsch vor und erreichte die Furt, deren Lage der lutherische Bauer unter der Folter verraten hatte.

Bis zum Ufer hielten sich Alba und der Habsburger, letzterer eine bewimpelte Lanze schwenkend, an der Spitze des vordersten Heerhaufens. Später sollte Tizian den Kaiser mit dieser Waffe in der Faust quasi als strahlenden Georgsritter, der die Truppen beim Sturm auf Mühlberg voller Todesverachtung und Gottvertrauen anführte, malen. Die Realität freilich sah anders aus. Im gleichen Moment, in dem der Grund unter den Hufen seines Percherons trügerisch wurde, löste sich Karl V. samt seiner Leibwache aus der in Wahrheit erst jetzt beginnenden Attacke; auch der Toledaner befand sich nicht mehr unter denen, deren Rösser nun mit dem strudelnden Wasser und den wegglitschenden Kieseln zu kämpfen hatten.

Einfache Ritter und Landsknechte waren es, welche den Flußübergang im Stoßkeil passierten; sie machten ein paar von der Leite herabhastende gegnerische Armbrustschützen nieder und bildeten zum Schutz der Nachfolgenden einen Brückenkopf. Rasch sammelte sich dort das Gros der Kavallerie und formierte sich neu, auch Fußtruppen stießen jetzt dazu. Weiter stromaufwärts begannen die Geschütze schneller zu feuern, um die Protestantischen in Schach zu halten; dann ließ Herzog Alba vom südlichen Ufer aus das Posaunensignal zum Generalangriff der Berittenen und Fußkämpfer geben.

Der Widerstand, der den Stürmenden vom hohen Elbufer herunter geleistet wurde, war schwach. Lediglich zwei Tortürme deckten die brüchigen mittelalterlichen Mauern der Stadt; die sächsische Besatzung dahinter, obwohl unter dem Befehl des Kurfürsten Johann persönlich stehend, zählte kaum dreihundert und zudem wenig kampferprobte Degen. Wie den ganzen Morgen schon schoß die Artillerie auch jetzt stuckerig; die Steinkugeln rissen kaum einmal eine Lücke in die Reihen der Katholischen, die nun in immer breiterer Front über den Kamm des Leitenhanges fluteten. Gleich darauf erreichten die Angreifer den toten ballistischen Winkel; in ihrer wachsenden Panik gelang es den Lutherischen nicht mehr, die Rohre ihrer Feldschlangen und Kartaunen in die Waagrechte zu bringen; so gut wie unangefochten trugen die jetzt wieder in voller Karriere galoppierenden kaiserlichen Reiter ihre Attacke gegen die Bruchsteinwälle Mühlbergs vor.

Ein verzweifelter Ausfall von nicht mehr als drei Dutzend protestantischen Rittern endete nach kurzem Gefecht im Debakel für die Sachsen. Das mörderische Zwischenspiel genügte, um die katholischen Bogen- und Armbrustschützen auf Schußweite herankommen zu lassen; fast im Handumdrehen räumten deren Pfeile und Bolzen die Stadtmauern vom Gros der Verteidiger. Wiederum nur Augenblicke später drang ein Trupp Feuerwerker bis unter den flußseitigen Torturm vor; Hammerschläge klangen auf, schon hingen die Petarden am Eichenholz. Die Zündschnüre der Minen sprühten Funken; kaum hatten die Pioniere sich in Sicherheit gebracht, erfolgten die Schwarzpulverdetonationen. Wie von einem titanischen Faustschlag wurden die Bohlen der Torflügel ins Innere der Bastion geschleudert; dem berstenden Feuerball hinterdrein jagten die verwegensten Berittenen, dann schien die so brutal geschlagene Bresche den gesamten Strom der kaiserlichen Heeresabteilung in sich aufzusaugen.

Was folgte, war weniger ein Straßenkampf als ein Gemetzel. Die Sächsischen waren nicht mehr zu ernsthafter Gegenwehr fähig; die meisten flohen kopflos zum jenseitigen Tor: Wittenberg zu. Lediglich der Kurfürst und dessen engste Bedeckung hielten noch auf dem Marktplatz stand; während die Adligen verbissen fochten, ertönten in den angrenzenden Gassen die Todesschreie derjenigen, die dem Blutrausch und der Gnadenlosigkeit der Katholiken ausgeliefert waren. »Deus lo volt!« Immer wieder mischte sich der gotteslästerliche Ruf mit dem Röcheln und Wimmern der Hingeschlachteten; ganz schlimm war es am Wittenberger Torturm, in dessen Schlund sich der Flüchtlingshaufe wie in einem Nadelöhr staute. Nur wenigen gelang es, durchzukommen und nach Nordosten zu rennen: dorthin, wo sich dichte Wälder erstreckten, welche den kaiserlichen Reitern vielleicht Einhalt gebieten würden.

Schließlich rief auch Johann von Sachsen seiner schrecklich zusammengeschmolzenen Schar den Befehl zum Rückzug zu. Es waren nur noch ein halbes Dutzend Schwergepanzerte, die sich mühsam den Weg freihieben und das Blachfeld draußen zwischen Wall und Forst erreichten. Vom Feind konnten sich die protestantischen Edelleute jedoch auch dort nicht lösen; ein Rittmeister namens Thilo von Trotha blieb ihnen mit mehrfacher Übermacht auf den Fersen, stellte sie erneut zum Scharmützel und trieb sie schließlich dermaßen in die Enge, daß die teils arg Blessierten keine andere Wahl mehr hatten, als die Waffen zu strecken und um Schonung zu bitten.

Nachdem man die Gefangenen ihrer Rüstungen beraubt und ihnen nur das nach Urin und Schlimmerem stinkende Unterzeug gelassen hatte, wurden sie nach Mühlberg zurückgetrieben und dort vorerst in ein Verlies unter dem Rathaus gesperrt. In den Gassen und in der Umgebung der Stadt hielt unterdessen das Metzeln an; nicht bloß Bewaffnete, sondern auch Frauen, Greise und sogar Kinder ließen die entfesselten Söldner über die Klinge springen, bis die Marodeure dann allmählich das Plündern und Vergewaltigen lohnender fanden. Alvarez Fernando de Toledo, der sich mittlerweile ebenfalls in Mühlberg eingefunden hatte, schob alldem keinen Riegel vor; er sorgte lediglich dafür, daß das Magistratsgebäude, welches dem Kaiser für die nächsten

Tage als Unterkunft dienen sollte, nicht in Mitleidenschaft gezogen wurde.

Um die Mittagsstunde erschien Karl V. vor dem Rathaus; wohlweislich, damit die Leichen zumindest entlang der Hauptstraße beseitigt werden konnten, hatte er zuvor einer ausufernden Feldmesse in gehöriger Entfernung von der eroberten Stadt beigewohnt. Die Dominikaner und Jesuiten, welche den Gottesdienst zelebriert hatten, umschwärmten ihn wenig später auch beim Mahl oben im wappengeschmückten Saal; selbstverständlich waren außerdem die Adligen und Offiziere zugegen, die sich an diesem denkwürdigen 24. April besonders bewährt hatten. Man speiste und pokulierte mit Genuß; nach dem dritten Humpen Einbecker, von welchem Getränk man etliche Fässer erbeutet hatte, befahl der Monarch, den sächsischen Kurfürsten vor ihn zu bringen.

Das Antlitz noch immer blutverschmiert, nackte Angst in den Augen, tat Johann einen Kniefall. Neben ihm, das blanke Schwert in der Faust, stand der Toledaner, der den buchstäblich all seines Glanzes Entkleideten aus dem Kerker geholt hatte. Alba war es auch, welcher die zynischen Worte sprach: »In der Person dieses Besudelten, Majestät, liegt die lutherische Abgötterei nunmehr vor Euch im Staub!«

Der Habsburger erwiderte nichts, nagte lediglich grimmig an seiner Unterlippe; das Schweigen im Wappensaal wurde zunehmend lastend. Zuletzt, in seiner Not gegen die Etikette verstoßend, brach es der Kurfürst. »Allergnädigster Kaiser …«, begann er und wollte damit offensichtlich an die Ritterlichkeit des Imperialen appellieren.

Mit einem heiseren Raunzen schnitt der Monarch ihm das Wort ab, bellte seinerseits los: »Ihr hättet Uns besser als Eurem gnädigen Herrn gedient, als noch Zeit dazu war!« Gleich darauf erfolgte ein haßerfüllter Ausbruch, der Karl V. den letzten Rest von Courtoisie vergessen ließ: »Ein Baalsanbeter bist du! Wie kannst du dich unterstehen, auf meine Gnade zu bauen?! Die alleinseligmachende Kirche hast du in ihren Grundfesten erschüttert, du Hundsfott! Durch den Verrat deines Hauses, durch den Pakt mit dem apostatischen Augustiner, dem Luther, den ihr auf der Wartburg schütztet, konnte die Ketzerei sich einnisten im Reich; fiel halb Deutschland ab von der römischen Mutter! Du und der Landgraf von Hessen – ihr wart seit vielen Jahren die belialischen Rädelsführer! Habt mich Straßburg, Augsburg, Ulm und Frankfurt gekostet; habt dort und an zahllosen anderen Orten die protestantische Hure auf die seit Jahrhunderten heiligen Altäre gesetzt!«

Außer sich rotzte der Monarch durch die Finger, dann fuhr er fort: »Mit Hilfe des Schmalkaldischen Bundes habt ihr der Metze Macht verschafft; habt in unerhörter Felonie eure Ländereien hochgerüstet gegen mich! Noch am heutigen Morgen hast du auf die Truppen deines Kaisers und Herrn kanoniert; hast wohl gar gedacht, du könntest mich dank deiner Vermessenheit in höchsteigener Person über die Klinge springen lassen! Aber der einzig wahre Gott – und das friß jetzt, du Teufelsknecht! – hat es anders gemeint mit mir und dir! Hat dich in meine Gewalt gegeben, auf daß dir nun jene Gerechtigkeit widerfahren möge, die deinesgleichen zukommt! Ein Tribunal soll eingesetzt werden gegen dich; wegen Majestätsbeleidigung und Hochverrats wird man dich zum Tod verurteilen, dafür werde ich sorgen! Und jetzt zurück in dein Loch, du lutherische Laus; dort kannst du den Gott, den du verleugnet hast, um Gnade bitten – doch von mir bekommst du keinen Pardon!«

Mit der Schwertspitze gab Alba den Bütteln ein Zeichen. Der Profos und seine Knechte zerrten den zitternden Kurfürsten hinaus, um ihn wieder in sein Verlies zu bringen.

Der Habsburger tat einen derben Sturztrunk; nachdem der Alkohol den Furor des Kaisers etwas gedämpft hatte, fragte der Toledaner: »Wollt Ihr es tatsächlich bis zum Äußersten treiben, Herr? Der Sachse ist so oder so in die Knie gezwungen, da beißt die Maus keinen Faden mehr ab. Wenn man aber den Bogen überspannt, dann könnte es am Ende im Reich heißen, Ihr hättet durch das Bluturteil gegen den einen Träger des Kurfürstenhutes die Rechte auch der sechs anderen seines Ranges mit Füßen getreten …«

»Der Aufrührer soll zumindest fürchten müssen, daß es ihm ans Leder geht«, erwiderte der Monarch. »Um so leichter wird es nachher sein, auch den Hessen noch unter die Fuchtel zu kriegen und die Schmalkaldischen damit von der Elbe bis hinüber nach Kassel und Darmstadt zu treffen.«

»Ein Spiel also mit der Furcht des Sachsen; nicht nur ihm selbst, sondern auch dem ketzerischen Philipp zum Schaden.« Die dünnen Lippen Albas verzogen sich zu einem wölfischen Grinsen. »Selbstverständlich wird der Hesse zu Kreuze kriechen, wenn er erst erfährt, daß seinem protestantischen Herzbruder das Henkersbeil im Nacken sitzt. Schlau, sehr schlau ausgedacht, Majestät! Man muß Euch bewundern für den meisterlichen Schachzug, den Ihr als Krönung Eures militärischen Sieges soeben ausgeführt habt. Verzeiht, daß ich die Zusammenhänge nicht gleich durchschaute.«

»Ihr seid ein hervorragender Feldherr; das genügt mir, Alvarez Fernando«, antwortete der Kaiser. »Eure Aufgabe habt Ihr heute prächtig gelöst; Mühlberg ist noch rascher gefallen, als Ihr es mir heute früh versprochen habt. Und ich hoffe, es wird nicht schlechter ablaufen, wenn wir nun in den nächsten Tagen gegen Wittenberg vorrücken.«

»Auch dort werden unsere Regimenter den Teufel mit Hilfe von Schwefel und Feuer auszutreiben wissen!« versicherte der Toledaner. »Gerade in Wittenberg werden sie kämpfen wie die heiligen Erzengel. Das verfluchte Nest, in dem der Erzbelialische zuallererst seine Alfanzereien verbreitete, muß bis auf die Grundmauern zerstört …«

Alba unterbrach sich; Lärm, der vom Saaleingang herandrang, war schuld daran. »Was gibt's dort draußen?!« raunzte im gleichen Moment, unwillig wieder, der Habsburger.

Ein Offizier hastete davon und kam wenig später mit folgender Meldung zurück: »Ein Waibel, der einen Vorposten elbaufwärts kommandiert, verlangte Einlaß, weil er angeblich eine wichtige Nachricht für Euch höchstpersönlich hat, Majestät. Die Wache auf der Treppe hielt ihn für betrunken und wollte ihn abwimmeln, da ließ der Sergeant es auf ein Handgemenge ankommen. Als ich ihn zur Rede stellte, schwor er Stein und Bein, daß er stocknüchtern sei und außerdem einen bei sich habe, der seine Legitimation als Bote mit reichsstädtischem Brief und Siegel beweisen könne. Dieser Mann jedoch wolle das Dokument keinem anderen als Euch übergeben, Herr, und habe deshalb ihn, den Waibel, vorgeschickt …«

»Ein verwirrter Sergeant; dazu ein Kurier, der offenbar noch nicht einmal fähig ist, sein Anliegen selbst zu vertreten – was soll der Schabernack?!« mischte sich unwirsch der Toledaner ein.

»Nun, es scheint, als sei dem Boten ein Malheur zugestoßen«, murmelte der Offizier. »Als sei er nicht ganz präsentabel …«

»Schluß mit dem Sermon!« ordnete Karl V. an. »Den Fremden zu mir, dann wird sich die Sache ja aufklären. Und den Waibel vorerst festhalten. Falls er sich bloß aufspielen wollte, wird er gestäupt.«

Der Offizier nickte, eilte erneut in den Stiegenbau hinaus, teilte dem Sergeanten die Entscheidung des Monarchen mit und forderte ihn auf: »Ruf den Lumpenkerl her!«

Beflissen beugte sich der Waibel über das Treppengeländer und schrie ins Erdgeschoß hinab: »Kannst kommen, Jörg! Die Majestät erwartet dich!«

***

Jörg Eisenschinkh nahm die steinernen Stufen langsam, fast wie in Trance. Irgendwie konnte er nicht glauben, daß er sich tatsächlich hier befand: im Rathaus von Mühlberg, auf dem Weg zum Kaiser.

Statt dessen vermeinte er plötzlich erneut die Kanonenschüsse zu hören, welche am Morgen die Schlacht um die protestantische Stadt eingeläutet hatten – und dann schienen aus den ziehenden Nebelschwaden am Stromufer die verzerrten Gesichter der Landsknechte aufzutauchen; die haßerfüllten Soldatenfratzen und zwischen ihnen die Schlinge, die über seinen Kopf glitt, sich einen panischen Atemzug später straffte. Wieder glaubte der Regensburger die Todesangst zu spüren, die ihn dort draußen in der Elbmarsch fast zum Wahnsinn getrieben hatte; mit dem nächsten Herzschlag stand Jörg noch einmal die Hölle durch.

Der knorrige Erlenast über ihm, die entsetzliche Beklemmung in Kehle und Brust; sein Keuchen, das ums Verrecken nicht artikulierter Laut werden wollte. Wegen der Unmenschlichkeit der anderen war er, ein Mensch, zum ächzenden und fiependen Vieh geworden; jäh durchschrillte die furchtbare Erkenntnis sein Gehirn: Gott war tot, aber immer lauter keckerte der Teufel. Schon beherrschte das satanische Hohnlachen die ganze Welt – doch plötzlich, wie durch ein Wunder, der gurgelnde Schrei: »Der Beweis ... im Schamtuch!«

In einem letzten, verzweifelten Aufbäumen hatte Jörg die Worte hervorgestoßen; unmittelbar darauf brach Dunkelheit über ihn herein. Finsternis, bloß noch unendlich weit hinten von grellen Blitzen durchzuckt; Schwärze und rotes Gewittern in irrlichterndem Zweikampf. Dann das nun pulsend Blutfarbene siegreich; ganz langsam am Baumstamm entlang ein Sturz: in grob zupackende Klauen, Pranken, Soldatenhände hinein. Die Finger an seinem Leib, seiner Scham, am urinversudelten Tuch. Derbes Tasten, ein gezücktes Messer, scharfes Reißen von Stoff – und in sein nur zögerlich zurückflatterndes Bewußtsein drang die Stimme des Waibels: »Tatsächlich Leder ... ein Wappen drauf ...«

»Das Ratswappen ... von Regensburg!« Ächzend stieß Jörg die Worte hervor. »Botschaft für ... den Kaiser!«

Ätzendes Brennen im Schlund, als die Geharnischten ihm Branntwein einflößten; aber dann besänftigende Glut im Magen und durch die Adern flutende Wärme. Der Schnaps half dem reichsstädtischen Boten wieder auf die wackligen Beine; deutlich beschämt, griff ihm der Sergeant dabei unter die Arme. Mit gepreßter Stimme, als sei er plötzlich selbst zum Hilflosen geworden, sagte der Waibel: »Es ist alles gut, mein Freund! Ich bringe dich vor die Majestät, aber nur«, ein krampfhaftes Rucken des Adamsapfels, »wenn du nichts von dem verrätst, was hier geschehen ist!«

Jörg wurde von dem Verlangen befallen, genau das zu tun; die Erinnerung an seine Todesangst und die Scham über seinen entblößten Unterleib waren schuld daran. Im nächsten Augenblick freilich kam er zu der Einsicht, daß die Soldaten ihn noch immer abtun, seine Leiche auch jetzt noch im Fluß verschwinden lassen konnten; das Pergament im dünnen, schweinsledernen Futteral dazu. »Ich werde schweigen, ich schwöre es!« hörte der Regensburger sich rauh sagen.

Mit erleichtertem Grinsen gab ihm einer der Landsknechte das zerfetzte Lendentuch zurück. Während Jörg den Lappen fahrig festnestelte, entschuldigte sich der Sergeant:

»Wir haben Order, nicht mal eine Maus hier durchschlüpfen zu lassen, das mußt du verstehen. Daß wir auf Spione achten müßten, hat uns der Hauptmann zusätzlich eingeschärft. Und dann kommst du, gehörst sichtlich nicht zur Armee, behauptest aber, du hättest was mit dem Kaiser zu schaffen. Du mußt zugeben, Bruder, daß da auch ein anderer als meiner Mutter Sohn mißtrauisch geworden wäre ...«

Immer weiter das begütigende Einreden des Waibels und der anderen auf ihn; erst zu Beginn des Kavallerieangriffs auf Mühlberg hatten die Geharnischten den Regensburger wieder sich selbst überlassen. Daß man abwarten müsse, bis die Stadt gefallen sei, ehe man zur Majestät durchkommen könne, hatte ihm der Sergeant zuvor noch erklärt; notgedrungen war Jörg Eisenschinkh die folgenden Stunden im Vorpostenlager geblieben. Schließlich, gegen Mittag, war dann die Nachricht vom Sieg der Katholischen eingetroffen. Einmal mehr hatte sich der Waibel des für ihn lebensnotwendigen Schweigens Jörgs versichert; erst dann hatte er ihn nach Mühlberg gebracht.

Nun, da nur noch ein Dutzend Stufen zwischen ihm und dem Imperialen lagen, fragte sich Jörg Eisenschinkh, aus seinen Erinnerungen aufschreckend, ob all dies nicht bloß ein höllischer Alptraum gewesen war?

***

Gleißende Realität war auf jeden Fall der Wappensaal, den der Bote von der Donau jetzt betrat. Kerzen, Kandelaber, schier überquellende Tafeln, Prunkroben und glänzende Rüstungen überall. Der Offizier, welcher draußen am Treppenabsatz das reichsstädtische Siegel auf dem Lederfutteral geprüft hatte, geleitete den seltsamen Kurier zum erhöhten Sitz des Habsburgers. Durch ein Spalier naserümpfender und mißtrauisch äugender Adliger und Kleriker mußte Jörg schreiten; die Verachtung kümmerte ihn freilich wenig, ungleich wichtiger war ihm, daß er trotz aller Fährnisse endlich seinen Auftrag erfüllen konnte.

Vor dem Thronsessel Karls V. sank Jörg Eisenschinkh in die Knie. Aus der gleichen Bewegung heraus überreichte er dem Kaiser die so mühsam beförderte Depesche mit den Worten: »Der Thuner zu Regensburg läßt Euch im Namen des Rates der Reichsstadt hiermit seine Reverenz erweisen, Majestät!«

»Der Thuner, eh ...?« Mehr an den Herzog von Alba als an den Abgerissenen richtete der Habsburger den Halbsatz.

Der Toledaner war es auch, der auf einen Wink seines Herrn hin das Futteral entgegennahm, das Siegel mit den beiden gekreuzten Schlüsseln erbrach, das einliegende Pergament auffaltete und es dem Monarchen gab. Mit zusammengekniffenen Augen begann der Kaiser zu lesen; eher mäßig interessiert zunächst, bald aber schien er den Inhalt des Schreibens förmlich zu verschlingen. Mehrmals stieß er zwischendurch erregt den bekannten bellenden Nasenlaut aus; zuletzt ließ er den Brief mit zitternden Händen sinken.

Verstört starrte er in die Runde; faßte, als könnte er ausgerechnet bei ihm so etwas wie Rettung finden, Jörg Eisenschinkh ins Auge; drehte den Kopf dann jedoch unvermittelt in Richtung des Feldherrn und brachte ächzend heraus: »Die Pluembergerin ... ist Mutter geworden. Hat einem Balg das Leben geschenkt ... vor einiger Zeit schon. Im Hornung ist es geschehen ... am vierundzwanzigsten Tag dieses Monats.«

Wieder das hilflose Umherstarren; schließlich, in die lastende Stille hinein, sagte der Herzog von Alba leise: »Ein bedeutungsvolles Datum! Das Kind hat am gleichen Tag das Licht der Welt erblickt wie einst Ihr selbst, Majestät.«

Der Habsburger indessen schien die Worte seines Vertrauten gar nicht vernommen zu haben. Wie versteinert saß er jetzt da: das Haupt gesenkt; die Hände so heftig ineinandergekrampft, daß die Knöchel weiß hervortraten. Erst als die Spannung im Saal schon fast unerträglich wurde, bewegte Karl V. sich.

Seine Gestalt straffte sich, seine Finger lösten sich ruckend voneinander; die Rechte des Kaisers zuckte zur Gürteltasche, aus der er beim Kirchgang die Almosen für die Armen zu nehmen pflegte. Eine Goldmünze klirrte dem Regensburger Ratsboten vor die Füße; durch einen schroffen Wink wurde ihm gleichzeitig bedeutet, daß er entlassen sei.

* * *

Verwirrt lief Jörg Eisenschinkh auf der Suche nach einem Quartier durch die Mühlberger Gassen, wo nach wie vor das Gebrüll der Plünderer und das Kreischen der geschändeten Frauen ertönte. In der am Morgen noch protestantischen Pfarrkirche wurde nunmehr von Jesuiten und Dominikanern neuerlich die Größe des katholischen Gottes beschworen; als Jörg durchs offene Portal die Litaneien vernahm, glaubte er abermals die gestammelten Sätze des Monarchen zu hören.

Etwas bäumte sich in seinem Inneren auf; zornig dachte er: Das Morden, das die Pfaffen jetzt mit Weihrauch verbrämen, hat den Habsburger heute einen Dreck bekümmert! Und er hat auch nicht gefragt, was mir widerfuhr, ehe ich in den Lumpen vor ihn trat. Ungerührt nimmt er's hin, wenn der Teufel im Krieg keckert – doch das Vaterwerden, das hat ihn getroffen! Fast war ja Haß in seinen Augen, als er den Namen der Mutter aussprach; noch schlimmer wurde es, als der andere Protzige ihn auf das Zusammenfallen der Geburtstage hinwies …

Jörg beschleunigte seine Schritte, aber die quälenden Gedanken ließen ihn nicht los. An der nächsten Ecke dann schoß ihm eine weitere fatale Überlegung durch den Kopf: Hoffentlich wird er's die Barbara Pluemberger nicht übel entgelten lassen, daß sie gegen seinen Willen das Kind zur Welt gebracht hat!

Des Kaisers Bastard

Regensburg
Mai 1547

Der Kräutergarten zwischen der Rückfront des Gürtlerhauses und dem benachbarten Gebäude war klein, er maß nicht mehr als ein Dutzend Schritte im unregelmäßigen Geviert. Rasch wanderten die Schatten dort drinnen, urplötzlich konnten eben noch sonnige Flecken sich eindüstern; dann schien unversehens ein Frösteln aus dem umgrenzenden Mauerwerk oder auch aus der Erde zu dringen.

Es gab zahlreiche Örtlichkeiten in der Reichsstadt, wo die Natur sich verschwenderischer zeigte und das Sonnenlicht den ganzen Tag über ausharrte: die Brunnenplätze etwa oder die Donauufer – doch seit ihrem Wochenbett mied Barbara das Treiben der Menschen dort; das bescheidene Areal hinter der väterlichen Werkstatt entsprach ihrer Stimmung mehr.

Der bittere Geruch des Leders, das Wolfgang Pluemberger bearbeitete, mischte sich mit dem herben Duft der noch jungen Pflänzchen draußen; der Efeu, welcher am angrenzenden Anwesen bis hinauf zum Fachwerkgiebel wucherte, setzte einen kühl bergenden Akzent. Das alles zusammen bildete die Schale, in welche die nunmehr Siebzehnjährige sich so oft wie möglich verkroch, seit der Frühling ihr den Aufenthalt im Freien wieder möglich gemacht hatte.

Auch an diesem Nachmittag saß die Schwarzhaarige im Korbstuhl an der Bruchsteinmauer zwischen den Kletterranken. Sie trug ein einfaches, ungefärbtes Leinenkleid und

Bastschuhe; der Säugling in ihren Armen war lediglich in ein Wolltuch gehüllt. Barbara hatte es gegenüber ihrer Mutter durchgesetzt, daß er sich nicht wie andere Kinder im zwängenden Steckkissen quälen mußte. Dennoch quengelte das zweieinhalb Monate alte Wurm unruhig; eine ganze Weile ging das nun schon so, vergeblich hatte die Tochter der Schöngürtlerin es mit leisem Wiegen und gutem Zureden versucht. Jetzt, weil der Kleine sich absolut nicht besänftigen lassen wollte, beschloß die junge Frau, ihm vor der gewöhnlichen Zeit die Brust zu geben. Sie löste das Miederband, dehnte den Oberkörper und legte ihren Sohn vorsichtig an.

Tatsächlich wurde er augenblicklich still; saugte schlucksend und wie stets ein bißchen rabiat. Barbara barg das bebende Körperchen inniger in ihrer Armkuhle und ließ sich gefangennehmen vom intimen und kreatürlichen Rhythmus; nicht allein der Säugling schien wundersam beschützt an ihrem Leib zu ruhen, auch sie selbst durfte sich umfangen fühlen von der Wärme und Innigkeit, die ihr von ihm zurückgegeben wurde. Sie spürte, wie ihr gemeinsames Da-Sein völlig im Einklang mit ihr selbst schwang; mit halbgeschlossenen Augen genoß sie die euphorische Betäubung, die beinahe einem unendlich sanften Orgasmus gleichkam; fast wie in Trance hob sie ihr Kind zwischendurch auf die andere Seite. Immer schwerer und singender wurde ihr Pulsschlag, immer tiefer ließ sie sich hineingleiten ins Unsagbare – dann plötzlich der Schock.

Ein gemeiner Schmerz nadelte durch ihr Fleisch, tief in ihrem empfindlichen Gewebe verkrampfte sich etwas; gleichzeitig, als hätte sich die Pein auf ihn übertragen, begann der Säugling panisch zu plärren. Es war, als würde der Lärm das Stechen in ihren Brüsten noch verstärken – und auf einmal begriff die Siebzehnjährige den Zusammenhang:

Ihr Schmerz und die Enttäuschung des Kleinen waren eins; sie hatte ihr Kind, einmal mehr, nicht ausreichend zu nähren vermocht.

Während sie, der anhaltenden Qual kaum achtend, das zappelnde Wesen zu trösten versuchte, schien sich der ohnehin düstere Kräutergarten völlig zu verfinstern. All die Beklemmungen und Ängste der vergangenen zwölf Monate; all das, wovon Barbara sich soeben noch befreit geglaubt hatte, stürmte nun wieder auf sie ein und verband sich mit dem anderen: Ungleich schärfer als zuvor erinnerte sich die Dunkelhaarige daran, wie sie vor etwa zwei Wochen erstmals versagt hatte; erst kürzlich dann wieder. Freilich war ihr die Milch später wieder eingeschossen, und sie hatte, wenn sie das Stillen abbrechen mußte, auch keine Schmerzen verspürt. Soeben jedoch war es so gewesen, und dies hatte gewiß schon früher in ihr gelauert: Ein Teil ihres Körpers schien sich wütend gewehrt zu haben – gegen das Kind! Als die blutjunge Frau dies dachte, schluchzte sie verzweifelt auf; ins Bodenlose schien alles, was so mühsam gewachsen war, abstürzen zu wollen. Barbaras Körper krümmte sich zuckend zusammen; sie fing sich notdürftig erst wieder, als sie die Umarmung ihrer Mutter, der lebenserfahrenen Schöngürtlerin, spürte.

Die Mittdreißigerin fragte nichts; stumm hielt sie ihre Tochter eine Weile fest, nahm dann das Kind an sich und versorgte es mit dem Schnullerlappen. Was geschehen war, las sie ohnehin in Barbaras Augen und auf ihrem Antlitz, das die einstige zarte Fülle verloren hatte; dessen Konturen seit dem Kaiserbankett vor einem Jahr viel magerer und schärfer geworden waren.

Sibylle Pluemberger wartete ab, bis der Säugling sich entspannt hatte, dann sagte sie betont leichthin: »Du bist nicht die erste Frau, die so etwas erlebt; wirst bestimmt auch nicht die letzte sein. – Wozu, glaubst du, gibt's Dutzende von Ammen in unserer Stadt? Neulich schon haben der Vater und ich dir angeboten, daß du eine nehmen könntest, doch du mußtest ja deinen eigenen Kopf durchsetzen. Jetzt auf jeden Fall sperrst du dich nicht mehr dagegen! Sobald du einen Happen gegessen hast – keine Widerrede, das brauchst du jetzt dringend –, bringst du meinen Enkel hinüber in die Pfauengasse. Das Weib des Holzträgers dort kümmert sich gerne um den Kleinen, sie hat mir's erst gestern wieder versichert.«

Nach einem erneuten Aufschluchzen fügte sich Barbara. »Aber sie darf mein Kind nicht immer säugen, nur heute!« verlangte sie lediglich noch.

»Wir werden sehen ...«, ließ die Schöngürtlerin die Frage offen.

***

Es blieb nicht bei dem einen Mal; wenige Tage später mußte Barbara sich endgültig mit der Tatsache abfinden, daß sie außerstande war, ihren Sohn zu nähren. Die Muttermilch war ihr nun völlig versiegt; selbst die Hebamme wußte keinen Rat mehr – und in der Mitte des Marienmonats kam es deshalb zu einem wilden Auftritt im Gürtlerhaus.

»Ich bin das Kind nicht wert, hätte überhaupt nicht Mutter werden dürfen!« stieß die Siebzehnjährige schluchzend hervor. »Eine Närrin war ich; unfähig, mich gegen das verfluchte Ansinnen des Rates und die eigensüchtige Gier des alten Mannes zu wehren! Zur Metze haben sie mich gemacht, meine Jugend haben sie mir gestohlen! Und jetzt« – mit dem Fuß trat sie gegen die leere Wiege; der Säugling war von der Magd soeben wieder zur Amme gebracht worden – »trinkt sich das Balg, das in der Sünde gezeugt wurde, an den Brüsten einer Fremden satt! Weggenommen hat sie mir mein Kind; beiseite gestoßen habt ihr mich alle! Ganz und gar überflüssig bin ich; keiner braucht mich, nicht einmal der Bastard ...«

Sibylle Pluemberger warf einen hilfeheischenden Blick auf ihren Gatten, der betreten in der Stubenecke hockte. Doch als sie erkannte, daß von ihm kein Rückhalt zu erwarten war, nahm sie die Herausforderung selbst an und wies ihre Tochter scharf zurecht: »Die Schuld auf andere schieben, das kannst du! Und am besten plärrst du die Beleidigungen gegenüber der Majestät und dem Magistrat demnächst gleich auf offener Straße heraus! Die Stadtbüttel werden schon wissen, wie sie dann mit dir umzuspringen haben! Selbst wenn sie dir innerlich vielleicht sogar recht geben – ganz wie dein Vater und ich. Aber die Macht haben die Adligen, das solltest du wissen. Solltest daher vorsichtig sein mit deinen Vorwürfen, auch wenn's siebenmal die Wahrheit ist. Wahr jedoch ist gewiß nicht, was du über uns und die Holzträgerin gesagt hast! Was hat das arme Weib dir denn getan? Es ist, bei Gott, nicht ihre Schuld, wenn du zu schwach bist zum Stillen. An dir selbst liegt's, daß dir die Milch versiegt ist.«

Die Schöngürtlerin faßte Barbara bei den Schultern und rüttelte sie. »Seit du den Kleinen zur Welt gebracht hast, bist du bloß noch dein eigener Schatten! Quälst dich unnütz, ißt keinen Tag vernünftig, vernachlässigst dich, gehst so gut wie nicht mehr aus dem Haus. Und dann wunderst du dich, wenn du deinem Kind nicht gerecht wirst; spielst verrückt wegen der Amme, als ob deswegen gleich die Welt unterginge. Wenn du so weitermachst, wirst du noch im Siechenhaus landen; dann hat dein Sohn überhaupt keine Mutter mehr!«

»Eine richtige Mutter – das war ich doch nie!« rief die Siebzehnjährige mit sich überschlagender Stimme. »Wie denn auch, wenn der Vater fehlt! Wenn's den einen Dreck kümmert, was er angerichtet hat im Bauch und im Leben von einer, die ihm, außer als Hure, nie was bedeutet hat! Benutzt hat er mich und wieder weggeworfen! Ein Lumpen, an dem er sich abwischen konnte, war ich für ihn! Kein Wort hat er hören lassen in dem langen Jahr seitdem! Selbst dann nicht, als der Rat ihm den Eisenschinkh nachschickte – und das ist jetzt auch schon fast drei Monate her! Wahrscheinlich hat er den Jörg unter die Soldaten gesteckt, weil ihm das mehr Nutzen brachte, als wenn er sich zu den Folgen seiner Brunst bekannt hätte! Weil's ihm außerdem bequemer war so! Ein Feigling ist er, ein Vater gewiß nicht!«

Der Gürtlermeister setzte zu einem erschrockenen Einwand an; die Schwarzhaarige, die jetzt beinahe wie eine Furie wirkte, reagierte mit einem weiteren Tritt gegen die leere Wiege. Dann brach sich alles, was sie seit Beginn ihrer Schwangerschaft gequält hatte, in einer wütenden Anklage Bahn:

»Durch seine Altmännerlust hat er mich ins Elend gestoßen! Schon gleich zu Anfang wußte ich wochenlang nicht, ob ich für das Sündigen im Bett des Dünnblütigen mit einem Kind büßen müßte oder vielleicht doch ungeschoren davonkommen würde. Später, als die Blutungen ausblieben und ich höchstens noch Hilfe bei einer Kräuterhexe hätte suchen können, damit aber Kerker und Scheiterhaufen riskiert hätte, fielen statt des Kaisers die anderen über mich her. Zuerst ihr, jawohl ihr, als ihr mich beknietet, die Wahrheit zu sagen: Ob wirklich der Habsburger der Erzeuger sei – oder ob ich's mit weiteren Männern getrieben hätte? Später, als mein Leib immer unförmiger wurde, kam die maulwetzerische Bürgerschaft hinzu. Das Tuscheln, das Zischeln, das höhnische Zotenreißen – ich höre es noch heute und werde es hören bis an mein Lebensende! Zur allerverworfensten Hure, die je in der hochheiligen Reichsstadt die Beine breit machte, stempelte es mich, weil mein Bock der Blaublütige und nicht irgendein Landsknecht gewesen war. Daran konnten sie sich aufgeilen, die Handwerker und Händler; die Betschwestern, die Pfaffen und Patrizier. Das kitzelte sie mehr als die gewöhnlichen Verfehlungen, über die in den Beichtstühlen geflüstert wird. Und weil das so war, wollte ich bald nicht mehr unter die Menschen gehen. Weil ich mich von Tag zu Tag rettungsloser ausgeliefert fühlte; weil ich's irgendwann nicht mehr ertrug ...«

Barbara hastete durch die dämmerige Stube, schien mit ihren panischen Schritten einen viel zu engen Käfig auszumessen; fuhr fort: »Dann die Visage des vom Magistrat bestellten Arztes über meiner Leibtrommel, über meinem Schoß! Weil man auf dem Rathaus der Meinung war, daß in meinem Fall ganz besondere Vorsicht angebracht sei; daß mir neben der Hebamme zusätzlich ein Medikus bei der Geburt beistehen müsse. Doch nicht um mich ging es, nicht um die Metze! Sondern allein darum, daß das, was in meinem Bauch jetzt zur Reife gekommen war und ans Licht wollte, zumindest unter Umständen vom Gottesgnadentum berührt sein könnte. Einen Dreck zählte in Wahrheit die sechzehnjährige Mutter, aber jede nur erdenkliche Fürsorge galt dem verfluchten kaiserlichen Absprengsel. Ihm wurde das alles zuteil; nicht mir, die ich das Hehre ja bloß ausgetragen hatte und es nun gebären sollte. Und ich tat es; ich erfüllte, auch wenn ich dabei halb verblutete, meine Pflicht gegenüber dem Ziegenbärtigen, der Reichsstadt und dem Reich. Doch irgendein Dank dafür wurde mir nicht – vielmehr sah ich mich jetzt den Inquisitoren ausgeliefert! Noch ehe die Nachgeburt kam, waren die Patrizier zur Stelle, eine Horde von Federfuchsern und mißtrauischen Pfaffen obendrein. Und während man mir mit dem Kruzifix drohte, verlangte und beurkundete man meinen Schwur, daß der Habsburger und niemand sonst der Kindsvater sei. Aber er war kein Vater; nichts weiter als seine Vaterschaft hatte ich zu bezeugen für die Geheimprotokolle. Und danach lag ich da mit meinem Wurm; war ärmer dran als die ärmste ledige Magd, denn die kann den, der sie ins Unglück gebracht hat, um Gnade und vielleicht eine Armentrauung bitten – doch ich konnte es nicht …«

Wieder das Hasten durch den halbdunklen Raum: eine sinnlose Flucht, die jäh auf einem Schemel neben der Tür endete. Die Schwarzhaarige zog die Knie hoch, schlang die Arme darum und keuchte: »Ich durfte meinen Sohn ja noch nicht einmal taufen lassen! Selbst das wurde mir verweigert, obwohl doch jedes Kind ein Anrecht darauf hat, weil es stracks in die Hölle fahren muß, sofern es ohne das Sakrament stirbt! Und wenn man das weiß als Mutter, dann ängstigt man sich um so mehr davor; dann kommen in der Nacht die Alpträume, dann will man seinem Fleisch und Blut das Taufwasser keinen Tag länger als unbedingt nötig vorenthalten. Also habe ich euch, meine Eltern, angebettelt, weil ich selbst noch nicht vom Wochenbett hochkam. Aber ihr seid mir immer wieder ausgewichen; habt mir gute Worte gegeben, habt mich auf später vertröstet. Doch ich spürte bald: Da ist etwas ganz anderes im Busch! Und täglich ärger meine Qual, bis ich es dann endlich schaffte, den Kleinen in ein Tuch einzuschlagen und mich heimlich zum Dom zu schleppen. Ich wußte, daß man eine unreine Wöchnerin wie mich nicht ins Gotteshaus lassen würde; deshalb stahl ich mich von hinten durch den Garten an die Propstei heran. Auf deren Schwelle erwartete ich im Regen und in der Märzkälte den Priester. Der kam schließlich auch; die Taufe freilich wollte er dem Wurm aus der Tändlergasse nicht spenden – aber wenigstens erfuhr ich nun, was meine eigenen Eltern mir die ganze Zeit über verschwiegen hatten.

Daß die Kirche Gottes Gebote um jeden Preis erfüllen

müsse, hatte ich bis dahin geglaubt; der Pfaffe indessen belehrte mich eines Besseren. ›Sicherlich ist es verdienstlich, daß dir am Seelenheil des Neugeborenen liegt, meine Tochter‹, wand er sich, ›dies um so mehr, als das Kind in unehelicher Buhlschaft von dir empfangen wurde. Andererseits lehrte bereits der heilige Paulus, daß ein Christ nicht nur dem Allmächtigen, sondern stets auch der Obrigkeit gehorsam sein müsse, und in deinem Fall ist es leider so, daß der Magistrat zumindest vorerst keine Taufe gestatten will. Würde das Sakrament nämlich gespendet, dann müßte in den Kirchenmatrikeln entweder der Name des Vaters verzeichnet werden, oder aber man müßte den schändlichen Vermerk auf einen anonymen Erzeuger deines Sohnes dort anbringen. Beides jedoch wäre gegenüber dem Mann, mit dem du dich ... verlustiert hast, nicht zu vertreten, solange er sich nicht selbst zu der leidigen Angelegenheit geäußert und seinen Willen unmißverständlich kundgetan hat. Vertraue also auf Gott, meine Tochter, denn irgendwann wird der Betreffende wohl das Seine zur Auflösung des gordischen Knotens tun: entweder die Frucht deiner Sünde zur Adoption freigeben – oder den Knaben zu seinem Bastard erklären. Bis dahin allerdings mußt du dich gedulden, denn wenn auch die Wege des Herrn für uns Menschen manchmal unerforschlich sind, so haben wir uns trotzdem demütig seiner Weisheit zu fügen!‹

Auf diese Weise wurde ich unter dem Portal der Dompropstei abgespeist, und seitdem verstehe ich die Protestanten, die in der römischen Kirche nichts anderes als die belialische Braut des Leibhaftigen sehen, sehr gut! Ich floh vor der Herzlosigkeit des Pfaffen und schlich, zutiefst gedemütigt, zurück in mein Elternhaus. Nur eine einzige Hoffnung war mir jetzt noch geblieben: Daß der im Krieg befindliche Kaiser sich gnädiger zeigen würde als der Propst;

daß der Eisenschinkh, der auf Betreiben des Thuner hin ja mittlerweile nach Sachsen aufgebrochen war, bald die erlösende Botschaft an die Donau brächte ...«

Der kippende Schemel krachte gegen die Wand; in der Stubenmitte stand Barbara nun wieder und rief: »Aber er ritt bereits vor mehr als zwei Monaten fort; keiner in Regensburg hat seitdem mehr etwas von ihm gehört! Entweder ist er in ein Regiment gepreßt worden, oder man hat ihn eingekerkert wegen der Botschaft, die er bei sich trug. Auf jeden Fall ist etwas Schlimmes geschehen; ich weiß es, ich spüre es schon lange, wenn ich in den Nächten wach liege und mich immer wieder frage, was der Finstere wohl gemacht hat mit ihm?! Und ebenso frage ich mich andauernd, was er wohl noch mit mir machen wird; mit mir und meinem Kind?! Seit bald drei Monaten verweigert man dem Balg jetzt die Taufe; nicht einmal einen Namen habe ich ihm geben dürfen! Neulich, wie es das Fieber bekam, bin ich fast wahnsinnig geworden vor Angst; hab' das Wurm schon im ewigen Höllenfeuer brennen sehen! Mühsam, mit den kalten Umschlägen Tag und Nacht, konnte ich das Hitzige dann doch wieder aus dem armen Körperchen heraustreiben, aber die ganze Zeit mußte ich mich fragen, warum denn diesmal kein Medikus zu uns kam: Ob's dem Rat vielleicht gar gelegen gekommen wäre, wenn man einen Kindersarg durch die Tändlergasse getragen hätte?!«

Ein würgendes Schluchzen schüttelte die Schwarzhaarige, ihr schmaler Körper krümmte sich; mit dem letzten bißchen Kraft, das ihr nach dem seelischen Ausbruch geblieben war, stieß sie hervor: »Und dann versiegte auch noch die Milch in meinen Brüsten ... Dann konnte ich meinen Sohn nicht einmal mehr selbst nähren ... Mußte das Weib des Holzträgers darum bitten ...« Barbara drängte sich in die Arme ihrer Mutter und stammelte: »Begreifst du ... jetzt endlich ... wie es in Wahrheit ... in mir aussieht?! Begreifst«, ein fast epileptisch wildes Herumrucken des Kopfes, »auch du es ... Vater?!«

Stumm, hilflos starrten die Eltern der Mißbrauchten; beide setzten mehrmals zu einer Antwort an, fanden jedoch letztlich keine Worte. Das Verständnis, um das die Siebzehnjährige so sehr gebettelt hatte, ließ sich einzig am Flehen festmachen, welches jetzt nicht mehr allein in Barbaras Augen, sondern auch in denen von Wolfgang und Sibylle Pluemberger lag.

Immer lastender wurde die Stille in der Stube; dann aber war es plötzlich die Schwarzhaarige, welche die Älteren erlöste. Draußen im Flur vernahm Barbara ein Geräusch; sie hastete hinaus und kehrte ein paar Herzschläge später mit dem Säugling in den Armen zurück. Verzückt herzte sie ihr Kind – dies brach den Bann; ohne noch weiter denken zu müssen, fand die Gürtlerfamilie wieder zueinander.

***

Verspielt huschten die Schatten im Kräutergarten; auch an diesem Tag, eine halbe Woche nach der denkwürdigen Auseinandersetzung, hatte sich die junge Frau in den Korbstuhl an der Bruchsteinmauer geflüchtet. Der Kleine schlief in der Wiege daneben; nichts störte die Stille, nur dann und wann summte ein Insekt heran, berührte zart den Efeu und verschwand wieder. Allmählich spürte Barbara, wie ihre Lider schwer wurden; dankbar wollte sie der Müdigkeit, die in ihrem zerrissenen Leben wie ein Geschenk war, nachgeben – doch gleich darauf schreckte sie hoch. Jemand hatte draußen auf der Gasse den Türklopfer angeschlagen, und das metallische Hallen war durch den offenen Hausflur bis in den Hinterhof gedrungen.

Einer instinktiven Regung gehorchend, sprang die Schwarzhaarige auf, lief los, blieb aber schon nach wenigen Schritten verstört wieder stehen. Sie war hin- und hergerissen zwischen jäher Hoffnung und fröstelnder Furcht; innerlich zitternd verharrte sie, bis die schweren Tritte Wolfgang Pluembergers oben am Treppenabsatz aufklangen. Ein paar Atemzüge später sah sie die undeutliche Silhouette des Vaters am Ende des dunklen Flurs; die eisernen Angeln des Straßenportals wimmerten, im Gegenlicht erblickte Barbara zwei weitere männliche Umrisse. Als die Besucher eintraten, verschärften sich die Konturen: Die junge Frau erkannte den Ratsherrn Thuner – und dann, mit einem Aufschrei, den verschollen geglaubten Jörg Eisenschinkh.

Am Fuß der Stiege prallte die Siebzehnjährige mit ihrer Mutter zusammen. Hastig machte sie sich frei, erwies dem Patrizier fahrig die Reverenz, umklammerte den Arm Jörgs und herrschte ihn an: »Ich dachte schon, daß ich dich nie mehr sehe! Wo bist du so lange gewesen?! Was ist passiert?!«

Stichwortartig versuchte der Söldner, welcher jetzt wieder das Wappenkoller mit den gekreuzten Schlüsseln trug, Antwort auf Barbaras Fragen zu geben. Der Ratsherr jedoch drängte ihn und die anderen ungeduldig in die gute Stube und unterbrach Jörg dort: »Von deinen Abenteuern kannst du später erzählen. Jetzt ist allein wichtig, wie es in Mühlberg beim Kaiser ablief.«

Jörg Eisenschinkh nickte; nachdem er neben dem Patrizier am schweren Eichentisch Platz genommen hatte, sagte er: »Nun ja, ich wurde nach großen Mühen zur Majestät vorgelassen. Aber kaum hatte ich das Ratsschreiben überreicht, sah ich mich auch schon wieder ziemlich ungnädig verabschiedet ...«

Ernüchterung malte sich auf den Gesichtern des Gürtlers und seines Weibes; die Schwarzhaarige indessen insistierte: »Das war alles?! Er hat's einfach so hingenommen, daß er in seinem Alter noch mal Vater geworden ist? Daß ich das Kind an seinem eigenen Geburtstag zur Welt gebracht habe? Hat er sich wirklich gar nicht weiter dazu geäußert?«

»Bei der ersten Audienz nicht«, erwiderte der Söldner. »Doch am folgenden Tag beorderte er mich erneut zu sich, und diesmal gab er sich umgänglicher. Ich hatte den Eindruck, als bereute er die schroffe Abfuhr, die er mir vierundzwanzig Stunden zuvor erteilt hatte. Jedenfalls erkundigte er sich nun, ob du die Geburt gut überstanden hättest. Ebenso wollte er wissen, ob du dich in der Zwischenzeit vielleicht verlobt oder gar verheiratet hättest. – Die erste Frage konnte ich bejahen, auf die zweite hingegen wußte ich keine Antwort. Schließlich war ich geschlagene zwei Monate zunächst auf verschiedenen Rössern und dann äußerst ungemütlich auf Schusters Rappen nach Sachsen geritten …«

Jörg griente; als er das Unverständnis in Barbaras blauen Augen bemerkte, fuhr er, wieder ernsthaft, fort: »Ich erklärte dem Kaiser aber, daß du wohl Schwierigkeiten haben würdest, in Regensburg einen Freier zu finden. Vermutlich werde es kaum einer riskieren wollen, damit einem außerordentlich Hochgestellten in die Quere zu kommen. – Im nächsten Moment hätte ich mir am liebsten die Zunge abgebissen. Ich fürchtete, es könnte mir wegen meiner blödsinnigen Aufrichtigkeit ähnlich ergehen wie tags zuvor den bedauernswerten Mühlberger Protestanten. Doch der Habsburger nahm meine Worte hin und ließ mich seine Ungnade glücklicherweise nicht spüren. Vielmehr winkte er einen Schranzen heran und zischelte ihm etwas ins Ohr. Bis der Lakai zurückkam, erkundigte Karl V. sich beiläufig nach den Fährnissen, die ich auf meiner Reise hatte ertragen müssen. Nachdem er Bescheid wußte, versprach er mir ein frisches Pferd und zwei Mann Eskorte für meinen Heimweg.

Gleich darauf war der Schranze wieder da und brachte einen Beutel mit. – Hier ist er, Barbara Pluemberger. Ich übergebe ihn dir vor dem Ratsherrn Thuner als Zeugen. Außerdem soll ich dich noch des Wohlwollens der Majestät versichern …«

Lange starrte die junge Frau auf den Lederbeutel in ihrer Hand, öffnete zuletzt die Verschnürung. Ein paar Dutzend Goldstücke rollten auf die Tischplatte. Es war keine geringe Summe, der Gürtlermeister hätte wenigstens ein halbes Jahr dafür arbeiten müssen.

Trotzdem malte sich tiefe Enttäuschung auf dem Antlitz der Schwarzhaarigen. Mit zuckenden Lippen wandte sie sich dem Patrizier zu; der Thuner indessen vermochte ihr keinen anderen Trost zu geben, als mit schiefem Grinsen zu sagen: »Der Kaiser hätte sich weniger nobel zeigen können. Eine gehäufte Handvoll Dublonen – das ist doch wahrlich nicht schlecht für die Aussteuer eines Bürgermädchens …«

»Ja, es ist gutes Geld!« stimmte Wolfgang Pluemberger eilfertig zu.

»Schnödes Geld ist es!« Barbara spuckte den Satz förmlich aus. »Ein Haufen gleißender Mammon – aber kein Brief dabei, keine einzige Zeile!« Mit Mühe nahm sie sich zusammen, umklammerte neuerlich Jörgs Arm und setzte hinzu: »Oder gab er dir noch etwas anderes mit für mich? Trug er dir vielleicht etwas auf, außer der Floskel?«

Der Söldner wand sich, scheute sichtlich die Antwort; an seiner Stelle erwiderte der Ratsherr: »Doch … der Eisenschinkh überbrachte auch eine kaiserliche Botschaft. Sie ist gleichermaßen an den Magistrat und an dich samt deiner Familie gerichtet. Aber ich fürchte, sie wird dich nicht freuen …«

»Welche Botschaft?« drängte die Siebzehnjährige.

Mit gepreßter Stimme erklärte der Patrizier: »Es soll, was

die Abkunft deines Sohnes angeht, strengstes Stillschweigen gewahrt werden. Ab sofort ist es bei Strafe verboten, zu behaupten, daß der Monarch der Vater des Kindes ist. Ich muß dich ermahnen, Barbara, daß du dich an diese Auflage hältst; dasselbe gilt für deine Eltern.«

Jetzt konnte die Schwarzhaarige ihre Tränen beim besten Willen nicht mehr zurückhalten. Während sie verstört schluchzte, hatte sie nur noch einen Wunsch: zurück in den Garten zu rennen; zu ihrem Sohn, den man einmal mehr und brutaler denn je zu einem Nichts, einem Anonymus, gestempelt hatte. Doch sie beherrschte sich und blieb sitzen, dann hörte sie ihre Mutter aufgebracht sagen: »Aber was soll das denn für einen Sinn machen? Es ist doch sowieso schon in der ganzen Stadt herum, welche Folgen das Kaiserbankett im vergangenen Jahr hatte. Von der amtlichen Urkunde, die in der eisernen Truhe auf dem Rathaus liegt und Barbaras beschworene Angabe hinsichtlich der Vaterschaft Karls V. enthält, gar nicht zu reden. Der Habsburger kann dieses Wissen unmöglich mehr aus der Welt schaffen durch seinen willkürlichen Erlaß!«

»Der Kaiser kann alles!« schnauzte, in einem jähen Wutanfall, Jörg Eisenschinkh. »Ich war Zeuge, wie er wegen der Religion eine blühende Stadt stürmen und plündern ließ; um so leichter ist es für ihn, mit einem Säckel voll Gold und einem Dekret einen Balg, der ihm nicht genehm ist, aus seinem Leben zu streichen ...«

»Halt's Maul!« fuhr der Thuner den Söldner an. Gedämpfter fügte er hinzu: »Im Kerker wärst du gelandet, wenn das ein Falscher gehört hätte, du Narr!« Erneut wandte er sich Barbara und ihren Eltern zu. »Nehmt die Entscheidung der Majestät hin; es ist nun einmal so, da beißt die Maus keinen Faden ab! Und damit auch schon wieder: Gott befohlen! Mir pressiert's, ich muß zurück in den Magistrat. Jörg indessen kann gerne noch bei euch bleiben; er mag euch nun in Ruhe erzählen, was er sonst auf seiner Mission erlebt hat.«

Das tat der Söldner, beim Bier kam er in der Erinnerung an seine Abenteuer mächtig ins Schwadronieren. Wolfgang und Sibylle Pluemberger waren ihm dankbar dafür; Jörgs hanebüchene Schilderungen lenkten sie von ihrem eigenen Kummer ab. Barbara freilich verdrückte sich bald; daß sie nach dem Säugling sehen müsse, murmelte sie – und dann konnte sie sich endlich wieder an der Bruchsteinmauer zwischen den dunklen Efeuranken verkriechen.

Der Nachmittag war noch immer mild, wie zuvor trieben die huschenden Sonnenflecken und Wolkenschatten ihr Spiel. Doch die Siebzehnjährige nahm keine Notiz davon; reglos starrte sie vor sich hin, unablässig räderte es in ihrem Gehirn: Zu nichts hat sich der Spanier bekannt, zu gar nichts. Mit dem Geld hat er sich bloß freikaufen wollen von seiner Verpflichtung. Weggestoßen hat er mich und das Kind; das Kind vor allem. Jetzt kann es wohl seiner Lebtag lang nicht getauft werden; kein Ja und kein Nein hat sich der Finstere abgerungen. Hat einfach verfügt, daß über seine Vaterschaft gar nicht mehr geredet werden darf …

Wieder und wieder ging ihr dies durch den Kopf – bis sie es nicht mehr ertrug; bis sie ausbrach und das Denken mit aller Gewalt unterdrückte. Zur Wiege stürzte sie; an den erschrockenen Säugling klammerte sie sich und stöhnte ein spanisch klingendes Wort in das winzige Antlitz hinein: »Anonymo!«

Der Hurenwaibel

Regensburg
Herbst 1547 – Frühjahr 1548

Das kaiserliche Regiment, dem der Waibel Hieronymus Kegel angehörte, hatte vor Mühlberg und Wittenberg gelegen; hatte sich danach an der Kampagne Karls V. das Saaletal aufwärts beteiligt. In Halle waren die Landsknechte Zeugen geworden, wie Landgraf Philipp von Hessen die Waffen gestreckt hatte; weitere Stationen waren sodann Coburg, Bamberg und Nürnberg gewesen. Im Fränkischen, wo die Protestanten jetzt kaum noch aufzumucken gewagt hatten, war der Feldzug allmählich zum bloßen Marodieren und Frauenschänden verkommen. Immer häufiger waren gleichzeitig des Habsburgers eigene Truppen in Streit geraten; Spanier, Flamen und Deutsche hatten in der Entartung und im Rausch aufeinander zu schießen begonnen. Zuletzt, während des Weitermarsches von der Pegnitz nach Süden, hatte die katholische Armee sich zunehmend aufgefasert; ehe Karl V. mit dem Kern seines Heeres zum Reichstag nach Augsburg geritten war, hatte er den übrigen Einheiten befohlen, sich in verschiedenen bayerischen Städten ins Winterquartier zu begeben. Dem Regiment des Hieronymus Kegel war zu diesem Zweck Regensburg zugewiesen worden, und nun näherten sich die Soldaten dem Jakobstor in der westlichen Ummauerung der Reichsstadt.

Es war ein grelles, barbarisches Bild, das sich an diesem ansonsten eher tristen Oktobertag den Wächtern auf den beiden gedrungenen Rundtürmen links und rechts der Grabenbrücke bot. Ein Fähnlein Trommler in gelb-schwarzen Pluderhosen und Wämsern schritt voran und brachte die Kalbshäute mit aggressiven Stockwirbeln zum Dröhnen. Exakt im Marschtakt schwankten gleich anschließend die meterlangen Stoßwaffen einer ersten Spießrotte. Im Windschatten dieses Karrees, von zwei Kesselpaukern auf schweren Brabanterschimmeln flankiert, ritt auf einem spanischen Fuchs der Quartiermeister der Einheit: ein verschlagen aussehender Hagestolz in Leder und flämischem Fries. Drei weitere Söldnerhaufen, teils mit Hellebarden, teils mit Armbrüsten und Kurzschwertern ausgerüstet, folgten; an ihrer Spitze – wie auch bei der führenden Rotte – ließen die Hauptleute ihre Rösser tänzeln.

Mächtig legten sich die Kaltblutpferde und Ochsen in die Sielen, welche im Zentrum des Heerwurmes die Kanonenlafetten zogen; mehr als ein Dutzend Feldschlangen, Kartaunen und Bombarden rumpelten, ächzten und kreischten über die immer morastiger werdende Straße. Die Geschütze wurden von Musketieren und Arkebusieren begleitet: protzig ausstaffierten Soldaten, die sich ihrer Kampfkraft nur zu deutlich bewußt waren. Aber auch die Schärpen, Federhüte und Brustpanzer der Artilleristen selbst spiegelten deren besonderen Rang wider, und noch bombastischer waren die Angehörigen des Regimentsstabes herausgeputzt. Auf seinem Percheron brüstete sich der mit einem langen Degen in kostbarer Scheide sowie zwei Sattelpistolen bewaffnete Obrist in silbern ziseliertem Harnisch und purpurrotem Mantel; ein Reiterrudel ähnlich aufwendig gerüsteter und gekleideter Offiziere, darunter der Regimentsprofos, gab dem Befehlshaber seitlich und im Rücken Deckung.

Metaphysischen Schutz wiederum sollte wohl der Feldaltar bieten, der unmittelbar hinter dem im Herbstwind peitschenden Adelsbanner des Obristen auf einem ungewöhnlich hochachsigen Planwagen transportiert wurde. Kreuzfahnen und auf die flappende Plache gemalte Heiligenbildnisse schmückten dieses Gefährt. Der Militärkurat wurde von zwei fahlgrauen Mauleseln in einer Sänfte getragen; auf weiteren Tieren dieser Gattung saßen die ihm unterstellten Jesuiten und Dominikaner, Dutzende an der Zahl.

Noch einmal drei Spießrotten schlossen sich an, und im Gefolge des letzten Karrees kam sodann die Hefe der Armee, deren Prunk sich hier unvermittelt ins Klägliche, Bedauernswerte oder schlicht Abstoßende auflöste. Zwischen den Karren mit dem Zeltzeug, den Reservewaffen, den Marketenderwaren und dem Proviant liefen die Beutelschneider, Leichenfledderer, zwielichtigen Geschäftemacher und sonstigen Galgenvögel. Überzählige oder abgeschundene Gäule wurden mitgetrieben; auf Tragbahren stöhnten die Verwundeten und Siechen. Die Wagen mit den verrufenen Frauen endlich, ohne die kein Heer aufs Schlachtfeld oder auch ins Ruhequartier zu ziehen pflegte, bildeten den Rattenschwanz des Trosses.

Als beeindruckendes und zugleich einschüchterndes Schauspiel erlebten die Wächter auf den Tortürmen den Einmarsch des Regiments nach Regensburg mit; die Perspektive des Hieronymus Kegel war im Gegensatz dazu begrenzt. Der Waibel nämlich quälte sich auf seiner grobknochigen Mähre ganz am Ende der kaiserlichen Einheit vorwärts. Ständig mußte er auf den tückischen Schlamm achten, durch den sein Gaul mühsam trottete; wenn er zwischen den Zügel- und Schenkelhilfen doch einmal kurz umherzuspähen vermochte, dann war ihm der Ausblick zumeist durch die schwankenden Planwagen seiner unmittelbaren Umgebung versperrt. Das Kreischen und Zotenreißen, das immer wieder hinter dem rot eingefärbten Segeltuch aufklang, verschlechterte seine Stimmung noch mehr. Auf dem Kopf tanzten sie ihm herum, die Dirnen; obwohl während des Marsches die Unzucht ausdrücklich verboten war, hatten sie sich mit Hilfe der mitverschworenen Marketenderinnen frech etliche liederliche Kerle gekrallt.

In seiner Eigenschaft als Hurenwaibel hätte Hieronymus Kegel eingreifen müssen, aber er wagte es nicht. Denn einer der Freier war ein Feldscher, welcher mit dem Hauptmann der Armbrustschützen zu karten pflegte; sich mit dem anzulegen hätte üble Folgen haben können. Deshalb beschränkte sich der etwa dreißigjährige Sergeant mit dem rotblonden Haar, den von der Trunksucht blutunterlaufenen Augen und dem gedrungenen Körperbau darauf, unterdrückt vor sich hin zu fluchen und sich mit dem Gedanken an einen gehörigen Schluck Branntwein gleich nach dem Absatteln zu trösten. Wäre man erst einmal im Quartier, so redete er sich außerdem ein, würde er die Ordnung schnell wiederherzustellen wissen. Die bärbeißigsten Landsknechte würde er den Metzen, die sich mit dem Quacksalber und seinen Kumpanen eingelassen hatten, aufhalsen; rasch würden die Weiber sich dann wieder daran erinnern, daß er, Hieronymus Kegel, ihr Herr und Meister war!

Bis der Troß das Jakobstor erreichte, pflegte der Hurenwaibel seinen Grimm; als die Sünder dort endlich von den Karren sprangen, knirschte er ihnen zwischen den Zähnen eine Verwünschung nach. Ließ auch mehrmals drohend die Reitpeitsche gegen die Gewerbsmäßigen hin schnalzen, nahm jedoch danach straffe Haltung an und passierte den Torschlund mit hocherhobenem Kopf. Die Gaffer jenseits sollten nicht glauben, daß er weniger wert wäre als all die anderen Kaiserlichen, die vor ihm eingeritten waren.

Auf dem Weg durch die Reichsstadt vergaß Hieronymus Kegel vorübergehend seinen Zorn. Die Szenerie, die sich ihm nun darbot, war schuld daran. Noch nie in seinem Leben war der flämische Sergeant in der Metropole an der Donau gewesen; jetzt stellte er verblüfft fest, daß Regensburg durchaus auf einer Stufe mit Brügge oder Gent, den hochberühmten Perlen Flanderns, stand.

Die Huren- und Marketenderwagen rollten an der Schottenkirche mit ihrem prachtvollen hochmittelalterlichen Portal vorbei und folgten dem Regiment weiter zum Jakobsplatz, der von einem wuchtigen Zeughaus dominiert wurde. Nach Norden öffnete sich der Weißgerbergraben mit seinen behäbigen Handwerkerhäusern; der Heerwurm freilich bog in die schräg gegenüber abzweigende Auergasse ein. Malerische Fachwerkbauten bildeten hier im Wechsel mit imposanten Adelspalästen die Kulisse; da und dort forderten bronze- oder kupferfarbene Wirtshausschilder zum Umtrunk und Schlemmen auf. Ein Stück weiter östlich erstreckte sich der Haidplatz mit der imperialen Herberge »Zum Goldenen Kreuz«; im Hintergrund, den düsteren Herbsthimmel noch zusätzlich verschattend, ragten die Domtürme empor.

Inmitten des ausgedehnten Areals, über das Barbara Pluemberger knapp eineinhalb Jahre zuvor zum Bankett Karls V. gehastet war, trat die kaiserliche Heeresabteilung in Formation an. Während sich an den Rändern des Platzes die Schaulustigen drängten, richteten an die tausend Mann sich lärmend in Reih und Glied aus; kamen die Artilleriegespanne, Planwagen und Karren allmählich zur Ruhe. Ab und zu ein barsches Kommando raunzend, wartete der Obrist ab, bis die Ordnung einigermaßen hergestellt war. Sodann wendete er seinen Percheron und ritt an der Spitze seiner Offiziere zum Rathaus, wo ihn die Patrizier erwarteten; zuvor hatte er den Befehl an den Quartiermeister übergeben.

Die Kesselpauker, welche den Hagestolz im Sattel des spanischen Fuchses flankierten, gaben in regelmäßigen Abständen ein dröhnendes Signal. Nach genau festgelegtem Plan kam daraufhin jeweils der Sergeant einer bestimmten Rotte heran, erhielt seine Anweisungen, machte kehrt und führte seine Leute weg. Langsam leerte sich auf diese Weise der Haidplatz wieder; Trupp um Trupp versickerten die Soldaten in den einmündenden Gassen. Zuletzt stand nur noch der Hurenwaibel Hieronymus Kegel samt seinem fragwürdigen Anhang da; endlich setzte auch er seinen schlammbespritzten Gaul in Bewegung und erwartete zwischen den Trommeln seine Order.

Eine ganze Weile, weil er den Verachteten offenbar schmoren lassen wollte, blätterte der Quartiermeister in seinen Papieren. Erst als die Mähre des Sergeanten sich furzend erleichterte, schnauzte er den Rotblonden an: »Das Gelände der früheren Judenstadt eignet sich am besten für dich und deine Metzen! Bei der geschleiften Synagoge schlägst du das Hurenlager auf, teilst dir den Platz mit dem übrigen Abschaum. Schandbarer Boden ist's allemal, so können die biederen Bürger nichts dagegen haben.« Er fixierte den Waibel und setzte hinzu: »Dort drüben muß es sein, halbrechts vom Dom. Wenn du hinkommst, wirst du an den Trümmern und am Gestank schon erkennen, wo vor dir die Gottesmörder hausten.«

Mit verkniffenen Lippen salutierte Hieronymus Kegel, trabte zurück zu den Wagen mit den rot eingefärbten Plachen und gab dort die Weisung des Offiziers brüllend weiter. Gleich darauf rumpelten die Fuhrwerke zum ehemaligen Ghetto davon; die unvermeidlichen Mitläufer, die sich schon auf dem Marsch stets in der Nähe gehalten hatten, folgten dichtauf.

Das Stadtviertel, wo bis zum Jahr 1519 die Regensburger

Juden gelebt hatten, bot einen trostlosen Anblick. Nur dürftige Reste waren von der einstigen Umfassungsmauer geblieben; wo früher die ineinander verschachtelten Häuser gestanden hatten, gab es jetzt bloß noch ein Gewirr von Kellergruben, auf deren Grund zwischen Steintrümmern fauliges Wasser schillerte. Nur ein einziges Bauwerk – etliche Bretterhütten ausgenommen – überragte die vom Glaubenshaß der Christen geschaffene Wüstung; es handelte sich um die seit einem knappen Menschenalter unvollendete Neupfarrkirche.

Nachdem man die Mosaischen ermordet oder verjagt und ihre Synagoge geschleift hatte, war an der Stelle des niedergerissenen Bethauses zunächst eine aus Balken gezimmerte Wallfahrtskapelle entstanden. Gewinnsüchtig hatten katholische Priester dort obskure Madonnenmirakel beschworen; der Zulauf der Blindgläubigen war bald außerordentlich groß geworden, und aus diesem Grund hatte der Magistrat sich bereits wenige Monate nach dem Judenpogrom zur Errichtung der genannten Steinkirche entschlossen. Nur halb jedoch waren die Pfeiler, Bögen, Joche und Türme sodann in die Höhe getrieben worden; bereits 1525 war der Marienkult wieder abgekommen, und damit waren auch die Mittel für den Weiterbau versiegt. Seitdem duckten sich die Turmstümpfe unter einer notdürftigen Abdeckung, verschalte eine kunstlose Mauer das an der Wetterseite jäh abbrechende Langschiff. Gottverlassen wirkte die Bauruine der Neupfarrkirche; es schien, als hätte die ewige Macht ihre Hand in demonstrativem Zorn von einem Götzentempel abgezogen.

Solches Empfinden freilich war dem Sergeanten Hieronymus Kegel völlig fremd, als er nun seine Fuhrwerke im Halbkreis um den westlichen Abschnitt des Kirchengebäudes einwies. Fluchend tat er es, die nach wie vor aufsässigen Dirnen zahlten es ihm kreischend mit derben Zoten heim; der Aufruhr hielt an, bis die Zugtiere abgeschirrt, die Wagenräder festgekantet und die Zeltplanen zwischen den Karrenwänden aufgespannt waren.

Die Dämmerung brach darüber herein; während vom Dom her das Vesperläuten erklang und sich dem Hurenlager gleichzeitig die ersten Landsknechtsgruppen näherten, erledigte der Waibel seine letzte Dienstpflicht dieses Tages. Mit schallender Stimme verlas er die vom Obristen erlassenen Statuten, welche die Modalitäten des horizontalen Gewerbes zumindest in der Theorie regeln sollten. Unter anderem hieß es darin, daß das Beutelschneiden während der Kopulation mit dem Prangerstehen, die verfluchte sodomitische Sünde hingegen ohne Pardon mit dem Galgen bestraft würde. Nachdem er sich diese Androhungen auf der Zunge hatte zergehen lassen, sorgte Hieronymus Kegel dafür, daß die Dirnen, die es auf dem Marsch mit dem Feldscher und dessen Kumpanen getrieben hatten, keine sonderliche Freude an ihrer Einstandsnacht in Regensburg haben würden. Wie er sich vorgenommen hatte, wies er ihnen die ärgsten Schläger und Trunkenbolde unter den wartenden Freiern zu; kassierte zudem vorher den halben Lohn selbst ab. Das Lamentieren der Frauen hob seine Laune; grinsend stapfte er zu der Bretterbude, die er gleich nach der Ankunft als persönliches Quartier requiriert hatte.

Flackernde Talglichter erhellten das Innere der Hütte; die blonde, vollbusige Coburgerin, die der Hurenwaibel derzeit bevorzugte, hatte seinen Sattel mit den Packtaschen über einen Schragen gelegt, das Feldbett aufgeschlagen und auf der Feuerstelle in der Ecke Bohnen und Rauchfleisch gewärmt. Der Sergeant ließ den Blick prüfend durch den Raum schweifen und schnaubte: »Bei dir ist Hopfen und Malz wenigstens noch nicht ganz verloren!« Mit einem Klaps auf den

Hintern der jungen Frau unterstrich er das rüde Lob, ließ sich sodann auf dem Schemel vor der Herdglut nieder und griff nach der Schüssel. Schmatzend löffelte er und verschwendete dabei keinen Gedanken an die früheren Bewohner der Bude: einen invaliden Steinmetzgehilfen und dessen Weib, die um seinetwillen hatten verschwinden müssen. Genüßlich schlug er sich den Bauch voll und reichte den Napf zuletzt an die Dirne weiter.

Während die Blonde sich an den Resten sowie einem Kanten Brot gütlich tat, stiefelte Hieronymus Kegel zum Schragen mit den Sattelsäcken und fischte nach der tönernen Branntweinflasche. Sich auf dem Bett fläzend, delektierte er sich ausgiebig; seine grauen Augen fixierten die Dralle dabei immer gieriger. Und dann bellte er den knappen Befehl: »Komm her!«

Stumm, mit gezwungenem Lächeln, gehorchte die Coburgerin; kniete neben ihm nieder. Womöglich sehnte sich die Metze trotz allem nach dem Erobertwerden, nach einem Quentchen Anerkennung ihrer Weiblichkeit wenigstens, doch der Sergeant zog sie ohne jedes Vorspiel auf seinen Schoß. Derb und besitzergreifend, von nichts anderem als der animalischen Brunst getrieben, befingerte er ihren Leib und ihre Brüste. Gleich darauf drückte er sie rücklings aufs Lager, zerrte ihr das Miederband auf, schlug ihr den Rock hoch und wälzte sich über sie.

Rasch und brutal sättigte sich der Hurenwaibel am Fleisch der Frau. Unmittelbar danach scheuchte er sie aus der Hütte und zurück zu ihrem Gewerbe; er selbst führte die Schnapsbouteille nun in immer kürzeren Abständen zum Mund. Je mehr er trank, desto heimischer fühlte er sich unter dem windschiefen Bretterdach; im Rausch dann redete er sich ein, daß er die nächsten Monate wie die Made im Speck leben würde. An vollen Flaschen und willigen Weibern sollte kein Mangel herrschen, dies schwor er sich; er würde das Allerbeste aus dem bevorstehenden Herbst und Winter in der Reichsstadt machen.

***

Der Dezember war zu mild für die Jahreszeit gewesen, er hatte nur gelegentlich ein wenig Naßschnee gebracht; doch jetzt, in der Januarmitte, herrschte unangefochten der Frost. Die uralten Quadermauern der Donaustadt schienen in diesen Tagen vor Kälte zu klirren, ellenhoch überkrustete der Firn die Hausdächer; mehr als einen armen, obdachlosen Teufel hatten die Nachtwächter bereits erfroren aufgefunden.

Die kaiserlichen Offiziere hingegen, die sich im ersten Stockwerk einer Patrizierburg am Rand des Haidplatzes zusammengefunden hatten, spürten nichts von den Unbilden der Witterung. Der offene Kamin im Quartier des Obristen ließ die Hitze in beinahe greifbaren Wellen durch den Raum mit den gotischen Fensterbögen und der schweren Balkendecke wabern. Die Faune und Heroen auf den Wandfresken schienen gelegentlich unter dem Ansturm der warmen Luft zu zucken, schienen dadurch zaghafte Lebendigkeit zu gewinnen.

Pralle Lebenslust wiederum kennzeichnete das Treiben an der langen Tafel, wo das Offizierscorps nun schon seit Stunden schmauste und becherte. Der Regimentskommandeur hatte sich an seinem Geburtstag nicht lumpen lassen wollen. Soeben wurden die Reste vom achten und letzten Gang des ausufernden Mahls – kandierte Birnen im Maultaschenteig, mit eingelegten Maronen garniert – abgetragen, gleichzeitig ein frisches Fäßchen Burgunder angestochen.

»Auf Euer ganz spezielles Wohl, Exzellenz!« rief, nachdem er sich den Pokal bis zum Rand hatte füllen lassen, der

Hauptmann der Armbrustschützen. »Ich und meine Männer werden auch im neuen Lebensjahr mit Euch durch dick und dünn gehen, das schwöre ich bei Bacchus und meiner unsterblichen Seele.« Mit einem tiefen Schluck bekräftigte der Offizier sein Versprechen, der Obrist tat ihm Bescheid; ins grollende Rülpsen des Hauptmanns hinein schrie der Feldkurat: »Recht hat der Kamerad! Keiner darf abseits stehen, wenn die Armee im Frühjahr nach Flandern und dort erneut gegen die verfluchten Protestanten zieht. Blutiger noch als an Elbe und Saale muß ihnen eingetrichtert werden, wer den alleinseligmachenden Glauben besitzt. Auch an Maas und Schelde keckert ja der Teufel, frecher als selbst in Sachsen und Hessen hat er sein gehörntes Haupt bei den Flamen gen Himmel gereckt; um so unnachsichtiger muß es ihm abgeschlagen werden. Darauf erhebe ich meinen Humpen; es lebe unser Anführer – und jeder, der gewillt ist, für die gute Sache zu fechten!«

Die Pokale klangen aneinander; anschließend wurden weitere Trinksprüche ausgebracht, und mit jedem einzelnen wurde das Schwadronieren lauter. Der Wein floß jetzt in Strömen; bald begannen die ersten Zecher stumpf zu glotzen, andere versuchten sich gegenseitig unter den Tisch zu saufen. Der Obrist, auch er halbrauschig inzwischen, amüsierte sich eher darüber, als daß er dem Treiben zumindest in seinen schlimmsten Exzessen Einhalt geboten hätte.

Desto unwilliger allerdings wurde er, als es am frühen Abend zu einem Zwischenfall kam. Vor der Tür, wo mehrere Hellebardiere postiert waren, entstand plötzlich ein Gerangel; im nächsten Moment drängte sich ein magerer Kerl im firnüberkrusteten Harnisch und Mantel durch und bahnte sich den Weg zum Sessel des Regimentskommandeurs, wo er zackig salutierte.

Wie angestochen fuhr der Obrist hoch und polterte: »Potz

Satan! Was unterstehst du dich, mir den Schnee ins Gesicht zu stäuben, du Hund?!«

»Verzeiht, Exzellenz! Ich bringe Depeschen aus Nürnberg!« rechtfertigte sich der Fremde. Während der Angetrunkene verdutzt starrte, reinigte der Kurier mit fast provozierender Gründlichkeit seinen Umhang, wobei unter dem zurückschlagenden Stoff ein Fähnrichsportepee sichtbar wurde; erst dann fügte er hinzu: »Befehle Seiner Majestät Karls V. an das Patriziat der Reichsstadt – und ebenso an Euch, Euer Liebden. Auf dem Rathaus habe ich meine Pflicht bereits erfüllt; dort sagte man mir auch, wo ich Euch finden würde. Wenn der Herr freilich meint, daß die Angelegenheit nicht so dringlich sei …«

Trotz seines Zustandes spürte der Obrist den feinen Spott nur zu deutlich; den Spott und die leise mitschwingende Drohung. »Das ist nicht dein, äh … Euer Ernst!« schnaubte er; trat auf diese Weise die Flucht nach vorne an und riß die Initiative wieder an sich. »Wenn es um das Reich geht, darf es keinen Aufschub geben, das solltet Ihr wissen! Für den Kaiser bin ich Tag und Nacht im Dienst, selbst wenn ich an meinem Geburtstag ein Bankett steigen lasse! – Und jetzt her mit den Briefen!«

Der Fähnrich salutierte abermals; dann, während sich der Lärm an der Tafel allmählich legte, zog er mehrere gesiegelte Umschläge aus der Ledertasche, die er unter dem Mantel trug. Mit gerunzelten Brauen nahm der Kommandeur die Depeschen entgegen, verabschiedete den Kurier mit einem Nicken und den Worten: »Laßt Euch draußen einen Becher Glühwein für Eure Mühe geben!«, zog den Dolch und schlitzte die Schnüre an den Petschaften auf.

Gespannt traten jene Offiziere, die geistig noch aufnahmefähig waren, näher; sofern sie jedoch brisante Neuigkeiten erwartet hatten, wurden sie enttäuscht. »Jawohl, wir werden bis zum Frühjahr energischer als bisher auf dem Nordgau rekrutieren«, belferte der Obrist bei der Lektüre der ersten Order; gab wenig später von sich: »Hoffentlich hat man das auch den Regensburger Patriziern von höchster Stelle aus mitgeteilt, daß sie das Regiment auf ihre Kosten mit sechs zusätzlichen Wallbüchsen armieren müssen; wenn nicht, werden die Ratsherren arge Tänze aufführen!« Eine weitere Depesche betraf religiöse Angelegenheiten; verächtlich wurde das Pergament in Richtung des Militärkuraten geschleudert. Gleich darauf freilich, kaum daß das letzte Siegel erbrochen war, brüllte der Empfänger der kaiserlichen Botschaft außer sich: »Zuerst der aufmüpfige Fähnrich – und jetzt das! Himmelkreuzelement! Genügt's denn nicht, wenn ich der Majestät die Protestanten abschlachte?! Muß ich auch noch den Kuppler spielen?!«

Eine ganze Weile, während der Kommandeur seinen Grimm mit einem Sturztrunk abdämpfte und danach verbiestert in seinen Pokal starrte, hingen die seltsamen Sätze in der Luft; endlich wagte einer der Hauptleute die Frage: »Worum geht's, Exzellenz?«

»Um eine vermaledeite Kopulation!« knurrte der Obrist, dann erklärte er sich genauer: »Es betrifft einen Vorfall, der sich Anno '46 hier in der Stadt ereignete. Wie es scheint, ließ eine gewisse Halbseidene damals die Röcke beim Tanz heftiger als schicklich fliegen, so daß irgendeiner von Stand – hier schweigt sich die Hofkanzlei natürlich dezent aus – ihr allzu nachdrücklich unters Ballkleid schauen konnte. Kurz und gut: Das Weibsstück handelte sich durch seinen Leichtsinn einen dicken Bauch ein, und weil der Bastard nicht von irgend jemandem ist und die Mutter in der Zwischenzeit auch keinen Regensburger Freier gefunden hat, soll ich in meiner Eigenschaft als Vertreter der Krone nun dafür Sorge tragen, daß sie endlich unter die Haube kommt ...«

Schallendes Gelächter unterbrach den Kommandeur; notgedrungen machte er gute Miene zum bösen Spiel und nahm es hin. Nachdem der Heiterkeitsausbruch abgeebbt war, fuhr er mit verkniffenen Lippen fort: »Weiter heißt es in der Order – und damit wird die Sache noch verrückter –, daß es aus Gründen der Staatsräson gar nicht mehr anzustreben sei, das Adelsliebchen mit einem hiesigen Bürger zu verheiraten. Vielmehr solle sich ein geeigneter Kerl aus meinem Regiment dazu hergeben; jemand mit einer gewissen Reputation, der zu der Bürgerlichen passe. Außerdem solle die Ehe vor der Trommel und nicht in der Kirche geschlossen werden. Damit aber noch immer nicht genug: Das Ereignis müsse auch noch exakt am Vorabend des Tages stattfinden, an dem wir wieder ins Feindesland marschieren, und die frisch Kopulierte, so die Anweisung, solle dann mitziehen …«

Der Obrist kühlte sich die Kehle mit einem weiteren ausgiebigen Schluck und schloß: »Die Gründe, warum man das in der Hofkanzlei so geplant hat, kennt der Teufel! Meiner Meinung nach hat ein Besoffener diesen Irrsinn ausgebrütet; ich begreife hinten und vorne nicht, wie dabei etwas Vernünftiges herauskommen soll. Trotzdem werde ich den vermaledeiten Befehl nach Punkt und Komma ausführen müssen.«

»Ich möchte dabei nicht in Eurer Haut stecken!« ließ sich schadenfroh der Quartiermeister vernehmen. »Falls das Weibsbild bockbeinig ist, wird es sich kaum so ohne weiteres mit irgendeinem Landsknecht verheiraten lassen. Gerade die jungen Frauenzimmer haben oft ihren eigenen Kopf; so einer bedeutet am Ende das Spintisieren vom Liebesglück mehr als selbst ein Dekret der Majestät.«

»Im Notfall, wenn sich das Schäfchen allzu starrsinnig zeigt, muß man eben den Profos einschalten«, grinste der

Hauptmann der dritten Spießrotte, wandte sich dann dem Stock- und Scharfrichter direkt zu und fuhr fort: »Am besten wird es sein, Ihr notiert Euch gleich einmal den Namen der Glücklichen. Damit Ihr später, wenn es ernst wird, nicht die Falsche erwischt.«

»Wollt Ihr mir etwa unterstellen, daß ich mein Handwerk nicht verstehe?« verwahrte sich der Profos feixend. »Aber damit Ihr beruhigt seid, und weil's mich selbst auch interessiert: Wie schreibt sich denn die werte Angebumste, Herr Obrist?«

Nachdem sich das brüllende Gelächter an der Tafel wieder gelegt hatte, erwiderte der Kommandeur: »Sie heißt Barbara Pluemberger, ist die Tochter eines Gürtlers aus der Tändlergasse und zählt siebzehn oder achtzehn Jahre.«

»Erfreulich frisches Fleisch!« wieherte der Oberfeuerwerker der kaiserlichen Einheit und vollführte dabei mit Daumen, Zeige- und Mittelfinger eine obszöne Geste. »Da darf sich der künftige Gatte ja wirklich gratulieren.«

»Ihr habt leicht reden«, versetzte, plötzlich ebenfalls sehr aufgeräumt, der Obrist. »Ehe die Gürtlerstochter die Vorzüge des Militärlebens genießen kann, müssen wir erst einmal den richtigen Bock für sie finden ...«

***

»Du bist der ärgste Hurenbock, Hieronymus, der je unter der Fahne unseres Regiments sein Unwesen trieb!« Rauhborstige soldatische Anerkennung schwang in der Stimme des Sprechers mit. Über seine Fuselflasche hinweg fixierte er den Rotblonden, der ihm in der Bretterhütte bei der Neupfarrkirche gegenübersaß; stieß dann sicherheitshalber noch einmal nach: »Schwöre mir, daß es dir Ernst ist mit deinem Angebot!«

»Es ist abgemacht, Kamerad Brunzperger, und der Leibhaftige soll mich holen, wenn ich mein Wort nicht halte!« bestätigte der flämische Sergeant. »Hier meine Hand drauf!«

»Topp, dann gilt es! Auf Gedeih und Verderben!« Der krummknochige Korporal schien sein Glück noch immer nicht fassen zu können. »Ich bin dein Mann, Hieronymus! Kannst dich auf mich verlassen! Selbst wenn mir ein Offizier auf die Schliche käme – ich würde dich ums Verrecken nicht verraten!«

»Von den Chargierten wird keiner was mitkriegen, die sind zu blöd dazu«, schnappte der Waibel. »Du mußt bloß so vorgehen, wie wir es abgesprochen haben. Und damit du gewiß keinen Fehler machst, wiederhole ich es dir noch einmal. Also: In deiner Eigenschaft als Schreiber des Proviantmeisters hast du Zugang zu den Branntweinvorräten des Regiments. Kannst jederzeit in die Keller, wo die Fässer und Bouteillen eingelagert sind. Führst außerdem Buch über die Abgänge und Einkäufe. Infolgedessen, Freund Gebhart, brauchst du nichts weiter zu tun, als deinen Federkiel dann und wann ein wenig sudeln zu lassen. Du machst die Bestände ein bißchen kleiner, als sie in Wahrheit sind; was auf diese Weise an Schnaps übrigbleibt, gehört mir – und du bekommst im Gegenzug, ohne daß du einen Heller für sie blechen mußt, die Huren.«

Mit schmutzigem Lachen hieb der Waibel dem schafsnasigen Korporal auf die Schulter und fuhr fort: »Es fällt dir bestimmt nicht schwer, da und dort eine Sechs statt einer Acht in deine Bücher zu malen. Aufpassen müssen wir nur, daß uns keiner beobachtet, wenn wir den Branntwein beiseite schaffen. Am besten nutzen wir dafür die regulären Lebensmittellieferungen in mein Lager; zwischen den Rüben und Brotlaiben wird kaum einer herumstochern. Noch wichtiger freilich ist, daß du mit keinem Aas über deine Privilegien redest, Brunzperger!«

Scharf faßte Hieronymus Kegel seinen Spießgesellen ins Auge. »Du kannst dich ausvögeln, Kamerad, soviel du lustig bist; protzen jedoch darfst du damit auf gar keinen Fall! Sonst habe ich den Profos am Hals, weil die Unzucht im Dirnenquartier nur unter der Bedingung erlaubt ist, daß ein Teil des Sündenlohns ans Regiment geht. – Ich hoffe, du hast's kapiert und hältst dich dran! Wenn ja, wird dir die Zeit gewiß nicht lang werden. Ich garantiere dir für jede Nacht eine Metze; für jede Flasche, die ich dank deiner Hilfe köpfen kann, kriegst du ein Weib.«

Grinsend lehnte sich der Sergeant wieder zurück und schloß: »So gut meint's der Hieronymus Kegel mit seinen Freunden – und gleich jetzt gestehe ich dir einen Vorschuß auf die Freuden der Liebe zu! Ja, es ist mein Ernst, Gebhart! Ich pfeif' der Coburgerin, die wir vorhin aus guten Gründen vor die Tür gesetzt haben; sie soll zu den Hurenzelten hinüberlaufen und dort deine Wünsche ausrichten. Du brauchst mir nur zu sagen, welche Dirne du zur Feier des Wiegenfestes unseres Obristen haben willst: eine Rote, eine Schwarze, eine Schlanke oder eine Feiste. Sogar die Coburgerin selbst trete ich dir ab, wenn du magst; ich hab' sie sowieso allmählich über. An ihrer Stelle lasse ich mir eine andere kommen, und dann bocken wir zu viert, so wie sich's für gute Kameraden und Kompagnons gehört.«

Der Korporal mußte mehrmals schlucken, ehe er, neuerlich betont rauhbauzig, zu antworten vermochte: »Ich habe mich getäuscht in dir. Nicht bloß in unserem Regiment, sondern in der ganzen kaiserlichen Armee bist du der ärgste Hurenbock! Und weil das so ist, sollst du alsbald im Branntwein schwimmen. – Nun aber mach zu! Schick die Blonde los, ich kann's kaum noch erwarten! Mitzubringen freilich braucht sie keine für mich, sie selber ist genau meine Kragenweite …«

Wenig später kehrte die Coburgerin zusammen mit einer schreiend bunt gekleideten Spanierin zurück. Zaudernd, nichts Gutes ahnend, verharrten die Frauen bei der Bretterpforte; augenblicklich zeigte ihnen Hieronymus Kegel, wer ihr Herr war. »Merkt ihr nicht, wie der Wind hereinpfeift, ihr Luder?!« fuhr er sie an. »Los, den Türriegel vor und dann aufs Bett mit euch! Rasch, ehe ihr meine Peitsche zu spüren bekommt!«

Die Dirnen gehorchten; als sich ihnen zusammen mit dem Waibel auch Gebhart Brunzperger näherte, begriffen sie das übrige. Ein Mißverständnis gab es seitens der Frauen lediglich, als die Blonde nach alter Gewohnheit den Sergeanten umarmen und den Korporal der Spanierin überlassen wollte. »Nichts da!« wies Hieronymus Kegel sie rüde zurecht. »Du rammelst heute mit meinem Freund; ich will's so haben!« Weil die Coburgerin kurz zögerte, stieß er sie hart weg, dann schnappte er sich die verblüffte Dunkelhäutige, griff ihr unter den Rock und grinste dabei dem Schafsnasigen aufmunternd zu.

Bald war die Orgie in vollem Gange; immer lauter wurde das Keuchen und Stöhnen in der dämpfigen Bude, hemmungslos sättigten sich die beiden Männer am nackten Frauenfleisch. Zur Erfüllung indessen, der rein brünstigen wenigstens, gelangten sie nicht; eben als der untersetzte Körper des Hurenwaibels sich in die finale Ekstase hineinbäumen wollte und auch der Korporal nicht mehr weit dahin hatte, dröhnten Schläge gegen die Hüttentür.

Verdattert fuhr der Schreiber, fluchend der Sergeant hoch; während die Dirnen sich erschrocken aneinanderdrängten, brüllte Hieronymus Kegel außer sich: »Wer, beim siebenfach Geschwänzten, spielt da verrückt?! Verschwindet auf der Stelle, ihr besoffenen Arschlöcher dort draußen, oder ich lehre euch mit der blanken Klinge Mores!«

Als der Lärm sich daraufhin eher noch verstärkte, machte der Waibel tatsächlich Anstalten, aus dem Bett zu springen und nach dem Raufdegen über der Feuerstelle zu greifen. Aber mitten in der Bewegung erstarrte er. Eine befehlsgewohnte Stimme, die sich barsch von jenseits der Bretterwand vernehmen ließ, war schuld daran.

»Trau dich nur heraus und vergreif dich am Profos deines Regiments!« tönte es. »Dann ist dir der Galgen sicher, darauf kann ich dir Brief und Siegel geben! Und ebenso schwöre ich, daß ich dir dein Rattennest eigenhändig über dem Kopf anzünden werde, wenn du mich noch länger im Schneewind stehen läßt, du pflichtvergessener Lump!«

»Die Madonna sei uns gnädig! Unser Handel ist aufgeflogen, noch ehe er richtig begonnen hat!« ächzte, vor Furcht zitternd, der Korporal.

»Schnauze!« zischelte der Sergeant. »Versteck dich mit der Spanischen unterm Bett!« In die andere Richtung, während er sich hastig seinen Mantel überwarf, rief er: »Zu Befehl! Ich öffne ja schon! Muß bloß erst in die Kleider kommen, kann einem Offizier doch nicht ohne Montur gegenübertreten.«

Gleich darauf stolperte er zur Tür, schob den Riegel so langsam wie möglich beiseite und machte dem Vertreter der Militärgerichtsbarkeit sodann unterwürfig buckelnd Platz.

Mit grimmiger Miene betrat der Profos den verräucherten Raum; als er jedoch die Coburgerin auf der Schlafstatt mit den weit herabhängenden Decken erkannte, verzog sich sein Mund unwillkürlich zu einem süffisanten Grinsen. Hieronymus Kegel, seine Chance witternd, beteuerte eilig: »Es hat alles seine Ordnung! Die Blonde begeht heute ihren Namenstag, und da dachte ich mir, daß sie ein Recht drauf hat, ein wenig mit ihrem Vorgesetzten zu feiern …« Mit verschwörerischem Lächeln, sozusagen von Mann zu

Mann, unterstrich der Sergeant seinen Sermon; er hatte sich nicht verrechnet, der Stock- und Scharfrichter ging auf das Spiel ein.

»Was das für ein Fest war, kann ich mir sehr gut vorstellen«, feixte er. »Aber manchmal muß man fünfe gerade sein lassen, deshalb will ich's dir nachsehen. Das nächste Mal freilich, wenn ein Offizier dich aufsucht, du Galgenstrick, läßt du ihn nicht ewig draußen im Frost warten; das schreib dir hinter die Ohren! – Doch jetzt Schwamm drüber; mach zu, daß du dich anständig bekleidest! Und dann kommst du mit mir; der Obrist höchstpersönlich erwartet dich, er hat einen äußerst wichtigen militärischen Auftrag für dich ...« Mit zweideutigem Grinsen brach der Profos ab; der Hurenwaibel, obwohl er mehrmals insistierte, erhielt vorerst keine weitere Aufklärung.

Wenig später folgte er dem Offizier durch die sternklare Nacht; je mehr die Kälte ihn ausnüchterte, desto sicherer wurde er, daß ihn im Kommandeursquartier nichts Gutes erwartete. Aufs Glatteis geführt hat mich der Profos, dachte er; eine Order kriegt einer wie ich nicht vom Obristen direkt, zumal nicht zu solch unchristlicher Stunde. Eher wollen sich die Herren einen ihrer Späße mit mir machen, bei denen es um Kopf und Kragen gehen kann; wo aus dem Spiel im Handumdrehen blutiger Ernst wird. Man weiß doch, wozu sie fähig sind, wenn der Teufel sie reitet; ein Menschenleben, und sei's selbst das eines Sergeanten, bedeutet ihnen dann einen Dreck. Wie wir letztes Jahr vor Bamberg gelegen haben, mußten zwei Landsknechte sich mit verbundenen Augen und Bidenhändern um einen erbeuteten Streithengst schlagen, bloß weil zwei Chargierte sich nicht gütlich wegen des Viehs einigen konnten. Der Korporal Heisterbacher, der den ganzen Feldzug ohne einen Kratzer überstanden hatte, blieb auf der Strecke damals; ich sehe seinen Kopf noch kollern, über ein Dutzend Schritte weit. Und meiner sitzt, verflucht noch mal, auch nicht mehr fest auf den Schultern; ich spür's genau! Entweder hat mir ein Mißgünstiger was Sodomitisches unterstellt, oder der Brunzperger hatte doch recht, und es gab Lauscher, als wir den Schnapshandel beredeten. Auf jeden Fall steckt was Schlimmes dahinter; tückisch wie der Teufel hat der Profos vorhin gegrinst. Daß er in der Hütte nicht weiter nachbohrte, war bestimmt nur Verstellung; er wollte mich bloß nicht gleich packen, weil er sonst den anderen Offizieren die Freude verdorben hätte. Jetzt aber werden sie Katz und Maus mit mir spielen, bis ich aus dem letzten Loch pfeife; bis es ganz und gar aus ist mit dem fröhlichen Leben des Hieronymus Kegel ...

»Wir sind da! Reiß dich zusammen, wenn du vor den Kommandeur trittst! Hast gar keinen Grund, wie ein nasser Hund zu zittern!« Hämisch raunzte der Stock- und Scharfrichter die Sätze; der zusammenfahrende Hurenwaibel fühlte sich angesichts des abfälligen Tonfalles in seinen ärgsten Befürchtungen bestätigt. Im nächsten Moment scheuchte ihn ein Rippenstoß durch das Tor der Patrizierburg; mit einem äußerst flauen Gefühl im Magen stolperte der Sergeant über den Innenhof und dann die Treppe zum Festsaal hinauf, aus dem ihm wüster Lärm entgegenschlug.

Das Brüllen und Toben verstärkte sich noch, als der Rotblonde, den Profos immer im Rücken, zum unteren Ende der inzwischen gräßlich versudelten Tafel taumelte. Dann aber sorgte der Obrist durch eine gebieterische Geste zumindest einigermaßen für Ruhe.

»Du kannst auf dem Hocker da Platz nehmen, Kegel!« wies er anschließend den Sergeanten an. »Sollst nicht dastehen müssen wie ein blöder Lakai. Mach dir's bequem, nimm dir meinethalben auch einen Humpen. Ansonsten erwarte ich von dir, daß du das, was ich dir gleich eröffnen werde, wie ein Mann trägst!« Der Kommandeur wandte sich von dem kreidebleich werdenden Hieronymus Kegel ab und ließ den Blick über die Offiziere gleiten. »Doch zunächst, ihr Herren, ehe wir dem Waibel den sauren Wein einschenken, wollen wir ihn mit anständigem Burgunder noch einmal hochleben lassen. Das ist sein gutes Recht, wenn er schon die Haut zu Markte tragen muß für die Ehre des Regiments.«

Als er den Chargierten notgedrungen Bescheid tat, verspürte Hieronymus Kegel einen beinahe unbezwingbaren Brechreiz. Nunmehr war er sich völlig sicher, daß sein Leben keinen Schuß Pulver mehr wert war.

Ein paar gejagte Herzschläge später schien die grollende Stimme des Obristen genau dies zu bestätigen: »Es ist ein kaiserlicher Befehl eingegangen, wonach ein geeigneter und erprobter Soldat meiner Truppe eine sehr spezielle und überaus gefährliche Aufgabe zu erledigen hat. Der Kerl muß den Hals sozusagen in eine ganz vermaledeite Schlinge stecken, und du kannst dir denken, Sergeant, daß wir uns die Entscheidung, wer der Unglückliche sein soll, nicht leicht machten. Vielmehr ließen wir, weil uns dies am gerechtesten dünkte, die Göttin des Zufalls walten und würfelten die Sache vorhin aus. Jeder der anwesenden Offiziere, diejenigen, die bereits unter dem Tisch lagen, ausgenommen, setzte auf einen Waibel aus dem Regiment. Dann schüttelten wir die Becher – und dich hat's getroffen, Hieronymus Kegel! Du wirst dich opfern müssen; es ist nichts mehr daran zu ändern …«

»Woran?!« schnappte der Rotblonde.

»Daran, daß du nicht länger huren und saufen, sondern dich verheiraten wirst!« Erneut prostete ihm der Kommandeur zu. »Ein Eheweib haben wir für dich gefunden, nach dem du dir alle zehn Finger ablecken kannst!«

»Und die gröbste Arbeit hat man dir auch schon abgenommen, weil ihr nämlich bereits ein Balg am Rockzipfel hängt«, lallte der Feldkurat.

»Einer Gürtlerstochter darfst du, nachdem man euch vor der Trommel kopuliert hat, den Keuschheitsgürtel lösen!« schrie der Profos.

»Damit du aber auch wirklich kapierst, was wir meinen, will ich dir die Sache eingehender erläutern«, nahm wiederum der Obrist das Wort. »Also, Spaß beiseite und genau aufgemerkt jetzt! Folgendermaßen verhält es sich mit deiner Braut ...«

Gegen Mitternacht, nachdem die Offiziere ihn stundenlang mit Rotspon und Schnaps traktiert hatten, wankte Hieronymus Kegel zurück in sein Quartier. Die beiden Dirnen und Brunzperger waren längst verschwunden; fluchend ließ der Hurenwaibel sich aufs zerwühlte Bett fallen. Ehe der Alkohol ihm völlig die Besinnung raubte, lallte er noch: »Der Geschwänzte soll sie ... alle miteinander holen. Die Hochgestochenen samt der ... Pluembergerin. Ein häßlicher Trampel sondergleichen ... wird sie sein. Warum sonst ... hat sich kein Bock ... in der ganzen Stadt ... freiwillig hergeben wollen für sie?«

***

»Und wenn er der einzige Mann in Regensburg wäre – ich will ihn nicht!« Die Schwarzhaarige rief den Satz mit überschnappender Stimme. Ihr mittlerweile einjähriger Sohn, der nun von allen im Haus Anonymo gerufen wurde, spürte Barbaras Zorn und flüchtete erschrocken aus ihrer Nähe. Die junge Mutter achtete nicht darauf, anklagend fuhr sie fort: »Ich bin doch kein Stück Tand, das man einfach an den Nächstbesten verhökern kann! Noch dazu an so einen wie diesen Hurenbock Hieronymus Kegel! Bloß weil der, wie er sagt, irgendeinen Befehl von seinem Obristen bekommen hat, darf er mich noch lange nicht als seine Metze betrachten! Ausgerechnet er, der größte Tunichtgut des ganzen Regiments! Die Gassenjungen schreien es herum, was das für einer ist! Aber man merkt's auch so: an den versoffenen Augen und den schmuddeligen Kleidern, die zehn Ellen gegen den Wind stinken! – Nie, nie, nie kommt der mir nahe! Eher gehe ich in die Donau, als daß ich mich mit dem gemein machen lasse; auch wenn sein Vorgesetzter es tausendmal so haben will!«

»Es ist nicht der Obrist allein, der die Eheschließung zwischen seinem Sergeanten und dir verlangt, Barbara!« Der Patrizier Thuner, welcher sich im Gürtlerhaus eingefunden hatte, um der seit Wochen schon Aufsässigen ins Gewissen zu reden, sagte den Satz leise; gerade dadurch freilich klangen seine Worte besonders eindringlich. Als der Ratsherr bemerkte, wie die Schwarzhaarige die Lippen zusammenpreßte, tauschte er einen Blick mit ihrem Vater; setzte dann hinzu: »Ich habe es deinen Eltern bereits erklärt, nunmehr sollst auch du es erfahren: Die Order wegen der Kopulation kam aus Nürnberg, wo sich derzeit die kaiserliche Majestät aufhält. Der Regimentskommandeur ist nur das Werkzeug, dessen sich der Habsburger bedient. Der Obrist selbst hat es mir neulich beim Wein gesteckt; vermutlich, weil er weiß, daß ich mit euch verkehre, und natürlich auch, weil es auf ihn zurückfällt, wenn sein Untergebener mit der Werbung nicht weiterkommt. Kurz und gut, Barbara: Wenn du dich noch länger gegen den bewußten Befehl sperrst, stellst du dich gegen den Kaiser höchstpersönlich! Und das solltest du dir siebenmal überlegen; nicht allein deinetwegen, sondern auch um deiner Familie willen!«

»Als ob ich nicht längst geahnt hätte, daß der Habsburger seine Hand im Spiel hat!« stieß die Schwarzhaarige schluchzend hervor. »Ich weiß doch, daß er vergessen will, was zwischen uns geschah; daß ihm vor allem daran liegt, es hier in Regensburg zu vertuschen. Und da ist eine unauffällige Heirat mit einem Zugvogel vom Heer natürlich das geeignete Mittel. Das ist mir schon klar; man wird hellsichtig, wenn man so behandelt wird wie ich und sich dazu nächtelang den Kopf zermartert. Und ebenso weiß ich, daß ich irgendwann sowieso unter die Haube kommen muß; schon wegen meines Kindes, das einen Vater braucht …«

Das Schluchzen verstärkte sich; mit aller Kraft mußte die Achtzehnjährige sich zusammennehmen, ehe sie weiterzusprechen vermochte: »Aber ich verstehe nicht, warum man so plump und lieblos mit mir umspringen muß?! Man hätte es doch auch ein wenig taktvoller anstellen können! Warum muß denn ausgerechnet ein eiskalter Regimentsbefehl der Anlaß sein?! Hätte man denn nicht ein bißchen mehr Gefühl und Verständnis zeigen können?! – Aber nein, ausgerechnet solch einen Abstoßenden wie den Kegel mutet man mir zu! Einem Vieh will man mich ausliefern; das ist's, was mich so schrecklich trifft!«

»Wäre es nicht möglich, daß du dem Flämischen unrecht tust?« mischte sich der Gürtlermeister ein. »Immerhin hast du bisher kaum ein Wort mit ihm gewechselt …«

»Mit einem Hurenwaibel?!« schnappte die Schwarzhaarige. »Mit einem Bordellkönig, der …«

»Darum geht's nicht!« fiel ihr der Patrizier ins Wort. »Nicht um die Stellung, die er im kaiserlichen Heer bekleidet, und auch nicht um sein Aussehen oder seine Art. – Begreif doch endlich, Barbara, sei nicht so verstockt! Wichtig ist allein, daß dein Leben in Ordnung kommt. Daß du weißt, wohin du mit deinem Kind gehörst. Daß du dich nicht länger als eine Sitzengelassene im Hinterhof verstecken mußt. Und daß für die Zukunft deines Sohnes gesorgt ist. Dies ist die Mutterpflicht, die du an ihm zu erfüllen hast; an deinem

Anonymo. Wenn du ihm das Nest verschaffst, auf das er Anspruch hat, wird er den unseligen Namen nicht länger tragen müssen. Er kann – bedenke auch das einmal – katholisch getauft werden! Dein Gatte muß sich bloß bereit erklären, ihn zu adoptieren, dann spricht überhaupt nichts mehr dagegen!«

Plötzlich wirkte die Achtzehnjährige sehr aufmerksam; der Ratsherr ließ seine letzten Sätze einen Moment nachwirken, ehe er fortfuhr: »Jawohl, insbesondere um das Seelenheil deines Kindes geht es! Ich weiß, welche Ängste du ausgestanden hast, weil man ihm das Sakrament bislang verweigerte. Aber jetzt kann dein Sohn ohne weiteres in den Zustand der göttlichen Gnade kommen; der Obrist versicherte mir, alles sei bereits mit dem Kegel geregelt! – Und er gesteht dir noch mehr zu! Du wirst gar nicht das Weib eines ... etwas anrüchigen Waibels sein müssen; der Sergeant soll befördert werden, sobald er mit dir vor die Trommel getreten ist. Er wird eine wichtige Aufgabe im Regiment übernehmen, soll künftig Rekruten anwerben und dabei die Rangabzeichen eines Offiziers tragen. In ein, zwei Jahren wird sich niemand mehr an das erinnern, was früher war. Einen Gatten von Stand hast du dann, Barbara! Kannst an seiner Seite aufsteigen; weit höher empor, als es einer Handwerkerstochter normalerweise möglich ist.«

»Bloß weil der Kegel ein Offizierspatent kriegt, werfe ich mich gewiß nicht an ihn weg!« trotzte die Schwarzhaarige. »Doch andererseits«, sie senkte den Kopf, »ist mir das, was Ihr über die Taufe gesagt habt, bisher nicht bewußt gewesen ...«

Wieder tauschte der Patrizier einen schnellen Blick mit dem Gürtlermeister, bezog einen Lidschlag später auch Sibylle Pluemberger mit ein. Dann wandte er sich erneut der Achtzehnjährigen zu und erklärte: »Es gibt Pflichten, denen man sich nicht entziehen darf – und eine Mutter muß zuallererst an ihr Kind denken. Sie ist für seine Wohlfahrt und sein Seelenheil verantwortlich, die Sorge dafür wurde ihr von Gott auferlegt. Eine, die das nicht einsieht, versündigt sich! Sie mißachtet den göttlichen Willen, und so etwas ist uns Menschen bei Strafe der Höllenpein verboten! Ebenso aber ist es ehernes Gesetz, daß wir Untertanen nicht gegen die Gebote des Kaisers rebellieren, denn ihm wurde die Krone vom Allmächtigen verliehen!«

Der Thuner erhob sich, einen Augenblick stand er stumm da. Plötzlich lagen seine schweren Hände auf Barbaras sich einkrümmenden Schultern, beschwörend fügte er hinzu: »Bedenke dies! Bedenke es vor allem wegen deines kleinen Sohnes!«

Gleich darauf schritt der Ratsherr zur Tür; die Schwarzhaarige hatte das Gefühl, kurz von seiner Berührung aufgefangen und dann jäh zurückgestoßen worden zu sein.

***

Sehnsucht nach Halt, Furcht vor dem Abgrund – zwischen diesen ständig widerstreitenden Stimmungen sah sich die Achtzehnjährige während der folgenden Tage und Nächte hin- und hergerissen. Meisterlich hatte der Patrizier ihr den Stachel in die Seele gebohrt; hatte exakt die Stelle getroffen, an der sie zutiefst verwundbar war. Verzweifelt kämpfte Barbara mit sich; rang um die Entscheidung, die von ihr gefordert wurde; schlug sich herum mit der schrecklichen Vorstellung, die sie bis dahin selbst im Traum nicht für erwägenswert gehalten hätte.

Ehe der Patrizier sie indoktriniert hatte, war Anonymo so etwas wie ein Trabant ihres eigenen Ichs gewesen. Die kleine Kreatur und ihr eigenes kreatürliches Sein hatten nie wirklich im Widerspruch zueinander gestanden, hatten sich vielmehr gegenseitig durchdrungen und ergänzt. Auf einer gemeinsamen Bahn hatten ihre beiden vernetzten Existenzen sich bewegt. Nie, auch nicht zu jener Zeit, da der Säugling von der Amme gestillt worden war, hatte irgend etwas diese Harmonie ernsthaft zu stören vermocht. Nie – bis zu dem Moment, da der Ratsherr zu ihr gesprochen, ihr die Hände auf die Schultern gelegt und sie ihr wieder entzogen hatte. Genau in diesem Augenblick aber, der wie eine heftige, brutale Erschütterung gewesen war, schien das Gleichgewicht sich verschoben zu haben.

Zuerst kaum merklich, dann immer schneller hatte der Balken einer Waage sich zu neigen begonnen; nun, während die Achtzehnjährige sich innerlich zerfleischte, spürte sie, wie das aus ihr geborene Wesen immer mehr ihr eigenes überlagerte. Barbaras Sehnsüchte, ihre jungmädchenhaften Vorstellungen vom Leben, traten zunehmend zurück zugunsten dessen, was das Kind forderte. Immer aggressiver schien das Antlitz Anonymos sie zu bedrängen, immer nachdrücklicher schien es das Unsägliche von ihr zu verlangen. Von Mal zu Mal brachte das stumme Flehen des Schwachen, des Unschuldigen den Wall, den Barbara dagegen aufzurichten versuchte, stärker ins Wanken. Zuletzt brach ihr Widerstandswille zusammen; die Ängste, die grauenhaften Befürchtungen wegen der Verdammnis, die ihrem ungetauften Sohn drohte, überfluteten alles andere.

In eiskalten Schweiß gebadet, fuhr die Schwarzhaarige knapp eine Woche nach dem Besuch des Thuner aus alptraumhaftem Schlaf hoch. Sie taumelte zum Kinderbettchen, hob ihren aufgreinenden Sohn heraus, drückte ihn an die Brust und stöhnte in die unwissenden und zugleich so fordernden Augen hinein: »Ich werde es tun, dir zuliebe! Weil deine Seele nicht länger in der höllischen Gefahr schweben darf!«

Mit dem nächsten Herzschlag wurde die Achtzehnjährige von würgender und dennoch erlösender Schwäche überwältigt; urplötzlich wußte sie nichts mehr von sich und ihrem Kind. Erst im Morgengrauen kam sie wieder zu sich: auf den Bodendielen liegend, den ihr anvertrauten Körper in die embryoartig zusammengekauerte Schale ihres eigenen gepreßt.

***

»Es ist der einzig mögliche Ausweg!« erklärte Wolfgang Pluemberger aufatmend, nachdem die junge Mutter ihn und sein Weib von ihrem Entschluß in Kenntnis gesetzt hatte.

»Niemand kann sich gegen den Willen des Kaisers stellen«, fügte die Schöngürtlerin mit gepreßten Lippen hinzu. »Am Ende hätten wir noch alles verloren wegen deines Rebellierens, Barbara. Um so dankbarer müssen wir dem Herrgott sein, daß du das endlich eingesehen hast!« Unvermittelt zog sie ihre Tochter an sich und flüsterte mit zuckenden Mundwinkeln: »Du sollst aber nicht glauben, daß wir dich aus dem Haus stoßen wollten; wir sind so ohnmächtig wie du selbst …«

Die Schwarzhaarige nickte, abwesend und steif wirkte sie dabei; dann wurde aus der Umarmung jäh eine verkrampfte Umklammerung.

Noch am selben Tag verständigte der Gürtlermeister den Patrizier, dieser wiederum informierte den Obristen. Der Ratsherr und der Regimentskommandeur begossen ihren zweifelhaften Erfolg im Weinkeller der Stadtburg, hinter deren Mauern gut einen Monat zuvor die Würfel über das Schicksal der Barbara Pluemberger entschieden hatten.

Der vom Zufall bestimmte Bräutigam wurde wenig später durch den Militärkuraten benachrichtigt. In der Bretterhütte auf dem Neupfarrplatz besprach der Pfaffe gleich auch die Modalitäten der bevorstehenden Trauung mit dem Hurenwaibel; danach, ehe er zur Tändlergasse aufbrach, stärkte sich Hieronymus Kegel mit einem kräftigen Quantum Branntwein. Aufgekratzt kam er im Gürtlerhaus an; dort gab er sich sichtlich Mühe, gegenüber der Achtzehnjährigen den Kavalier herauszukehren.

Was er einst im Suff über das Aussehen der ledigen Mutter gelallt hatte, war seiner Erinnerung längst entfallen; unverdrossen traktierte er sie nun mit seinen Komplimenten. »Ich habe noch nie im Leben eine schönere Frau gesehen als dich!« versicherte er der Schwarzhaarigen. »Ich weiß, wovon ich rede; ich bin schließlich ein Mann von Welt. Ich habe die Mamsells in Flandern, Frankreich, Spanien, Sachsen und anderswo kennengelernt. Obwohl ich überall der Hahn im Korb war, kann ich mein Glück jetzt kaum fassen! Mit mir meinen es der Obrist und sogar der Kaiser so gut wie mit keinem anderen! Ich werde es ihnen aber auch zu danken wissen; ich will meine Gattin auf Händen tragen. Ich werde ganz gewiß dafür sorgen, daß keine Reue aufkommt nach deiner Hochzeit mit mir. Ich schwör's, so wahr ich Hieronymus Kegel bin, der Sergeant und künftige Offizier Seiner hochherzigen Majestät ...«

Barbara nahm es hin. Sie ertrug auch die kurze Verlobungszeit mit Anstand; klammerte sich dabei innerlich an den einzigen Trost, den sie hatte: an den Gedanken, daß sie ihren Sohn nun schon bald übers Taufbecken heben würde. Ansonsten lebte sie eher noch zurückgezogener als zuvor, bis zuletzt der Apriltag heraufzog, für den der Regimentskommandeur die Zeremonie angesetzt hatte.

***

Faserige Wolkenfetzen trieben am frühabendlichen Himmel; auf dem Platz vor dem Rathaus mit seiner dunkelgrauen Quadermauer und dem helleren filigranen Maßwerk war eine Rotte Spießknechte im offenen Karree angetreten. Genau im Zentrum der Formation stand auf einem niedrigen, aus Brettern zusammengeschlagenen Podium die halb mannshohe Trommel; daneben glänzte matt das kupferne Wasserbecken, welches man von der Neupfarrkirche herübergebracht hatte. Das kaiserliche Banner, das von einem Fähnrich gehalten wurde, flatterte knatternd im scharfen Wind.

Nach einem prüfenden Blick auf den Erker des Magistratsgebäudes, hinter dessen Fenstern der Obrist und etliche Patrizier, darunter der Thuner, erkennbar waren, bestieg der Feldkurat das Podest. Mit wehendem Talar baute er sich hinter der Kesselpauke auf, rückte sein Brustkreuz zurecht und gab Bräutigam und Braut das Zeichen, zu ihm zu kommen.

Wie der Brauch es vorschrieb, tat Hieronymus Kegel den ersten Schritt; Barbara Pluemberger, sich hart hinter ihm haltend, strauchelte kaum merklich auf den grob gehobelten Stufen. Erst oben reichte der Hurenwaibel ihr den Arm; die Finger der Achtzehnjährigen klammerten sich wie hilfesuchend in den gebauschten flämischen Stoff, gleichzeitig legte der Kleriker die silberbeschlagene Bibel auf das straff gespannte Paukenfell. Ein Laut, der sich wie ersticktes Röcheln anhörte, klang auf; in das mißtönende Geräusch hinein schallten die Worte des Kuraten: »Vor Gottes Angesicht und der Trommel des Regiments steht ihr, um den Bund der Ehe zu schließen! Sagt offen heraus, ob dies euer freier und ungezwungener Wille ist?«

»Aus eigener Entscheidung bin ich hier; Gott ist mein Zeuge!« versicherte mit unterdrücktem Grinsen der Sergeant.

»Das gleiche … gilt für mich«, flüsterte, kaum hörbar, die Schwarzhaarige.

Der Priester vergalt es ihr mit einem Stirnrunzeln, richtete dann die nächste Frage an die versammelte Soldatenschar: »Ist jemand anwesend, der etwas gegen die Kopulation einzuwenden hat? Wenn ja, so trete er vor und spreche; ansonsten schweige er für immer!«

Keiner der Landsknechte reagierte; der Feldkurat nickte, streifte mit einem raschen Blick wiederum den Rathauserker und kam zum Höhepunkt der seltsamen Trauung.

»Hieronymus Kegel, willst du die hier anwesende Barbara Pluemberger zu deinem Eheweib nehmen?« Fast schroff klang der Satz, Ungeduld schien den Kleriker plötzlich zu treiben.

»Jawohl!« erwiderte der Rotblonde militärisch knapp.

»Und du, Barbara Pluemberger? Begehrst du den Waibel zu deinem Gatten?« Ein zweites, nunmehr deutlich drohendes Stirnrunzeln begleitete die Frage.

»Er soll mein Gemahl sein«, antwortete die Achtzehnjährige mit flatternder Stimme.

»Dann erkläre ich euch zu Mann und Frau!« schnappte der Pfaffe. »Vor Gottes Angesicht und der Regimentstrommel ist der Ehebund hiermit geschlossen!«

Während der Feldkurat einen dritten, diesmal triumphierenden Blick hinauf zu den gotischen Fenstern sandte, zog der Sergeant die Schwarzhaarige an seine geharnischte Brust und küßte sie unter dem Johlen der Soldaten. Nach einem winzigen Sträuben ergab sich Barbara; kaum aber spürte sie wieder die Aufmerksamkeit des Priesters, befreite sie sich mit einem gezischelten Wort aus den Armen des Waibels und sagte laut über die Kesselpauke und die Prunkbibel hin: »Die Taufe – bitte!«

»Selbstverständlich! Ganz wie es abgesprochen ist ...«, nickte der Kleriker; wartete dann, bis die Schöngürtlerin das einjährige Kind vom Rand des Platzes herangetragen und ihrer Tochter übergeben hatte. Die Achtzehnjährige barg den kleinen Körper an ihrem Mieder; hell und verletzlich stach das Antlitz des kaiserlichen Bastards vom tiefblauen Stoff des Brautkleides ab. Es handelte sich um dieselbe Robe, die Barbara vor knapp zwei Jahren beim Bankett im »Goldenen Kreuz« getragen hatte; nur das Dekolleté war im Gegensatz zu damals hochgeschlossen. Und als sie jetzt ihren Sohn über das Kupferbecken hob, erinnerte sich die Schwarzhaarige unvermittelt daran, wie der Habsburger sie in diesem Kleid begehrt hatte.

Einen Herzschlag später jedoch riß sie sich entschlossen los und konzentrierte sich wieder auf die sakrale Handlung; nicht der Monarch stand neben ihr, sondern der Hurenwaibel Hieronymus Kegel. Während der Priester die Gebete sprach, glaubte Barbara erneut die Worte des Sergeanten zu hören: die vom Gesetz vorgeschriebene Erklärung, die er während des Adoptionsaktes vor der Trauung abgegeben hatte. Zum ersten Mal empfand die Achtzehnjährige zwar nicht Zuneigung, aber doch so etwas wie Dankbarkeit dem Waibel gegenüber – und gleich darauf brachte sie dies zum Ausdruck.

»Ich taufe dich auf den Namen Hieronymus!« sagte der Kleriker; ließ dabei das Weihwasser über das unwillig zukkende Antlitz des vierzehn Monate alten Kindes rieseln.

Die Schwarzhaarige schlug das Kreuz, dann trat sie einen kleinen Schritt näher an ihren Gatten heran und flüsterte: »Aber für uns soll er Geronimo heißen!«

Der Sergeant schaute verständnislos drein; nach kurzem Zögern fügte die Gürtlerstochter hinzu: »Es ist die spanische Form deines Namens. Und ich denke, weil mein Sohn zusammen mit uns in den Spanischen Niederlanden leben wird …«

Jetzt begriff der Rotblonde, willigte mit einem Lächeln

ein. Sein Entgegenkommen erweichte zusätzlich etwas in Barbaras Innerem; es geschah, obwohl sie wußte, daß der Waibel ihre wahren Beweggründe kaum nachvollziehen konnte.

Denn selbst sie hätte nur sehr unvollkommen auszudrücken vermocht, was bei ihrem Wunsch jenseits des Vordergründigen noch mitgespielt hatte.

***

Unverändert wolkenfetzig zeigte sich der Aprilhimmel, als Barbara Pluemberger früh am nächsten Morgen den Planwagen bestieg und sich von ihren sichtlich bedrückten Eltern das dick eingemummte Kind heraufheben ließ. Rumpelnd setzte sich das schwere Gefährt in Bewegung; ein Stück weiter vorne ritt auf seiner grobknochigen Mähre der Sergeant. Jenseits der flappenden Plache sah die Achtzehnjährige, den leise weinenden Geronimo im Arm, noch einmal die Regensburger Gebäudefassaden vorüberziehen – dann öffnete sich draußen vor den Doppeltürmen des Jakobstors die Stromlandschaft.

Die Trommler, Landsknechtsrotten, Artilleriegespanne, Reitertrupps und Troßkarren beschleunigten ihre Geschwindigkeit; nach dem langen Winter marschierte das Regiment wieder.

Geronimo

Deutsches Reich/Brüssel
Frühjahr 1548 – Sommer 1550

Quer durch ein geschundenes und geschlagenes Reich marschierte das Regiment; durch ein Deutschland, das der Religionszwist schon jetzt – zwei Menschenalter vor Ausbruch des Dreißigjährigen Krieges – bis ins Mark getroffen hatte. Verstrüppt, verkommen und geschändet war das ehemals blühende Land; gleich nördlich der Donau erblickte die Jungvermählte die ersten grauenhaften Bilder, und von da an sollte sie Monate unter ihnen leiden: bis zu ihrer Ankunft in Flandern.

Verwilderte Hunde stöberten in den Ruinen niedergebrannter Dörfer und Hofstätten; die Äcker bei den Ansiedlungen lagen brach. Teilweise seit Jahren schon hatten die vom Unkraut überwucherten Felder keine Früchte mehr hervorgebracht; statt dessen war ein anderer, blasphemischer Samen ausgesät worden; zahlreiche, flüchtig gescharrte Gräber entlang der krummen Straßen zeugten davon. Gotteslästerlich auch immer wieder die verwüsteten Kirchen; stets handelte es sich um ehemalige protestantische Sakralbauten. Lutherische Priester hatten dort gepredigt; hatten sich bemüht, die klare Botschaft der Evangelien gegen den widergöttlichen Machtwahn des Papsttums zu setzen, doch dann hatten sie gleich Verbrechern in die Wälder flüchten müssen. Nach dem siegreichen Ende des Feldzuges in Sachsen hatten die kaiserlichen Truppen vor allem im Fränkischen gegen die Protestanten gewütet; aus ihren Verstecken heraus hatten die reformierten Kleriker zusehen müssen, wie ihre Bethäuser in Flammen aufgegangen waren. Viele der Priester hatten später anstelle des Talars den Tagelöhnerkittel übergeworfen; hatten so zumindest das nackte Leben retten können. Nicht wenige aber waren als Heimatlose den Raubtieren oder doch noch den marodierenden Soldaten zum Opfer gefallen; manche hatten ihren Glauben verloren und waren am Christentum verzweifelt.

Vernichtet und ausgetilgt also die evangelische Religion zwischen Nürnberg und Würzburg; weiter mainabwärts dann die Spuren nicht minder schauriger Ereignisse. Wieder das Elend und neuerlich die Not; hohläugig glotzten Hunger und Furcht aus den Fensterlöchern der entvölkerten Weiler, durch die zwar nicht die Kriegsfurie direkt, aber doch die Rekrutenwerber gezogen waren. Von ihren Ernährern verlassene Alte und Kinder klagten dort an; ungepflegt zeigten sich die Weinberge entlang des Stromes, nutzlos waren die Rebstöcke ins Kraut geschossen. Keine Traubenernte würde im Herbst gekeltert werden; reiche Ernte hingegen hatten fast überall, wohin das Regiment kam, schon in der Vergangenheit die Henker eingebracht. Kaum ein Hügel war von den Militärprofosen oder den Bütteln der vielen weltlichen und kirchlichen Territorialherren verschont geblieben; von Horizont zu Horizont ragten die Galgenbäume gen Himmel. Einzeln oder gleich bündelweise hingen die Kadaver an den Balken: hier frische, dort bereits in Fäulnis übergegangene Körper, die von pechgetränkten Stricken oder rostblumigen Ketten zusammengehalten wurden. Wenn der Heerwurm sich näherte, floh das häufig bei den Schädelstätten versammelte Gesindel: Scharen völlig entwurzelter und vertierter Menschen, die von Aberglauben oder unbezähmbarer Gier nach Fleisch zu den Galgenhügeln getrieben worden waren.

Die Offiziere ließen dann Musketen in Richtung der Davonhastenden losbrennen; mit Hilfe der Feuerwaffen mußte das Regiment sich zudem die nötige Fourage verschaffen, wenn sich tagelang keine volle Scheune fand, wo man Verpflegung hätte requirieren können. Herrenlose Rinder und Schweine, im Notfall sogar streunende Köter fielen den Bleikugeln zum Opfer; die Landsknechte durften nicht wählerisch sein, mußten sich durchbringen, so gut es eben ging. Wurde endlich doch wieder ein Dorf entdeckt, das bislang von kaiserlichen Truppen, seit dem sächsischen Feldzug herumstreifenden Marodeuren, Rekrutenwerbern oder auch bloß von Seuchen verschont geblieben war, dann wurde zum Ausgleich um so schonungsloser geplündert.

Allein die Städte konnten in gewisser Weise als Inseln der Zuflucht inmitten der allgemeinen Verheerung gelten, doch auch sie waren von dem, was der Papst und Karl V. als Restitution der alleinseligmachenden Religion bezeichneten, längst empfindlich getroffen worden. Die Magistrate hatten mit Flüchtlingsschwärmen zu kämpfen, Prostitution und Beutelschneiderei gingen in deren Gefolge einher; die Kerker, Spitäler, Suppenküchen und Almosenhäuser platzten aus allen Nähten – und die Bürger mußten die zusätzliche Steuerlast tragen. Deswegen wurde das durchziehende Regiment zumeist nur widerwillig versorgt; die Soldaten zahlten solch vermeintliche Unfreundlichkeit mit gleicher und schlimmerer Münze heim. Immer wieder mußte der Stock- und Scharfrichter einschreiten; mehr als einmal sah Barbara einen der Rauhborstigen schändliche Hochzeit mit des Seilers Tochter halten.

Im nördlichen Bayern war das so, ebenso am Main und nicht anders in den Rheingauen; erst jenseits dieses Stromes, in der Pfalz, schien das Land nicht mehr ganz so arg von der Kriegsfurie heimgesucht worden zu sein. Möglicherweise lag es aber auch bloß an der milden Luft und der Helligkeit des mittlerweile angebrochenen Frühsommers, daß die Schwarzhaarige diesen Eindruck gewann; auf jeden Fall vermochte die Gattin des Hieronymus Kegel beim Durchqueren der sanften Mosellandschaft ein wenig aufzuatmen.

Unter rissiger, von Wind und Regen ausgebleichter Wagenplane tat sie es; als sie nach Wochen erstmals wieder einen Blick in den Spiegelscherben wagte, erschrak sie. Das eigene Antlitz war ihr fremd geworden – es schien einer Mittzwanzigerin und nicht länger einer Achtzehnjährigen zu gehören; in den Augen brannte ein Wissen, das ihr, trotz der schlimmen Regensburger Erlebnisse, früher unbekannt gewesen war. Barbara scheute zurück vor sich selbst – und konnte sich dennoch nicht losreißen von diesem Zerrbild des einst vertrauten Ich; unversehens war aus der Koketterie die bittere Konfrontation mit ihrem eben noch verdrängten Schicksal entstanden.

Nicht nur die an ihren Kräften zehrende Reise durch ein zutiefst geschlagenes Deutschland, nicht allein die gebrandschatzten oder geplünderten Dörfer, der grauenhafte Anblick der Gehenkten, der Hungernden und der vielen Gräber; nicht dies allein hatte die Schatten, die Kerben und die Verbissenheit ins Gesicht der Schwarzhaarigen gezeichnet. All diese Schrecknisse, herzzerreißend genug, waren dennoch bloß schauerlicher Hintergrund gewesen; hatten nur die blasphemische Kulisse für eine andere und viel persönlichere Tragödie abgegeben: Barbaras eigene.

An die zahllosen Lagernächte zwischen Donau und Rhein erinnerte sich die Achtzehnjährige: an das Johlen und Grölen der Betrunkenen ringsum, den Lärm unvermittelt losbrechender Schlägereien, die barbarischen Flüche, das ewige Eisenklirren und immer wieder das schrille Roßwiehern viel zu nahe; dieses Gellen, das atavistische Furcht in ihr auslöste.

Mit verspanntem Leib, ihre Angst krampfhaft hinunterwürgend, so hatte sie oft und oft unter der Karrenplache gelegen; hatte sich an das einzige Wesen geklammert, das ihr vertraut und ungefährlich war: Geronimo. Doch irgendwann, unweigerlich, war der Hurenwaibel zu ihr gekrochen, das nach Schnaps und Schweiß stinkende Vieh, und hatte seine ehelichen Rechte eingefordert; hatte auf das Leid des Tages und die Beklemmungen der Nacht noch zusätzlich seine brutale Brunst draufgesattelt.

Stechende Schmerzen im Schamfleisch, gequetschte oder zerbissene Brüste, dazu die plötzliche Kluft zwischen ihr und dem verstörten Kind – dies hatte der Sergeant ihr von Mal zu Mal anstelle der Zärtlichkeit und der gemeinsamen Lust beschert; so hatte er das widergöttliche Bibelwort, wonach das Weib dem Manne untertan sein müsse, in die Tat umgesetzt. Beraubt und geplündert hatte er ihren Körper, einen Dreck hatten ihm dabei ihre Seele und ihre Verletzlichkeit gegolten. Danach hatte er sich regelmäßig von ihr weggerollt und ihr noch nicht einmal ein Minimum an Zuwendung gegönnt; hatte nichts anderes mehr als das Röcheln in der Betäubung des Fuselrausches für sie übrig gehabt.

Bereits in der Hochzeitsnacht war dies so gewesen; seither, so schien es Barbara, millionenmal wieder. Und wenn sie in ihrer Zerschundenheit Stunde um Stunde schlaflos gelegen und erneut bitteren Trost bei Geronimo gesucht hatte, dann hatte selbst das unvermittelt ins Zwiespältige umschlagen können. Denn oft genug hatte jäh das Rädern in ihrem Gehirn eingesetzt; das panische Nachdenken darüber, ob der Viehische sie geschwängert haben könnte. Häufig hatte diese mentale Qual bis zum Morgengrauen angehalten; nur noch ein Schatten ihrer selbst, war sie zuletzt wieder auf den Bock des Planwagens geklettert und hatte sich angstvoll hineinsaugen lassen in den neuen Tag: der im Sattel schwankenden Gestalt des Hurenwaibels und dem Roßfurzen hinterdrein.

Manchmal war der Drang zur Flucht fast übermächtig geworden; selbst das verstrüppte Land mit seinen ruinösen Wundmalen wollte ihr in solchen Augenblicken gnädiger erscheinen als die Menschen und vor allem der vertierte Gatte. Und vielleicht hätte sie es irgendwann tatsächlich gewagt, sich von ihrem Ekel fortpeitschen zu lassen, die Ungewißheit und die Gefahr auf sich zu nehmen – wenn die Sorge um ihr Kind sie nicht zurückgehalten hätte. Unter Umständen hätte sie allein überleben können in der Wildnis des Deutschen Reiches; Geronimo aber all den Bedrohungen auszusetzen wäre unverantwortlich gewesen.

Also neuerlich die grausame Tagesetappe und einmal mehr die Erniedrigung in der folgenden Nacht; wieder und wieder – bis zu jenem namenlosen Dorf in der Pfalz, wo die Achtzehnjährige heute nach dem Spiegelscherben gegriffen hatte, um darin das Antlitz einer körperlich und seelisch zutiefst erschöpften Mittzwanzigerin zu erblicken. Jetzt klirrte das metallüberzogene Stück Glas in die Reisekiste zurück; gehetzt rief die Schwarzhaarige nach ihrem Sohn, der hinten unter der ausgebleichten Plane spielte. Barbara brauchte seine Nähe und seine Unschuld wie nie; ehe sie ihn freilich noch auf dem Schoß hatte, befiel sie die Furcht, er könnte vor ihrem Aussehen ebenso zurückschrecken wie vorhin sie selbst.

Geronimo reagierte nicht so; zumindest in seinem Alter zählte der Instinkt mehr als der Augenschein. Die Wärme des kleinen Körpers half der unglücklichen Gattin des Hurenwaibels auch diesmal, sich wenigstens notdürftig zu fangen; ihr Kind war die Brücke zu einer Welt, in der es immerhin bescheidene Geborgenheit gegeben hatte. Zunehmend symbolisierte Geronimo für Barbara die verlorene

Heimat: Regensburg, die Eltern, das ruhige Strömen der Donau. Außerdem schenkte er ihr wenigstens ein Quentchen Intimität, in die niemand sonst einzudringen vermochte.

So war es letztlich ihr Sohn, welcher der Schwarzhaarigen die Kraft vermittelte, den Marsch durch die Pfalz, über die Ardennen und anschließend nach Flandern hinein auch weiterhin durchzustehen – und dann das Grauen zu ertragen, welches in den spanisch regierten Niederlanden erneut über sie hereinbrach.

Statt der Kriegsfurie wütete in Flandern die Inquisition: das gotteslästerliche Vermächtnis der kastilischen Viper Thomas de Torquemada und Menetekel bestialischster Menschenverachtung seitens der Papstkirche. Wo östlich des Rheins Hunderte von Galgen den Himmel beleidigt hatten, verdunkelten jetzt die von den Scheiterhaufen aufsteigenden Rauchwolken das Firmament; wurden vermeintliche Ketzer zur vorgeblich höheren Ehre des Christengottes bei lebendigem Leibe geröstet. Flandern war einst das Land der aufrechtesten und selbstbewußtesten protestantischen Bürger gewesen; eine Hoffnung, größer noch als an Elbe und Saale, hatte bis vor kurzem von dort ausgestrahlt. Doch um so haßerfüllter hatte die römische Kirche nun zwischen Maas und Schelde zuzuschlagen begonnen – und in der Nähe von Löwen, nachdem sie die Schandgerüste bisher zumeist nur aus der Ferne erblickt hatte, wurde Barbara hautnah Augenzeugin der inquisitorischen Blasphemie.

Das Regiment staute sich vor einem Marktflecken; es war kein Durchkommen mehr angesichts der vieltausendköpfigen Menge der Niederländer, von denen die meisten bestimmt zwangsweise erschienen waren. Hieronymus Kegel, zwischenzeitlich nicht mehr bloß für die Hurenwagen, sondern für den ganzen Troß verantwortlich, wollte nicht tatenlos abwarten und versuchte das Hindernis dadurch zu umgehen, daß er die ihm unterstellten Fuhrwerke durch einen Hohlweg auf einen flachen Hügel seitlich der Ansiedlung dirigierte. Oben freilich fraßen sich die Räder der vordersten Karren im Morast fest, wodurch die Schwarzhaarige mit ihrem Kind unversehens direkt auf die Hinrichtungsstätte hinabblicken mußte. Während die Wagenlenker fluchten, vergeblich die Peitschen knallen ließen und endlich nach hinten verschwanden, um dort weitere Zugtiere auszusträngen und sie heranzubringen, saß Barbara wie gelähmt auf dem Bock. Die ganze Zeit über wollte sie wegrennen, aber angesichts dessen, was, nur einen Steinwurf entfernt, auf dem Anger des Ortes geschah, waren ihre Beine wie Blei.

Der Scheiterhaufen hatte die Form eines überdimensionalen Bienenkorbes. Aus seiner Spitze ragte ein baumstarker Pfahl, rings um den Pfosten waren die Verurteilten angekettet. Es handelte sich um acht Frauen und Männer; immer wieder, wie unter einem unwiderstehlichen Zwang, mußte die Gattin des Hurenwaibels sie zählen. Nackt, nur die Lenden von Schamtüchern verhüllt, standen die Todgeweihten auf der Bretterplattform, die um die Krone des Holzstoßes lief; an den Leibern der Verurteilten schillerte das Öl, mit dem der Henker sie eingerieben hatte. Kopf an Kopf drängten sich die Zeugen des bevorstehenden Autodafés; nun schoben sich wie ein fäkalienbrauner Keil die Mönche des Karmelitenordens durch die Menschenmasse.

Die Geschorenen, ein volles Dutzend an der Zahl, schleppten mannshohe Kruzifixe; die schwankenden Kreuzhölzer schienen die entblößten Körper am Pfahl des Holzstoßes auf satanische Weise verhöhnen zu wollen. Dann klang ein lateinischer Choral auf, wurde unvermittelt überlagert vom Heulen und Kreischen der Menge – und während die Schwarzhaarige auf dem Planwagen sich bemühte, ihrem kleinen Sohn den Blick zu verwehren, gab der Anführer der Inquisitoren das Zeichen.

Der Henker stieß eine Fackel ins zundertrockene Reisig. Zunächst kaum sichtbar, fraßen sich die Flammen weiter; plötzlich jedoch tosten sie wild empor, von einem Augenblick auf den anderen umhüllte die prasselnde Lohe den Scheiterhaufen. Die nackten Leiber begannen in ihren Ketten zu tanzen und sich zu bäumen. Seltsam dünn, fast unhörbar angesichts des Tobens der jetzt völlig entfesselten Menschenmasse, drangen die Schreie aus den weit aufgerissenen Mündern der Verlorenen. Gleich darauf, nach einem noch wütenderen Auffauchen des Feuers in einem Luftwirbel, geschah das Schrecklichste: Die Körper am Pfahl platzten; der bittere Gestank verbrannten Fleisches wurde vom Wind bis zu den Fuhrwerken auf der Hügelkuppe getragen.

Barbaras Magen rebellierte; in würgenden Krämpfen übergab sie sich in den Morast neben dem Wagen. Zuletzt, als sie keuchend nach Atem rang, war unten auf dem Anger nur noch eine haushohe Flammensäule zu sehen; vor dieser Kulisse, blutrot umflackert, schienen die Mönche mit den Kruzifixen jetzt in teuflischer Besessenheit zu zucken.

Die Schwarzhaarige floh, endlich war es ihr möglich. Ihr Kind im Arm, rannte sie weg; rannte immer weiter durch den zähen Schlamm – bis plötzlich ihr Gatte bei ihr war, sie herumriß und schrie: »Bist du wahnsinnig geworden?! Drehst durch, bloß weil ein paar gottverfluchte Ketzer brennen! Wirst es noch öfter zu sehen kriegen; wirst dich dran gewöhnen müssen in deiner neuen flämischen Heimat!«

***

Als das Regiment zwei Tage später seinen künftigen Standort Brüssel erreichte, konnte Barbara trotz der zynischen Äußerung des Hieronymus Kegel nicht ahnen, daß der

Marsch quer durch das Reich bloß das Fegefeuer gewesen war; daß die eigentliche Hölle sie erst hier erwartete. Vorerst freilich zeigte sich ihr die Hauptstadt der Spanischen Niederlande unter strahlendem Sommerhimmel in eindrucksvoller, fast berauschender Pracht.

Schon von weitem hatte die auf den Randhügeln des Senne-Tales gelegene und von mächtigen Mauern umzirkelte Metropole einen imposanten Anblick geboten; wie ein gigantischer Adlerhorst schien sie die westlich sich ausbreitende flandrische Ebene beherrschen zu wollen. Dieser Eindruck wiederholte sich architektonisch jenseits der Wälle, nachdem die Landsknechte, Reiter und Fuhrwerke das Löwener Tor passiert hatten. Schon in den Außenvierteln zeugten die gotischen Fassaden und Stufengiebel der Bürgerhäuser sowie die kunstvoll verzierten Portale, Türme und Erker der Kirchen davon, daß Brüssel zu Recht den Ruf des Außerordentlichen beanspruchte. Und je weiter sich das Regiment dem Zentrum näherte, desto unbedeutender wirkte der heruntergekommene Heerwurm angesichts der kühn geschwungenen Brücken, der martialischen Zeughäuser, der Abteien und Basiliken, der vielstöckigen Handelskontore und prunkvollen Adelshöfe.

Zuletzt öffnete sich dieses ungeheure steinerne Konglomerat auf den Großen Markt hin. Pompöse Gildenhäuser sowie eine Reihe königlicher Verwaltungsgebäude umrahmten den Platz. An seinen Breitseiten, einander genau gegenüber, kulminierten großbürgerlicher und monarchischer Stolz in Gestalt des Rathauses und des Broodhuis: des Gerichtshofes und Sitzes des spanischen Herrschers, wann immer er in seinen flandrischen Erblanden weilte. Der Magistratspalast wiederum galt zu Recht als eines der ganz großen Bauwunder im Nordwesten des Reiches. Von 1402 bis 1455 war die zweiflügelige Anlage mit ihrer unbeschreiblich reich gegliederten Schaufront entstanden; das Rathaus wurde vom Belfried überragt: einem fast hundert Meter hohen Turm, der von einem Satteldach gekrönt war. Den eher düsteren Kontrapunkt zum Magistratsgebäude bildete das habsburgische Broodhuis mit seiner streng gegliederten Fassade und den dunkleren Steinfarben; die unterschwellig stets vorhandene Drohung der katholischen Staatsmacht war hier von den Architekten zwar kaschiert, aber nicht völlig verleugnet worden.

Als Barbara mit dem Troß des Regiments auf dem Großen Markt anlangte, spürte sie instinktiv dieses Bedrohliche. Die Beklemmung, die seit der Menschenverbrennung mehr denn je in ihr lauerte und beim Einzug in die Stadt von all dem Neuen nur vorübergehend überlagert worden war, kehrte beim Anblick des imperialen Bauwerks zurück; plötzlich schien ein Schatten über die hoch gepriesene Perle Flanderns gefallen zu sein.

Doch gleich darauf wurde die junge Frau abgelenkt. Lärmend formierten sich die Landsknechte zum Appell; wenig später kündigten Paukenschläge an, daß nunmehr die Unterkünfte zugeteilt werden sollten. Unvermittelt empfand die Schwarzhaarige fast manische Erregung: Das Trommeln bedeutete, daß sie schon in Bälde ihr eigenes Haus beziehen würde; daß sie und Geronimo nach Monaten der Entbehrungen endlich wieder in einem Bett schlafen durften.

Barbara zog das Kind auf ihren Schoß, herzte es, flüsterte in die erstaunten graugrünen Augen hinein: »Jetzt sind wir angekommen! Ein richtiges Heim werden wir haben; vielleicht auch einen Garten, in dem du spielen kannst, mein Schatz. Weißt du noch, wie es in Regensburg war? Im Efeuhof dort?«

»Feuhof ...«, stammelte der Winzling; in seinen Pupillen stand Unverständnis.

»Du wirst dich schon erinnern«, versicherte ihm die Achtzehnjährige. Danach, zum ersten Mal seit Monaten, hoffte sie, daß ihr Gemahl sein grobknochiges Roß an den Planwagen herantreiben würde.

Barbara mußte sich nur kurz gedulden. Hieronymus Kegel war nicht mehr der verachtete Hurenwaibel, den man bis zuallerletzt schmoren lassen durfte, um ihm schließlich – wie damals in Regensburg – einen Lagerplatz auf schandbarem Grund und Boden anzuweisen. Mit der Ankunft in Brüssel griff seine Ernennung zum Rekrutenwerber und damit seine Beförderung zum Leutnant; infolgedessen berücksichtigte der Quartiermeister ihn zusammen mit den übrigen Offizieren auf der Stelle. Ein Dokument in der Faust, trabte der Rotblonde schräg über den Platz, warf seiner abgemagerten Gattin ein flämisches Wort hin und fügte hinzu: »Die Gasse befindet sich irgendwo nördlich von hier auf der Senne-Insel ...«

Das Schuddeveld bestand aus einer Ansammlung ein- und zweistöckiger Häuser hinter der Beenhouwerstraat mit ihren Schlächtereien und fliegenumsummten Schragen, auf denen das Fleisch gleich über die Straße zum Kauf angeboten wurde. Ein Stück weiter flußabwärts lag auf klerikalem Terrain ein Beginenhof; das ungleich bescheidenere Gebäude mit der verwitterten tönernen Madonnenfigur über der Toreinfahrt hingegen, dem der Reiter und der Planwagen sich nun näherten, war ärarischer Besitz.

Vom Sattel aus ließ der Untersetzte seinen Stiefel mehrmals gegen das hölzerne Portal donnern; dennoch verging geraume Zeit, ehe sich die Torflügel knarrend öffneten und ein ältliches Faktotum samt seinem gichtkrummen Weib auf der Schwelle erschien. Nachdem er die Erschrockenen zusammengestaucht hatte, zeigte der Leutnant seinen Berechtigungsschein vor und ritt sodann gleich einem Eroberer durch den ziegelgemauerten Portalbogen. Barbara lenkte den Wagen hinterdrein; sie schämte sich für das rüde Benehmen ihres Gatten, aber als sie im Innenhof tatsächlich Efeuranken erblickte, leuchteten ihre Augen auf. Doch ehe die junge Mutter ihrem Sohn erklären konnte, was sie vorhin auf dem Großen Markt gemeint hatte, bemerkte sie den dumpfen Modergeruch, der aus der Tür des Wohnhauses drang. Jäh begriff Barbara, daß es hinter den gleißenden Fassaden Brüssels auch die andere, die dunkle, leidende und ärmliche Welt gab. Sie kämpfte mit den Tränen; mühsam redete sie sich ein, daß dies hier noch immer sehr viel besser war als die morastigen und vom Geschrei der Soldaten erfüllten Lagerplätze auf dem Marsch.

»Wir werden es uns trotzdem erträglich machen, das verspreche ich dir!« sagte sie ins verständnislose Gesicht Geronimos hinein. Dann sprang sie entschlossen vom Bock, hob das Kind herunter und ging zu dem flämischen Paar. Sie reichte den beiden die Hand und stellte sich vor. Mühsam entspann sich ein kurzer Dialog – bis Hieronymus Kegel von weiter hinten, vom Stall her, nach dem Faktotum brüllte. Es ging dem nunmehrigen Offizier um sein Roß, angeblich fehlten Heu und Hafer. Der ältliche Mann versuchte den Leutnant zu besänftigen, indem er auf eine Dachluke deutete; anschließend schleppte er mühsam eine Leiter herbei.

»Bitte zeig mir das Haus!« wandte sich Barbara erneut an die Gichtkrumme. Die betagte Frau ging voran; als die Achtzehnjährige, ihren Sohn an der Hand, eintrat, verschlug ihr der Modergestank beinahe den Atem. Der dumpfe, an ein offenes Grab gemahnende Geruch erfüllte die verräucherte Küche, die beiden Stuben unten und ebenso die drei Kammern oben, von denen zwei den Flamen gehörten. Mit zusammengepreßten Lippen hastete Barbara von einem Fenster zum nächsten und riß die verquollenen Läden auf; jeder

Windstoß, der hereinfuhr, kam ihr wie eine Erlösung vor. In der frischeren Luft wurde auch die Alte lebendig; gestikulierend erklärte sie, daß das Haus eben sehr lange leergestanden habe. Auch sie und ihr Ehemann Kees seien ja erst gestern aufgrund eines überraschenden Befehls hier eingezogen; hätten zuvor bereits das Gnadenbrot auf einer kaiserlichen Latifundie vor den Toren Brüssels gegessen. Doch jetzt wolle man der neuen Herrschaft gerne nach Kräften dienen; wenn es der jungen Frau recht sei, könne man sofort mit dem Großreinemachen beginnen. Die Sonne werde noch ein paar Stunden scheinen; bis zum Abend sei zumindest das Allergröbste zu schaffen.

Dankbar nickte die Achtzehnjährige; im selben Moment hörte sie unter der Haustür neuerlich den Leutnant räsonieren. »Eine Zumutung ist das, hier drinnen genau wie im Stall!« schrie er. »Ich werde mich beim Quartiermeister beschweren! Mit dem Bettel gebe ich mich nicht zufrieden, wozu bin ich Offizier?!« Kein tröstendes Wort hatte er für Barbara oder das Kind übrig, offensichtlich hatte er auch jede Erinnerung an die schäbige Bretterhütte auf dem Regensburger Neupfarrplatz verdrängt; einmal mehr zählte für ihn allein das eigene Ich.

Wie so oft schon nahm die Schwarzhaarige es hin; sie rief ihm lediglich zu: »Greta und ich werden putzen, Kees wird uns das Wasser tragen. Und auch du könntest helfen; das wäre sinnvoller, als beim Regiment einen Streit vom Zaun zu brechen!«

Scharf widersprach ihr der Rotblonde: »Ich bin kein Lakai! Ich werde ganz gewiß nicht auf den Knien herumrutschen, wenn ich's anders haben kann! Und was meinen Offizierskameraden angeht: Warum sollte es wegen meiner berechtigten Forderung Händel mit ihm geben?« Er schien sich zu besinnen, fuhr etwas weniger lautstark fort: »Außerdem ist's ja gar nicht gesagt, daß ich ihn antreffe. Wenn es so kommt und ich die Angelegenheit nicht gleich von Mann zu Mann mit ihm regeln kann, laufe ich ihm bestimmt nicht nach. Dann nehme ich es eben selbst in die Hand; ein paar dienstfreie Soldaten für die Drecksarbeit kann ich mir in irgendeiner Taverne allemal schnappen. – Also, ich gehe jetzt; spätestens in einer Stunde bin ich zurück, und danach wird die Ruine hier dermaßen auf den Kopf gestellt, daß sie nicht wiederzuerkennen ist!«

Barbara vermochte ihren Gatten nicht aufzuhalten; wenn sie ganz ehrlich war, wollte sie es auch gar nicht mehr. Den Kleinen am Rockzipfel, wartete sie ab, bis Hieronymus Kegel verschwunden war. Dann half sie Kees, die Wagenpferde auszuschirren und in den Stall zu bringen. Anschließend machte sie sich zusammen mit den beiden Niederländern an die Arbeit, um die Zeit bis Sonnenuntergang für den Hausputz zu nutzen.

Wie Greta vorhergesagt hatte, war das Schlimmste bei Einbruch der Dunkelheit geschafft. Mit dem alten Schmutz auf den Dielen und an den Wänden war auch der ekelerregende Modergeruch zumindest einigermaßen verschwunden. »Wenn wir morgen nochmals gründlich mit Essiglauge nachwischen, wird die frische Luft den Rest tun«, sagte die Flämin, als sie im Schein des flackernden Herdfeuers einen Imbiß für die Schwarzhaarige und das Kind zubereitete. »Und dann werdet Ihr euch hier auch heimisch fühlen!«

Kees stimmte ihr zu; wenig später steckte er eine Öllampe an und gab sie Barbara, damit sie und Geronimo den Weg zur Schlafstube finden konnten. »Ein zweites Licht stelle ich draußen in die Tornische unter der Madonna«, versprach er zudem. »Es wird Eurem Gemahl den Weg weisen, wenn er heimkehrt. Ansonsten sind Greta und ich oben, falls Ihr etwas braucht.«

Es war das freundlichste Wort, das Barbara seit langem vernommen hatte; es tat ihr gut, sich in dem noch fremden Bett daran zu erinnern. Außerdem hatte sie ihren Sohn bei sich; innig kuschelte der kleine Körper sich an ihren, und vor allem deshalb hätte sie unter dem Dach des Anwesens am Schuddeveld wenigstens ein bißchen Geborgenheit empfinden können – wenn nicht die Gedanken an den Leutnant immer bohrender geworden wären. Kees hatte die Tatsache seines Ausbleibens zu überspielen versucht; dennoch war der Schwarzhaarigen nur zu klar bewußt, daß aus der Stunde, von welcher der Rotblonde gesprochen hatte, der halbe Nachmittag und dazu der Abend geworden waren.

Schlaflos lag Barbara da; von der Beenhouwerstraat klang mit jedem vollen Glockenschlag der Ruf des Nachtwächters herüber: »Achtet auf Feuer und Licht! Damit eurem Haus kein Schaden geschieht!« Es war Verlaß auf den städtischen Hellebardier mit der Laterne; der kaiserliche Offizier hingegen hatte sein Wort einmal mehr gebrochen. Er wollte sich bloß aus dem Staub machen, dachte die Achtzehnjährige immer wieder. Es ging ihm gar nicht um eine Beschwerde beim Quartiermeister oder um ein paar Helfer; in Wahrheit wollte er sich nur vor seinen Pflichten drücken! Und dies quälte sie, bis die Anspannung des langen Tages endlich doch ihren Tribut forderte.

Ein Rumoren und Poltern riß Barbara aus ihrem Erschöpfungsschlaf; gleich darauf schreckte sie vor dem Schweiß- und Schnapsdunst zurück, der ihr ins Gesicht schlug. Hieronymus Kegel wälzte sich über sie, drängte mit einem rüden Ellenbogenstoß das aufplärrende Kind weg, zwängte ihr die Schenkel auseinander. Einmal mehr ertrug die Achtzehnjährige die stechenden Schmerzen und die Erniedrigung; nachdem der Vergewaltiger sich grunzend weggewälzt hatte, sagte sich Barbara verzweifelt, daß sich nichts, gar nichts geändert hatte: Daß es keinerlei Unterschied machte, ob sie unter einer Wagenplane mißbraucht wurde oder in ihrer neuen flandrischen Heimat.

***

Und doch, dies wurde der Schwarzhaarigen in den folgenden Monaten deutlich, gab es einen Unterschied.

Während des Marsches hatte sie sich immerhin an die Hoffnung auf ein besseres Leben weit jenseits des Horizonts klammern können; in ihrer Bedrängnis hatte sie sich eingeredet, daß in Brüssel vieles erträglicher werden würde. Oft und oft hatte sie sich selbst beteuert, daß es doch letztlich Auswirkungen haben müsse, wenn aus dem ehemaligen Sergeanten erst ein Offizier geworden wäre. Und ebensooft hatte sie sich vorgenommen, über ihren Schatten zu springen, um sein und damit auch ihr eigenes und Geronimos Los zu verbessern. Ein Heim hatte sie ihrem Gemahl, trotz allem, schaffen wollen, um ihn auf diese Weise wenigstens einigermaßen zur Vernunft zu bringen. Ihre Sehnsucht nach Liebe und echter Zuwendung hintanstellend, hatte sie sich ausgemalt, daß er irgendwann immerhin in eine pflichtbewußte Gatten- und Vaterrolle hineinwachsen könnte. Insbesondere auf das Kind hatte sie dabei gesetzt; auf das Kind, das seinen Namen trug und dem gegenüber er doch irgendwann Verantwortung zeigen müßte.

Jetzt aber, in Barbaras ersten Brüsseler Monaten, zerschlugen sich diese Hoffnungen. Wenn Hieronymus Kegel sich überhaupt veränderte, so einzig zum Schlechten hin; er wuchs keineswegs an seinem Rang, sondern vertierte eher noch mehr. Mit dem Pokulieren am Tag der Ankunft hatte er seiner verderblichen Sucht neuerlich nachgegeben; das Saufen mit den Soldaten war ihm wichtiger gewesen als der nur allzu berechtigte Wunsch seiner Gemahlin, das gemeinsame Haus zumindest notdürftig bewohnbar zu machen. Versumpft war er in Gesellschaft irgendwelcher Landsknechte; unter den Tisch getrunken hatte er seine Zechkumpane – und ähnliche Exzesse leistete er sich, dienstlich selbstverständlich, von da an regelmäßig. Das Anwerben von Rekruten wurde ihm zum bestimmenden und eigentlichen Lebensinhalt; der Schaden, den er damit am Schuddeveld anrichtete, war ihm egal, und so trieb er Barbara tiefer und tiefer hinein in ihre flandrische Hölle.

Täglich war der Leutnant auf den Marktplätzen der Metropole zugange. Die Trommel ließ er dort schlagen; sobald sich ein paar junge Männer zu ihm gesellt hatten, warf er herausfordernd eine Handvoll Dukaten aufs Kalbfell. Dann bot er den Burschen Branntwein an; damit und mit Hilfe des Goldes köderte er seine Opfer und beschwatzte sie, ihm in die nächste Spelunke zu folgen. In der Kneipe becherte er mit ihnen, bis sie völlig unzurechnungsfähig waren, und ließ sie zuletzt die verhängnisvollen Kontrakte unterzeichnen. Am nächsten Morgen erwachten die Beklagenswerten entsetzlich verkatert und oft ohne Erinnerung im Regimentsarrest, wo nunmehr die Korporale zum Zuge kamen, welche die verstörten Rekruten ohne weitere Umstände brutal zu schleifen begannen.

Hieronymus Kegel wiederum kehrte Nacht für Nacht volltrunken ins Haus auf der Senne-Insel heim. Aus ihren Alpträumen aufschreckend, mußte die Schwarzhaarige den Fuselgestank und – so der Leutnant noch die Kraft dazu besaß – den viehischen Akt ertragen. Beim Frühstück, nachdem der Rotblonde sich am Dunghaufen ausgewürgt hatte, quälte er seine Gattin mit bösartigen Anwürfen. Daß das ärarische Quartier, um das Barbara und die beiden Flamen sich nach Kräften kümmerten, ein Schweinestall sei, hielt er ihr regelmäßig vor; ebenso verdächtigte er sie immer wieder, es in seiner Abwesenheit mit anderen Männern getrieben zu haben. Erst wenn der Leutnant einen Humpen Morgenbier intus hatte, pflegte er etwas umgänglicher zu werden; freilich nicht seiner Familie gegenüber, sondern nur insofern, als er nun schwadronierend das Vorgehen für diesen Tag auf den Marktplätzen und in den Spelunken plante.

Nachdem Hieronymus Kegel endlich verschwunden war, las die junge Mutter häufig unendliches Mitleid in den Augen von Greta und Kees. Nur zu gerne hätte sie sich dann in die Arme der Gichtkrummen geschmiegt, um sich auszuweinen. Aber sie tat es nie; ihre Scham und ihr zwängender Status als Gemahlin eines kaiserlichen Offiziers standen dem letztlich stets entgegen.

Das einzige Wesen, in dessen Gegenwart sie keine Zurückhaltung zeigen mußte, war Geronimo. Ihm gehörte ihre ganze Zuwendung; das Kind, eineinhalb- und bald zweijährig, vermochte ihrem Leben doch wieder Sinn zu geben. Alles, was ihr selbst verwehrt blieb, versuchte sie in ungleich reicherem Maße ihrem Sohn zu schenken. Wann immer sie Zeit fand, hielt sie ihn auf dem Schoß und malte ihm in die erstaunten graugrünen Augen hinein seine Zukunft aus: wie er heranwachsen würde in der prächtigen Hauptstadt der Spanischen Niederlande; wie er zum jungen Mann werden würde, den einmal – wer weiß? – vielleicht sogar der Monarch zur Audienz empfangen könnte. »Und dann machst du zum Beispiel in der Verwaltung von Brüssel deinen Weg«, setzte sie oft hinzu. »Ein schönes Federbarett wirst du als Advokat oder Notarius tragen; möglicherweise gelingt es mir aber auch, dir einen Gutshof oder ein Handelskontor zu verschaffen. Wir müssen es uns nur wünschen, mein Herz; ganz fest müssen wir daran glauben ...«

Wenn Hieronymus Kegel nicht in der Stadt weilte, weil er auf Befehl des Obristen in Waterloo, Liedekerke, Leefdaal,

Grimbergen oder anderen Marktflecken rekrutierte, durfte Barbara für etliche Tage und mitunter sogar eine volle Woche ein wenig Freiheit erleben; zusammen mit ihrem Sohn erkundete sie dann die Metropole. In der Stoofstraat standen die beiden vor dem Manneken Pis, durch die schießschartenartigen Fenster der Muntschouwburg, der staatlichen Münzstätte, lauschten sie auf das Klingen und Pingen der Hämmer. Zu Füßen der Madonnenstatue in der uralten Kirche Sint-Niklaas steckte Geronimo geweihte Kerzen auf; bei Spaziergängen über den Fischmarkt wiederum schreckte er in gespielter Furcht vor den Zandern, Welsen und Krebsen zurück, die mit ihren Glotzaugen, Bartmäulern und klappenden Scheren ein Panoptikum ganz eigener Art bildeten. Dutzende weiterer Sehenswürdigkeiten lernte die Schwarzhaarige, ihren eifrig mittappelnden Sprößling an der Hand, im Lauf der Zeit kennen; sogar das Broodhuis bezog sic manchmal in die Rundgänge mit ein. An den Schauer, den sie dort bei ihrer Ankunft im Sommer 1548 verspürt hatte, erinnerte sie sich nicht mehr; einmal flüsterte sie Geronimo vor der streng gegliederten Fassade zu: »Siehst du, das ist der Palast des Kaisers! Karl V. heißt er, und wenn er sich in Brüssel aufhält, reitet er hier auf seinem Schimmel durchs Tor …«

Der Satz war Ausdruck einer seelischen Entwicklung, die ihr im Grunde selbst Rätsel aufgab. Je mehr sie unter ihrem Gatten litt, desto häufiger dachte sie an den anderen Mann, der sie einst benutzt und geschwängert hatte, um sie danach kaum weniger grob als später der Rotblonde zurückzustoßen. Barbara hatte möglichst nie wieder an ihn denken, ihn auf keinen Fall mehr innerlich an sich heranlassen wollen. Nun aber, während das Jahr 1549 verstrich, geschah genau dies; immer öfter überlegte sie: Der Kaiser hat viel für den Kegel getan, hat ihm zum Lohn für die Eheschließung mit mir das Offizierspatent zukommen lassen. Warum also sollten mein Kind und ich nicht auch etwas von ihm zu erwarten haben; uns wäre er ungleich mehr verpflichtet als dem Säufer! Geronimo ist sein Sohn; ist ebenso ein habsburgischer Sproß wie der Infant, den ihm seine verstorbene Gemahlin Isabella von Portugal gebar. Karl kann nicht ewig darüber hinwegsehen, irgendwann muß er seine Pflicht dem Nachgeborenen gegenüber erfüllen! Und der Tag wird kommen, an dem es geschieht; sonst wäre der Kaiser ein Unmensch! Selbst ein Bastard hat ein Anrecht auf seinen Vater; wenigstens ein Funke vom Glanz des Herrschers muß doch auf ihn ausstrahlen. Und wenn der Kaiser sich erst besonnen hat, werde vielleicht auch ich nicht länger abseits stehen müssen; alles wird sich dann zum Besseren wenden! Sofern der Habsburger nur wüßte, wie wenig dem Leutnant das Stiefkind bedeutet und wie grausam er mich erniedrigt, würde er es gewiß nicht länger hinnehmen; er würde dazwischenfahren wie ein Rächer! Und er wird es erfahren, irgendwer wird es ihm stecken; dann kommen wir heraus aus dem Schuddeveld ...

Daran klammerte sich Barbara, dies war ihre Hoffnung; mit ihrer Hilfe vermied sie den Absturz in die schiere Verzweiflung. Weil sie sich aber solchen Träumen nie hingab, ohne Geronimo mit einzubeziehen, vertiefte sich die Bindung zwischen Mutter und Sohn noch mehr. Vom nebulösen Schicksal des Kindes und damit letztlich von der Gnade des Imperialen machte die Schwarzhaarige ihr eigenes Los abhängig. Dies freilich hatte den fatalen Nebeneffekt, daß die fleischgewordene Gemeinsamkeit, die notgedrungen stets zwischen der jungen Frau und dem Monarchen bestanden hatte, sich nun auch wieder in seelische Dimensionen hinein ausweitete: Das Bild des Reiters auf dem Schimmel unter dem Portal des Broodhuis wurde auf diese Weise manchmal fast zur Realität für Barbara.

Doch obwohl der Kaiser seit dem Spätsommer in den Niederlanden und gelegentlich sogar in Brüssel weilte, blieb er unnahbar. Keine Botschaft traf im Anwesen auf der Senne-Insel ein; was die Schwarzhaarige von Karl V. hörte, waren lediglich die üblichen Nachrichten, wie sie von jedermann auf den Straßen weitergetragen wurden. Daß der Monarch ein prächtiges Turnier plane, welches im Frühjahr 1550 auf dem Großen Markt unter Beteiligung flämischer, deutscher und spanischer Ritter ausgetragen werden solle, hieß es beispielsweise; dann wieder, daß ein ausuferndes Bankett zu Gent stattgefunden hätte. Der Habsburger habe dort den neuen Schiffskanal zwischen der Handelsstadt und der Nordseeküste eingeweiht; habe die Wasserstraße am Tag nach dem Fest in höchsteigener Person auch ein Stück weit befahren.

Oft wurde auf den Brüsseler Gassen und Plätzen der Gesundheitszustand Karls V. durchgehechelt. Daß die Majestät zu unmäßig beim Wein und an der Tafel sei, lästerten bei solchen Gelegenheiten die Bürger; die Kaleschen der Ärzte hätten sich erst vergangene Nacht wieder vor dem Broodhuis gestaut, weil die Gicht den Kaiser einmal mehr gelähmt habe. Wochenlang, während die Regenfronten vom Ärmelkanal landeinwärts zogen, gab es kein anderes Thema; aber dann wieder das oft grimmig geäußerte Erstaunen angesichts neuer frevelhafter Aktivitäten des Habsburgers. In Binche etwa, im Hennegau, hätte eine Jagd mit anschließendem Schäferfest stattgefunden. Die jungen Frauen, Adlige und Dorfmädchen durcheinander, hätten halbnackt als Nymphen getanzt; wie verrückt hätten die Herren ihnen nachgestellt, seien sicherlich alle auf ihre Kosten gekommen. Damit indessen nicht genug: Nach dem sündigen Reigen hätten Landsknechte ein Scheingefecht aufführen müssen; zum Sturm auf eine Burg habe sich das Spektakel ausgewachsen, unter belialischem Pulverknallen und dem Schwirren von

Feuerwerkskörpern sei das ehrwürdige Gemäuer zuletzt in die Luft geflogen.

Derartige Nachrichten kitzelten das Volk, andere wieder jagten ihm Angst ein. So, als Karl V. im Dezember 1549 sein Testament diktierte und dies durchsickerte. Ähnlich waren die Reaktionen im Frühling 1550, nachdem der zwielichtige Thronfolger Philipp zum ersten Mal in seinem Leben niederländischen Boden betreten hatte. Keine gute Figur, so das Munkeln, habe der Infant beim Empfang im Rathaus gemacht; linkisch und verschlossen sei er gewesen, der Kaiser habe sich seinetwegen sichtlich geschämt. Wenige Wochen später schließlich das vorerst letzte Maulwetzen im Dunstkreis des Imperialen: Noch im Mai werde der Monarch nach Augsburg aufbrechen, einen Reichstag habe er dorthin einberufen; es müsse ein Erbfolgestreit beigelegt werden, der im Hause Habsburg ausgebrochen sei. Befürchtungen wurden laut, wonach dies zu neuen Kriegen führen könnte; völlig einig war man sich darin, daß die ebenfalls anstehenden Beschlüsse wegen der Protestanten ganz wie früher viel Leid über die Menschen bringen würden.

Die Abreise des Kaisers gab Barbara die Chance, ihn persönlich zu sehen. Hieronymus Kegel stand auf dem Großen Markt im Spalier der Offiziere; die Schwarzhaarige mit ihrem nun dreijährigen Sohn verbarg sich zwischen den Schaulustigen hinter einer Schranke am Rand des Platzes. Als Karl V. endlich auftauchte, stellte Barbara ernüchtert fest, daß der Monarch noch hagerer geworden war; auch ritt er keinen Schimmel, sondern einen Rappen mit höllenschwarz irisierendem Fell.

***

Die Zwanzigjährige im fadenscheinigen Leinenkleid hatte das Gefühl, als seien mit dem Verschwinden des Kaisers ihre allerletzten Hoffnungen zunichte geworden. Verstört, das

Kind mit sich zerrend, lief sie zurück zum Schuddeveld; das, was ihr soeben bewußt geworden war, schien sie bei jedem Schritt zu verfolgen. Ein Jahr und acht Monate hatte sich Karl V. in den Niederlanden aufgehalten; mit Tausenden von Menschen hatte er Umgang gepflegt, sie aber hatte er gemieden wie eine Aussätzige. Es war ihm bekannt gewesen, daß sich sein illegitimer Sohn ganz in der Nähe befand; dennoch hatte er keinerlei Interesse an ihm gezeigt.

Solche Gedanken quälten Barbara von da an ständig; selbst das Leid, das ihr nach wie vor der Rekrutenwerber zufügte, trat dahinter zurück. Schlimmer als alles Viehische und Erniedrigende war das Wissen darum, daß Geronimo in äußerster Herzlosigkeit verleugnet worden war. Doch wenn die Schwarzhaarige glaubte, ihr Schmerz könne nicht mehr größer werden, so täuschte sie sich – die Krönung ihrer Marter sollte sie erst noch erleben.

An einem brütend heißen Nachmittag im August geschah es. Barbara hatte sich auf die Bank im Schatten der Efeuranken nahe des Hoftores geflüchtet; zu ihren Füßen spielte der jetzt dreieinhalbjährige Geronimo mit Tierfiguren, die ihm Kees geschnitzt hatte. Versonnen betrachtete seine Mutter ihn dabei; einmal mehr spürte sie, wie sehr sie ihn liebte. Etwas Lichtes ging von ihm aus; goldblond leuchtete sein fülliges, schulterlanges Haar. Die Locken umrahmten ein Antlitz, das allmählich schon Charakter bekam. Etwas in den Gesichtszügen gemahnte an den Regensburger Großvater; dahinter, freilich kaum greifbar, schien aber auch der andere Mann, der Imperiale, kenntlich zu werden. Die Augenpartie des Kaisersohnes wiederum war wie ihre eigene; dies hatte ganz allein sie mit ihm gemeinsam – und nun ließ sie sich hineinfallen in die ihr so unendlich vertrauten graugrünen Abgründe; die Zeit stand darob ein paar Herzschläge lang völlig still.

Plötzlich jedoch zuckte der Dreieinhalbjährige erschrokken zusammen. Das Hufgetrappel draußen auf der Gasse und das schmetternde Wiehern des schweren Brabanterfuchses, den der Rekrutenwerber seit einigen Monaten besaß, waren schuld daran. Der Knabe flüchtete in die Körpernähe seiner Mutter, versuchte sich in der Rockfalte zwischen ihren Knien zu verbergen. Im selben Moment knarrten die Torflügel; Hieronymus Kegel trieb sein Roß durchs Portal, ein zweiter Reiter auf einem falben Maultier folgte ihm.

Das bösartige Glühen in den Augen ihres Gatten warnte Barbara; unmittelbar darauf bemerkte sie, daß die Lippen des anderen Mannes auf seltsam verlegene Art verkniffen waren. Furcht befiel sie, ihre Gedanken rasten; irgendwo, irgendwann hatte sie den auf dem Muli schon einmal gesehen. Mit dem nächsten Lidschlag erinnerte sie sich: Er gehörte zur Brüsseler Hofhaltung des Habsburgers. Sie ahnte, daß dies nichts Gutes bedeuten konnte; der gehetzte Blick, den der Schranze jetzt auf Geronimo schoß, steigerte ihre Angst noch. Sie sprang auf; gleichzeitig schwang sich Hieronymus Kegel aus dem Sattel des Brabanters und erklärte mit tückischem Unterton: »Mein Freund hier heißt Frans Massys. Ebenso wie ich steht er im Dienst der Majestät, gehört als Pauker der kaiserlichen Musikkapelle an. Und er hat dir etwas Wichtiges mitzuteilen – um den da geht es: um deinen Bankert!«

Während Barbara zurückwich und dabei schützend ihr Kind an sich zog, nahm der etwa dreißigjährige Massys, der inzwischen ebenfalls abgesessen war, das Wort: »Ich muß mich für den Überfall entschuldigen! Aber die Angelegenheit duldet keinen Aufschub, weil es sich um einen Befehl des Monarchen handelt! Die Order aus Augsburg wurde in doppelter Ausfertigung an den Kommandeur Eures Gemahls sowie an mich und mein Weib Consuelo gesandt. Erst vor wenigen Stunden kam der Kurierreiter an, und Ihr könnt mir glauben, daß meine Ehefrau und ich aus allen Wolken fielen. Doch es führt kein Weg am Willen der Majestät vorbei, wir alle haben dem Kaiser zu gehorchen! Und deshalb, Barbara Kegel, muß ich Euch folgendes mitteilen ...« Ein kurzes Zögern, dann der Rest: »Ich soll Euren Sohn abholen! Meine Gattin und ich müssen das Kind auf Allerhöchste Anordnung hin mit nach Spanien nehmen, wo wir dem Monarchen künftig dienen werden. Schon morgen reisen wir ab, und ...«

Mit einem krampfhaften Schlucken verstummte Massys; die junge Mutter glaubte die Stimme einer Fremden zu hören, als es aus ihr herausbrach: »Nein! Das erlaube ich nie und nimmer!« Barbara umklammerte den Arm des Rekrutenwerbers. »Du ... was sagst du dazu?!«

Rüde befreite sich Hieronymus Kegel. »Was ist falsch daran, wenn die Majestät es so bestimmt hat?! Geronimo soll in der Nähe des Madrider Hofes erzogen werden! Das ist doch ein Glück für den Bankert, eine ganz unverdiente Gnade! Ich hätte nie darauf zu hoffen gewagt, aber vermutlich legte der Blaublütige, mit dem du dich in Regensburg vergessen hast, ein Wort für seinen Bastard ein. – Wie auch immer, ich für meinen Teil bin dankbar für die kaiserliche Gunst! Es passiert nicht jeden Tag, daß ein Bankert dermaßen ausgezeichnet wird. Um so größer ist die Ehre auch für mich; der Obrist hat's ebenso gesehen, als er mit mir über die Order der Majestät sprach. Ansonsten kann es überhaupt keine Frage sein, daß wir uns zu fügen haben! Das ist eine Sache von Befehl und Gehorsam, und damit Punktum, du törichtes Weib!«

»Ich werde es niemals zulassen!« schluchzte Barbara. »Selbst wenn du es tausendmal von mir verlangst! Du ... du hast mein Kind doch immer gehaßt, hast es stets abgelehnt! Deshalb paßt es dir in den Kram, daß ich Geronimo weggeben soll ...« Erst jetzt schien sie wirklich zu begreifen, was dies in Wahrheit bedeutete; sie hastete zu Massys und herrschte ihn an: »Ihr wollt mir meinen Sohn rauben?! Ihn mir von der Seite reißen, auf die Anordnung eines Molochs hin?! – Aber natürlich, Ihr seid ja ein Mann; Ihr gebt Euch zu so etwas her! Doch was meint denn Eure Frau dazu?!«

»Schweig! Was du gesagt hast, war Majestätsbeleidigung! Der Galgen kann dir dafür blühen!« schnaubte der Leutnant.

»Es fällt mir sowieso schon schwer genug!« fiel der Musiker ein. »Und Consuelo wagte gar nicht mitzukommen. Sie hätte Euch unmöglich in die Augen schauen können, Barbara Kegel, und ich versteh's! Aber das ändert nichts daran, daß wir allesamt Untertanen des Herrschers und von ihm abhängig sind ...«

»Ihr mit Sicherheit, genauso Euer Weib – und noch mehr der Säufer da!« keuchte die junge Mutter. »Doch ich ... ich ganz gewiß nicht! Ich werde ... ich werde ...«

»Was wirst du?« Der Tonfall, in dem Hieronymus Kegel die Frage stellte, drückte beinahe perverse Genugtuung über Barbaras Ohnmacht aus.

Sein Zynismus bewirkte, daß die Schwarzhaarige völlig außer sich geriet. Sie packte ihr Kind, stieß den Leutnant, der sie festhalten wollte, beiseite und rannte ins Haus. In der Diele prallte sie mit Greta und Kees zusammen, die der Lärm angelockt hatte. Rasch machte sie sich wieder frei, hetzte in die Schlafstube, kam im nächsten Moment zurück und flüchtete mit Geronimo in die hinterste Kammer des oberen Stockwerks. Manchmal, wenn der Rekrutenwerber für einige Tage unterwegs gewesen war, hatte sie in letzter Zeit dort zusammen mit ihrem Sohn genächtigt. Jetzt warf sie drinnen den Riegel vor, drängte das verstörte Kind aufs Bett und keuchte: »Sie werden dich mir nicht wegnehmen! Sie dürfen es nicht wagen! Du wirst sehen, es ist alles nur ein Alptraum …«

Doch es war kein Alptraum, es war grausame Realität. Draußen auf dem Flur brüllte schon ein paar Herzschläge später der angetrunkene Offizier. Er drohte ihr mit Kerker und Schlimmerem, falls sie nicht sofort öffnen würde; Massys jammerte Unverständliches dazwischen. Gellend überschrie Barbara den Lärm: »Nur über meine Leiche kommst du herein, du Vieh!« Gleich darauf, nachdem er vergeblich versucht hatte, die Tür einzutreten, hörte sie die Drohung des Rekrutenwerbers: »Das kannst du haben, du Metze!«

Für kurze Zeit herrschte Stille, dann vernahm die Schwarzhaarige Hufschlag von draußen. Sie hastete zur Dachluke, sah das Maultier im Hof stehen; im Sattel des Brabanters preschte der Leutnant durchs Tor.

Der Giebelschatten seitlich der Luke war kaum eine Handbreit weitergewandert, als Barbara, den weinenden Geronimo auf dem Arm, ihren Gatten und in seiner Begleitung den Profos mit mehreren Bütteln zurückkehren sah. Die Henkersknechte trugen Äxte, wenig später waren sie im Haus. Irgendwo wimmerte Greta auf; auch hörte Barbara den dünnen, vergeblichen Protest von Kees, dazu erneut das Jammern des Musikers Massys. Dann kamen polternde Schritte die Treppe herauf, und schon krachten die ersten Beilhiebe gegen die Kammertür.

Hieronymus Kegel hatte Ernst gemacht; er hatte sich zu brutaler Gewaltanwendung entschlossen – doch dazu, so durchfuhr es die Verzweifelte jetzt, war auch sie fähig. Sie zerrte die Reiterpistole des Leutnants, die sie vorhin aus der Schlafstube geholt hatte, hinter dem Rockbund hervor, brachte ihr Kind in eine Ecke des Raumes, kauerte sich vor Geronimo und zog den Luntenhahn auf. Mit fliegenden

Händen schlug sie Stahl gegen Feuerstein, um die Zündschnur in Brand zu setzen; die Lunte begann im gleichen Augenblick zu glühen, da die ersten Planken aus der Türfassung splitterten. Die Schwarzhaarige wartete noch vier, fünf gehetzte Atemzüge ab, bis in dem kantigen Loch die Fratze ihres Gatten erschien; dann drückte sie den Abzugsbügel der Waffe. Inständig wünschte sie sich, daß die verhaßte Visage zu blutigem Fleischbrei zerplatzen würde – doch nichts geschah. Nur das Pulver auf der Zündpfanne blitzte weg, der Schuß selbst versagte.

Im nächsten Moment krümmte sich Barbara unter den Schlägen des Rotblonden. Wie ein Wahnsinniger prügelte er auf sie ein; die junge Frau war nahe daran, vor Schmerz die Besinnung zu verlieren, aber noch mit ihren letzten Kräften klammerte sie sich an ihren Sohn. Der Leutnant und die Büttel mußten Barbara förmlich von ihrem panisch schreienden Kind losreißen, um Geronimo nach unten tragen zu können. Doch kaum machten sie Anstalten, den zutiefst verstörten Knaben auf den Rücken des Mulis zu heben, war die Schwarzhaarige neuerlich heran und kämpfte abermals um ihr Kind. Auf den Knien lag sie zuletzt; als sie Geronimo selbst nicht mehr erreichen konnte, krallte sie die Finger ins Fell des bockenden Maultiers. Sie gab nicht auf, bis Massys unter dem Schutz der Henkersknechte weggaloppierte; bis Hieronymus Kegel erneut über sie herfiel und sie anbrüllte: »Jetzt zu deiner Strafe!«

Nachdem der Leutnant seine Gattin brutal geschlagen hatte, schleppte er sie in die Schlafkammer, um sich dort auf noch schlimmere Art an ihr zu rächen; es wurde Mitternacht, ehe er nach unsäglichen Perversitäten von ihr abließ und im Vollrausch einschlief. Barbara, über jedes Menschenmaß hinaus gedemütigt, stahl sich vom Lager, lief über den Hof und aufs Schuddeveld hinaus, dann durch das finstere Brüssel.

Sie fand das Gebäude, in dem die Hofmusikanten untergebracht waren; kratzte dort an der Tür, wimmerte wie eine Hündin, aber man tat ihr nicht auf. Irgendwann brach sie zusammen, bis zum Morgengrauen kauerte sie im Rinnstein; schließlich schwangen die Torflügel auf, und die verzweifelte Mutter gewahrte den Reiter auf dem Muli sowie einen kleinen Reisewagen.

Es gelang Barbara, das Gefährt anzuspringen und die Plane ein Stück beiseite zu reißen; noch einmal erblickte sie kurz das verheulte Antlitz Geronimos, dazu das schamrote Gesicht der anderen Frau. Doch im nächsten Moment knallte eine Peitsche, und die Schwarzhaarige stürzte zurück in die Gosse.

Etwas Irres war in Barbaras Augen, als der Nachtwächter sie auf seiner letzten Runde im Rinnstein auffand. Er erkannte sie als das Weib des kaiserlichen Rekrutenwerbers und brachte sie, obwohl Barbara ihn inständig anflehte, es ihr zu ersparen, auf die Senne-Insel. Dort nahmen Greta und Kees sich, während Hieronymus Kegel seinen Rausch ausschlief, der körperlich und noch mehr seelisch Gebrochenen an.

***

Die körperlichen Wunden heilten ab; die seelischen aber blieben und fraßen sich in der Folge eher noch tiefer ein.

In der Kammer mit der zersplitterten Tür, in der sie nun täglich viele Stunden verbrachte, schien die Kinderlose innerlich zu versteinern. Ihre Empfindungslosigkeit wurde stärker als selbst die Furcht der Gattin vor dem Gatten: Anfangs, wenn der Leutnant sich ihr genähert hatte, war Barbara in Panik geraten; jetzt war es so, als berührte oder bespräche der Rotblonde nichts weiter mehr als eine gefühllose Mauer.

Auch anderweitig wurde die abgrundtiefe Kluft deutlich.

Einmal, als Greta mit einem Napf Suppe nach oben kam, sich fürsorglich an die Zusammengekrümmte in der Ecke wandte und sagte: »Es wird Euch gut tun, Madam Kegel!«, erwiderte die Zwanzigjährige tonlos: »Ich heiße nicht Kegel, so sollst du mich nie mehr nennen. Pluemberger ist mein Name, Blomberg auf flämisch.« Und hinfort reagierte sie ausschließlich noch auf diese Anrede.

Eines Septemberabends dann, der Rekrutenwerber war am Morgen dieses Tages für eine Woche nach Löwen abgeritten, verließ eine völlig Verwandelte das Haus am Schuddeveld. Barbara Blomberg trug ihr bestes Kleid, Mund und Augen waren grell geschminkt; ihr Aussehen erinnerte an eine lüstern lockende und zugleich absolut herzlose Puppe. In die Gassen hinter dem Großen Markt begab sie sich: dorthin, wo die abenteuerlustigen Kavaliere flanierten, und dem ersten, der sie ansprach, antwortete sie: »Ja, du kannst mich haben, aber du wirst teuer bezahlen müssen dafür!«

Mit ihrem Galan verschwand sie in einer Absteige; eiskalt spielte sie dort die Reize ihres noch immer berückenden Körpers aus. Als Hure gab sie dem Freier alles – als Frau empfand sie äußerste Verachtung ihm gegenüber; nicht die Lust, sondern allein das Gefühl ihrer Macht über den viehisch Keuchenden wollte sie genießen.

Der Sterbende in Yuste

Westspanien/Brüssel
Februar 1557 – September 1558

Auf die Machtfülle eines imperialen Daseins, auf fast vier Dezennien der Herrschaft über ein Reich, innerhalb dessen Grenzen die Sonne nie untergegangen war, blickte der Kranke an jenem Februarmorgen kurz vor der Vollendung seines siebenundfünfzigsten Lebensjahres zurück. Im Nordosten der Estremadura geschah es, unweit der portugiesischen Grenze; nichts war von all dem ungeheuren Glanz geblieben als die karstigen Hügel und unter düsterem Horizont die eher schäbige Silhouette des abgelegenen Hieronomitenklosters.

Die steinige Straße von Jarandilla nach Plasencia schlängelte sich. Kahl lagen die Felder da; saftlos und spröde starrten die knorrigen Stämme des winterlichen Waldes. Die kaiserliche Eskorte erreichte das Dorf Quacos und dünnte sich dort noch mehr als ohnehin schon aus; lediglich von seinen engsten Vertrauten begleitet, passierte der leidende Monarch in seiner Maultiersänfte den halsbrecherisch steilen Anstieg zum nächsten Geländekamm. Dann tauchte, beinahe zum Greifen nahe jetzt, am jenseitigen Hang erneut die Abtei auf: Yuste, ein geducktes, schmuckloses Bruchsteingemäuer, an dessen Außenfront wie ein Geschwür die bescheidene Villa klebte, wo der Habsburger den Tod erwarten wollte.

Als die Kavalkade vor dem Klostertor zum Halten kam, brach bereits die Dämmerung herein. Auf einem Sessel trug man den Kaiser, der im Vorjahr abgedankt hatte, in die

Abteikirche; die zur Feier des Tages aufgestellten Kandelaber erhellten das Innere des Sakralbaues nur notdürftig. Aus den Schatten heraus erklang ein Tedeum; Karl V. schien auf seinem Krüppelstuhl einzuschrumpfen; in sich gekehrt, hörte er die Messe, gab sodann den Befehl, ihn in sein Quartier zu bringen. Dort nahm er einen bescheidenen Imbiß zu sich und legte sich gleich darauf zu Bett; vom Ruhelager aus hatte er durch einen Mauerdurchbruch wiederum den Blick in die Düsternis der Kirche.

Krankenbett und Altar – dies waren die Pole, um die das verlöschende Leben des Monarchen von da an fast ausschließlich kreiste. Seine Existenz hatte sich auf das Siechtum reduziert; ein Siechtum, das dem desolaten Zustand des von ihm hinterlassenen Reiches entsprach. Untergangsstimmung beherrschte den, der bis vor kurzem noch unumschränkt geherrscht hatte; sein gepeinigtes Gewissen hatte sich auf das sakrale Symbol fixiert, das ihm zum Fluch und zum Verhängnis geworden war, von dem er sich aber trotz allem Erlösung erhoffte. Ans katholische Kruzifix, dessen Allmachtsanspruch er so verbissen verteidigt hatte, klammerte er sich im Geiste und haderte gleichzeitig in verbissenem seelischen Ringen mit seinem molochischen Gott. Vor ihm fühlte er sich als Versager; er empfand so, weil er die evangelische Lehre nicht überwunden, die Protestanten nicht restlos mit Feuer und Schwert ausgetilgt und damit die Spaltung des Imperiums verschuldet hatte. Um sein Seelenheil fürchtete er aus diesem Grund; in der finalen Phase seines Daseins, im Schweißdunst des Krankenzimmers und im Weihrauchgewaber der Hieronomiten, wurde er somit zum Anbeter eines zutiefst antijesuanischen Götzen.

Dennoch gab es Phasen, in denen das Menschliche, kurzfristig zumindest, über die wahnwitzigen und gottfeindlichen Obsessionen siegte. Die Uhren, mit denen Karl sich in seinen ruhigeren Stunden beschäftigte, die er zerlegte und wieder zusammensetzte, schlugen ihm die Brücke vom Grauenhaften ins Humane. Wenn er versonnen dem Ticken und Federschleifen lauschte, kehrten lange verschüttete Erinnerungen zurück; oft verlor er sich in ihnen, und dann kauerte hinter den Mauern von Yuste nicht länger der Monarch, sondern – was mehr zählte – ein nachdenklicher alter Mann.

***

Die Kindheit in Brüssel und Burgund wurde vor seinem inneren Auge gegenwärtig; die erste Spanienreise 1517, die kaum erträgliche Spannung und das nur mühsam bemeisterte Zittern anläßlich der Kaiserwahl in Frankfurt zwei Jahre später. Die Ritte und Fahrten kreuz und quer durchs Reich, welche von da an kein Ende mehr nehmen wollten. 1526 die Heirat mit Isabella, das Glück an der Seite der Portugiesin, mit der ihn eine wahrhaft große Liebe verband; doch 1539, ganz plötzlich, ihr Tod.

Grenzenlos die Trauer – dazu die Gewissensbisse wegen des Hochkommens der Schmalkaldischen. Unterschwellig, stets hastig wieder unterdrückt, das Zweifeln am einzig wahren, katholischen Gott: an dem, der so unbegreiflich zynisch mit den Seelen zu spielen schien; mit dem angeblich felsenfest fundamentierten alleinseligmachenden Glauben außerdem. Zunehmend zerspellte die Welt; irgendwann – war es 1546, war es im Frühling? – der Reichstag in Regensburg. Die Gicht jetzt schon, das Herzstechen manchmal; ungeachtet dessen die Pflicht, an der gleißenden Bankettnacht teilzunehmen. Sein Überdruß dort; dann aber die bezaubernde Unbekannte: die feenhaft schöne Bürgerliche mit dem rabenschwarzen Haar und den mitternachtsblauen Augen.

Noch einmal war dem Verwelkenden Lust vergönnt; wochenlange Lust im Schoß der blutjungen Gürtlerstochter. Doch dann wieder der Krieg und erneut das alles fordernde Reich: Mühlberg; das Metzeln an der Elbe. Danach das Gelage im Wappensaal; der Aufruhr, ehe der Kurier von der Donau vorgeführt wurde. Der abgerissene Bote mit der schockierenden Nachricht: Am eigenen Geburtstag war der Strenggläubige Vater eines Bastards geworden.

Er hatte das Begreifen zu verdrängen versucht, hatte die Existenz des Regensburger Balges aus seinem Bewußtsein verbannen wollen. Er hatte gedacht, das sei möglich; vor allem, weil ihm das Gesicht der Mutter längst zu einem blassen Schemen verblichen war. Letztlich aber hatte er es nicht geschafft; das unhörbare Wimmern des Kindes hatte wie ein Stachel in seinem Inneren zu schwären begonnen. Eine zusätzliche Geißel war das Schuldgefühl gegenüber seiner verstorbenen Gemahlin gewesen; also hatte er per Dekret eine Ehe über den postmortalen Ehebruch mit Isabella von Portugal gekleistert.

Auf diese Art hatte er sich endgültig wegducken wollen; hatte gehofft, unter dem windigen Himmel Flanderns könnte alles verwehen. Dann jedoch, während der Reichstagssitzungen in Augsburg, bei denen es um die Erbfolge ging, der Entschluß. Weil Yuste geistig nun bereits nahe war, hatte er den Gedanken nicht mehr ertragen können, daß schon in naher Zukunft und dann für immer ein halber Erdteil zwischen ihm und seinem verleugneten Sproß liegen sollte. Der Knabe mußte infolgedessen unauffällig in seine Nähe gebracht werden; am besten auf dem Umweg über den mehr oder weniger ahnungslosen Massys. Und um das Gewissen auch anderweitig zu beschwichtigen, die Rente an die Offiziersgattin: vierhundert Goldstücke jährlich, angewiesen über die Brüsseler Kanzlei erstmals im Januar 1551.

Im gleichen Jahr war das habsburgische Imperium in die künftigen spanischen respektive österreichischen Territorien aufgeteilt worden. Nach Karls Abdankung oder Tod würde sein Bruder Ferdinand, schon jetzt Herrscher in Österreich, Böhmen und Ungarn, die Kaiserkrone tragen; Karls ehelicher Sohn Philipp wiederum sollte als König von Spanien auch Italien und die Niederlande regieren. Kaum war dies, nicht ohne Schwierigkeiten, geregelt, hatte sich der protestantische Hochadel des Reiches mit König Heinrich II. von Frankreich verbündet. Und daraufhin eine neuerliche Offensive der Lutherischen, deutsche und französische Landsknechte gemeinsam unter den Fahnen; nach der verlorenen Schlacht von Reutte in Tirol die Flucht Karls hinter die Mauern von Villach in Kärnten. Der Gegenangriff, nicht mehr vom Sattel, sondern von der Sänfte aus geführt; eine weitere Niederlage der katholischen Truppen vor Metz. 1555 die Beisetzung von Karls Mutter Juana; seit er an ihrer Gruft gestanden hatte, war sein Drang nach Weltflucht immer unwiderstehlicher geworden.

Einzig beherrschend jetzt noch der Wunsch nach dem Sich-Einkapseln in die karstige Schale der Estremadura; 1556 die Abdankung. Krone, Zepter und Reichsapfel vertauscht mit dem finalen Leiden zwischen Siechenlager und Altar. Um den Kelch, gleich dem Gekreuzigten, bis zur Neige zu leeren, hatte der Kranke das eremitische Verflackern auf sich nehmen wollen – doch unbegreiflicherweise schien der wahre Quell der Gnade anderswo zu liegen.

Denn gelegentlich, wenn der an der Schwelle des Todes Stehende dem katholischen Purgatorium entfloh, um sich statt dessen in seinen weicheren Seelenkern zu verlieren, wurde die Wärme des Mädchens von der Donau fast wieder greifbare Realität – und zusammen mit dem rabenschwarzen Haar und den mitternachtsblauen Augen auch das Kind: der Knabe, der nun in seinem zehnten oder elften Lebensjahr stehen mußte.

***

Nicht gelegentlich wie der Habsburger, sondern tagtäglich dachte Barbara Blomberg an Geronimo.

Auch die Existenz ihrer drei nachgeborenen Kinder konnte die Endzwanzigerin, deren Körper etwas fülliger, deren trotz allem ungebrochene Schönheit deutlich aggressiver geworden war, nicht über seinen Verlust hinwegtrösten. Wie eine unheilbare Wunde hatte sich die Erinnerung an den August 1550 in ihr eingefressen; das Huren war die Folge gewesen, ebenso ihre seit damals oft schrill kaschierte Resignation. Weil man ihr Geronimo geraubt hatte, war sie unfähig, den drei anderen ebenso inständig Mutter zu sein wie einst ihm. Sie hatte die Brut zur Welt gebracht und mit halbem Herzen aufgezogen; manchmal begriff sie selbst nicht, warum sie darauf verfallen war, noch drei Schwangerschaften durchzustehen; schließlich hätte es die Kräutertränke und notfalls die Hilfe der Engelmacherinnen gegeben. Wahrscheinlich aber hatte der Haß auf Hieronymus Kegel, der inzwischen den Rang eines Hauptmanns bekleidete, sie dazu getrieben.

Scheel pflegte er auf die beiden Knaben und das Mädchen zu blicken; keineswegs ohne Grund, wie die Schwarzhaarige nur zu genau wußte. Ins Nest, das allerdings seit 1551 nicht mehr am Schuddeveld, sondern im wohlhabenderen Viertel um die Kirche Sint-Katelijne stand, hatte sie ihm quasi Kuckuckseier gelegt. Die Kinder, welche der Offizier notgedrungen akzeptieren mußte, hatten zwar alle das gute Aussehen ihrer Mutter geerbt; dem ehemaligen Hurenwaibel indessen ähnelten sie nicht im mindesten.

Konrad, knapp ein Jahr nach Geronimos Entführung geboren, besaß einen auffällig dunklen Teint; seine Haut war fast olivfarben getönt, und auch sein Naturell schien eher iberisch als flämisch geprägt. Bereits als Säugling war er wild und unberechenbar gewesen: fraglos Charakterzüge, wie sie auch der spanische Diplomat an den Tag gelegt hatte, welcher Barbara damals im Spätsommer 1550 als ihr dritter oder vierter Liebhaber in eine der Absteigen hinter dem Großen Markt gefolgt war. Ungeachtet dessen hatte Hieronymus Kegel die Geburt seines vermeintlichen Stammhalters zunächst noch exzessiver als üblich begossen; erst Monate später waren ihm Zweifel gekommen und hatten sich seither, auch wenn er dies im Rausch und im Kameradenkreis lautstark zu leugnen pflegte, mehr oder weniger zur Gewißheit ausgewachsen.

Tochter Karoline wiederum, 1552 abgenabelt, konnte mit ihrem blonden Haar und den blauen Augen durchaus als Niederländerin durchgehen. Gegen ihre legitime Abstammung sprach allerdings die Tatsache, daß ihr Körper zart und schlank gebaut war; hinzu kam der Leberfleck auf ihrem linken Jochbogen: das gleiche Mal wie im Gesicht des dänischen Schutenkapitäns, der die Strohwitwe einst über die manöverbedingte Abwesenheit ihres Gemahls hinweggetröstet hatte; zumindest hatte er es in seiner singenden Sprache seinerzeit so ausgedrückt.

Blieb noch Wolfgang, der Jüngste, welcher das diffuse Licht Flanderns 1554 erblickt hatte; schon geraume Zeit vorher wäre Hieronymus Kegel aufgrund seines ständigen Alkoholmißbrauchs nur noch sehr bedingt zeugungstauglich gewesen. Infolgedessen war dieser Sohn der quälendste Stachel in der Brust des kaiserlichen Hauptmanns, und gelegentlich drehte die Schwarzhaarige den Dolch in der Wunde noch zusätzlich. Dann nämlich, wenn sie dem Kleinen in Gegenwart ihres Gatten Geschichten über einen Reiter erzählte, der als Kurier in habsburgischen Diensten von Ungarn bis Brüssel gezogen war und in einer Taverne an der Senne Csardas getanzt hatte, ehe er eines Tages lachend wieder verschwunden war.

Längst hatte Barbara keine Schwierigkeiten mehr, sich auf diese Weise gegen den Rotblonden zu behaupten. Er, der früher bei jeder Gelegenheit rücksichtslos die Fäuste gebraucht hatte, war in den Jahren seiner kaum nachvollziehbaren Vaterschaften körperlich immer hinfälliger geworden. Zwar hatte er seine Gattin in den Monaten nach Konrads Geburt noch mehrmals verprügelt; bald aber waren seine Ausbrüche am zunehmend erfolgreichen Widerstand der Schwarzhaarigen gescheitert, und nun, gegen Ende ihres dritten Lebensjahrzehnts, wäre Barbara ihm körperlich schlicht überlegen gewesen. Dies witterte er mit dem feigen Instinkt des Säufers, notgedrungen beschränkte er sich jetzt auf herausgespeichelte Verdächtigungen und rüde Anwürfe im Gossenjargon; flüchtete sich ansonsten manischer denn je in den Fusel.

Obwohl Hieronymus Kegel die Vierzig kaum überschritten hatte, war er bereits so gut wie dienstunfähig. Jeder andere Offizier wäre gezwungen worden, seinen Abschied zu nehmen; der Rekrutenwerber im Hauptmannsrang hingegen durfte auf die Nachsicht seines Obristen zählen. Dem Gatten der Regensburgerin, die über ihren in Spanien weilenden Erstgeborenen in einer gewissen Beziehung zum Hof und einem besser Ungenannten dort stand, wurden Freiräume eingeräumt, von denen andere nur träumen konnten. Man erwartete von ihm und der so leichtlebig gewordenen Schwarzhaarigen einzig, daß hinsichtlich der einst vor der Trommel geschlossenen Ehe der Schein gewahrt blieb; allein im gegenteiligen Fall hätte man schonungslos durchgegriffen. Doch im streng katholischen Flandern war die Unauflöslichkeit des Sakraments ohnehin keine Frage; noch nicht einmal Barbara hatte die Trennung von ihrem viehischen Gemahl jemals ernsthaft erwogen.

Zynisch hatte sie sich vielmehr mit ihrem Schicksal arrangiert; in den drei Kindern, von denen keines aus dem Samen des ihr zwangsweise Angetrauten entstanden war, lebte ihre Rache. Konrad, Karoline und Wolfgang waren Unterpfand dafür, daß sie sich trotz tausendfacher Schändung nicht hatte brechen lassen; in Gestalt ihrer Sprößlinge hatte der einstige Hurenwaibel tagtäglich die Quittung für sein Versagen als Ehemann und Liebhaber vor Augen. Mit jedem Plärren aus einem der unschuldigen Münder, bei jedem öffentlichen Auftreten mit den Bastarden, mit jedem nichtsahnend gestammelten »Vater!« wurden ihm seine Verfehlungen heimgezahlt. Dies war die handfeste und zugleich subtile Vergeltung der Schwarzhaarigen, und nachts machte sie sich gelegentlich bewußt, daß sie es in der Hand hatte, den Verhaßten immer noch tiefer in seine Sucht zu treiben; sein schauerliches Ende damit zu beschleunigen. Und auch wenn sie gleich darauf wieder vor derartigen Obsessionen zurückschreckte, fand sie doch Trost in solch abgründigem Denken; bitteren zumindest.

Ablenkung von ihrem traurigen Los verschafften ihr zudem die Seitensprünge. Längst nicht mehr bloß in der Dunkelheit, sondern auch am hellen Tag pflegte Barbara Blomberg, so ihr danach war, sich die abenteuerlustigen Galane zu angeln; immer weniger machte sie ein Hehl daraus, daß sie zu einer Halbseidenen, einer Kokotte geworden war. Tief in ihrem Inneren jedoch verbarg sich ihr zweites, verschlossenes Ich; schwärte ihre unheilbare Wunde: die Sehnsucht nach Geronimo.

Täglich dachte sie an ihn: an seine graugrünen Augen, seinen goldblonden Haarschopf – aber kaum jemals erwähnte sie den Namen ihres blaublütigen Sohnes. Sie überwand sich nur dann, wenn sie den einen oder anderen Meldereiter aus Spanien abpassen konnte, doch was sie bei solchen Gelegenheiten über ihren Erstgeborenen erfuhr, war im besten

Fall bruchstückhaft; war zumeist entsetzlich dürftig. Und so blieben ihr vor allem die Erinnerungen aus der Zeit vor dem August des verfluchten Jahres 1550, da Geronimo noch ein Kleinkind gewesen war.

***

Eine zersplitternde Tür. Die hereinstürmenden Büttel. Das Zerren vieler Hände an seinem Körper. Die Verzweiflung der schönen, schwarzhaarigen Frau. Ihr Flehen wenig später an der Flanke eines Maultiers. Im Morgengrauen noch einmal ihr von unsäglichem Leid gezeichnetes Antlitz. Eine peitschende Segeltuchplane zwischen ihm und ihrem Schrei …

Dies waren die einzigen scharfen Erinnerungen, die Geronimo an Brüssel hatte, und auch die folgenden Monate waren ihm nur bruchstückhaft gegenwärtig.

Das Rütteln Tag für Tag in dem kleinen Wagen. Die Namen, die ihm zuerst noch so schwer über die Lippen kamen: Frans und Consuelo. Sommerhitze, Durst, Tierdunst. Jeden Morgen das Erwachen in neuer Umgebung. Fremde Landschaften, fremdartige Kleider, fremd klingende Laute. »Frankreich«, hatte Frans dazu gesagt; Geronimo hatte gedacht, dies sei nun das Ende der Welt. Aber dann hatte die Welt sich aufgebäumt zu einem riesigen Gebirgsmassiv. Der wochenlange Weg über die steilen Bergpfade; an tiefen Schluchten vorbei, oft die Gefahr des Absturzes. Doch irgendwann der Himmel ganz nahe – und das Firmament jenseits der Berge viel blauer und wärmer als im Franzosenreich. Die Erde dagegen dürr, ausgetrocknet, bleich wie Totengebein. Sonnenverbrannte Menschen mit Augen, die wie Kohlen glühten; Furcht vor diesen Teufeln, obwohl Consuelo lachte. Angst auch auf der Fähre über den Fluß namens Ebro. Und viele Tage weiter durch den Staub. Endlos das Flachland, zuletzt aber der Aufstieg zu einer felsigen Hochebene. Eine Stadt dort oben: weiß und basaltschwarz. Einige Wegstunden vor den Mauern ein Dorf, das inmitten von Lavendelfeldern und Zypressen wie in einem dunkel durchzüngelten See aus magischem Licht lag. Ockerfarben das Bauernhaus; das Aufjauchzen Consuelos, herumrennende Kinder, herbeischlurfende Alte. Und der Satz von Frans: »Das ist jetzt deine Heimat, Junge!«

Mit dem Sich-Einwurzeln in der spanischen Erde schienen Geronimos Erinnerungen breiter auszutreiben. Die Zeit zwischen seinem fünften Lebensjahr und der Gegenwart, dem Spätsommer 1558, empfand er als einen ungebrochenen, ruhigeren Strom; freilich noch immer erregend genug.

Zuerst war er auf dem bescheidenen Pachtgut kaum mehr als ein geduldeter Eindringling gewesen. Manchmal, wenn er sich zu sehr als Außenseiter fühlte, hatte er nach seiner Mutter geflennt, nach Barbara, doch daraufhin waren die Gesichter immer versteinert, so daß er sich das Denken an die ohnehin schwer Greifbare bald abgewöhnt hatte. Statt dessen hatte er »Consuelo!« zu rufen begonnen und sich bei Bedarf in ihre Nähe geflüchtet; so hatten sich die für ihn verlorenen blauen Frauenaugen allmählich in braune verwandelt. Noch leichter war das Vertrautwerden mit Frans gewesen; in ihm hatte Geronimo erstmals tatsächlich so etwas wie einen Vater gefunden. Zwischen Frans' Knien stehend, hatte der vor Eifer Schwitzende manchmal die Pauke schlagen dürfen; er hatte auch zugegriffen, wenn das Instrument an den Sattel des Mulis geschnallt werden mußte, weil der Musiker wieder einmal zu einem Bankett nach Madrid beordert worden war. Bei anderen Gelegenheiten hatte Frans im Dorf selbst gespielt; besonders eins dieser Feste würde Geronimo nie vergessen. Am Ende der Erntezeit war es gewesen; gegen Abend hatte Frans die Trommel zum Anger getragen, zwei Männer mit Flöte und Gitarre waren dazugekommen. Dann hatten die Dörfler getanzt; Geronimo hatte sich unter sie gedrängt, und sie hatten ihn aufgenommen – plötzlich war er einer von ihnen gewesen.

Bis zu seinem siebten Lebensjahr war er tief hineingewachsen in das Leben von Alcalá de San Juan; Flandern – hieß das Land so? – war nun unendlich fern, war nichts weiter mehr als ein verwehter Traum. Nur die Sprache war ihm von dort geblieben; mit Frans unterhielt er sich manchmal noch in dem schwerfälligen Idiom, ebensogut jedoch beherrschte er mittlerweile das Spanische und verstand selbst die ganz alten, zahnlosen Bauern.

Gelegentlich malte er sich aus, einst auch einer dieser Genügsamen und Knorrigen zu werden; irgendwann, nach zahllosen aufregenden Sommern und Wintern, in denen der Himmel gleißte oder stürmte – und im Wechsel der Jahreszeiten die Schaf- und Ziegenherden getrieben wurden, die Lavendelfelder aufschimmerten oder verblaßten, die Eselshengste sich über die Stuten bäumten, die Pächter um einen angeblich versetzten Grenzstein stritten und sich überschwenglich wieder versöhnten, die Campesinos hinter schwankenden Heiligenstatuen her nach einer Wallfahrtskirche pilgerten, die gleichen frommen Bauern beim Weinkeltern halbnackt und faunisch in den riesigen Bütten stampften. Ja, er hätte es sich vorstellen können, Teil des Dorfes und der Landschaft um Alcalá de San Juan zu werden; auf immer hier zu leben, bis er selbst zahnlos und alt sein würde – doch dann war erneut etwas zerbrochen, war wiederum etwas jäh eingedrungen in sein Dasein.

Eine Staubwolke hatte sich am Horizont gezeigt, wenig später waren fremde Reiter vor das Gutshaus geprescht; an ihrer Spitze einer im prunkvollen Gewand und mit einem Antlitz wie ein in tausend Schlachten erprobter Ritter. Lange und prüfend hatte der Caballero den Siebenjährigen gemustert; hatte ihn endlich, während Frans und Consuelo scheu dabeistanden, angesprochen: »Ich heiße Don Luis Quijada, bin ein Vertrauter und Waffengefährte des Kaisers. Und du, so hörte ich, sollst ein aufgeweckter Junge sein, hast schon ein gutes Stück von der Welt gesehen. Deshalb biete ich dir an, als Page in meine Dienste zu treten!«

In seiner Verwirrung hatte Geronimo nicht gleich begriffen; erst als Consuelo schluchzend begonnen hatte, seine Habseligkeiten zusammenzupacken, war ihm die volle Bedeutung von Quijadas Worten klargeworden. Und dann, noch in derselben Stunde, der Aufbruch nach Madrid. Drükkende Hitze hatte an diesem Sommertag des Jahres 1554 geherrscht; Geronimo, hinter einem der Waffenknechte im Sattel sitzend, war den ganzen Weg schweißnaß vor Erregung und Angst gewesen. Der brutale Abschied von Alcalá de San Juan, die verstörten Augen von Frans und Consuelo, seine eigene Furcht – all dies schien sich mit etwas Grauenhaftem in Flandern zu vermischen: mit dem Schock, den er in Brüssel erlebt hatte und der nun plötzlich wieder furchtbar nahe war.

Am Spätnachmittag die Ankunft in Madrid, das bislang eine unerreichbare Welt fern unter dem Horizont gewesen war. Kurze Erklärungen des Edelmannes, der nun Schenkel an Schenkel mit Geronimo ritt: »Der Sitz des Erzbischofs, siehst du? Hier der Torre de los Lujanes. Der Fluß heißt Manzanares, dort drüben steht der Alcazar. Du wirst in meinem Palast ganz in seiner Nähe wohnen …« Quijada hatte ihn noch auf viele weitere Sehenswürdigkeiten hingewiesen, während der Reitertrupp durch die Gassen trabte, in denen sich lärmend die Bewohner drängten: zahllose Menschen, Protzige und Bettelarme, dazwischen Scharen von Priestern, Nonnen oder Mönchen. Irgendwann hatte die Kavalkade die Königsburg passiert; wenig später waren die Reiter vor dem düsteren Palast dessen angelangt, der von jetzt an Geronimos Herr sein würde.

Ein wuchtiger, abweisender Torbau, ein von gotischen Arkaden umsäumter Patio im Inneren; vor der Kulisse des Säulenganges die hagere, bedrohlich wirkende Gelbgesichtige: Dona Magdalena de Ulloa, Quijadas Gemahlin. Der erste Eindruck Geronimos hatte jedoch getäuscht; beinahe warmherzig hatte die Leberkranke ihn empfangen. Er seinerseits hatte instinktiv ihre Kinderlosigkeit erwittert; möglicherweise deshalb ihre überschwengliche Versicherung: »Wie meinen eigenen Sohn will ich dich halten, bei der Madonna!« Verwirrt hatte Geronimo gedacht: Warum?! Wo doch Consuelo meine Mutter ist – oder vielleicht auch die andere, die Schwarzhaarige in Flandern …

Bald aber, weil sie sich aufrichtig um ihn bemühte, hatte er Zuneigung zu Magdalena de Ulloa verspürt; ebenso zu Don Luis, der schon nach kurzer Zeit eine Art väterlicher Freund für ihn geworden war. Gegenüber den anderen Pagen im Palast hatte Geronimo rasch eine bevorzugte Stellung eingenommen; hatte weniger gedient als gelernt: höfisches Spanisch, Latein, Rhetorik, Arithmetik und Astronomie, die zwängende Theologie dazu. Bei den Lektionen und auch sonst hatte er das obligatorische dunkle Gewand mit der einengenden Halskrause getragen; mehrmals hatte die Pagenrobe neu geschneidert werden müssen, während ihr Träger acht, neun und zehn Jahre alt geworden war. Don Quijada wiederum war in dieser Zeit häufig auf Reisen gewesen; auffällig oft war in diesem Zusammenhang von einem Ort namens Yuste gesprochen worden.

Kürzlich dann, einige Monate nach Geronimos elftem Geburtstag, hatte sich auch für ihn selbst ein neuerlicher Ortswechsel angekündigt. »Du wirst mich in die Estremadura begleiten«, hatte Dona Magdalena ihm eröffnet. »Du weißt ja, mein Gatte weilt nun auch schon wieder seit Wochen dort – unmittelbar in der Nähe des Kaisers ...«

Schon am übernächsten Morgen brach die Reisegesellschaft auf; nachdem die Kavalkade Madrid verlassen hatte, ging es auf staubigen Straßen schier endlos nach Westen. Im Sattel seines kleinwüchsigen Arabers trabte Geronimo neben Magdalena de Ulloa in ihrer Sänfte her: dem weltabgeschiedenen Kloster entgegen, über das von Spanien bis Flandern die abenteuerlichsten Gerüchte umliefen.

***

An einem gewitterschwangeren Tag im August 1558 – zur gleichen Stunde, da Barbara Blomberg sich in Brüssel einmal mehr einem Wildfremden hingab – begegnete Geronimo erstmals im Leben seinem Vater.

Freilich ahnte er nicht, daß der Schwarzgekleidete, zu dem Don Luis Quijada ihn geführt hatte, sein Erzeuger war; es war ihm lediglich bewußt, daß er auf den plötzlich leibhaftig gewordenen Monarchen blickte, und er fühlte sich zwischen Furcht und Staunen hin- und hergerissen. Auch Karl V., stumm im Lehnstuhl mit dem Schragen für sein gichtbrandiges Bein sitzend, wirkte erregt, bedrückt und unsicher; schien sich innerlich unter diesen zwiespältigen Gefühlen zu krümmen. Quijada, der sich etwas im Hintergrund hielt, konnte sich des Eindrucks nicht erwehren, daß der Imperiale in diesem Moment dünnhäutiger als selbst der nervöse Page war.

Der Augenblick dehnte sich, nur das Ticken und Schleifen der vielen Uhren im Raum war zu vernehmen. Immer noch schwieg der Habsburger, äugte fast ängstlich mit etwas seitlich gewandtem Kopf und leise bebenden Lippen. Erst ein verwischtes Donnergrollen, das aus der Richtung von Plasencia herüberdrang, löste den Bann. Der Kaiser raffte sich auf, bewegte ächzend den bandagierten Unterschenkel und richtete das Wort an den Elfjährigen: »Bei solchem Wetter werden die Schmerzen noch grausamer als sonst ... mein Sohn! Doch man muß sie in Demut ertragen; sie sind, wie alles im Leben und im Tod, von Gott gesandt!«

Geronimo nahm die Belehrung und dazu die zögerlich hervorgestoßene familiäre Anrede hin. Auch Frans und Quijada hatten ihn oft und oft als Sohn bezeichnet; es bedeutete nichts – und bedeutete ein paar Herzschläge später dennoch etwas. Denn die unterschwellige, spröde Wärme, die in den zwei kleinen Wörtern mitgeschwungen hatte, ließ die Anspannung von ihm abfallen. Plötzlich begriff er mit seltsamer Klarheit, daß der Monarch keineswegs ein Moloch, sondern nichts weiter als ein leidender alter Mann war – und das Mitleid, das Geronimo empfand, war in seinen graugrünen Augen zu erkennen.

Karl spürte die Anteilnahme, mit demselben Atemzug ließ auch sein eigenes Nervenzittern nach. Er deutete auf eine Anrichte und forderte den Blonden auf: »Du könntest mir den Becher von dort drüben bringen, es ist lindernder Kräuterabsud darin ...«

Der Elfjährige gehorchte; Quijada mahnte: »Sei vorsichtig!« Mit beiden Händen hob Geronimo den Pokal hoch und trug ihn zu dem Sessel, der wie ein Foltergerät aussah.

»Danke!« Ein Lächeln zuckte über das ausgemergelte Gesicht des Habsburgers, seine Stimme klang nicht mehr so brüchig wie eben noch. Nachdem er getrunken hatte, fügte er fast scherzend hinzu: »Früher erlaubten die Ärzte mir noch Bier, eiskaltes Einbecker aus dem Norden. Aber mittlerweile ...«

»Das da ist besser für Euch, Majestät! Ich meine, Ihr wollt doch wieder gesund werden ...« Spontan, ohne nachzudenken, hatte der Knabe es gesagt. Gleich darauf hätte er sich am liebsten die Zunge abgebissen: Er hatte sich an den strengen Befehl Quijadas erinnert, bei der Audienz auf keinen Fall ungefragt zu sprechen – und jetzt hatte er den Kaiser sogar unterbrochen.

Tatsächlich mischte sich mit einem neuerlich einsetzenden Donnergrollen das strafende Hüsteln des Granden, aber Karl winkte ab. Dann, die Brauen schmerzlich zusammenkneifend, erwiderte er leise: »Du wünschst mir also Genesung … mein Sohn?« Eine lastende Pause, ein langer Blick zum Mauerdurchbruch, hinter dem im Halbdunkel das Presbyterium der Hieronomitenkirche lag. »Vielleicht finde ich sie im Jenseits. Wenn Christus mir gnädiger ist, als ich es verdiene. Auf Erden wird es wohl nichts mehr damit werden. Doch es tut mir wohl, daß du es mir in deiner Unschuld vergönnen würdest.«

Wiederum Stille, dann ein scheinbar unvermittelter Gedankensprung: »Geronimo … so hat man dich getauft, ja? Aber du bist nicht wie der Asket, dem die Mönche hier in Yuste dienen. Du hast ein zu weiches Herz. Besitzt die gleiche gute Seele wie der Apostel Johannes, der auf Golgatha die Mutter unseres Herrn zu trösten versuchte. Ganz wie er bist du, wie Juan …«

Der Kaiser leerte den Becher, die Medizin schien ihn aufzurichten; möglicherweise jedoch war noch etwas anderes im Spiel. »Deine Gegenwart schenkt mir etwas, Juan … äh, Geronimo«, bekannte er mit festerer Stimme. »Es war richtig von Don Quijada, daß er dich zu mir brachte. Sag, mein Sohn, könntest du dir vorstellen, mich von jetzt an öfter zu besuchen? Du würdest bei mir sitzen, wir könnten Zwiesprache halten; nur du und ich …«

Ohne Zögern war dem Habsburger diesmal die bewußte Anrede über die Lippen gekommen. Quijada hielt den Atem an; der Elfjährige indessen bemerkte nichts, antwortete nun vielmehr streng nach dem Protokoll: »Ich werde alles tun, was Ihr befehlt, Majestät!«

Um so mehr überraschte ihn die Reaktion des Kaisers. »Ich befehle dir gar nichts«, entgegnete Karl. »Ich kann dich höchstens darum bitten ...«

Für einen Moment hing das letzte Wort im Raum; dann – weder der Kranke noch der Knabe hatten die Bewegung bewußt ausgeführt – berührten sich ihre Hände.

So fiel, fast auf der Bruchkante zwischen Diesseits und Ewigkeit schon, die Schranke; nach mehr als einem Jahrzehnt fanden der Todgeweihte und sein Bastard zusammen. In den ersten Tagen stieg Geronimo regelmäßig von Quacos aus, wo er im Haus des Ehepaares Quijada untergebracht war, zum Kloster hinauf; Anfang September siedelte er auf Wunsch des Habsburgers ganz in dessen Villa über.

Knapp drei gemeinsame Wochen blieben ihnen noch. Knapp drei Wochen des Herantastens Karls an sein Kind, des Ringens um das so lange verleugnete eigene Fleisch und Blut. In Tagen versuchte der Kaiser gutzumachen, was während eines Dezenniums versäumt worden war. Alles mußte auf das Wesentliche reduziert werden; das Zueinanderfinden war ständig bedroht von den Schatten, die sich immer tiefer in die Augenhöhlen des ausgebrannten Achtundfünfzigjährigen fraßen.

Aber vielleicht gerade deshalb errang Karl den seelischen Sieg; in der Septembermitte bekannte er vor dem Knaben und dazu mehreren Zeugen, unter ihnen Quijada und der Abt von Yuste: »Du, Geronimo, bist mein leiblicher Sohn! Im Marienmonat 1546, während des Reichstages zu Regensburg, zeugte ich dich mit der Bürgerlichen Barbara Pluemberger. Ich verriet sie und dich; tat nichts Nennenswertes für euch, trieb deine Mutter vermutlich ins Unglück. Doch ich bereue, aus tiefstem Herzen bereue ich! Das Legat in Höhe von 25 000 Dukaten jährlich, das ich dir lebenslang aussetze, soll ein äußeres Zeichen dafür sein. Das Gold wird dir deinen Weg in der Welt ebnen, aber ich gebe dir noch mehr. Hiermit erkenne ich dich als meinen natürlichen Sproß an. Zum Zeichen dafür sollst du hinfort den Namen Don Juan tragen; Don Juan d'Austria, damit niemand an deiner Abstammung zweifeln kann. Mein ehelicher Sohn Philipp wird sich deiner annehmen; ich wünsche, daß ihr wie Brüder miteinander umgeht, denn ihr seid es. – Und nun begleite deinen Vater in die Kirche, Don Juan d'Austria; laß uns gemeinsam Zwiesprache mit Gott halten ...«

Während die Zeugen bewegt tuschelten und die Schreibfeder des Notars über das Pergament kratzte, verließen der Kaiser und der Elfjährige das Gemach. Zuvor hatte Karl V. ein Zeichen gegeben, daß er keinerlei Hilfe der Diener wünschte; sein Sohn allein war ihm Stütze bei jedem mühsamen Schritt. In der Klosterkirche dann, als der Todkranke und der Knabe auf der Betbank vor dem Altar knieten, berührten sich ihre Hände erneut.

***

Am 21. September 1558 blickte Don Juan zum letzten Mal auf diese Hände. Wie durchsichtig lagen sie auf dem Laken, wächsern wie das eingefallene Antlitz des Sterbenden.

Stumm stand der Elfjährige im Kreis der Granden, unter denen allerdings Philipp von Spanien fehlte. Die Zeit schien stillzustehen, dann aber veränderte sich jäh etwas nicht Wägbares. Der Abt von Yuste entzündete die geweihten Kerzen vom heiligen Berg Montserrat, drückte Karl gleich darauf das Kruzifix zwischen die Finger: dasselbe Kreuz, das auch Isabella von Portugal im Tod umklammert hatte.

Wenig später das finale Aufbäumen des Kaisers. Mit dem keuchenden Schrei »Ay, Jesus!« schien der Habsburger noch einmal die Augen seines Sohnes zu suchen; ein Schluchzen drang aus der Kehle des Elfjährigen, verstört dachte er an seine Mutter.

Philipp von Spanien

Brüssel
Herbst 1558 – Herbst 1559

»Ich bin die Mutter des Königsbruders!« Barbara Blomberg schrie den Satz in die Fratze des Verhaßten, des mittlerweile gut vierzigjährigen Hauptmanns Hieronymus Kegel hinein. Der Untersetzte mit dem gedunsenen Gesicht, dem die Schwarzhaarige sich soeben schroff entzogen hatte, stand im Fenstererker der Schlafstube; draußen rumorte pluderiger Novemberwind.

In ohnmächtiger Wut ballten sich die borstig behaarten Hände des heruntergekommenen Offiziers zu Fäusten; Barbara achtete nicht darauf, fuhr triumphierend fort: »Der Sterbende hat meinen Sohn Geronimo unter dem Namen Don Juan d'Austria legitimiert, der neue Monarch Philipp von Spanien hat es bestätigt! Zu den Großen des Reiches gehört mein Erstgeborener nun! Karl, Gott sei seiner Seele gnädig, hat zuletzt doch noch für Gerechtigkeit gesorgt! Und Gerechtigkeit ist damit auch mir widerfahren!« Ein schrilles Lachen. »Denn jetzt ist der Zeitpunkt gekommen, du Vieh, da ich dich endlich aus meinem Bett weisen kann!«

Hilflos stammelnd setzte der Alkoholiker zu einem Einwand an; die Schwarzhaarige schnitt ihm das Wort ab und drohte: »Wage es nie wieder, mich anzurühren! Wenn du mich nochmals mit deiner ekelhaften Geilheit belästigst, so wie vorhin, dann verklage ich dich am Hof in Madrid! Dann flüstere ich der Inquisition etwas von der Sodomie, die du mir zumuten wolltest! Dann bringe ich dich in den Kerker, die Macht dazu habe ich nun! Und jetzt gehe ich, du Bestie! Keine Nacht länger teile ich das Lager mit dir! Ich werde mich im anderen Flügel des Hauses einrichten; du kannst meinethalben den Raum hier benutzen: den Schweinestall, in dem ich dich all die Jahre über ertragen mußte!«

Barbara schritt zur Tür, auf der Schwelle drehte sie sich noch einmal um. »Und laß es dir ja nicht einfallen, dich an meinen Sohn heranzumachen, falls er im neuen Jahr zusammen mit König Philipp nach Brüssel kommen sollte! Nicht das mindeste hast du mit ihm zu schaffen! Du warst noch nicht einmal ein Stiefvater für ihn; er war immer nur Dreck in deinen Augen – erinnere ihn besser nicht daran!«

Damit verschwand sie endgültig; zähneknirschend mußte Hieronymus Kegel sich fügen. Wenig später, als die Magd kam, um die Habe ihrer Herrin aus den Truhen zu holen, suchte er fluchend das Weite. Erstmals seit einer kleinen Ewigkeit hätte seine Gattin ihm wieder etwas bedeutet; als er beim Regiment die Nachricht vernommen hatte, war er stante pede heimgeeilt. Und nun vermochte sein krankes Gehirn nicht zu begreifen, warum die Schwarzhaarige nach einem Jahrzehnt des Kuschens gerade heute, da er sich schon eine weitere Beförderung ausgerechnet hatte, dermaßen auf ihn losgegangen war.

Während sich der Hauptmann in einer Taverne einige Gassen weiter betrank, machte Barbaras Grimm nie gekannter Euphorie Platz. Mit jedem Wäschestück, das sie in ihrem Refugium einsortierte, schien sie einen Stein ins Fundament eines ganz neuen Lebens zu fügen. Zwischendurch zog sie immer wieder das Schriftstück aus dem Mieder: das gesiegelte Pergament, welches ihr ein paar Stunden zuvor der Kurier aus dem Broodhuis gebracht hatte. Wieder und wieder las sie die Zeilen, in denen nicht nur von Geronimos Erhöhung, sondern auch von einer jährlichen Dotation in

Höhe von 400 Goldstücken an sie die Rede war. Die Kanzlei Philipps hatte sich wahrhaft großzügig gezeigt; die Schwarzhaarige war völlig sicher, daß sie alsbald noch mehr erhoffen durfte.

In ihrem Überschwang rief sie schließlich die Kinder; erklärte dem siebenjährigen Konrad, der sechsjährigen Karoline und dem Nesthäkchen Wolfgang: »Von jetzt an wird alles besser, ihr sollt sehen! Wenn der Böse euch noch einmal schlagen will, dann lauft zu mir; ich kann euch nun helfen. Seit heute nämlich stehe ich in der Gunst des Königs. Der neue Herrscher meint es so gut mit mir, daß es überhaupt nicht zu glauben ist!«

Die beiden Größeren guckten erstaunt; Wolfgang brabbelte verständnislos: »Nicht glauben … nicht glauben.« Nach einer Weile fragte Konrad schüchtern: »Wird der König dich ebenso ausführen, wie es die anderen Kavaliere manchmal tun? Und könntest du ihn dazu bringen, mich später einmal zum Ritter zu schlagen?«

»Vielleicht, wenn Philipp im Frühling nach Brüssel kommt«, erwiderte Barbara lachend. »Ganz sicher aber lädt er mich zur Audienz. Denn ich bin jetzt fast eine Edeldame …«

»Eine Gräfin?« hauchte Karoline hingerissen.

»Ja, so ähnlich«, nickte ihre Mutter.

***

In den folgenden Wochen dann, während aus dem Herbstnieseln allmählich Graupeln und schließlich Schneetreiben wurde, kreisten Barbara Blombergs Gedanken wieder und wieder um das eine: Sie war die engste Verwandte des einzigen Königsbruders, des nunmehrigen Granden Don Juan d'Austria! Und dies bedeutete Erlösung, Freiheit, gleißende Perspektiven nach all den höllischen Jahren, durch die sie in

Flandern gegangen war; es bedeutete Unangreifbarkeit und Rückkehr der Selbstachtung. Ein ganz neuer Horizont tat sich für sie auf; ein Horizont, der ihr trotz des winterlich verhangenen Firmaments auf einmal wunderbar licht erschien.

Eine Seele, welche versteinert gewesen war, lernte erneut das Jauchzen. Die Schwarzhaarige, die sich kaum je um ihre Eltern gekümmert hatte, sandte jetzt Dutzende von Briefen nach Regensburg; zu anderen Zeiten wiederum genoß sie die Aufmerksamkeit und die Einladungen der reputierlichen Brüsseler Gesellschaft. Sie stand den Adligen und Kaufherren, die so herzlich Anteil an ihrem Schicksal nahmen, Rede und Antwort; sie brauchte ihr Geheimnis nicht länger zu hüten. Barbara war nicht mehr das Weib des trunksüchtigen Offiziers, sondern eine auf beinahe märchenhafte Weise Ausgezeichnete; infolgedessen verlor sie schon bald das Interesse an schlüpfrigen Abenteuern. Die Absteigen in den Gassen hinter dem Großen Markt schienen nun unendlich weit entfernt, ungleich delikater war der Kitzel, den sie jetzt auskosten durfte.

Nebenher weidete die Schwarzhaarige sich am direkt schon speichelleckerischen Benehmen des Hieronymus Kegel. Er hatte die praktische, wenn auch kirchenrechtlich nicht relevante Auflösung der Ehe widerspruchslos hingenommen, machte kein unliebsames Aufsehen deswegen; noch nicht einmal in seinen seither immer häufigeren alkoholischen Exzessen.

So verstrich der Winter von 1558 auf 1559; im zeitigen März dann begann die Hauptstadt der Spanischen Niederlande sich herauszuputzen: Die Ankunft Philipps anläßlich seiner offiziellen Machtübernahme in den nördlichen Provinzen seines Königreiches stand jetzt unmittelbar bevor. Zusammen mit den Brüsseler Bürgern fieberte auch Barbara

Blomberg dem bewußten Tag entgegen; ein Wermutstropfen freilich trübte ihr zeitweise die Stimmung.

Zur Jahreswende war sie noch sicher gewesen, daß der Frühling ihr ein Wiedersehen mit Geronimo bescheren würde, doch mittlerweile schien man am Hof zu Madrid anders disponiert zu haben. Unter den vielen im Broodhuis herumschwirrenden Gerüchten war keines, das den Halbbruder des neuen Königs, den natürlichen Sohn des verblichenen Kaisers betraf. Zuletzt kam die Schwarzhaarige zu der Überzeugung, daß man dem Zwölfjährigen die weite und anstrengende Reise wohl nicht zumuten wollte. Gewisse, vom Verstand diktierte Zweifel an dieser Einschätzung unterdrückte Barbara und tröstete sich schließlich mit der Überlegung: Sobald ich erst mit Karls Nachfolger gesprochen habe, wird sich, was Don Juans Heimkehr angeht, bestimmt eine befriedigende Regelung finden lassen!

***

Der König ritt einen feingliedrigen, nervös tänzelnden Schimmel; das eher derb geformte Antlitz und der leicht gedrungene Körperbau des knapp Zweiunddreißigjährigen schienen im Widerspruch zur Eleganz des Rassehengstes zu stehen. Die Aura von Kraft und Willensstärke, welche der in roten und gelben Samt gekleidete Monarch ausstrahlte, machte dies indessen wieder wett. Zusätzlich vermittelte der breite blonde Vollbart Philipps den Eindruck vertrauenerweckender Gediegenheit.

Er ist auf jeden Fall stattlich, wirkt geradliniger und auch gesünder als Karl, dachte die Schwarzhaarige, die bei den Honoratioren in der Nähe des Belfried vor dem Rathaus wartete. Barbara trug eine blaue Robe, instinktiv hatte sie sich am Morgen für diese Farbe entschieden; nun reckte sie sich auf die Zehenspitzen und bemühte sich, einen Blick des

Nahenden zu erhaschen. Selbstverständlich war das nur ein erregendes Spiel, aber schon in Bälde, so sagte sie sich, würde sie weit mehr von ihm haben; sie mußte bloß noch um die Audienz nachsuchen! Gleich darauf versuchte sie sich ihren Auftritt im Detail vorzustellen. Ob er mich so steif empfangen wird, wie sein Vater es vermutlich getan hätte, überlegte sie; oder wird er mich ganz familiär als die Mutter seines Halbbruders begrüßen? Nun, es wird sich herausstellen; auf jeden Fall wird nichts mehr sein wie früher!

Der letzte Gedanke erfüllte sie mit Euphorie, die ihr schier den Atem rauben wollte; weniger euphorisch hingegen war die Stimmung der einfachen Brüsseler Bürger. Abseits des Rathauses, auf den schlechteren Plätzen, klangen die Hochrufe zur Begrüßung des Monarchen dünn. Sie verstummten völlig, als hinter dem König und seinem protzig herausgeputzten Hofstaat die Geharnischten herantrabten: eine lange Doppelreihe schwerbewaffneter Spanier unter bombastischen Bannern mit gleichermaßen sakralen und kriegerischen Wappenmotiven; angeführt von einem, der einst – 1547 – den Fall Wittenbergs prophezeit hatte: von Herzog Alba.

Dieselbe morbide Düsternis wie damals beim Zwiegespräch mit Karl V. in der Fischerhütte am Elbufer ging von ihm aus. Die Betroffenheit der Flamen in ihren Handwerkerkitteln und Bundschuhen machte lautem Murren Platz, als der Toledaner die Panzerreiter quer über den Großen Markt hinweg Aufstellung nehmen ließ und damit das Gros der Eingesessenen rüde von ihrem Rathaus abriegelte. Während der Monarch ungerührt die Freitreppe zum Magistratsgebäude hinaufschritt, sahen sich die Kleinbürger mit stampfenden Rössern und gefällten Lanzen konfrontiert.

Barbara Blomberg freilich gehörte zu den Privilegierten. Sie durfte seitlich des Portals knicksen und den erotischen

Schauer der Macht einmal mehr fast hautnah erwittern; durfte sich auch einreden, daß ihr der Zutritt zum Blutsverwandten ihres Erstgeborenen wahrscheinlich schon in wenigen Tagen gestattet werden würde.

***

Noch in der gleichen Nacht schrieb die Schwarzhaarige das Gesuch. Sie legte ihre Seele ins Kratzen der Feder; im blakenden Schein der Öllampe vertraute sie Philipp das Leid eines halben Lebens an, dazu ihre so jäh und gierig ins Kraut geschossene Hoffnung. Ihr Herz schüttete sie dem Habsburger aus, als sei er nicht Geronimos, sondern ihr eigener Bruder; schonungslos offenbarte sie sich ihm in der Sehnsucht nach Heilung, nach einem Neuanfang – und vor allem nach einem Wiedersehen mit ihrem so lange entbehrten Sohn.

Barbara beteuerte, daß Don Juan, gerade weil sie ihn neun Jahre habe vermissen müssen, ihr stets mehr als ihre anderen Kinder bedeutet hätte; es war keine Lüge, nie hatten Konrad, Karoline und Wolfgang seinen Verlust aufzuwiegen vermocht. Jetzt, so bettelte und forderte sie, müsse dem um Gottes willen Rechnung getragen werden; sie habe geglaubt, der Kaiserssproß käme ohnehin in diesem Frühling nach Flandern. Wenn nicht, so hätte dies sicherlich seine wohlerwogenen Gründe gehabt, aber in Zukunft müßten Mutter und Sohn wieder vereint sein dürfen. Zuletzt, ehe sie die Bitte nach einer baldigen Audienz formulierte, erinnerte die Schwarzhaarige Philipp von Spanien daran, daß auch Karl V. unter nördlichem Himmel geboren worden sei; was also läge näher, als seinem Nachfahren aus diesem zusätzlichen Grunde die Rückkehr zu ermöglichen und den natürlichen Sohn des Kaisers wieder in seiner natürlichen Heimat Wurzeln schlagen zu lassen?

Stunden des Ringens um die richtigen Worte, von langen Pausen des Nachsinnens unterbrochen, gingen über dieser Beichte, diesem Aufschrei einer sich innerlich rückhaltlos entblößenden Frau hin. Der Morgen graute bereits, als Barbara Blomberg die Blätter noch einmal überlas, um sie dann mit zitternden Händen zu falten und zu versiegeln.

Bis sie zum Broodhuis aufbrechen konnte, um den Brief in der königlichen Kanzlei dort abzugeben, saß die Schwarzhaarige an den Betten ihrer Kinder. Mit brennenden Augen stellte sie sich vor, es stünde ein weiteres Lager in der Kammer; eine vierte Bettstatt, in der zwischen den Kleinen der Zwölfjährige schlummerte. Oder besser noch: Don Juan d'Austria, ihr goldhaariger Geronimo, würde sie und seine Halbgeschwister bei sich in dem Palast aufnehmen, den man ihm nach seiner Rückkehr nach Flandern doch unbedingt zur Verfügung stellen mußte.

Am frühen Vormittag lief Barbara unter wolkenscheckigem Märzhimmel vom Sint-Katelijne-Viertel zum Großen Markt. Aus dem Festsaal des Rathauses drang noch immer Musik, trunkenes Grölen und ausgelassenes Lachen; die Edelleute und Patrizier, welche am vergangenen Abend zum Bankett zu Ehren Philipps geladen gewesen waren, hatten die Nacht durchgefeiert. Plötzlich fühlte die Schwarzhaarige sich beklommen; doch wenig später, als sie dem Kanzleibeamten im Broodhuis den Brief überreichte und der Mann ihr versprach, das Gesuch schnellstmöglich weiterzuleiten, kehrte Barbaras Euphorie zurück. Unvermittelt hatte sie das Empfinden, ihr künftiges Glück jetzt beinahe schon mit Händen greifen zu können.

Bald indessen schlug ihr Hochgefühl in Enttäuschung um. Der März verstrich, dann der April – aus dem Broodhuis kam keinerlei Nachricht für die abspenstige Gattin des Hieronymus Kegel; offenbar war dem König alles andere wichtiger, als auf ihr Schreiben zu reagieren. Philipp II. hielt Gericht und benachteiligte dabei in auffälliger Weise die Protestanten; täglich besuchte er die katholische Messe, mindestens einmal die Woche ließ er die spanischen Soldaten vor der Stadt exerzieren und paradieren. Zwischendurch vergnügte er sich auf den Festivitäten des papistisch gesonnenen flämischen Adels oder hetzte hoch zu Roß den Jagdbracken nach, die in den Senne-Auen das Wild für ihn aufstöberten. Dann und wann unternahm er Ritte nach Gent, Brügge oder Löwen; bei solchen Gelegenheiten preschte seine eisenklirrende Leibtruppe wie die Wilde Jagd über die flandrische Erde, und stets war an der Seite des Monarchen der finstere Alba: der Toledaner, welcher unter seinem geschwungenen Helmdach hervor unentwegt nach Feinden zu spähen schien.

In ihrem Haus hinter der Katelijnen-Kirche verzehrte sich Barbara Blomberg; schwieg mit verkniffenen Lippen, wenn Karoline in kindlichem Unverstand fragte, warum ihre Mama noch immer keine Grafenkrone bekommen habe. Als die Schwarzhaarige merkte, daß ihr Gatte wieder Oberwasser gewann, unternahm sie einen zweiten Vorstoß. Im Frühsommer richtete sie eine weitere Eingabe, diesmal ungleich sachlicher, an die habsburgische Kanzlei. Das auch danach anhaltende Schweigen traf sie um so schlimmer; völlig fatal wurde die Situation, als sie herausfand, daß das zynische Verhalten des Königs sich nicht im Desinteresse erschöpfte – sondern Philipp sie darüber hinaus bespitzeln ließ.

Die Inquisition, jene von Torquemada gezüchtete Natter, war bereits vor Jahrzehnten in die Spanischen Niederlande gekrochen. Barbara hatte ihre giftspeichelnde, gemeine Fratze erstmals auf dem Marsch des kaiserlichen Regiments erblickt; war später noch mehrfach Zeugin des katholischen Blut- und Glaubenswahns geworden. Einmal hatte sie gesehen, wie ein Marrane, der heimlich die Riten seiner jüdischen Ahnen praktiziert hatte, zum Autodafé auf den Platz vor Sint-Niklaas geschleppt worden war. Einige Jahre nach diesem schrecklichen Ereignis war sie im Morgengrauen einer Horde von Dominikanern und Bütteln begegnet, die eine sechsköpfige flämische Familie aus ihrem Wohnhaus gezerrt hatten. Monate noch hatte die Schwarzhaarige die verzweifelten Rufe der Wiedertäufer – »Wir haben doch nichts verbrochen! Wir haben doch stets im Glauben an Jesus gelebt!« – zu hören vermeint; damals, in dieser satanisch-unwirklichen Stunde, war sie unsäglich dankbar für die Begleitung des Kavaliers mit dem Raufdegen an der Hüfte gewesen.

Barbara Blomberg wußte also, daß es die Inquisition in Flandern und Brüssel gab. Allerdings hatte sie stets gedacht, die Nachstellungen würden nur den Juden, Ketzern und Sektierern gelten; nie hätte sie es für möglich gehalten, daß irgendwann auch sie selbst betroffen sein könnte. Letztlich hatte sie die Augen verschlossen vor der Verfolgung der anderen, der ohnehin eher verachteten Außenseiter und Randgruppen; sie hatte damit – gedankenlos wie Abertausende ihrer Mitbürger auch – den verhängnisvollen Fehler aller indifferenten Menschen begangen. Doch nun bekam sie am eigenen Leib zu spüren, daß sich niemand sicher fühlen durfte vor den Inquisitoren und ihren Helfershelfern, so diese sich erst einmal in einem Land oder einer Stadt breitgemacht hatten; unversehens wurde die Schwarzhaarige selbst zum Opfer: sah sich auf eine Stufe gestellt mit jenen, die ihr kurz zuvor noch so fremd und andersartig erschienen waren.

Eine Nachbarin steckte ihr, daß Unbekannte sich nach ihren Lebensumständen, ihrem Umgang, ihren womöglich ausländischen Freunden erkundigt hätten. Die Spitzel, die mit spanischem Akzent gesprochen hätten, seien kaum abzuweisen gewesen. Richtiggehend gebohrt hätten sie; um Barbaras Ehe sei es gegangen, ihre Kinder, ihre nächtlichen Ausflüge in früheren Zeiten. Die einstige Geliebte des Kaisers versuchte die Angelegenheit gegenüber der Nachbarsfrau herunterzuspielen, aber dadurch entging sie dem Ekelhaften nicht. Wieder allein, wurde ihr klar, daß die Kreaturen der Inquisition wohl auch anderswo wegen ihr insistiert hatten, und während sie noch unter dieser Gewißheit litt, verstärkten sich die Heimsuchungen.

Im Beichtstuhl von Sint-Katelijne klang das Flüstern des Pfaffen plötzlich tückisch. Wo er früher ohne große Umschweife die Absolution erteilt hatte, fragte er Barbara jetzt schamlos nach ihren intimsten Geheimnissen aus; hinter dem Sprechgitter schien nicht länger ein Priester, sondern etwas blasphemisch Saugendes zu sitzen. Und die Schwarzhaarige durfte noch nicht einmal aufbegehren; rasch hatte sie begriffen: Sofern sie es wagen würde, den Beichtiger zu brüskieren, wäre sie ihm auch schon in die Falle gegangen. Die Inquisitoren würden ihr dann sofort vorwerfen, sich an einem Vertreter der Kirche versündigt zu haben – und eine derartige Anschuldigung mußte sie unweigerlich vor das Tribunal bringen.

Also ertrug sie die Erniedrigung; ertrug sie von da an jede Woche, wenn sie die obligatorische Beichte ablegte. Die permanente Demütigung führte in den Nächten, die nun im Hochsommer ohnehin so drückend waren, zu Schlaflosigkeit; stundenlang lag Barbara wach, fand keine Ruhe auf dem schweißfeuchten Laken, litt unter Magenschmerzen. Und draußen, in der Dunkelheit, immer wieder das bedrohliche Schleichen; das verstohlene Tappen, welches vom Rascheln der Mönchskutten begleitet wurde. Doch wenn die Verängstigte sich zwang, zum Fenster zu hasten, um sich dem Hinterlistigen, dem Widerwärtigen zu stellen, wurde nie etwas wirklich greifbar. Nur höllenschwarze Schatten schienen irgendwohin zu verweichen, und aus der Finsternis schienen unsichtbare Vipernaugen zu stechen.

Selbst die Kinder blieben nicht verschont; einmal kehrte Konrad von einer Besorgung heim und berichtete: »Ein Mann verstellte mir den Weg. Er hatte ein mageres, böses Gesicht und wollte alles mögliche über uns wissen. Ob nach dem Vesperläuten fremde Kavaliere zu uns kommen? Ob du jeden Tag mit uns betest? Ob ich schon einmal etwas von Wiedertäufern, Calvinisten oder Marranen gehört hätte? Ich habe keine Antwort gewußt und bin weggerannt. Sag, was bedeutet das alles, Mama?«

Ausweichend erwiderte Barbara: »Der Fremde hat dich bestimmt bloß erschrecken wollen!« Beruhigt lief Konrad zu seinen Geschwistern; kaum war er weg, sank seine Mutter auf einen Stuhl und brach, von Furcht gepeinigt, in Tränen aus.

Obwohl die Schwarzhaarige sich stundenlang den Kopf zermarterte, fand sie keine schlüssige Antwort auf die Frage, warum man die Zuträger der Inquisition auf sie angesetzt hatte. Warum man sie quälte, obwohl doch der Todkranke in Yuste seinen Sohn und damit auch das, was einst zwischen ihm und ihr gewesen war, nicht länger hatte verleugnen wollen. Nur Vermutungen konnte sie anstellen: daß vielleicht Neider und Einflüsterer aus den Kreisen des Hochadels am Werk waren, die so nahe am Thron weder einen Bastard noch dessen engste Verwandte dulden wollten. Möglicherweise hatte aber auch der Klerus intrigiert, weil er anders dachte als der verstorbene Kaiser; weil es den Pfaffen als Sakrileg erschien, daß eine Bürgerliche, eine mit zwiespältigem Ruf dazu, zur Stammutter eines neuen blaublütigen Geschlechts wurde. Dann wieder überlegte Barbara, ob nicht am Ende Philipp selbst sich vom letzten Willen seines Vaters hintangesetzt fühlte; ob er sich deshalb aus seiner Pflicht gegenüber seinem Halbbruder und ihr herauszuwinden versuchte?

Diese Fragen quälten Barbara Blomberg; in der Folge vermochte sie, um sich gegen die Bedrohung zu schützen, nur eins zu tun: sich keinerlei Blöße geben, sich ducken und die Fromme spielen, sich tarnen im farblosen bürgerlichen Gewand. Barbara führte ein betont zurückgezogenes Leben in dieser Zeit; sie zwang sich dazu, obwohl gerade jetzt, in ihrem beklemmenden Zerrissensein, die dunklen Abenteuer erneut zu locken begonnen hatten. Doch sie blieb standhaft; sie tat es, weil tief in ihrem Inneren trotz allem nach wie vor Hoffnung war: verzweifelt gehegte Hoffnung auf eine Audienz beim König und ein Wiedersehen mit Geronimo.

Bis zum Ende des Sommers hielt die peinigende Ungewißheit an – dann, im September, als die Neunundzwanzigjährige nur noch ein Nervenbündel war, reagierte der Monarch plötzlich auf ihre Briefe.

Ein livrierter Bote klopfte an die Tür des Hauses hinter Sint-Katelijne; aufgeregt hastete die Schwarzhaarige die Treppe hinab, um ihm zu öffnen. »Ja!« beteuerte sie, nachdem er sich umständlich nach ihrem Namen erkundigt hatte. »Ich bin Barbara Blomberg, die Mutter des Kaisersohnes Don Juan d'Austria!« Der Mann verneigte sich und holte ein gesiegeltes Pergament aus seiner ledernen Umhängetasche. Es ist die Audienz! Es ist doch noch die Audienz! Nichts anderes konnte Barbara denken, als sie ihm das Schreiben förmlich aus der Hand riß. Sie konnte es kaum erwarten, bis der Livrierte wieder draußen auf der Gasse war; dann rannte sie in ihre Schlafstube und erbrach die Petschaft mit fliegenden Fingern.

Gleich darauf, während sie die Zeilen überflog, versteinerte etwas in ihr. Denn in der Botschaft Philipps II. stand kein Wort davon, daß er ein persönliches Treffen wünschte.

In dürrem Kanzleistil ließ er sie lediglich an die Wohltaten erinnern, die sie ohnehin schon durch das Haus Habsburg erfahren hätte. Man halte ihre bisherige Jahresrente in Höhe von 400 Goldstücken für ausreichend; darüber hinaus dürfe sie sich bei aller Gewogenheit nichts erhoffen. Weiter hieß es, daß es keineswegs im königlichen Interesse läge, den hochedlen Don Juan d'Austria nach Flandern zurückkehren zu lassen. Vielmehr solle dieser eine ihm gemäße Ausbildung in Spanien erhalten, er sei zu diesem Zweck bereits an der Universität von Alcalá de Henares immatrikuliert worden. Auf keinen Fall wünsche man, daß die Mutter seiner bürgerlichen Halbgeschwister sich etwa dorthin aufmache; der natürliche Abkömmling des in den Frieden Gottes eingegangenen Monarchen solle sich vielmehr unbelastet von etwaigen Nachstellungen entwickeln können. In diesem Zusammenhang dann der ungeheuerliche Satz: »Denn Don Juan d'Austria allein besitzt das Blut; seine Gebärerin, seinerzeit zu Regensburg als Pluembergerin bekannt, nicht!« In einem Postskriptum schließlich ein weiterer Hohn, ein finaler Schlag ins Gesicht: Die Majestät wolle sich aber dem um das Reich verdienten Gemahl der Bittstellerin gnädig erweisen; der Hauptmann Hieronymus Kegel habe in Kürze ein Majorspatent zu erwarten. Darunter die Unterschrift, mit splitternder Feder hingefetzt: PHILIPPUS SECUNDUS REX.

Barbara Blomberg brach zusammen, in ihren zuckenden Fäusten zerriß das Pergament.

***

Es dauerte Wochen, ehe sie wieder zu sich fand; das triumphierende Gehabe des Viehischen, der prompt Brief und Siegel auf seinen neuen Rang erhalten hatte, bereitete ihr zusätzliche Qual. Ihre nicht blaublütigen Kinder waren es, die sie zuletzt zumindest brüchigen Halt zurückgewinnen ließen. Bis dahin waren Konrad, Karoline und Wolfgang im Vergleich mit dem Erstgeborenen eher zweitrangig gewesen – nun änderte sich das. Vor allem an den Ältesten ihrer flämischen Nachkommenschaft, an Konrad, klammerte die Schwarzhaarige sich jetzt zunehmend. Sein iberisches Aussehen, seine olivfarbene Haut und seine braunen Augen schienen ihr irgendwie die Brücke zu jenem anderen zu schlagen, den der König unwiederbringlich von ihrer Seite gerissen hatte. Nun, während das Herbstlaub wirbelte, verbrachte sie täglich viele Stunden mit dem Achtjährigen; zusammen mit ihm ging sie noch einmal die Wege durch Brüssel, auf denen sie einst ihren Geronimo an der Hand geführt hatte.

Doch auch die anderen Pfade, die zwielichtigen, beschritt Barbara Blomberg jetzt wieder. Erneut suchte sie Rache und Betäubung in den Armen der abenteuerlustigen Galane; erwachte so manchen Morgen nicht zu Hause, sondern – wie gehabt – unter dem Dach einer der Absteigen hinter dem Großen Markt. Die Entfernung von dort bis zum Palast des Monarchen betrug nicht mehr als ein paar Steinwürfe; ohne weiteres hätten die Spitzel der Inquisition direkt im Zentrum der niederländischen Hauptstadt fündig werden und zuschlagen können, denn hemmungslos, wie ihnen zum Hohn, trieb die Schwarzhaarige das, was kirchlicherseits als Unzucht und Sodomie bezeichnet wurde.

Die Schleicher freilich schienen in diesen Oktober- und Novemberwochen jegliches Interesse an der Gattin des frischgebackenen Majors verloren zu haben – und auch Philipp hatte vor seiner zum Jahresende anstehenden Abreise nach Spanien Wichtigeres zu tun, als sich weiter mit der ehemaligen Geliebten seines Vaters abzugeben. Allein theologisch und im katholischen Sinne staatspolitisch beschäftigte er sich mit dem Vermächtnis Karls V.; am Ende stand die ausdrückliche Bestätigung des kaiserlichen Ketzererlasses vom 25. September 1550, der unter anderem das Folgende besagte:

Die verfluchte evangelische Abgötterei in den Niederlanden sei mit allen nur erdenklichen und zu Gebote stehenden Mitteln zu ersticken. Es dürfe seitens der Städte und des Adels keinerlei Zweifel daran gelassen werden, wie jeder Untertan, jede Gerichtsperson und Behörde sich gegenüber der aus Deutschland vordringenden protestantischen Irrlehre zu verhalten habe.

Durch den Feuertod müßten diejenigen bestraft werden, welche lutherische, wiedertäuferische, calvinistische oder andere vom Teufel diktierte Bücher besäßen, verkauften oder in Druck gehen ließen. Dasselbe gelte hinsichtlich der Herstellung oder Verbreitung gewisser Flugblätter, welche das Papsttum respektive die alleinseligmachende Kirche verunglimpften; dito für alle Verbrecher, welche Bildnisse von Heiligen zu schänden oder zu zerstören wagten. In keinem Hause dürften mehr Konventikel abgehalten beziehungsweise geduldet werden; ebenso sei es strikt verboten, öffentlich oder im geheimen über die Heilige Schrift zu disputieren. Wer auch nur einer einzigen dieser Gotteslästerungen überführt werde, habe den Scheiterhaufen zu besteigen. Brennend solle sein Leib zur Hölle fahren; allerdings könnten diejenigen vor dem Schlimmsten bewahrt werden, welche bereit wären, ihren verderblichen Irrtümern vor dem Inquisitionstribunal abzuschwören. Ihnen sei die Gnade zu vergönnen, auf mildere Art zu sterben: die Männer durch das Schwert; die Frauen, indem sie bei lebendigem Leibe begraben würden.

Weiter sei es untersagt, Anhänger des falschen Glaubens

zu beherbergen oder zu verköstigen. Einem Ketzer müsse jedes Amt verweigert werden; selbst dann, wenn er des Baalskults bloß verdächtig sei. Jegliche Person, die auf irgendeine Weise in den Ruch der Häresie geraten sei, müsse hinfort als ehrlos gelten. Falls ein guter Christ einen Abtrünnigen bei der Behörde verklage, habe er Anspruch auf die Hälfte aller konfiszierten Güter des Delinquenten. Andererseits seien von Ketzern verfaßte Testamente und sonstige Verfügungen als ungültig anzusehen, denn Gottesfeinden dürfe selbst über den Tod hinaus nicht das mindeste Bürgerrecht zugestanden werden.

***

Zuerst in Brüssel und dann überall in den spanisch verwalteten Niederlanden wurde das fürchterliche Edikt verbreitet. Die Beamten, welche dies im Auftrag Philipps II. erledigten, ahnten vermutlich nicht, daß damit ein jahrzehntelanger Freiheits- und Religionskrieg vom Zaun gebrochen wurde.

Flammen über Flandern

Niederlande/Spanien
August 1560 – Juni 1568

Das unwegsame Waldstück lag zwischen Denderleeuw und Aalst, etwa zweieinhalb Reitstunden nordwestlich von Brüssel. Der Forst war verrufen; es hieß, inmitten des von Erlen bewachsenen Sumpfgeländes habe vor Urzeiten ein Heidentempel gestanden. Deshalb würden an diesem Platz Trolle, unholde Frauen und Nebelgeister ihr Unwesen treiben; wer ihnen in die Fänge gerate, sei rettungslos verloren. Die satanischen Ausgeburten würden seinen Leib im Morast unter dem verschlungenen Wurzelwerk verschwinden lassen; dort müsse der Körper verfaulen, und die arme Seele gehöre auf ewig dem Teufel.

So zumindest raunten die vielen Abergläubischen unter dem Bauernvolk, das von den katholischen Kirchenkanzeln herab jahrhundertelang verdummt und in Unwissenheit gehalten worden war. Diese Menschen mieden den Schwarzen Grund wie die Pest und wagten sich selbst dann nicht in den bei Nacht fahl leuchtenden Wald, wenn sich ein Schaf oder eine Ziege von einer der umliegenden Sauerweiden dorthinein verlaufen hatte. Entweder fand das Tier von selbst wieder heraus, oder es war eben zur Gespensterbeute geworden; keinesfalls wollte man Leib, Leben und vor allem die Hoffnung auf den Himmel riskieren, bloß um eine minderwertige Kreatur aus einer tückischen Grube zu ziehen. Irrationale Furcht also beherrschte das Dasein der Dörfler; es gab jedoch auch andere, welche den verrufenen Forst mit klareren Augen betrachteten – und zudem recht gut über seine wahre Geschichte Bescheid wußten.

Bogomilen aus dem südfranzösischen Languedoc, welche vor dreihundert Jahren die gegen sie gerichteten Kreuzzüge überlebt und Zuflucht im Norden gesucht hatten, waren die Erbauer der kleinen, klosterartigen Anlage an einem seichten Nebenarm der Dender gewesen. Zwei oder drei Generationen hatte die Gemeinde geblüht; in der Abgeschiedenheit hatten die Gottsucher meditiert und außerdem als Heilkundige ihre Werke der Nächstenliebe getan. Bald aber waren die Katharerfamilien aufgrund neuer Nachstellungen in Bedrängnis geraten, und in der ersten Hälfte des 14. Jahrhunderts hatten sie die Niederlassung aufgeben müssen. Die letzten Bogomilen hatten sich in den umliegenden Dörfern angesiedelt oder waren in die nahen Städte abgewandert, wo sie sich mit den Einheimischen vermischten. In den folgenden Dezennien waren die verwaisten Gebäude zu Ruinen zerfallen; über dem allmählich versumpfenden Land hatte die Erlenwildnis und mit ihr der Aberglaube zu wuchern begonnen.

Trotzdem war ein Rest des freien katharischen Geistes in der Gegend erhalten geblieben; zusammen mit der Erinnerung an die einstige Siedelstätte der Bogomilen hatte er im verborgenen weitergelebt, und nun – wiederum sieben Generationen später – rangen im Schwarzen Grund neuerlich Menschen um den ganz persönlichen, einzig dem Herzen verpflichteten Glauben. Die Nachfahren der Katharer waren zu Anhängern Luthers oder Calvins geworden; bald hatten sie weiteren Zulauf gefunden, und jetzt boten der lückenhafte Mauerring tief im Dickicht des Waldes sowie die Gespensterfurcht der Katholiken ihnen Schutz bei ihren heimlichen Zusammenkünften.

Auch nach Einbruch dieser drückenden Augustnacht des

Jahres 1560 hatten sich hier wieder knapp drei Dutzend Protestanten getroffen. Einzeln oder in kleinen Gruppen waren sie gekommen; nun saßen sie auf Steinen und Ziegelhaufen um den aus Aalst geflohenen Prediger, welcher sich heute die Offenbarung des Johannes von Patmos zum Thema gewählt hatte. Von aufrechten Kindern Gottes sprach er; ebenso von grauenerregenden Ungeheuern, welche zur Strafe für die Anmaßungen und Verbrechen der Papstkirche über die Menschheit herfallen würden. Er glaubte an seine Worte; man sah es ihm im Schein der Fackeln an – dennoch konnte er nicht ahnen, daß eine andere Bestie sich gar nicht weit entfernt bereits zum Sprung duckte.

So lautlos wie möglich war die Reiterschwadron der spanischen Armee herangerückt. Derselbe Spitzel, welcher die Reformierten an den katholischen Klerus von Denderleeuw verraten hatte, war der Führer der Soldaten auf dem Weg zum Sumpfgelände gewesen. An dessen südlichem Rand war eine Roßwache zurückgeblieben, jetzt schlichen die abgesessenen Landsknechte weiter zum Zentrum des Erlenwaldes. Der Vollmond stand noch nicht hoch, als die etwa hundert Mann zwischen den knorrigen Stämmen das Fackelflackern ausmachten. Während innerhalb der Ruinenmauern nunmehr das Lied »Eine feste Burg ist unser Gott!« erklang, ließ der kommandierende Offizier seine Leute ausschwärmen. Die Soldaten umzingelten die trümmerübersäte Lichtung, dann drangen sie von allen Seiten auf die zu Tode erschrokkenen Protestanten ein.

Die Überfallenen hatten keine Chance. Drei, vier Evangelische, die sich eher unbeholfen zur Wehr setzten, wurden auf der Stelle niedergestochen; der Rest, um die dreißig Frauen und Männer, zur Erde geworfen und gebunden. Der Prediger flehte die ganze Zeit über den Beistand des Allmächtigen herbei; es half ihm und den anderen gar nichts:

Man schleppte sie aus dem Schwarzen Grund heraus und zu den Pferden. Zwischen den Rössern mußten die gefesselten Protestanten bis zum nächsten Dorf rennen; wer stürzte, wurde mitgeschleift. In der Ansiedlung requirierten die Landsknechte Karren und Zugtiere; kaum kauerten die Gefangenen auf den Fuhrwerken, trat die Schwadron den Rückmarsch nach Brüssel an.

Es war jetzt kurz vor Mitternacht; bis Tagesanbruch würden die Delinquenten dem Inquisitionstribunal in der flämischen Hauptstadt übergeben werden können. Der Erlaß Karls V., von Philipp II. im Herbst 1559 bestätigt, würde einmal mehr seine menschenverachtenden Auswirkungen zeitigen.

***

Der sinkende Vollmond ließ die Butzenscheiben im Erkerfenster des Stadtpalais erglühen; das in den Raum fingernde Licht malte sanfte, kaleidoskopische Muster auf Barbaras nackten Leib. Je nachdem, wie sie sich bewegte, spielte der goldfarbene Schein auf ihren Schenkeln, ihren Flanken oder ihrem Oberkörper; der Galan, von dem die Dreißigjährige sich zu der Venusnacht hatte überreden lassen, folgte den Liebkosungen Lunas mit seinen Küssen.

Er war raffiniert und ließ sich Zeit; die Schwarzhaarige, auch auf der Schwelle vom dritten zum vierten Lebensjahrzehnt noch längst nicht verblüht, noch immer begehrenswerter als die meisten Frauen, dachte es entzückt. Offenbar war doch etwas an den Legenden, die sich um die Ritter rankten; dieser hier jedenfalls – Jan Steenhuis, ein Lehensträger des Grafen Egmont aus dem Hennegau – schien ihr den Himmel auf Erden bereiten zu wollen. Daher war Barbara im Moment auch sehr zufrieden mit ihrem Entschluß, den sie vergangenen Herbst gefaßt hatte: die infame Zurücksetzung durch den König nicht unterwürfig hinzunehmen, vielmehr nun als Edelkokotte in die höchsten Kreise der flämischen Gesellschaft vorzudringen. Zwar suchte der Adlige vermutlich nicht ihre Liebe, sondern, wie all die anderen Männer zuvor, den besonderen Kitzel, der darin bestand, mit der ehemaligen Kurtisane des Kaisers intim zu werden; immerhin aber frönte er der Lust auf wahrlich courtoise Art.

Jetzt senkte sein Mund sich über den Nabel der Schwarzhaarigen; verlangend drängten ihre Hüften sich seinen Lippen entgegen. Mit der Zunge streifte der Ritter ihren Schamhügel, ließ es jedoch vorerst bei diesem flüchtigen und damit um so erregenderen Reiz bewenden. Statt dessen setzte er das Vorspiel an Barbaras Brüsten fort; dort wurden seine Liebkosungen nun fordernder, und bald vergaß die Stöhnende das Irrlichtern des Mondes.

Irgendwann kam der Augenblick, in dem sich beide nicht länger zurückhalten konnten. Die erfahrene Frau führte ihren Galan anfangs noch; sie wollte, daß er trotz seiner Wollust nicht nur an sich dachte. Aber dann wurde auch sie von zügelloser Leidenschaft überwältigt, ungestüm verlangte ihr Körper sein Recht; forderte nichts anderes mehr als die animalische Kraft des Mannes. Mit einem Schrei verströmte sich der Adlige; fast gleichzeitig bäumten Barbaras Lenden sich wild auf, und sie erreichte ihren eigenen Gipfel, noch ehe der Ritter in ihr erschlaffte. Sie genoß die betäubende Entspannung, nicht immer bei ihren Abenteuern hatte sie diese Erlösung verspüren dürfen. Als fast noch befriedigender jedoch empfand sie nach einer Weile die Frage des Adligen: »War es schön für dich? Ich meine, schön genug? Wenn nicht, so könnte ich …«

Sie lächelte, legte ihm einen Finger auf die Lippen; er begriff. Und aus diesem Begreifen heraus wuchs erneut die Zärtlichkeit, wurde noch inniger als beim ersten Mal. Jetzt erforschten sie einander unendlich behutsam; sie ließen sich alle Zeit der Welt dabei, erst in der entrückten Stunde zwischen Nacht und Morgendämmerung vereinigten sie sich abermals. Der zweite Liebesakt vermittelte Barbara beinahe so etwas wie Geborgenheit, dies zählte für sie jetzt mehr als die Ekstase; er wiederum wartete, bis ihr Orgasmus sich ankündigte, ehe er seiner Lust die Zügel schießen ließ. Danach schlummerten sie engumschlungen ein – doch schon wenig später wurden sie jäh wieder aus dem Schlaf gerissen. Draußen vor dem Erkerfenster, in dessen Scheiben der Mond sich nun nicht mehr spiegelte, erscholl plötzlich das Hufgetrappel vieler Pferde; auch war das Poltern von Karrenrädern auf dem Pflaster zu hören.

Erschrocken setzte sich die Schwarzhaarige auf, im nächsten Moment sprang sie aus dem Bett und hastete zum Fenster. Im grauen Licht des anbrechenden Morgens sah sie die Reiterschwadron und zwischen den Rössern die Fuhrwerke mit den Gefangenen, die man im Schwarzen Grund zwischen Denderleeuw und Aalst aufgegriffen hatte. Barbara erahnte die Zusammenhänge; sie war versucht, ihr Mitleid und ihren Zorn laut herauszuschreien – dann war Jan Steenhuis bei ihr.

»Schon wieder die Inquisition! Nimmt der Wahnsinn denn nie ein Ende? Flandern wird eines Tages in Flammen stehen, wenn das so weitergeht!« Wütend stieß der Ritter die Sätze hervor; aller Zauber der Liebesnacht war jäh verflogen, das Heilige Offizium und dessen Büttel schienen unvermittelt auch in dem Gemach mit der zerwühlten Bettstatt gegenwärtig zu sein. Doch etwas entschädigte die Schwarzhaarige für die schmerzliche Ernüchterung: das wilde Aufbegehren des Adligen gegen die Unmenschlichkeit – und dies gab ihr den Mut, nachzufragen: »Du billigst die Verfolgung der Protestanten also nicht?«

»Kein wahrer Christ kann damit einverstanden sein!« Ein Zähneknirschen des Ritters. »Was die Krone im Pakt mit der mordlüsternen Papstkirche treibt, ist Gotteslästerung! Es steht in eklatantem Widerspruch zu den Evangelien!«

Unten auf der Gasse stieg eines der Rösser; der geharnischte Reiter schien zum Angriff auf das Stadtpalais übergehen zu wollen. Unwillkürlich riß Barbara ihren Liebhaber vom Erkerfenster weg und zog ihn zurück zum Bett. Während der Ritter sie an seiner Brust barg, machte sich die Schwarzhaarige bewußt, daß der Bewaffnete Jans Worte unmöglich gehört haben konnte; das Kapriolen des Pferdes war Zufall gewesen. Dennoch schwand Barbaras Furcht nicht, bis das letzte Geräusch draußen verklungen war; erst dann setzte sie das Gespräch flüsternd fort: »Was werden sie mit den Verhafteten anstellen? Mit diesen armen Dörpern in ihren Bauernkitteln und Bundschuhen, die keiner Fliege etwas zuleide tun können! Glaubst du wirklich, daß sie um ihr Leben fürchten müssen? Man konnte doch sehen, daß sie ohnehin schon geschlagen und gequält wurden; reicht das den Schergen denn noch immer nicht?!«

»Wie sollte es denen genügen, die Flandern hassen, statt es zu regieren; die Teufelsanbetung statt Seelsorge betreiben?!« Die Stimme des Edelmannes bebte vor Erbitterung. »In dieser Stunde noch wirft man die Unglückseligen in den Kerker, dann fallen die Inquisitoren über sie her! Dann wird gefoltert und geschunden, bis man die Geständnisse herausgepreßt hat; die Denunziationen dazu!«

Die Schwarzhaarige biß sich auf die Unterlippe. Ein Blutstropfen quoll hervor; wie eine Wunde war ihr Mund, als sie insistierte: »Und du? Du und der anständige niederländische Adel? Könnt ihr Herren gar nichts dagegen unternehmen?!«

»Ich wollte, wir könnten es! Von Herzen würde ich es mir wünschen, bei Gott!« Der Ritter sagte es so inbrünstig, daß Barbara nun auch die gefährlichste Frage, die sie eigentlich hatte vermeiden wollen, nicht mehr zurückzuhalten vermochte. »Heißt das, du denkst im Grunde protestantisch?« raunte sie.

»Zumindest ... meinem Gewissen nach«, erwiderte Jan Steenhuis zögernd; setzte hinzu: »Ebenso wie du ... nicht wahr?«

Die Antwort kam wie ein mühsam unterdrückter Schrei: »Es geht nicht um irgendwelche pfäffische Lehren; nicht eigentlich! Auf gar keinen Fall um kalte Theologie! Ich weiß nur, daß ich unsäglich unter dem Katholizismus, der Papstkirche und ihrem wahnwitzigen Machtanspruch litt!« Dann kannte die Schwarzhaarige kein Halten mehr; sie schleuderte die Sätze aus sich heraus: das Trauma ihres ganzen dreißigjährigen Lebens: »In Regensburg begann es! Die katholische und apostolische Majestät im ›Goldenen Kreuz‹; der Kaiser! Und ich ihm rettungslos ausgeliefert als sein Bettspielzeug! Der Verteidiger der römischen Religion auf mir und in mir! Seine eigennützige Altmännerlust, für die er anschließend von seinem Beichtiger Vergebung empfing!«

Barbara keuchte vor Empörung; es dauerte mehrere gequälte Atemzüge, ehe sie fortfahren konnte: »Aber nicht seine Mißachtung meiner Empfindungen war die Sünde, vielmehr das Berühren meines angeblich sündigen Weiberfleisches! Nur das hatte er nach der Kirchenlehre seinem katholischen Gott zu gestehen! Dies allein mußte er beichten, um sich vor seinem Hofpfaffen wieder reinwaschen zu können! Daß er in mir nie den Menschen gesehen hatte, bloß die Metze, die Hure, den Lumpen, an dem er sich abwischen konnte, war egal! Damit belastete sich der Anbeter des Romgötzen nicht, und genauso gleichgültig war ihm meine Schwangerschaft! Mein Zustand kümmerte den Schutzherrn der angeblich alleinseligmachenden Religion einen Dreck! Sollte die Frucht doch wuchern im Leib der Dirne, der Katholik hatte damit nichts zu tun! Der mußte Krieg führen in

Sachsen; mußte dort protestantisches Leben vernichten, während in meinem Bauch das andere Leben wuchs! Während ich so sehr ein bißchen Zuwendung, ein klein wenig Wärme gebraucht hätte! So erfuhr ich die allumfassende katholische Liebe, und später, nach der Geburt meines Sohnes, lernte ich auch die katholische Seelsorge kennen! Der Dompropst zu Regensburg verweigerte dem Säugling die Taufe, stellte Gottes Wort zugunsten der Kirchengesetze hintan! Im Regen ließ er mich stehen, mit dem plärrenden Wurm im Arm! Das war das katholische Sakrament, welches man mir und meinem Kind spendete! Das war die Verkehrung des Jesuswortes: Was ihr dem geringsten meiner Brüder – und der geringsten unter meinen Schwestern dazu – tut, das habt ihr mir getan! So erlebte ich den Verrat des Papsttums am göttlichen Geist! Und zum ersten Mal dachte ich, daß die Wahrheit vielleicht doch bei Martin Luther liegen könnte! Daß der Protest des mutigen Mannes aus Wittenberg zutiefst gerecht war!«

Schon einmal, in der dämmerigen Wohnstube ihres Elternhauses, hatte die Schwarzhaarige ähnlich anklagend gesprochen; damals indessen hatte sie vor allem ihr Leid und weniger die Schuldigen im Hintergrund gesehen. Mittlerweile jedoch war ihr Blick sehr viel schärfer geworden; längst hatte sie die tieferen Zusammenhänge erkannt, und jetzt schrie sie weiter heraus, was sie seit Jahren quälte:

»Daß die Ehe heilig sei, predigt die Pfaffheit, aber mir erlaubte man keine Hochzeit im Sinn des Lehrers aus Galiläa; mich vergewaltigte man vor der Trommel! Einem Hurenwaibel traute man mich an, damit der mich in der katholischen Nachfolge des Kaisers schänden konnte; bei einem Offiziersbesäufnis hatte man zuvor über mich und meinen Sohn das Los geworfen! Und ich hatte mich zu fügen, damit mein Kind endlich die Taufe erhielt! So schwor ich's bei der lateinischen Bibel auf der Kalbshaut dem Feldwebel zu, daß ich von nun an sein Eigentum und seine Metze sein wollte! So faßten jene das Wesen der Ehe auf, die auf ihren Panieren und Rüstungen die christkatholischen Abzeichen führten! Als Streiter der einzig wahren Kirche sahen sie sich selbst, aber der Bund zwischen Mann und Frau, der doch nach den Worten Jesu etwas Heiliges sein sollte, bedeutete ihnen einen Dreck! Die Ehe hatte für diese Katholischen nur einen Zweck: das Weib zur Sklavin des Gatten zu machen – und genau dies war vom Tag der verfluchten Hochzeit an mein Schicksal! Wieder und wieder mußte ich mich dem Vieh hingeben, weil die römische Theologie es so verlangte! Hilflos war ich der Bestie ausgeliefert, bis ich zuletzt die Kraft fand, auszubrechen! Nach den Dogmen der Papstkirche bin ich deshalb auf ewig verflucht – aber ich weigere mich, dies zu glauben, denn was die Pfaffen geifern, widerspricht der barmherzigen Lehre Christi!«

Bitter lachte Barbara auf; die folgenden Sätze kamen in noch schonungsloserer Offenheit: »Dutzende flüchtiger Liebschaften leistete ich mir, wieder und wieder beging ich Ehebruch! Für viele Männer wurde ich zur Kokotte; ich tat es, weil man mich durch das kirchliche Sakrament gezwungen hatte, Hure des einen zu sein! Die halbseidenen Abenteuer waren der einzige Weg, der mir offenstand, um mich an meinem viehischen Gatten zu rächen und nebenher wenigstens zwiespältige Anerkennung als Frau zu finden! Aber wirkliche Freiheit und damit vielleicht sogar die Chance auf echte Liebe konnte es für mich nicht geben! Denn der Katholizismus verbietet ja, wobei er den Mächtigen gegenüber natürlich Ausnahmen macht, die Scheidung! Stur predigt er die Unauflöslichkeit des vor dem Altar oder auch einer Trommel eingegangenen Ehebundes; selbst dann, wenn man diesen unter Zwang mit einem nach Fusel stinkenden Tier geschlossen hat! Also blieb mir gar nichts anderes übrig, als zur Kokotte zu werden, doch damit stand mein Leben neuerlich im Widerspruch zur fürchterlichen römischen Theologie! An den Pranger hätten die Pfaffen mich stellen lassen, falls man mich mit einem meiner Galane ertappt hätte; dies wäre die Nächstenliebe der katholischen Kirche gewesen! Einer Kirche, die in uns Frauen bloß minderwertige, seelenlose Geschöpfe sieht; einer Pfaffheit, die nichts, gar nichts über uns weiß!«

Wie haltsuchend umklammerte die Schwarzhaarige den Unterarm des Ritters; gleich darauf schleuderte sie weitere Anklagen heraus: »Wie sonst hätte diese widergöttliche Kirche es dulden können, daß mir mein dreieinhalbjähriges Kind von der Seite gerissen wurde?! Gleich Räubern und durchaus mit dem Segen des Klerus drangen die Büttel in mein Haus ein und entführten meinen Sohn! Ins allerkatholischste Land dieser Erde wurde Geronimo verschleppt; neun Jahre erhielt ich, seine Mutter, kein Lebenszeichen von ihm! Trefflich schotteten sie ihn im erzpapistischen Spanien vor dem wertlosen Weib ab, das ihn ja nur geboren hatte! Und dann, nachdem er als Kaisersohn und Königsbruder anerkannt worden war, brachten sie es in ihrem lauteren Katholizismus fertig, mir ein Wiedersehen mit ihm selbst nach so langer Zeit zu verweigern! Der Papstfreund Philipp hielt es nicht für nötig, die Gebärerin seines Blutsverwandten in seiner hochheiligen Brüsseler Residenz zu empfangen! Bloß von Gold und Mammon war in seinem Brief die Rede; ansonsten dekretierte er, daß es auch in Zukunft keine Nähe zwischen Mutter und Kind geben dürfe!«

»Darin«, stieß Barbara abschließend hervor, »äußerte sich einmal mehr die katholische Barmherzigkeit! – Und nun, da ich für diese Nacht einen Mann gefunden habe, der nicht nur meinen Körper begehrt, sondern auch die Frau in mir achtet, schlägt das papistische Ungeheuer neuerlich zu! Dort draußen läßt die katholische Kirche im Bündnis mit dem katholischen Monarchen die bedauernswerten Bauern in die Kerker verschleppen; in die Verliese und danach auf den Scheiterhaufen! Brennen werden sie um der päpstlichen Abgötterei willen, und weil ich das weiß, hasse ich den Katholizismus! Inständig sehne ich mich nach einem besseren Glauben! Nach einer Gemeinschaft von Christen, welche sich die unverfälschte Lehre Jesu zur Richtschnur macht; einer Kirche, die sich entschlossen gegen die Blasphemie des Papsttums stellt! So denke ich, weil der Katholizismus unzähligen Menschen Leid, Erniedrigung, Schmerzen, Folter und grausamen Tod gebracht hat!« Ihre Augen wurden feucht, mit brüchiger Stimme schloß sie: »Aber es ist ja verboten, sich nach Erlösung zu sehnen, und ich weiß nicht, was noch aus der Welt werden soll, Jan ...«

Schluchzend suchte sie Geborgenheit in seinen Armen; nach einer Weile, weil sie fürchtete, den Adligen durch ihre ungeschminkte Lebensbeichte abgestoßen zu haben, bat sie ihn dafür um Verzeihung. Stammelnd bemühte sie sich, die Innigkeit der so brutal gestörten Liebesnacht erneut heraufzubeschwören – und der Ritter kam ihr entgegen. Nicht mit Worten, sondern durch zärtliche Küsse und sanftes Streicheln beruhigte er sie; zuletzt flüsterte er: »Du bist eine mutige und kluge Frau, besitzt außerdem ein großes, unverbildetes Herz. Du hast ausgesprochen, was außer uns Hunderttausende in Flandern denken, und vielleicht dämmert schon bald die Zeit herauf, da die Machtgier von Humanität, die Theologie von Nächstenliebe überwunden wird ...«

Barbara Blomberg und der Lehensträger des Grafen Egmont blieben bis weit in den hellen Tag hinein zusammen. Später, als die Schwarzhaarige sich um ihre Kinder kümmerte – Konrad hatte sich beim Überklettern der Hofmauer das Wams zerrissen, Karoline wollte unbedingt Zöpfchen geflochten haben, und Wolfgang bestand darauf, ihr die jungen Schwalben im Nest über der Roßstalltür zu zeigen –, irrten ihre Gedanken trotz der vielfältigen Anforderungen immer wieder ab. Sie mußte sich Jan Steenhuis als Vater vorstellen; sie malte sich aus, wie es wäre, anstelle des ewig betrunkenen Majors einen wirklichen Mann an der Seite zu haben. Realistischer dann fragte sie sich, ob es zumindest im verborgenen mehr werden könnte mit dem Protestanten; mit diesem zärtlichen Rebellen, der so ganz anders war, als sie ihn anfangs eingeschätzt hatte.

Tatsächlich dauerte die Liaison einige Wochen; im September freilich wurde der Ritter von seinen Pflichten in den Hennegau zurückgerufen und ließ in der Folge nie wieder etwas hören. Barbara flüchtete sich notgedrungen in die Überzeugung, daß es auf beiden Seiten wohl doch nur ein Strohfeuer gewesen war; dennoch blieb etwas: Zum ersten Mal seit ihrer Jugend hatte sie wieder Vertrauen zu einem Mann fassen können.

***

Ein Funke Menschlichkeit war aufgesprungen im Leben der Dreißigjährigen – anderswo aber wucherte das Bestialische, so wie es sich in jener Nacht auf der Gasse unter dem Erkerfenster gezeigt hatte, immer mehr aus.

Hunderttausende evangelischer Bürger und Bauern waren in den spanisch verwalteten Niederlanden vom Scheiterhaufen bedroht. Jegliche Humanität wurde in den Schmutz getreten; zusätzlich drohte aufgrund der permanenten Ketzerjagd der wirtschaftliche Ruin Flanderns. Immer häufiger kam es zu Autodafés, immer rücksichtsloser wurde gefoltert, denunziert, gemeuchelt und verbrannt; der Überfall der königlichen Schwadron auf die Reformierten im Schwarzen

Grund zwischen Denderleeuw und Aalst war in diesen Jahren ab 1560 nur ein Fall unter Tausenden. Von einer Landesgrenze zur anderen schlugen die Flammen gen Himmel; als sei dies ein Signal, gingen bald auch die französischen Katholiken bewaffnet gegen ihre protestantischen Mitbürger vor. 1562 kulminierte der Haß im ersten einer ganzen Reihe von Hugenottenkriegen, die bis 1598 andauern sollten, und die Wellen der von Paris ausgehenden Gewalt schwappten zusätzlich über die flandrischen Grenzen.

Barbara Blomberg litt in diesen Jahren mit den zahllosen Verfolgten, darüber hinaus hatte sie nach wie vor die alkoholischen Exzesse des Hieronymus Kegel zu ertragen. Dies prägte ihr Antlitz; hinzu kam jetzt allmählich der Meißel der Zeit. Die ersten Fältchen tasteten sich an ihre etwas dunkler gewordenen Augen heran, auch in den Mundwinkeln waren die haarfeinen Male zu erkennen; die kleine Lücke zwischen ihren Schneidezähnen schien sich um eine Winzigkeit verbreitert zu haben. Das Gesicht einer gereiften und vom Leben geprüften Frau formte sich aus, aber gerade das verstärkte die Attraktivität der Schwarzhaarigen noch; zu ihrer ungebrochenen Schönheit gesellte sich die etwas herbe Ausstrahlung eines ungewöhnlichen, gewiß nicht alltäglichen Charakters.

Noch immer hätte die unglückliche Majorsgattin an jedem Finger einen Galan haben können, doch seit der Begegnung mit Jan Steenhuis war sie bedeutend zurückhaltender geworden. Nur gelegentlich und dann sehr wählerisch leistete sich Barbara noch ein erotisches Abenteuer; ungleich mehr zählte nun die Fürsorge für ihre heranwachsenden Kinder. Schon 1559 hatte sie begonnen, in Konrad Ersatz für ihren Erstgeborenen zu suchen; jetzt, in diesen frühen 60er Jahren, wandte sie sich ihm noch intensiver zu. Manchmal empfand sie deshalb fast Scham vor ihren beiden anderen

Sprößlingen; zumindest bewußt wollte sie Karoline und Wolfgang keinesfalls zurücksetzen, dennoch vermochte sie gegen den Zwang zur Bevorzugung des Ältesten kaum anzukämpfen. Der Grund lag schlicht darin, daß Konrad dieses iberische Aussehen besaß; wenn sie den Zehn-, Elf-, Zwölfjährigen in den Armen hielt, war es, als sei ihr zugleich Geronimo nahe. In den Gesichtszügen dessen, der ihr nicht geraubt worden war, versuchte sie wieder und wieder das Antlitz des Entführten zu entdecken – und manchmal schaffte sie es auch, obwohl Konrad im Gegensatz zu seinem Halbbruder dunkelhaarig war und außerdem ein Altersunterschied von vier Jahren zwischen beiden bestand.

Im Februar 1563 konnte Barbara kaum glauben, daß ihr Erstgeborener jetzt schon sechzehn war. Daß er bereits als junger Mann gelten durfte; als einer, der vermutlich schon bald den Ritterschlag empfangen würde. Und tatsächlich traf im Frühsommer eine entsprechende Nachricht in Brüssel ein: Nach Abschluß seiner Studien und Aufnahme in die Armee war Don Juan d'Austria von Philipp II. persönlich durch die Schwertleite ausgezeichnet worden. Barbara hätte sich darüber freuen müssen, aber sie vermochte es nicht. Zwar gönnte sie ihrem Sohn die hohe Ehre von Herzen; gleichzeitig hatte sie jedoch das Gefühl, als hätte die Entfernung zwischen ihm und ihr sich noch vergrößert.

Zwiespältig also waren die Empfindungen der Dreiunddreißigjährigen; Konrad dagegen zeigte sich von dem Glanz fasziniert, der seinen Halbbruder so erregend umstrahlte. Unbedingt wollte er später in dessen Fußstapfen treten, unablässig löcherte er seine Mutter mit Fragen: »Werde auch ich den Ritterschlag erhalten? Genügt es, wenn man einen Offizier zum Vater hat? Was muß man leisten, um Ritter zu werden?« Barbara versuchte zunächst, ihm die Flausen auszutreiben; als das nichts half, begann sie sich allmählich selbst zu fragen, ob er denn nicht Aussicht auf eine Karriere haben könnte. Der eigene alte Drang nach Anerkennung, nach gesellschaftlichem Aufstieg brach wieder in ihr durch. Sie begann Pläne zu schmieden, zog den einen oder anderen ihrer Verehrer ins Vertrauen; letztlich bemühte sie sich auf diese Weise, aus ihrer unerfüllten Sehnsucht nach Geronimo etwas Positives zu machen. Wenn ihr schon der Umgang mit ihm verwehrt blieb, dann sollte wenigstens Konrad ihre Fürsorge spüren dürfen; um jeden Preis wollte sie schließlich etwas für ihn tun: für ihn und später ebenso für Karoline und Wolfgang.

Tatsächlich schienen ihre Bemühungen erfolgreich zu sein. Es gelang ihr, den Vorsteher der königlichen Kanzlei im Broodhuis davon zu überzeugen, daß der älteste Sohn des Majors Hieronymus Kegel und bürgerliche Halbbruder von Don Juan d'Austria Anspruch auf eine wohlwollende Geste des Monarchen hätte. Ein Gesuch – zähneknirschend hatte die Schwarzhaarige es um des höheren Zieles willen unterzeichnet – ging nach Spanien; der Zwölfjährige würde zwar nicht gleich Ritter, aber immerhin Hofbeamter oder Jurist werden können, falls Philipp II. einwilligte.

Während der folgenden Wochen kostete es Barbara einige Mühe, ihren nach wie vor tagträumenden Sprößling in die Realität zurückzuholen. Anfangs rebellierte Konrad zwar, mit der Zeit jedoch machte er sich mit dem Gedanken an eine friedliche Laufbahn vertraut; genoß die Vorstellung zuletzt sogar. »Ja, ich werde in Amt und Würden in Flandern sitzen!« versicherte er altklug seiner Mutter. »Und dann wird es auch für dich leichter!« Unwillkürlich mußte die Dreiunddreißigjährige bei diesen Sätzen an die erste Kindheit Geronimos zurückdenken: an die Zeit, da sie zusammen mit ihm die Gassen und Plätze Brüssels erkundet hatte. Daß er einmal Advokat oder Notarius werden würde, ein prächtiger

Kerl mit einem Federhut auf dem Kopf, hatte sie ihm damals erzählt. Das Haus Habsburg freilich hatte es schon wenig später ganz anders gemeint; brutal waren ihre Träume zunichte gemacht worden. Aber nun, so hoffte die Schwarzhaarige, könnte vielleicht doch noch so etwas wie ein bescheidener Ausgleich geschaffen werden.

Den Juli und August dieses Jahres 1563 hindurch wartete Barbara ungeduldig; in den ersten Septembertagen schließlich traf der Bescheid aus Spanien ein. Der König hatte sich in der Tat bequemt, sich an die Familie der ehemaligen kaiserlichen Kurtisane zu erinnern – freilich keineswegs im Sinne der Schwarzhaarigen und ebensowenig ihres karrierebewußten Sohnes. »Der Wille Seiner Majestät«, so hieß es in der Depesche, »geht dahin, daß besagter Abkömmling des Majors Kegel das Jesuitenkolleg im burgundischen Dijon besuchen soll. Er kann dort seine Ausbildung zum Priester der wahren und einzigen Kirche erhalten; sollte er sich bewähren, so wird das Auge der Majestät auch fürderhin huldvoll auf ihm ruhen.«

Weiter hatte der Monarch angeordnet, daß Konrad sich unverzüglich unter das Dach der klerikalen Hochschule begeben mußte. In ihrem Schmerz brach Barbara beinahe zusammen; am folgenden Morgen begleitete sie den Zwölfjährigen unter diesigem frühherbstlichen Himmel zur Kutschenstation auf dem Großen Markt. Karoline und Wolfgang waren auf Bitten ihrer Mutter daheim geblieben; die Schwarzhaarige hatte den Kleinen wenigstens das Schlimmste ersparen wollen. Hieronymus Kegel wiederum war seit dem Vorabend, da Barbara ihm das Schreiben aus Madrid gezeigt hatte, verschwunden; vermutlich feierte er die Abreise seines ungeliebten Bankerts in irgendeiner Spelunke.

Als sie mit Konrad bei der Kalesche stand, verspürte die Dreiunddreißigjährige den Drang, ihrem Sohn Abbitte zu leisten; Abbitte dafür, daß sie ihn durch ihr Gesuch an den Monarchen in die Fänge derer getrieben hatte, welche so bestialisch gegen die Protestanten wüteten. Doch Barbara wußte, es würde nichts ändern; so blieb es bei einer letzten Umarmung vor dem offenen Kutschenschlag. Mühsam unterdrückte die Schwarzhaarige ein Aufschluchzen; gleichzeitig beteuerte Konrad: »Die Kutten können mich nicht für immer festhalten! Ich werde die Zeit überstehen, werde immer an dich denken; bald komme ich zu dir zurück!« Barbara vermochte nur hilflos zu nicken, wenig später starrte sie der davonrollenden Kalesche mit brennenden Augen nach – und ein Augusttag des Jahres 1550 schien plötzlich wieder beklemmend gegenwärtig zu sein.

Weinend lief die Schwarzhaarige nach Hause, warf sich dort verstört aufs Bett und nahm kaum Notiz von Wolfgang und Karoline, die sie zu trösten versuchten. Barbara dachte in ihrer Verzweiflung einzig an die beiden verlorenen Söhne; irgendwann dann war es ihr, als würden die Gesichter von Konrad und Geronimo hinter dem Tränenschleier zu einem verschmelzen.

***

Im Antlitz des sechzehnjährigen Don Juan d'Austria erinnerte nichts mehr an die weichen Züge des Kleinkindes, die Barbara Blomberg in ihrem Herzen bewahrt hatte.

Das einst goldfarbene Haar war unter der gleißenden Sonne Spaniens zu kühlerem Weißblond ausgeblichen; die ehemals unschuldigen graugrünen Augen waren härter und kälter, fast stechend geworden. Das vordem rundliche Gesicht hatte sich knochig gestreckt; der Körper des Kaisersohnes war während der Pubertät in die Höhe geschossen, wirkte jetzt eckig und unausgewogen. Der gewölbte Brustharnisch, die kurzen, nur bis zur Oberschenkelmitte reichenden gelb und schwarz gestreiften Pluderhosen und der schwere Morion, den der Fähnrich nun beim Aussteigen aus der Kalesche aufsetzte, unterstrichen diesen Eindruck noch: Don Juan d'Austria glich in der Offiziersmontur der königlichen Marine, welcher er seit dem Abschluß seiner Universitätsausbildung angehörte, einem unbeholfen stelzenden Storch.

Dennoch wagte niemand über ihn zu lachen, als er sich dem Fallreep der Galeone näherte, die am Kai des Mittelmeerhafens Castellon de la Plane lag. Vielmehr ließ der wachhabende Leutnant im selben Moment, da der von drei Lakaien begleitete Bastard Karls V. seinen Fuß an Deck setzte, Salut trommeln. Anschließend geleitete der Seeoffizier den Fähnrich zum Achterkastell, wo der Kapitän und die übrigen Chargierten warteten. Ganz gegen das sonst so strenge Reglement an Bord der spanischen Kriegsschiffe wurde der Sechzehnjährige genötigt, im Schatten eines extra für ihn aufgespannten Baldachins Platz zu nehmen. Wein und ein Imbiß standen dort für ihn bereit; der Weißblonde, helmlos jetzt wieder, nahm Platz und ließ sich von seinem Gefolge bedienen.

Während Don Juan d'Austria den Malaga und die Austern genoß, schallten vom Achterkastell Kommandos zum Mitteldeck hinab; wurden dort von den Sergeanten aufgenommen und an die Mannschaften weitergegeben. Dutzende von Pollertauen wurden eingeholt und die Anker aufgezogen; kaum waren die Ketten durch die Klüsen gerasselt, legten sich die Besatzungen mehrerer Schleppschaluppen in die Riemen. Der Bug des majestätischen Dreimasters kam von der Kaimauer frei und drehte sich langsam seewärts; gleichzeitig kletterten die Männer der Steuerbordwache die Wanten empor und lösten in luftiger Höhe die Zeisinge der zusammengerollten Toppsegel. Die schweren Tuchbahnen fingen den Wind ein und blähten sich; scheinbar widerwillig und in allen Verfugungen knarrend, nahm die Galeone Fahrt auf; nachdem sie freies Wasser gewonnen hatte, wurden auch die übrigen Segel gesetzt. Der Vordersteven des Dreimasters stampfte nun wuchtig in die azurblauen Wogen, immer höher rauschte die Bugwelle auf; im Kielwasser des Flaggschiffes folgten fünf weitere schwimmende Festungen: neben einer etwas kleineren Galeone jeweils zwei Galeassen und Galeeren.

Etwa zehn Meilen hielt das Geschwader den eingeschlagenen Kurs; dann, am späten Vormittag, begannen die taktischen Übungen. Unter der Septembersonne, die heiß wie im Hochsommer brannte, gaben die Seeleute ihr Bestes; der Fähnrich wiederum war jetzt sehr dankbar für den Schatten, den der Baldachin spendete. Kräftig sprach er dem Wein zu, aber nicht nur dies brachte ihm das Blut in Wallung; auch die Segel- und Ruderkünste der Schlachtschiffe erregten ihn. Mehrmals, wenn die Galeonen und Galeassen jäh halsten oder die Galeeren zum Rammstoß vorpreschten, um den Scheinangriff im letzten Augenblick abzubrechen, schrie er enthusiastisch auf. Die Offiziere auf dem Achterkastell bestärkten ihn noch in seiner Begeisterung; aufgeräumt versicherte ihm der Kommodore nach einem besonders waghalsigen Manöver: »Keine Macht auf den sieben Weltmeeren ist der spanischen Marine gewachsen! Und eines Tages, Exzellenz, wird Euer königlicher Halbbruder eine Armada in See stechen lassen, um England zu erobern und die dortige Ketzerbrut in den Schoß der alleinseligmachenden Kirche heimzuführen!«

Als wollte er die Wahrheit seiner Worte unterstreichen, gab der Flottillenkommandeur wenig später Order, eine Breitseite loszubrennen. Für die Kapitäne auf den anderen Schiffen waren die Kanonenschüsse das Signal dafür, daß die Kampfübung nun ihren Höhepunkt erreichen sollte.

Diesmal würde die große Galeone nicht bloß attackiert, sondern von den Besatzungen der beiden Galeassen geentert werden; selbstverständlich lief die weitere theoretische Planung darauf hinaus, den Angriff letztlich siegreich abzuschlagen.

Doch vorerst wurde Don Juan d'Austria Zeuge, wie der fiktive Feind die schwimmende Festung, auf der er sich befand, in die Zange nahm; wie die Enterhaken heranflogen, wie Seesoldaten und halbnackte Matrosen sich brüllend an Deck schwangen. Gleich darauf erfolgten die Defensivschläge; brachen, wenn auch nur mit der flachen Klinge, überall die Zweikämpfe los. Die Hölle schien auf der Galeone losgelassen; plötzlich – er hatte nicht nachgedacht, war einfach nur seinem Trieb gefolgt – befand sich auch der Fähnrich inmitten des Tobens und Waffenklirrens. Mit dem Degen hieb er auf den erstbesten Gegner ein und jauchzte dabei vor animalischer Lust; seine Feinde waren nicht bloß die Soldaten, sondern all jene, die ihn in seinem Leben gezwängt hatten. Er kannte kein Halten mehr, steigerte sich immer tiefer in den Kampfrausch hinein – bis der andere gellend aufschrie. Ernüchtert, die Waffe loslassend, prallte Don Juan d'Austria vor dem sich zusammenkrümmenden Körper zurück. Die Stahlklinge federte noch einen schier endlosen Atemzug in der Schulterwunde des Seesoldaten nach, löste sich dann aus dem Fleisch und klirrte, überlaut scheinbar, auf die Decksplanken.

Wiederum einige Augenblicke später war das Deck des Flaggschiffes von den Angreifern gesäubert. Der Weißblonde sah sich vom Kapitän und den Offizieren umringt, ein paar Schritte entfernt kümmerte sich ein Feldscher um den Verletzten; den blutüberströmten Soldaten ignorierend, beteuerte der Kommodore: »Ihr habt bravourös gefochten, Exzellenz! Habt wahrlich die Kühnheit des heimgegangenen Kaisers geerbt! Wie El Cid seid Ihr unter die Feinde gefahren, Don Juan! Die königliche Marine kann stolz auf Euch sein, laßt uns darauf trinken!«

Der Sechzehnjährige, zittrig jetzt, glaubte zunächst an einen Hohn. Aber dann begriff er, daß die Worte des Kapitäns ernst gemeint waren; verblüffte Anerkennung stand auch in den Augen der Chargierten. Infolgedessen machte der Schock des Weißblonden einem nie zuvor gekannten Hochgefühl Platz. Bei Gelegenheit, so beschloß Don Juan d'Austria, könne man dem Verwundeten ja gnädig ein Goldstück auf die Blessur legen; dann kostete er die kriegerische Wertschätzung aus, die ihm so unverhofft zuteil geworden war.

Auf dem Rückweg zum Hafen, während die Pokale aneinanderklangen, war er sich völlig sicher, daß er in einer Militärkarriere zur See seine wahre Bestimmung finden würde. Das Flottillenmanöver hatte seinem bis dato trotz des Adelstitels eher geklemmten Dasein einen ganz neuen Inhalt gegeben.

***

Im Gegensatz zur königlichen Marine begnügten sich die spanischen Truppen, welche nach wie vor durch Flandern zogen, keineswegs mit Scheingefechten. Immer blutiger fraßen sich ihre Spuren während der Jahre zwischen 1563 und 1566 ins geschundene Land ein. Immer verzweifelter wurde die Stimmung unter den geistig freien Flamen; immer satanischer andererseits der Götzenkult, welchen die Inquisition auf den Schädelstätten feierte.

Unzählige Menschenopfer hatte der katholische Wahn nunmehr bereits gekostet; überall klagten die Gräber und feuergeschwärzten Hügel an, vom Meer bis zur Maas kröpften und flatterten die übersättigten Aasgeier. Kein Vermittlungsversuch des humanistisch denkenden und zunehmend aufgestörten Adels half; die Grafen Egmont und Hoorn und selbst der mächtige Wilhelm von Oranien, welcher das Amt des Statthalters der Spanischen Niederlande bekleidete, mußten ihre diplomatische Machtlosigkeit erkennen. Jedem vernünftigen Argument unzugänglich, beharrte Philipp II. im fernen Madrid darauf, daß der Norden keinen Frieden finden dürfe, ehe das Ketzertum nicht mit Stumpf und Stiel ausgerottet sei. Herzlos blieb er, obwohl das Herzblut Flanderns zum Himmel schrie; in Rom fand er dabei theologischen Rückhalt.

Barbara Blomberg, nicht nur durch das Leid ihrer Landsleute, sondern zusätzlich durch den Verlust Konrads zutiefst getroffen, versuchte sich in dieser Zeit mit dem Gedanken zu trösten, daß ihr Sohn immerhin lebte und sie wenigstens ab und zu Nachrichten von ihm aus Dijon bekam. Es handelte sich um hastig hingekritzelte und offensichtlich zensierte Briefe; Konrad teilte ihr darin mit, daß er gesund sei und seine jesuitischen Studien Fortschritte machten; schon in wenigen Jahren werde er wohl die niederen Weihen und damit Heimaturlaub erhalten. Daran klammerte sich die Schwarzhaarige, ansonsten galt ihre Zuwendung vermehrt den beiden ihr verbliebenen Kindern. Jetzt, im Frühsommer 1566, war die blonde Karoline fast schon eine junge Dame; Wolfgang wiederum befand sich im gleichen Alter, in dem sein älterer Bruder die Kalesche nach Burgund hatte besteigen müssen.

Die so vielfach geprüfte Frau, die nun bereits knapp jenseits der Mitte ihres vierten Lebensjahrzehnts stand, hoffte, daß ihr wenigstens mit den beiden Jüngsten noch eine gewisse Zeit des familiären Zusammenlebens vergönnt sein würde. Aus diesem Grund hatte sie es auch füglich unterlassen, abermals wegen irgendwelcher Gunstbeweise im Broodhuis vorstellig zu werden. Überhaupt schien es, als hätte Barbara die Zurückgezogenheit schätzengelernt; womöglich wäre sie entgegen ihrer eigentlichen Veranlagung zur Matrone geworden, wenn die Natur und der Ekel vor Hieronymus Kegel sie gelegentlich nicht doch wieder in die Arme eines Liebhabers getrieben hätten.

Freilich ging die Schwarzhaarige jetzt diskreter als ehedem vor; um sich zusätzlich zu schützen, achtete sie darauf, daß ihre Galane auch im Hinblick auf die Inquisition verläßlich waren. Barbara ließ sich mit keinem ein, der irgendwie mit der Kirche oder dem Herrscherhaus zu tun hatte; ansonsten witterte die Sechsunddreißigjährige mit untrüglichem Instinkt, wem sie vertrauen konnte: solchen, die human wie sie dachten, sich aber keine leichtfertige Blöße gaben.

Viele Menschen hatten sich während der vergangenen Jahre ähnlich bedeckt gehalten wie Barbara Blomberg, im verborgenen aber hatte der rebellische Geist immer heftiger zu gären begonnen. Diejenigen, welche die Sehnsucht der Niederländer nach Freiheit mit allen Mitteln unterdrücken wollten, erreichten letztlich das Gegenteil. Mit jeder Greueltat der Soldaten, mit jedem Pogrom unter dem Zeichen des katholischen Kruzifixes wuchs der gerechte Zorn. Der Terror stachelte den Widerstandswillen aller Bevölkerungsschichten an; in einem langen, mühsamen Prozeß fanden Bauern, Bürger und verantwortungsbewußter Adel zusammen. Notwehr – dies war das unanfechtbare moralische Gesetz, auf dessen Boden sie standen; das Wissen darum schenkte ihnen den Mut und die Kraft, die sie so dringend benötigten.

Im Frühling 1566 waren die spanischen Militäreinheiten, die klerikalen Tribunale und die Henkertrupps der Inquisition noch übermächtig gewesen; nun jedoch, im Juni, begannen die Waagschalen ins Gleichgewicht zu schwingen. Die Gewichte verschoben sich; Karoline war es, welche die unerhörte Nachricht ins Haus hinter der Kirche von Sint-Katelijne brachte.

Aufgeregt stürzte die Vierzehnjährige mit der vorwitzigen Stupsnase in die Kammer, wo Barbara und Wolfgang soeben aus einer flämischen Fibel buchstabierten. »In Brügge«, sprudelte die Halbwüchsige heraus, »ist ein Wunder geschehen! Fahrende, die heute von dort kamen, berichteten auf dem Fischmarkt beim Schwarzen Turm davon. In der Hafenstadt hat ein wandernder Priester – aber kein katholischer – gepredigt. Hat unter freiem Himmel das Evangelium in unserer Sprache verkündet. Und die Inquisition war machtlos, konnte nichts dagegen unternehmen ...«

Erschrocken brachte Barbara Blomberg ihre Tochter zum Schweigen; die beiden Fenster standen offen, ebenso die Tür. Erst als sie dafür gesorgt hatte, daß niemand sie belauschen konnte, rügte sie Karoline: »Du weißt doch, wie gefährlich es ist, von solchen Dingen zu reden! Und da platzt du hier herein und schreist das Ketzerische förmlich heraus. Die Inquisition untätig, hilflos gar – allein wegen solcher Behauptungen haben die Päpstlichen schon Menschen auf den Scheiterhaufen geschleppt. Weil in ihren Augen jeder, der den Machtanspruch der Kirche in Frage stellt, ein Gottesfeind ist ...« Sie holte tief Atem und setzte hinzu: »Du hast dir das alles nur eingebildet, nicht wahr? Hast dir gewünscht, daß Frieden und Freiheit nach Flandern kämen, und hast diese Träume zuletzt für Realität gehalten, oder? Ich weiß schließlich, daß du manchmal phantasierst; das ist so bei Mädchen in deinem Alter ...«

Trotzig schüttelte die Vierzehnjährige den Kopf. »Ich war dabei, als die Fremden zu den Marktbesuchern und Händlern beim Schwarzen Turm sprachen. Eine Menge Leute haben es gehört, und wenn du mir nicht glaubst, kannst du ja selbst hingehen und dich vergewissern.«

Zunächst weigerte sich die Schwarzhaarige strikt – aber keine Stunde später suchte sie den Fischmarkt auf. Die Fahrenden waren von einer wogenden Menschenmenge umringt; Barbara drängte sich so weit wie möglich vor, und dann leistete sie Karoline insgeheim Abbitte. Denn soeben berichtete der Anführer der Gauklertruppe einmal mehr von den erstaunlichen Geschehnissen in Brügge.

»Es war nur ein einfacher lutherischer Prediger!« rief der bärtige Landfahrer. »Ein entsprungener Mönch, wie er selbst bekannte. Doch er hatte die Grausamkeiten überall in den Niederlanden gesehen, und zuletzt ließ sein Gewissen ihm keine Ruhe mehr. An Bord einer Schute kam er vor das Wassertor der Hafenstadt, dort stellte er sich auf eine Heringstonne und benötigte zur Verkündigung der Frohbotschaft weder Kanzel noch Talar. Allein die Bibel hielt er in der Hand und übersetzte den Staunenden das Evangelium ins Flämische. Zuerst waren es bloß ein paar Dutzend, die ihm lauschten, und sie guckten sich alle naselang verängstigt um, aber schnell fanden sich Hunderte zusammen. Sie alle lechzten nach den Worten Jesu in ihrer eigenen Sprache, doch natürlich«, der Fahrende blickte bedeutungsvoll in die Runde, »konnte das der Inquisition nicht verborgen bleiben ...«

Der Bärtige wartete, bis sich das erschrockene Raunen gelegt hatte, dann fuhr er fort: »Unversehens tauchten die pfäffischen Bluthunde und spanischen Büttel auf. Sie machten Anstalten, sich den Gottesmann zu greifen – aber da ging plötzlich die vielhundertköpfige Menge gegen sie vor. Das Volk von Brügge ließ die Papistischen nicht an den Prediger heran, mit Fäusten und blanken Klingen wurden die Kreaturen der Inquisition zurückgehalten. Der Aufruhr lockte weitere Bürgerscharen herbei, einfache Leute und ebenso Adlige strömten zum Wassertor. Mit eigenen Augen sah ich, daß sich sogar Graf Egmont unter ihnen befand. Einem solchen Ansturm hielten die Pfaffen und Schergen nicht stand, statt der Protestanten mußten am Ende die gekutteten und geharnischten Christusverräter den Platz räumen. Der lutherische Priester jedoch, um den sich jetzt Tausende scharten, sprach bis tief in die Nacht hinein. Erst dann begab er sich wieder an Bord der Schute. Vorher aber sagte er noch, er würde die Botschaft Jesu nun auch in anderen Städten auf flämisch verbreiten – und jene, welche die Liebe zu Gott höher stellten als das Kuschen vor den Mächtigen der Welt, würden darin hoffentlich ebenso handeln wie er!«

Damit zog der Landfahrer eine gedruckte Bibel unter seinem Umhang hervor, hielt sie hoch und rief: »Jetzt wißt ihr, welches Wunder in Brügge geschehen ist, ihr guten Bürger von Brüssel! Und an diesem Buch, das in der calvinistischen Stadt Basel am Oberrhein aus der Presse kam, erkennt ihr, daß das Mirakel mittlerweile auch in euren Mauern Einzug gehalten hat! Denn es ist die göttliche Offenbarung in niederländischer Sprache, die ihr hier vor euch seht. Unangefochten brachte ich sie nach Brüssel, von einem kühnen flämischen Prediger erzählte ich euch, den halben Nachmittag jubelt ihr mir nun schon zu – und trotzdem ist nichts Arges passiert! Die Inquisition zeigt sich nicht, der papistische Drache hat sich in seinen Pfuhl geflüchtet! Und damit hat der Wind der Befreiung auch in eurer Stadt zu wehen begonnen!«

Frenetischer Beifall belohnte den Bärtigen für seinen Mut; Barbara Blomberg, die ebenso hingerissen wie die anderen war, stimmte begeistert mit ein. Auf dem Heimweg dann verspürte sie nur einen Wunsch: daß der Fahrende sich nicht getäuscht hatte und das Volk diesmal tatsächlich stärker als seine Unterdrücker sein würde.

***

So kam es in der Tat! Die nach geistiger Freiheit dürstenden Menschen siegten, zumindest für einige Monate, über den Machtwahn von Amtskirche und Feudalstaat. In vielen hundert Städten, Marktflecken und Dörfern machte das Beispiel von Brügge Schule. Überall schüttelten die rebellisch gewordenen Flamen das widernatürliche Joch ab; bewaffnet schützte das Volk seine Prediger und sich selbst. Durch das Land ging ein Aufatmen, und daraus erwuchs alsbald das fordernde Rufen; die Grafen Egmont und Hoorn waren die Wortführer. Der spanische König, so verlangten sie, solle die gottgewollten Rechte von Bauer, Bürger und Edelmann ausdrücklich festschreiben; er solle den Bewohnern Flanderns Brief und Siegel auf ihre Religionsfreiheit geben!

Und wieder schien etwas Wundersames zu geschehen. Philipp II. beugte sich; er gebot der Inquisition Einhalt und verkündete, daß er die Ketzeredikte zurücknehmen wolle. Ferner beteuerte der Monarch, daß er seine Vasallen und Untertanen künftig mit größter Milde regieren werde; als Christ verabscheue er nichts mehr als Härte und Gewalt. Die meisten Niederländer glaubten daraufhin, es werde nun endlich zum friedlichen Miteinander von Protestanten und Katholiken in einem ganz neuen Staatswesen kommen; andere Blauäugige begannen sogar davon zu träumen, daß die widerstreitenden Religionen sich letztlich unter einem ökumenischen Dach vereinigen könnten. In Wahrheit freilich war das habsburgisch-papistische Ungeheuer alles andere als gezähmt; im Einvernehmen mit der römischen Kurie hatte Philipp durch seine scheinbare Nachgiebigkeit lediglich Zeit gewinnen wollen.

Aufgrund einer Indiskretion gelangte ein in der spanischen Bischofsstadt Segovia verfaßtes Dokument in die Hände des flämischen Adels. Der König hatte in diesem Segovia-Protokoll unter Zeugenschaft des Herzogs von Alba festhalten lassen, daß die Ketzer zunächst in trügerischer Sicherheit gewiegt werden sollten, um sodann die Restitution des einzig wahren Glaubens mit allen denkbaren Mitteln zu betreiben. Zum geeigneten Zeitpunkt sollte die Inquisition nachdrücklicher denn je in den Niederlanden tätig werden und dabei rigorose Unterstützung durch das Militär erhalten; dies sei der unverbrüchliche Wille der Allerkatholischsten Majestät!

Kaum war das Dokument im August 1566 veröffentlicht worden, begann der Volkszorn in Flandern zu kochen. Es kam zum Aufstand, der gleich einem Feuersturm über das ganze Land fegte und sich insbesondere gegen die papistischen Kirchen richtete. Unter Beilhieben zersplitterten pompöse Altaraufbauten, mit Hilfe von Rammböcken wurden die steinernen Sockel darunter zerschmettert. Man riß die Monstranzen und Abendmahlskelche aus den Tabernakeln und warf die Hostien in den Schmutz; nach allem, was geschehen war, konnte Gott in den Oblaten ohnehin nicht gegenwärtig sein. Also tanzten die Freiheitskämpfer auf den Hostien, buchstäblich traten sie die in ihren Augen götzischen Symbole in den Dreck. Und das Schüttern dieser Tritte ließ wiederum die Gruftabdeckungen in den Kirchenschiffen und Krypten erzittern; auch vor den moderdumpfen Gräbern der Bischöfe, Domherren, Prälaten, vorgeblichen Heiligen und obskurantistischen Märtyrer schreckte die revolutionäre Wut nicht zurück.

Gebeine, Totenschädel, Gewandfetzen und Sargtrümmer wurden wie Unrat auf die Schutthalden geschaufelt; während die Ratten sich am fürchterlichen Futter mästeten, kamen die Wallfahrtskapellen und sonstigen katholischen Mirakelstätten an die Reihe. Grell bemalte Gipsfiguren und Terrakotten zerbarsten unter den Schlägen von Dreschflegeln, Musketenkugeln knallten in Madonnenstatuen. Marterkreuze wurden geplündert; zerbrochen landeten die hölzernen Lanzen, Schwerter, Stachelkeulen, Folterzangen und Dornenkronen in den Dunggruben. Auch die Steintrümmer der mit Vorschlaghämmern zerstörten Taufbecken klatschten dorthinein; ebenso vieltausendfach die Zehntbücher aus den Pfarrhäusern, in denen von Säkulum zu Säkulum das Weißbluten der pfaffenhörigen Bauern festgeschrieben worden war. Zugleich züngelten aus den Kirchenfenstern nun die Flammen, wölkte der Rauch zum knirschenden Dachgebälk empor. Die Kniebänke und vor allem die Beichtstühle nährten die Brunst; gerade im Zusammenkrachen der letztgenannten Sakralmöbel äußerte sich der Drang des flämischen Volkes nach Gewissensfreiheit, die allein Gott verantwortlich war.

An die vierhundert papistische Tempel wurden in jenem Spätsommer 1566 zu Ruinen; die meisten katholischen Kleriker verjagte man. Dennoch waren die Niederländer keineswegs vom christlichen Glauben abgefallen. Vielmehr versuchten sie jetzt, eine neue, allein auf das Evangelium ausgerichtete Kirche zu erbauen; eine Kirche für die Menschen – ohne Prunk, Pomp, Obskurantismus und weltliche Machtgier – sollte es werden.

Ganz wie in frühchristlicher Zeit versammelten sich die Flamen in ihren Häusern oder auf freiem Feld um die Prediger. Sie lauschten den Worten Jesu, die ihnen endlich in ihrer eigenen Sprache zugänglich waren, und bemühten sich dann, sie im täglichen Leben umzusetzen. So geschah nach den Gewaltausbrüchen sehr viel Gutes; Hunderttausende blickten quasi mit neuen Augen auf die Welt und ihre Mitmenschen, hunderttausendfach wurde Nächstenliebe geübt. Dies hätte reiche Früchte tragen können – doch es war den christlichen Revolutionären der Niederlande nicht vergönnt, unangefochten auf dem evangelischen Weg voranzuschreiten. Denn von dem Augenblick an, da er vom Aufstand in Flandern erfahren hatte, sann Philipp II. auf Rache. Er sah seinen Thron und dazu den seines Götzen bedroht; deshalb rüstete er jetzt zum offenen Krieg: zu einem Feldzug gegen die Protestanten, der alles bisherige in den Schatten stellen sollte.

Aus halb Europa zog der König Truppen zusammen; Tag und Nacht erklangen auf den Marktplätzen vom Atlantik bis zur Donau, vom Mittelmeer bis nach Böhmen die Trommeln der Rekrutenwerber. Die katholische Kirche stachelte die Mordlust zusätzlich an; der Papst rief den Heiligen Krieg aus und versprach, die Soldaten mit großzügigen Ablässen zu belohnen. Als die vielen Dutzend Regimenter schließlich Anfang 1567 zum Einmarsch in Flandern bereit waren, setzte Philipp seiner Vergeltungssucht die Krone dadurch auf, daß er seinen grausamsten Feldherrn zum Generalkapitän des Heeres ernannte: Alvarez Fernando de Toledo, besser bekannt unter seinem offiziellen Titel Herzog von Alba.

Die Geusen, wie die niederländischen Freiheitskämpfer sich nunmehr nannten, vermochten dem Sieger von Mühlberg und Zerstörer Wittenbergs wenig Widerstand zu leisten. Wilhelm von Oranien, der als königlicher Statthalter in die Zwickmühle geraten war, floh auf seine deutschen Besitzungen. Mutiger schlugen sich im ungleichen Krieg die Grafen Egmont und Hoorn; sie waren es, welche aus den anfangs undisziplinierten Scharen der Protestanten so etwas wie militärische Einheiten formten. Auf diese Weise bildeten sich Freischaren zu Land und schwache Flottillen der Wassergeusen zur See; freilich war es ihnen kaum möglich, den Gegner empfindlich zu treffen. Während die katholischen Regimenter eine Stadt nach der anderen stürmten und dort die Blutgerüste für die Autodafés aufrichteten, konnten die Flamen nur kleinere feindliche Verbände oder einzelne

Schiffe auf der Nordsee angreifen. So vermochten sie der katholischen Armee zwar Nadelstiche zu versetzen, waren aber nicht imstande, ihr ernsthaft zu schaden.

Alba hingegen terrorisierte die Niederlande gnadenlos. Seine Regimenter mordeten, vergewaltigten, brandschatzten und plünderten zum Gotterbarmen; die Kopfgelder, welche der Toledaner gleichzeitig auf die Befehlshaber der Evangelischen aussetzte, erreichten schwindelerregende Höhen. 1568 dann passierte nach der menschlichen auch die politische Katastrophe: Die Grafen Egmont und Hoorn gerieten in die Gewalt des spanischen Generalkapitäns.

Die beiden Adligen wurden des Hochverrats angeklagt und zum Tod verurteilt; das Jahr stand kurz vor seiner Mitte, als man Egmont und Hoorn unter schwerster Bewachung nach Brüssel brachte. Ein verzweifelter Angriff des zu ihrer Rettung aus Deutschland herbeigeeilten Wilhelm von Oranien schlug fehl; hohnlachend setzte der Herzog von Alba die Hinrichtung für den fünften Juni 1568 an.

***

»Nein, ich nehme nicht teil! Du kannst mich nicht dazu zwingen!« Angeekelt schleuderte Barbara Blomberg ihrem Gatten die Sätze entgegen. Die letzten Worte wurden vom jäh einsetzenden Läuten der Glocken von Sint-Katelijne übertönt; Karoline und Wolfgang, die verstört im Hintergrund des Raumes standen, fuhren erschrocken zusammen.

Hieronymus Kegels gedunsenes Säufergesicht lief rotviolett an. »Und ob ich dich zwingen werde!« schrie er. »Als Weib eines hohen Offiziers ist es deine verdammte Pflicht und Schuldigkeit! Wenn es sein muß, prügle ich dich zum Großen Markt! Der Obrist hat befohlen, daß alle Chargierten Zeugen sein sollen! Und ich meinerseits will, daß auch du dabei bist, wenn es den Verbrechern an den Kragen geht!«

»Ich bleibe hier!« beharrte die Schwarzhaarige. »Mit der Rachsucht der Papistischen mag ich nichts zu tun haben!«

»Ah, von daher weht der Wind!« zischelte der Major. »Bist du etwa gar selbst eine Ketzerin?! Wenn ja, schleift man dich am besten ebenfalls zum Richtblock! – Was ist, willst du es darauf anlegen?! Soll ich die Büttel der Inquisition holen?!«

Gegen körperliche Gewalt hätte die Achtunddreißigjährige sich zur Wehr zu setzen gewußt, doch die infame Drohung machte sie hilflos. Barbara spürte, daß der Viehische tatsächlich fähig war, sie zu denunzieren; von Todesangst gepackt, preßte sie heraus: »Ich werde dir … gefügig sein.«

»Sehr klug von dir!« feixte der Rekrutenwerber. Dann nahm er eine Branntweinkruke vom Wandbord, hob sie an den Mund und trank ausgiebig.

Wenig später hatte die Schwarzhaarige das Empfinden, als peitschte das Glockendröhnen, das von Sint-Katelijne und den zahlreichen anderen Kirchtürmen herandrang, förmlich auf sie ein. Mit flatternden Nerven lief sie neben dem Roß des Majors her; lange ehe das Broodhuis und das Rathaus auftauchten, wurde das Gedränge der vielen Menschen beklemmend. Zu Tausenden strömten die Bürger zum Großen Markt; teilweise hatte Sensationsgier sie hergetrieben, die meisten aber waren gekommen, um Alba keinen Grund für Strafmaßnahmen zu liefern. Rücksichtslos schuf Hieronymus Kegel sich mit Hilfe seines Reittieres Bahn; wie betäubt taumelte Barbara jetzt der Roßkruppe hinterdrein. Wenigstens hat er darauf vergessen, auch noch die Kinder mitzuschleppen, dachte sie immer wieder; das war der einzige Trost, den sie hatte.

Irgendwann öffnete sich der imperiale Platz vor ihr; der Glockenschall war hier ohrenbetäubend. Der Major brachte sein Weib zu dem abgesperrten Geviert, das den Angehörigen der Offiziere zugewiesen war; anschließend trieb er sein

Pferd zum Rudel der übrigen Chargierten und reihte sich mit breitem Grinsen zwischen ihnen ein. Barbara hingegen stand totenbleich da, wie gelähmt starrte sie auf die blasphemische Szenerie in der Mitte des Großen Marktes.

Das Blutgerüst war mit roten Tuchbahnen verhangen; ein riesiges schwarzes Kreuz, das den makellos blauen Himmel zerschnitt, ragte an seiner Rückseite empor. Eine Hundertschaft spanischer Hellebardiere war im offenen Karree um die mannshohe Balkenkonstruktion angetreten; neben der Bretterstiege, die auf die Plattform führte, standen vier Kesselpauker. Oben, nahe des klobigen Holzblocks mit der halbrunden Eintiefung in der Mitte, warteten sieben Mönche sowie der Henker mit seinen Gehilfen.

Während der Herzog von Alba mit seinem Gefolge hoher geistlicher und weltlicher Würdenträger auf den Platz ritt, schien sich das Glockendröhnen noch einmal zu steigern. Vor der düsteren Fassade des Broodhuis saß der Toledaner ab und ließ sich in seiner Eigenschaft als Vertreter Philipps II. auf einem Thronsessel nieder; im gleichen Moment wurde das Läuten von den Kirchtürmen leiser und verhallte dann ganz.

Der sechzigjährige Alba, dessen widernatürlich in die Länge gepreßtes Antlitz wie eine Maske wirkte, zischelte einen Befehl. Ein Offizier eilte zum Portal des Broodhuis; als dort die Delinquenten erschienen, stöhnte die Menschenmenge unterdrückt auf. Die Grafen Egmont und Hoorn, beide um die fünfzig, trugen Büßerhemden und waren mit Ketten gefesselt; von Bütteln flankiert, schritten sie langsam zum Blutgerüst. Barhäuptig und barfüßig bestiegen sie die Plattform und traten an den hüfthohen Block aus Eichenholz heran. Ein jetzt neben dem Herzog stehender Advokat verlas noch einmal das Urteil; in derselben Sekunde, da das letzte Wort fiel, gab der Toledaner das Zeichen.

Ein donnernder Paukenwirbel erklang. Die Mönche hoben wie beschwörend ihre Kruzifixe, die Henkersknechte zwangen zuerst Hoorns Kopf und Oberkörper in die Muldung. Blitzend beschrieb das Schwert des Scharfrichters einen Halbkreis; der Schädel des Grafen prallte auf die Bretter, aus dem Halsstumpf schoß eine schauerliche Fontäne. Auf die gleiche Art starb kurz danach Egmont. Barbara Blomberg sah, wie sein verstümmelter Körper sich über dem Eichenblock aufbäumte; mit dem nächsten Lidschlag fürchtete sie ohnmächtig zu werden.

Irgendwie schaffte sie es, sich auf den Beinen zu halten; der Haß auf ihren sadistischen Gatten half ihr. In ihrer Verzweiflung wünschte sie sich, daß die Streiche nicht Egmont und Hoorn getroffen hätten, sondern das Vieh in Menschengestalt, das sie gezwungen hatte, zur Zeugin des Verbrechens an den beiden aufrechten Adligen zu werden.

Das Klostergrab

Flandern/Nordafrika
Herbst 1569 – Herbst 1571

In schrägen Strichen sichelte der Novemberregen über die kahlen Felder nahe des Dorfes Oostakker. Der harsche Wind kam von Westen, von der See her, und peitschte den Reitern eisig unter die Mäntel. Obwohl nur ein paar Meilen entfernt, schien die Silhouette Brüssels im Rücken der Männer immer wieder in den Nebelschwaden und Regenschauern unterzutauchen.

Hieronymus Kegel hielt sich in der Mitte des Fähnleins, fand so zumindest ein wenig Schutz vor dem ungemütlichen Wetter; dennoch zeigte der Major die übelste Laune von allen und fluchte soeben zum wiederholten Male: »Eine gottverdammte Sauerei ist es, daß man von mir verlangt, sogar zu dieser hündischen Jahreszeit noch zum Werben auszurükken! Bloß weil die Geusen auch nach der Hinrichtung Egmonts und Hoorns nicht zu Kreuze kriechen wollen und jetzt zusätzlich der Oranier seine ketzerischen Schläge gegen König und Religion führt, muß ich mich mit irgendwelchen Dörpern gemein machen! Muß die Rekruten hinter den Misthaufen von Oostakker hervorlocken, statt in der Hauptstadt im Warmen zu sitzen!«

Das Räsonieren half dem Zweiundfünfzigjährigen freilich wenig; es blieb ihm nichts übrig, als bis zur Taverne des Ortes mit den reetgedeckten Anwesen durchzuhalten. Dort aber befahl er seinem Waibel: »Mach du so viele von den Lumpen betrunken, wie du kannst, und schreib sie dann in die Stammrolle ein. Ich selbst werde mir was Gutes tun, ohne mich lange mit dem Knechtsgeschmeiß aufzuhalten.« Damit zog er sich in die Kaminecke zurück und schnauzte den Wirt an: »Bring mir auf der Stelle ein dreifaches Maß Branntwein! Der Frost, der mir auf dem Ritt in die Knochen gekrochen ist, macht mir sonst am Ende noch den Garaus!«

Mit bebenden Händen – er hatte die Tage zuvor schon in Brüssel schwer getrunken – führte Hieronymus Kegel den Zinnbecher zum Mund. Süchtig schmeckte er dem Fusel nach, ersehnte mit allen Fasern die erlösende Wirkung. Doch der warme Schlag zuerst im Magen und dann im Gehirn wollte sich heute nicht einstellen; das ungute Vibrieren seiner Nerven und Muskeln schien sich eher noch zu verstärken.

»Hundsfott!« schrie der Major zum Inhaber der Kaschemme hinüber. »Wenn du mir gewässerten Schnaps eingeschenkt hast, steche ich dich ab!« Ein obszöner Fluch folgte; dann hob Hieronymus Kegel den Becher erneut an die Lippen und tat einen Sturztrunk, um das ekelhafte Zittern zu vertreiben. Tatsächlich spürte der Offizier nun, wie der Fusel ihn betäubte. Tief sog Hieronymus Kegel die Luft ein; das Gefühl der Entspannung genießend, lehnte er sich zurück – ein paar Atemzüge später jedoch verkrampfte sich sein Körper.

Ein jäher Schmerz schoß durch den Leib des Majors; reißender Schmerz, der wie eine glühende Kralle war. Aus der Kehle des Alkoholikers drang ein fistelndes Gebrüll – unmittelbar darauf folgte die Fontäne aus Branntwein und Schlimmerem. Jedes keuchende Würgen schien ein Stück des Magens mit sich zu reißen; das unsäglich qualvolle Erbrechen wurde zum Blutsturz – und der hielt an, bis Hieronymus Kegel sich von oben bis unten besudelt hatte und über der unbeschreiblichen Lache zusammenbrach.

Die entsetzten Landsknechte und der Wirt kamen nicht

mehr rechtzeitig heran, um den Major aufzufangen; sie wurden aber hautnah Zeugen dessen, was anschließend geschah. Sie sahen, wie der Körper Hieronymus Kegels konvulsivisch zuckte, wie die Augäpfel ihm schier aus dem Antlitz platzten; wie das linke Auge in einem fürchterlichen Glotzen erstarrte, als der Schlaganfall den Major halbseitig lähmte. »Man hat es kommen sehen ...«, murmelte einer der Soldaten, nachdem er sich einigermaßen von seinem Schreck erholt hatte; danach schleppten er und ein paar Kameraden den Röchelnden ins obere Stockwerk hinauf und brachten ihn dort in eine Kammer.

Unter den Landsknechten, die Hieronymus Kegel insgeheim stets verachtet hatten, fand sich keiner, der ihn wenigstens notdürftig gesäubert hätte. Auch die Wirtsleute, der Hausknecht und die Mägde wollten es nicht tun; der herbeigerufene Priester wiederum, ein Spanier, spendete dem Major die Letzte Ölung naserümpfend und so rasch wie möglich. Den Rest des Tages und die folgende Nacht lag Hieronymus Kegel hilflos in seinem eigenen stinkenden Schmant; im Morgengrauen verstarb er.

Unmittelbar zuvor hatte der Major noch einmal nach Branntwein geröchelt; der Waibel hatte es mitbekommen. Auf dem Rückweg nach Brüssel dann – der Tote hing, in eine Pferdedecke eingeschnürt, quer über dem Sattel seines Gauls – rissen die Soldaten Witze über das finale Lallen des Hieronymus Kegel.

***

Die Offiziere des Regiments griffen die frivolen Späße auf. »Der Trunkenbold fand wahrhaftig das ihm gemäße Ende«, äußerte einer der Hauptleute grinsend beim allgemeinen Besäufnis zum Gedenken an den Verstorbenen. »Bis zuletzt hing er an der Fuselflasche, bettelte noch mit verpfeifendem Atem nach Schnaps.«

»In der Tat blieb der tapfere Major seiner feuchtfröhlichen Religion selbst im Tode treu«, wieherte der Obrist. »Und an uns liegt es jetzt, dafür zu sorgen, daß man ihm seine ganz spezielle Art der Ketzerei im Jenseits nicht nachträgt.«

»Ihr denkt doch nicht etwa daran, ihm Ablaßmessen in Sint-Katelijne zu stiften?« erkundigte sich der Profos. »Ich fürchte, das käme angesichts der vielen Sünden des Verewigten allzu teuer. Die Pfaffen würden uns wohl kaum einen Preisnachlaß gewähren, bloß weil der Kegel zur genannten Kirche ein besonders inniges Verhältnis hatte – da er allnächtlich seinen Kanonenrausch an ihr vorbeitrug ...«

Nachdem das Gelächter sich gelegt hatte, erwiderte der Kommandeur: »Man muß nur die richtigen Schliche kennen, um spottbillig an die Segnungen der Religion zu kommen. Im früheren Beginenhof zu Löwen haben sich kürzlich burgundische Nonnen eingenistet; sie sollen, so hat's der König befohlen, auf ihre Art zur Rekatholisierung Flanderns beitragen. Die Äbtissin ist mir nicht ganz unbekannt; es handelt sich um eine weitläufige Verwandte von mir. Und sofern ich ein gutes Wort bei ihr einlege, wird sie gewiß gestatten, daß unser Kamerad ein Grab im Kreuzgang bekommt; auf diese Weise hat er dann die Fürbitten der Dominikanerinnen völlig umsonst ...«

»Der Kegel im Nonnenkloster – das ist die Krönung seines außergewöhnlichen Lebens!« rief der Adjutant des Obristen aus. »Zuerst heiratet er das schönste Weib Regensburgs vor der Trommel und macht es in der Folge, wenn auch zum Nutzen zahlreicher anderer Galane, todunglücklich; nach seinem seligen Ende dann landet er in der Obhut der frommen Kuttenfurzerinnen. Genau so und nicht anders muß es gehalten werden; einen größeren Schabernack kann man dem ehemaligen Hurenwaibel gar nicht antun.«

Begeistert stimmten die übrigen Offiziere zu, und noch

in der gleichen Stunde sandte der Kommandeur einen Kurier nach Löwen. In dem Schreiben des Obristen, das der Reiter mit sich führte, wurde Hieronymus Kegel als hochverdienter Streiter für den katholischen Glauben gewürdigt. Schon am nächsten Tag traf eine positive Antwort der ahnungslosen Äbtissin ein; wiederum am folgenden Morgen brach eine Abordnung des Regiments mit dem mittlerweile eingesargten Leichnam in die benachbarte Stadt auf.

Barbara Blomberg folgte dem Trupp in einer Kutsche. Unendlich erleichtert hatte sie die Nachricht vom Tod ihres Peinigers aufgenommen; hatte sodann die nötigen Witwenpflichten erfüllt und es dabei geschickt vermieden, noch einmal einen Blick auf den Verhaßten werfen zu müssen. Ebenso hätte sie es sich gerne erspart, mit zum Begräbnis nach Löwen zu reisen, doch dagegen hatte sie sich nicht sperren können. Also machte sie nun gute Miene zum bösen Spiel, Trauer freilich trug sie auch jetzt nicht zur Schau. Die Gesichtszüge der Neununddreißigjährigen – ein wenig tiefer die feinen Kerben, noch ausgereifter die herbe Schönheit – schienen eher neuerwachten Lebensmut auszudrükken: Hoffnung auf eine Zukunft, die unversehens lichter geworden war. Und manchmal, während die Kalesche unter nun kaum noch regenträchtigem Firmament dahinrollte, blitzte etwas wie ungläubige Freude in den Augen der Schwarzhaarigen auf.

Zwischendurch dachte Barbara an Karoline und Wolfgang; sie hätte sich jetzt gern mit ihnen ausgetauscht. Doch ihre Tochter hatte kürzlich in aller Stille nach Geraardsbergen auf einen Freibauernhof geheiratet; Wolfgang wiederum stand seit vergangenem Frühjahr im Lakaiendienst auf einem Adelsgut in der Nähe von Brüssel, und obwohl sie zumindest ihren Sohn rechtzeitig hätte verständigen können, hatte die Schwarzhaarige darauf verzichtet. Denn sie wußte, daß

Wolfgang und Karoline den Säufer kaum weniger verabscheut hatten als sie selbst; darüber hinaus hatte Barbara sie vor einigen Jahren über die Identität ihrer wahren Väter aufgeklärt.

Infolgedessen ging die Neununddreißigjährige am Nachmittag desselben Tages als einzige Familienangehörige hinter dem Sarg her. Vier Offiziere trugen den Schrein durch die düsteren Gänge des Dominikanerinnenklosters; im Kreuzgang gähnte die bereits geöffnete Gruft. Während die Totengebete der Nonnen erklangen, verspürte Barbara seelisches Frösteln; es war beinahe so, als würde der Major sie noch einmal bedrohen. Erst als der Sarg in die Tiefe rumpelte und die Marmorfliesen der Gruftabdeckung wieder an ihren Platz geschoben wurden, wich die Beklemmung von der Schwarzhaarigen.

Fast freute Barbara sich nun auf das Mahl im besten Gasthof von Löwen, zu dem die Offiziere sie geladen hatten. Ehe sie aber die Hand auf den Arm des Obristen legen konnte, um sich wegführen zu lassen, drängte sich die Äbtissin zwischen sie und den Kommandeur. »Euer Gatte war ein vorbildlicher Christ; ich fühlte mich im Glauben bestärkt, als man mir dies mitteilte«, kam es von der hageren Dominikanerin mit den verbitterten Augen. »In meinem Kloster hat er jetzt Frieden gefunden, und unsere Fürbitten werden seine Seele zu Gott tragen. – Doch was ist mit Euch? Wollt Ihr wirklich zurück in die schnöde Welt, oder sehnt Ihr Euch nicht ebenfalls nach dem wahren Leben? Jetzt, da Ihr Witwe seid, könntet Ihr ohne weiteres den Schleier nehmen. Wäre es nicht eine hehre Aufgabe für Euch, dadurch dem jenseitigen Heil Eures Gemahls zu dienen?«

Barbara Blomberg erbleichte, mit gepreßter Stimme lehnte sie das fürchterliche Angebot ab. Die Offiziere brachten sie weg; beim Leichenschmaus redete sie anfangs kaum ein

Wort, es dauerte geraume Zeit, ehe sie wieder zu sich fand. Aber die Erinnerung an die ungeheuerliche Zumutung schwelte bis zur Rückkehr nach Brüssel in ihr nach; erst als die Schwarzhaarige das Haus hinter Sint-Katelijne energisch zu stöbern begann, kam sie auf andere Gedanken.

***

Durch das beinahe wütende Großreinemachen wollte Barbara Blomberg alle Last der Vergangenheit abschütteln – doch das Gestern holte sie alsbald brutal ein.

Zunächst tauchten zahlreiche ehemalige Saufkumpane des Hieronymus Kegel auf: körperlich und geistig heruntergekommene Individuen, aber dennoch von gewisser Reputation. Die Sermones, die sie von sich gaben, klangen alle ähnlich: »Es sind zwischen mir und dem Toten – Gott schenke ihm Frieden! – leider noch ein paar Gulden offen. Ihr werdet sein Andenken nicht beflecken wollen, Gnädigste, werdet die Sache hoffentlich bereinigen ...« Und die Witwe, durch die Beisetzung des Majors bei den gar nicht so selbstlosen Nonnen ohnehin schon finanziell belastet, tat den Kerlen den Gefallen. Sie bezahlte hier drei und dort ein halbes Dutzend Goldstücke; die kleine Barschaft, die sie sich mühsam zusammengespart hatte, begann dahinzuschmelzen.

Nachdem sich herumgesprochen hatte, daß bei der Schwarzhaarigen etwas zu holen war, folgten höhere Forderungen. Und im Zusammenhang damit erfuhr Barbara von haarsträubenden Dingen, die ihr haltloser Gatte sich während der letzten Monate seines Lebens geleistet hatte.

So hatte er sich etwa dazu verstiegen, im Vollrausch ein wertvolles spanisches Roß auf Wechsel zu erwerben; noch am selben Tag hatte er das Tier zuschanden geritten und es mit gebrochenem Sprunggelenk dem Abdecker überlassen. Und nun, ein Vierteljahr später, mußte die Schuldverschreibung eingelöst werden; wohl oder übel hatte die Witwe geradezustehen. Kaum war diese Verpflichtung aus der Welt, sprach eine Bordellwirtin bei Barbara vor und präsentierte eine Rechnung von nicht weniger als 50 Gulden. Mehrmals hatte der einstige Hurenwaibel sämtliche Offiziere seines Regiments im Freudenhaus freigehalten; nach dem letzten gemeinsamen Bordellbesuch hatte er die Summe großtuerisch noch aufgerundet und einen Schuldschein über den horrenden Betrag unterzeichnet.

Erneut blutete die Witwe; als sie anschließend die Kammer des Verstorbenen in der Hoffnung auf ein paar versteckte Dublonen oder sonst etwas Wertvolles gründlicher als gleich nach seinem Tod durchforstete, entdeckte sie dort tatsächlich ein Paar sehr schön gearbeiteter Pistolen. Die Schlösser trugen Silberbeschläge, die Kolben waren mit Elfenbein eingelegt – doch in dem Ebenholzkasten fand sich leider auch ein ganzes Bündel von Mahnungen des Büchsenmachers. Barbara trug die Luxuswaffen zurück in die Werkstatt; sie dachte, der Fall sei damit erledigt, aber der Handwerker wies sie darauf hin, daß der Major die Pistolen durch unsachgemäßen Gebrauch ruiniert hatte. Dies kostete die Hinterbliebene neuerlich gut ein Dutzend Goldstücke; die Waffen war sie außerdem los.

Der schlimmste Schlag aber kam, als die Spielschulden, die Hieronymus Kegel in der weiteren Umgebung Brüssels gemacht hatte, beglichen werden mußten. Von überallher, aus den verschiedensten Städten, Marktflecken und Dörfern, reisten trotz des nach wie vor wütenden Religionskrieges die Gläubiger an. Innerhalb kurzer Zeit waren Barbara Blombergs Mittel erschöpft; abgesehen von ihren Kleidern und dem Hausrat gehörte ihr jetzt gar nichts mehr.

Zu allem Überfluß teilte der Quartiermeister des Regiments ihr in den letzten Dezembertagen mit, daß sie nach

Ablauf der einjährigen Trauerfrist, also im November 1570, das Anwesen hinter Sint-Katelijne zu räumen hätte; das Wohnhaus sei nie ins Eigentum des Majors übergegangen, vielmehr stets ärarischer Besitz geblieben. Barbara mußte also fürchten, im kommenden Herbst auch noch obdachlos zu werden, und diese Vorstellung schreckte sie zutiefst. Nächtelang lag sie wach und suchte verzweifelt nach einem Ausweg; am Ende wurde ihr klar, daß es nur eine Lösung gab: Falls sie nicht ihren in Flandern lebenden Kindern zur Last fallen oder aber – was sie bei aller Galanterie niemals getan hatte – ihren Körper verkaufen wollte, blieb ihr nichts anderes übrig, als sich an den König zu wenden.

Anfangs freilich scheute sie fast panisch vor diesem Gedanken zurück. Die Schmerzen und Demütigungen, die sie durch Philipp II. und zuvor seinen Vater erfahren hatte, wurden ihr quälend wieder gegenwärtig: das Mißbrauchtwerden in ihrer Jugend; das klägliche Almosen, das ihr Karl V. Monate nach der Geburt Geronimos vom Mühlberger Feldlager aus vor die Füße hatte werfen lassen; die Rente von 400 Goldstücken später, die immer nur unregelmäßig ausbezahlt worden und seit dem Begräbnis des Majors überhaupt nicht mehr eingetroffen war. Schlimmer noch die anderen Gemeinheiten: die Order Philipps, in der er ihr jeden Kontakt mit Don Juan verboten hatte; der zynische Befehl des Königs, aufgrund dessen Konrad ins Jesuitenkolleg von Dijon gesteckt worden war.

Von dem Tag an, da sie ihren zweitgeborenen Sohn zur Kutschenstation auf dem Großen Markt gebracht hatte, war Barbara unfähig gewesen, anders als mit Abscheu an Philipp zu denken. Bei dieser Verachtung jedoch war es nicht geblieben; bald hatte sie den König wegen der unsäglichen Greueltaten an den Protestanten abgrundtief zu hassen begonnen. Oft hatte sie dem Habsburger den Tod gewünscht;

dem widermenschlichen Monarchen, unter dessen Herrschaft Zehntausende hingemetzelt oder verbrannt worden waren – und der ihr zudem zwei ihrer Kinder geraubt hatte.

Beinahe zwanzig Jahre sehnte sie sich nun schon nach Geronimo, fast sieben nach Konrad. Niemand sonst als der König stand zwischen ihr und den verlorenen Söhnen, und ausgerechnet an seine Gnade würde sie appellieren müssen, sofern sie nicht in nackte Armut abstürzen wollte. Alles in ihr wehrte sich dagegen – aber mit den Wochen und Monaten, in denen die Not immer größer wurde, schmolz Barbaras seelischer Widerstand dahin. Schließlich begriff sie, daß ihr keine andere Wahl blieb, als ein Gesuch an Philipp II. zu richten; wenigstens jetzt, so redete sie sich ein, müsse er doch ihre Bedrängnis erkennen und helfen.

Nachdem sie sich zu ihrem Entschluß durchgerungen hatte, ohne ihn freilich sofort in die Tat umzusetzen, malte die Schwarzhaarige sich noch mehr aus: Daß der König, wenn er ihren Brief erst erhalten hätte, möglicherweise sogar seinen Halbbruder beauftragen könnte, nach Brüssel zu reisen. Und Don Juan d'Austria, ihr Geronimo, würde sie dann aus dem Sumpf retten und ins Licht tragen; beschützt würde sie künftig an seiner Seite leben dürfen.

Solche Wunschträume und obendrein der materielle Mangel, der in diesem Frühsommer 1570 immer quälender wurde, ließen die Witwe zuletzt den entscheidenden Schritt tun. In einem langen Schreiben wandte sie sich an den Monarchen in Madrid und bat um Unterstützung.

Der Brief traf etwa zur selben Zeit in der spanischen Hauptstadt ein, da Philipp II. ein weiteres Verbrechen verübte. Widerrechtlich ließ er den protestantischen Grafen von Montigny, welcher als niederländischer Gesandter an seinem Hof weilte, festnehmen und in die Felsenfestung Simancas bei Valladolid verschleppen, wo Montigny mit der Garotte erdrosselt wurde. Nachdem sie den Adamsapfel des flämischen Adligen zerquetscht hatten, bekleideten die Schergen den Leichnam mit einem Franziskanerhabit und verscharrten Montigny in dieser Kutte. Anschließend erstattete der Kommandant von Simancas dem König mit folgenden Worten Rapport über den Tod des vorgeblichen Ketzers: »Allem Anschein nach starb er auf so katholische Weise, daß man bezüglich seines Seelenheils die beste Hoffnung nähren kann.«

Philipp goutierte den zynischen Satz und belobigte die Mörder; einmal mehr stellte er damit seinen erzkatholischen Glauben sowie seinen tyrannischen Charakter unter Beweis. Auf den Brief der Majorswitwe aus Brüssel hingegen reagierte er erstaunlich entgegenkommend; schon im August pochte ein Kurier an die Tür des Hauses hinter der Kirche Sint-Katelijne und übergab Barbara Blomberg ein Schreiben des Königs.

***

»Erlauchte Mutter des erlauchtesten Don Juan d'Austria!« Die schweren Balkenbuchstaben schienen vor den Augen der Vierzigjährigen zu tanzen; sie konnte kaum glauben, daß die Anrede auf dem prunkvoll gesiegelten Pergament ihr galt. Doch es war so; es war Realität – endlich hatte Philipp ihr den Status zugestanden, der ihr gebührte! Mit einem Titel hatte der König sie ausgestattet und sie auf eine Stufe mit ihrem ältesten Sohn gestellt! Schwarz auf weiß hielt sie den Beweis in Händen; sie träumte nicht, es war Wirklichkeit! Wieder und wieder schmeckte Barbara Blomberg die Worte ab; immer wieder von neuem machte sie sich bewußt, daß sie nun teilhaben würde am gesellschaftlichen Glanz ihres Erstgeborenen!

Erst nach geraumer Zeit war die Schwarzhaarige fähig weiterzulesen. In einer kläglich kahlen Stube tat sie es; einem

Raum, von dessen Mobiliar nichts übriggeblieben war als ein wurmstichiger Tisch und eine einfache Holzbank. Flüsternd entzifferte die Frau im schlichten Leinenkleid die Sätze, die in gewundener Kanzleisprache abgefaßt waren; bald leuchteten ihre Augen erneut auf. Denn der Monarch hatte sich auch materiell großzügig gezeigt; er hatte ihre bisherige Jahresrente von 400 auf 1200 Gulden aufgestockt und aus seiner Privatschatulle zusätzlich einen bedeutenden Betrag zum Abgleich der Schulden des Hieronymus Kegel draufgelegt. Dieses Geld, so hieß es weiter, könne von ihr jederzeit im Broodhuis behoben werden; was die jährliche Dotation angehe, so solle diese hinfort pünktlich und zuverlässig bezahlt werden.

Barbara atmete erlöst auf. Künftig würde sie mehr als sorgenfrei leben können; es war ein Sieg auf der ganzen Linie, zumindest beinahe …

Neuerlich vertiefte sie sich in den Brieftext – und dann fand sie die folgende Stelle: Bezüglich eines Wiedersehens mit ihrem erlauchten Sohn solle sie sich nicht länger grämen. Zwar seien derzeit die Umstände ungünstig, weil Don Juan d'Austria sich in geheimer Mission außerhalb des Königreiches aufhalte; es werde sich jedoch in absehbarer Zukunft bestimmt die Gelegenheit ergeben, daß der natürliche Bruder Seiner Majestät und dessen Mutter einander begegnen könnten. Darüber hinaus habe man in Madrid noch Großes mit dem Genannten vor; die Adressatin des Schreibens solle sich freilich vorerst mit dieser Auskunft bescheiden, nur soviel: Es sei nicht unmöglich, daß Don Juan d'Austria eines Tages sehr wohlbestallt in den Niederlanden sitzen werde, und ganz ohne Zweifel werde er sodann noch großherziger als selbst der Monarch für seine erlauchte Mutter zu sorgen wissen.

Es folgten einige verbindliche Floskeln; darunter der Schriftzug, den Barbara Blomberg schon einmal gesehen hatte: PHILIPPUS SECUNDUS REX. Damals waren ihr die mit splitternder Feder hingefetzten Buchstaben als Manifestation von etwas zutiefst Feindlichem erschienen; jetzt hätte sie die Unterschrift küssen können. Gleich darauf dachte die Vierzigjährige, daß nun sicherlich auch mit Konrad alles ins Lot kommen würde; wenig später ließ sie sich erneut von der Anrede des königlichen Schreibens gefangennehmen und fragte sich dabei, ob sie Philipp von Spanien mit ihrer früheren Einschätzung seines Charakters nicht unrecht getan hatte?

Noch am gleichen Tag sprach Barbara Blomberg im Broodhuis vor; anstandslos zahlte man der Offizierswitwe das ihr vom König avisierte Geld aus. Im Lauf der nächsten Wochen richtete die Vierzigjährige das Haus hinter Sint-Katelijne neu ein und beglich die restlichen Schulden des verstorbenen Majors. Zwischendurch fand sie Zeit, Wolfgang auf dem Adelsgut zu besuchen; Karoline und Konrad unterrichtete sie brieflich von der unverhofften Wendung der Dinge. Bei alldem fühlte sie sich so beschwingt wie seit ihren Mädchenjahren nicht mehr: Sie war geachtet und frei, hatte sich ihrer körperlichen und seelischen Fesseln entledigt; vor Glück hätte sie unentwegt tanzen können.

Selbstverständlich hatte sich die Kunde von Philipps Gunstbeweis, welcher tatsächlich beinahe einem Adelsprädikat gleichkam, blitzschnell in der flämischen Metropole verbreitet. Wo Barbara früher nichts weiter als die halbseidene Gemahlin eines zwielichtigen Rekrutenwerbers und danach eine mittellose Witwe gewesen war, standen ihr die Türen der Stadtpaläste nun weit offen. Dutzende Male vernahm die Schwarzhaarige Sätze wie diese: »Warum habt Ihr Euch denn in Eurer vorübergehenden Liquiditätsschwäche nicht an mich gewandt? Ein reines Vergnügen wäre es gewesen, Euch auszuhelfen!«

Manchmal war Barbara dann versucht, ironisch oder gar zynisch zu antworten; letztlich ließ sie sich aber stets von der scheinbar so altruistischen Freundlichkeit einlullen. Wider besseres Wissen sagte sie sich, eigentlich sei ja alles nur halb so schlimm gewesen; die Turbulenzen nach dem Tod des Majors hätten sie eben dummerweise dazu bewogen, das Falsche zu tun: sich ins Schneckenhaus zu verkriechen, statt vertrauensvoll auf die Menschen zuzugehen. Die so rasant Emporgekommene ignorierte dabei das Stimmchen in ihrem Hinterkopf, welches diese Selbsttäuschung zu entlarven versuchte; der Trubel auf den Bällen, Banketten und Empfängen, zu denen Barbara jetzt Abend für Abend gebeten wurde, dämpfte ihre Kritikfähigkeit zusätzlich ab. Nur eines zählte in dieser Zeit wirklich für sie: die Anrede »Erlauchte Mutter des erlauchtesten Don Juan d'Austria!« aus den Mündern all der Eminenzen und Exzellenzen.

In vollen Zügen genoß Barbara Blomberg die Nächte im Luxus; ebenso genoß sie es, als der Obrist des Regiments, mit dem sie einst von der Donau bis an die Senne gezogen war, ihr sagte: »Vergeßt um Gottes willen, was Euch mein Quartiermeister bezüglich Eures Wohnhauses weiszumachen versuchte. Selbstverständlich könnt Ihr das Anwesen nutzen, solange Ihr wollt. Allerdings kann ich mir vorstellen, daß Ihr bald angemessener logieren werdet.«

Geschmeichelt dankte die fröhliche Witwe dem Regimentskommandeur für dessen vermeintliche Courtoisie; auch während der folgenden beiden Wochen hielt ihre Hochstimmung an – dann jedoch, im späten September dieses Jahres 1570, kam völlig unerwartet und deshalb um so brutaler die Ernüchterung. Ein weiteres Schreiben Philipps II. traf ein; während der Lektüre erbleichte Barbara Blomberg zusehends.

»Nach reiflicher Überlegung befinden Wir«, so hieß es im

Anschluß an die unverändert gebliebene Anrede, »daß Ihr gegenüber Eurem auch von Uns so außerordentlich geliebten Sohn gewisse Pflichten zu erfüllen habt! Ebenso wie Uns sollte Euch das Seelenheil des erlauchtesten Don Juan d'Austria am Herzen liegen – und was könntet Ihr wohl Gottgefälligeres für Unseren Halbbruder tun, als Ihn so oft wie möglich in Euren Gebeten zu bedenken? Der geeignetste Ort für eine solche Aufgabe aber, deren Erhabenheit Ihr gewiß nicht leugnen werdet, ist ohne Zweifel geweihter Boden; deswegen haben Wir Euch dazu ausersehen, als Novizin in das Dominikanerinnenkloster zu Löwen einzutreten. Dort werdet Ihr bei der geistlichen Armierung des Don Juan d'Austria jegliche Unterstützung der Nonnen und insbesondere der Mutter Äbtissin finden; darüber hinaus könnt Ihr noch weitere katholische Werke innerhalb der heiligen Mauern tun, denn es liegt ja im Kreuzgang Euer tapferer Gatte begraben. – Der Segen der Dreifaltigkeit sei mit Euch, wenn Ihr Euch nun unverzüglich nach Löwen begebt. Betrachtet dies als einen Befehl Eures Königlichen Herrn, der in tiefer Verbundenheit im gemeinsamen und alleinseligmachenden Glauben an Euch ergeht!«

»Nie hätte ich aufhören dürfen, die Bestie zu hassen!« brach es aus der Schwarzhaarigen heraus. »Was habe ich verbrochen, daß dieser Moloch derart mit mir umspringen darf?! – Aber ich werde es nicht hinnehmen! Selbst in Flandern kann keine Frau gegen ihren Willen gezwungen werden, den Schleier zu nehmen! Ich werde, ich werde ...«

Barbara brach ab. Jäh war ihr bewußt geworden, daß König und Inquisition tagtäglich noch ganz andere Verbrechen begingen; daß es in den geknechteten Niederlanden schon längst keinen Sinn mehr hatte, an Recht und Gesetz zu glauben. Allein die despotische Macht zählte; wer gegen den Stachel löckte, landete unweigerlich im Kerker oder auf dem

Scheiterhaufen. Auch ihr drohte dieses Schicksal, falls sie sich dem Willen Philipps nicht beugte; deshalb würde sie sich fügen müssen.

Die Vierzigjährige starrte auf den Brief; ihre Gedanken jagten sich. Sie mußte tun, was der Tyrann verlangte – zumindest vorläufig. Sie würde nach Löwen reisen, um als Novizin ins Kloster einzutreten – doch eben nur als solche: als Anwärterin, die sich zwar auf das Nonnenleben vorbereitete, die Gelübde aber erst später ablegen sollte. So schrieben die Kirchengesetze es vor; die ehernen Klosterregeln, welche selbst der König nicht brechen konnte – und dies würde ihr eine Galgenfrist verschaffen.

Für einen Moment verspürte Barbara so etwas wie aufflackernde Hoffnung, gleich darauf wurde sie von Panik gepackt. Wie in einer alptraumhaften Vision sah sie sich bis zum Ende ihrer Tage in einer düsteren Zelle angekettet; mit dem nächsten Herzschlag schrie alles in ihr nach augenblicklicher Flucht. Rasch das Gold und die Wertsachen zusammenpacken, schoß es ihr durch den Kopf. Dann eine Kutsche. Nein, besser ein Pferd. Einen Zelter, den ich bemeistern kann. Und auf dem Roß so schnell wie möglich fort. Irgendwohin ...

Plötzlich wurde ihr das Irrationale ihrer Anwandlung bewußt. »Doch wohin fliehen?!« keuchte sie. »Das Reich des Verfluchten ist riesig. Überall seine Büttel, die Inquisition. Und ich bestenfalls eine Vogelfreie, die nie wieder eine Chance hätte, Geronimo in die Arme zu schließen. Auch Konrad nicht, ebensowenig Karoline und Wolfgang. Das darf ich nicht riskieren ...«

Verzweifelt schluchzte Barbara auf, haltlos weinte sie – irgendwann drang von der Gasse herauf Hufgetrappel an ihr Ohr; dann pochte jemand gegen das Hoftor.

Die Schwarzhaarige hastete zum Fenster; draußen erblickte sie den Obristen des ihr nur zu gut bekannten Regiments, mehrere schwerbewaffnete Reiter sowie eine dunkle, zweispännige Kalesche. Wenig später stand der Offizier vor ihr und eröffnete ihr mit seltsam tonloser Stimme: »Ich erhielt einen Befehl aus Madrid, wonach ich Euch noch heute zum Gebet ans Grab Eures Gemahls zu eskortieren habe.«

Der Boden unter den Füßen der Vierzigjährigen schien zu schwanken; instinktiv spürte Barbara: Sie war Opfer eines abgekarteten Spiels! Die Zusammenhänge allerdings vermochte sie nicht zu durchschauen – aber sie konnte ohnehin nur eins tun: gehorchen.

Der Obrist ließ Barbara Blomberg eine Stunde Zeit, um sich für die Fahrt fertigzumachen. Gegen Mittag bestieg die Vierzigjährige, gefolgt vom Regimentskommandeur, die Kutsche; kaum war der Schlag ins Schloß gefallen, zogen die Rösser abrupt an.

Anläßlich der Beisetzung Hieronymus Kegels hatte Barbara den gleichen Weg von Brüssel nach Löwen zurückgelegt. Das Wetter war damals trotz der fortgeschrittenen Jahreszeit mild gewesen, nur dann und wann hatte es ein wenig genieselt; heute jedoch mußten die Zugpferde vor der Kalesche und die Begleitreiter gegen scharfen, teilweise stürmischen Nordostwind ankämpfen. Aber nicht nur deshalb fröstelte die schwarzgekleidete Frau im zugigen Wagenkasten, schlimmer als die Kälte war die Furcht, welche mit jeder Meile beklemmender wurde.

Es half Barbara wenig, sich so fest wie möglich in den Mantel aus dunklem Fries zu hüllen und die Kapuze immer weiter ins Gesicht zu ziehen. Das Frösteln hielt an; ebenso blieben die durchdringenden Augen des Obristen, der ihr gegenübersaß, gegenwärtig. Es war, als wollte der Offizier sie mit seinen Blicken durchbohren; hinzu kam sein messerscharf verkniffener Mund. Je mehr Barbara Blomberg den Obristen anfangs bekniet hatte, sie doch über die wahren Hintergründe der Reise, die unverständliche Entscheidung des Königs aufzuklären, desto unwilliger hatten sich die Lippen des Offiziers verspannt; nichts als Allgemeinplätze hatte er von sich gegeben, war zuletzt völlig verstummt.

Die Nacht war bereits hereingebrochen, als die Kutsche vor der Pforte des Löwener Klosters zum Stehen kam. Der Obrist betätigte den Klingelzug; sofort erschien die Äbtissin in Begleitung zweier Nonnen. Drinnen im Portalbau drängten diese beiden Dominikanerinnen Barbara in die kahle Almosenstube; draußen tuschelte der Regimentskommandeur mit der Klostervorsteherin – und während die Schwarzhaarige das ungleiche Paar beobachtete, beschlich sie der Verdacht, daß der Offizier nicht bloß einen Befehl Philipps ausgeführt hatte, sondern zudem irgendwie im Komplott mit der Äbtissin stehen mußte. Barbara Blombergs Ängste wurden daraufhin noch beklemmender; ihre Furcht legte sich auch dann nicht, als der Obrist mit seinen Männern verschwand und das Benehmen der Nonnen plötzlich sehr viel freundlicher wurde.

In ihrem feudal ausgestatteten Gemach hatte die Klostervorsteherin Wein auftragen lassen, dazu in Gelee eingelegte Krebsschwänze und Pastetchen; nun säuselte sie über den Rand ihres kristallenen Trinkkelches hin: »Ich verspreche Euch, Ihr werdet es gut haben unter meinem Schutz, erlauchte Freundin! Die Wälle meiner Abtei, die Christus in höchsteigener Person gegen die schnöde Außenwelt aufrichtete, werden Euch trefflich bergen. Und was den König angeht, so bewies er Euch gegenüber wahrlich großherzige Zuneigung, auch wenn Ihr dies im Augenblick vielleicht noch nicht ganz begreift ...«

Die Äbtissin nippte vom Rotspon und fuhr fort: »Gerade

eine Dame wie Ihr sollte sich doch eigentlich nach Frieden und Geborgenheit in der Religion sehnen. Dies um so mehr, als Euer Leben bislang wahrhaftig kein Zuckerlecken war. Denkt nur an den herben Verlust Eures geliebten Gatten; denkt auch daran, daß Eure Sprößlinge längst ihre eigenen Wege gegangen sind. Was also läge näher, als daß Ihr Euch – dem verewigten Gemahl auf keusche Art wieder sehr nahe – völlig den Werken des Glaubens widmen würdet? Ihr könntet Euch dadurch vor dem Thron Gottes unvergängliche Verdienste erwerben – gerade heutzutage, wo andererseits die Greueltaten des Antichrist täglich ärger werden! Denn obwohl der Heilige Vater und die Majestät in Madrid sich nach Kräften bemühen, allen Menschen dieses irdischen Jammertals Frieden und Wohlfahrt zu schenken, scheint der Teufel zu triumphieren! Und Ihr, die Ihr eben noch auf der vom Ketzerunwesen besudelten Erde außerhalb der Mauern dieses ehrwürdigen Hauses standet, solltet das am besten wissen ...«

Ein abgrundtief scheinheiliger Sermon der Klostervorsteherin über die vorgeblichen Grausamkeiten der Protestanten folgte. Barbara Blomberg wollte dagegen anschreien, wollte der Lügnerin die Wahrheit ins Gesicht schleudern: daß am Morden, Vergewaltigen und Brennen einzig die Katholiken die Schuld trugen! Aber sie mußte schweigen; sie wußte, daß sie sonst ihre Lage nur noch verschlimmert hätte. Ebenso hatte sie gleich anfangs erkannt, daß man sie mit Zuckerbrot und Peitsche kirre zu machen versuchte. Im Moment behandelte die Dominikanerin sie voller Berechnung als Gleichgestellte, doch mit derselben Infamie würde sie zu den Mitteln brutaler Unterdrückung greifen, falls ihr Opfer sich aufsässig zeigte; die Äbtissin war die Herrin hier im Konvent, Barbara war ihrer Willkür ausgeliefert.

Barbara Blomberg dachte daran, wie viele Frauen im Lauf

der Jahrhunderte zum freudlosen Klosterdasein gezwungen worden waren. Durch gemeinste körperliche und seelische Foltern hatte man sie dazu gebracht, die Gelübde abzulegen, sich lebendig begraben zu lassen – und ganz offensichtlich hatte man dies jetzt auch mit ihr vor. Die Vierzigjährige spürte, wie Panik in ihr aufstieg; irgendwie stand sie die Zeit bis zum nächtlichen Chorgebet, bis zum neuerlichen Frösteln in der eiskalten Abteikirche durch. Anschließend ließen die Nonnen sie endlich allein; ließen sie allein in der Zelle, welche die Äbtissin ihr zugewiesen hatte.

Sie haben mich wie eine Verbrecherin eingekerkert! Stundenlang räderte der Satz durch Barbaras Gehirn, während sie auf die kahlen Wände, die Schwammflecken auf den Steinquadern, die skelettartige Figur am überdimensionalen Kreuz oder die sargähnliche Bettkiste starrte. Und dann wieder: Sie haben mich ebenso in den Abgrund gestoßen wie Konrad, als sie ihn bei den Jesuiten verschwinden ließen! Zu einer atmenden Toten an der Seite des verfluchten Kegel haben sie mich gemacht! Sie haben mich dazu verurteilt, das Klostergrab mit ihm zu teilen!

Tief in der Nacht erlitt die Schwarzhaarige einen Nervenzusammenbruch. Wild schluchzend hämmerte sie gegen das Mauerwerk, aber die groben Blöcke wichen nicht um Haaresbreite; vielmehr schienen sie höher und höher aufzuwachsen zwischen ihr und der Welt, zwischen der Gruftkälte und dem warmen Menschenleben jenseits. Dem Leben, an dem – wenn schon nicht sie und Konrad – wenigstens Karoline und Wolfgang Anteil hatten. Diese beiden und ungleich mehr noch Geronimo, der im fernen Spanien zu einem Edelmann namens Don Juan d'Austria geworden war. Und jetzt, während sie keuchend und mit blutenden Fingerkuppen vor den fürchterlichen Quadern kniete, fand Barbara in ihrer äußersten seelischen Not doch eine Fluchtspalte, die wegführte von ihrer Verzweiflung und dem unerträglichen Rädern im Gehirn. Sie rettete sich ins unendlich sehnsüchtige Denken an Geronimo: Wo war er wohl in diesem Augenblick? Welche Mission erfüllte er gerade?

***

Sieben Jahre, dachte Don Juan d'Austria. Sieben Jahre, fast auf den Tag genau, sind vergangen, seit ich erstmals den Fuß auf die Planken einer Galeone setzte!

Der glühend heiße Septembertag, an dem die Flottille 1563 in Castellon de la Plane zum Manöver ausgelaufen war, schien plötzlich wieder gegenwärtig zu sein. Damals, mit einem hitzigen und eher verwirrten Scheingefecht, hatte es begonnen. Der Kommodore hatte ihn, einen halbwüchsigen Fähnrich, mit El Cid verglichen – und nun, 1570, hatte der Halbbruder des Königs tatsächlich das Gefühl, es könnte etwas Wahres an den Worten des Seeoffiziers gewesen sein.

Auf jeden Fall war es ein einzigartiges Erlebnis, jetzt selbst das Kommando über ein halbes Dutzend Kriegsschiffe zu führen; noch dazu es diesmal nicht nur um eine Übung ging. »Es ist deine Bewährungsprobe!« hatte Philipp acht Wochen zuvor im Escorial gesagt. »Erfüllst du die Aufgabe zu meiner Zufriedenheit, werden wir alsbald eine weitere Unterredung haben – und es wird dann um einen Kreuzzug ähnlich wie zu den Zeiten Ludwigs des Heiligen gehen!« Solchermaßen motiviert, war der dreiundzwanzigjährige Don Juan d'Austria in die Küstenstadt Malaga abgereist. Und nun, da der Kampfverband der Galeonen und Galeassen 150 Seemeilen weiter südöstlich das Kap Tres Forcas passierte, brannte der junge Kapitän und Befehlshaber der Flottille förmlich darauf, das Versprechen einzulösen, das er dem König gegeben hatte: »Es wird kein Maure lebend entkommen, der sich in die Reichweite meiner Kanonen oder meines Schwertes wagt!«

Das harte Pingen der Schiffsglocke riß Don Juan aus seinen Gedanken. Es würde nicht mehr allzu lange dauern, bis die Abenddämmerung hereinbrach. Der Sohn Barbara Blombergs warf einen Blick zum Firmament und sah, daß die Wolkenbank, die eben noch über dem Großmast gehangen hatte, ein gutes Stück nach Osten getrieben war. »Wir werden sternklaren Himmel bekommen«, wandte sich Don Juan d'Austria an den Steuermann. »Dies wird uns auch während der Nacht problemloses Navigieren ermöglichen, so daß wir unter Vollzeug weitersegeln können.«

»Und damit sollten wir im ersten Tageslicht Muluja erblicken«, antwortete der erfahrene Offizier anerkennend.

»So Christus und die Madonna es wollen!« versetzte der fahlblonde Flottillenkommodore mit dem sorgfältig gestutzten Kinn- und Oberlippenbart; seine graugrünen Augen weiteten sich dabei wie in religiöser Inbrunst. Der Steuermann nickte und schlug ein Kreuz; Don Juan schritt zur gegenüberliegenden Seite des Achterkastells, lehnte sich an die Reling und spähte aufs Meer hinaus.

In der sinkenden Sonne glänzte der silberne Brustharnisch des jungen Kommodore wie Gold. In seltsamem Kontrast dazu stand der schlichte Morion; es war derselbe Helm, den Don Juan d'Austria sieben Jahre zuvor beim Manöver vor Castellon de la Plane getragen hatte. Aber nicht wegen des Morions tuschelten die Matrosen und Seesoldaten während der folgenden Stunden; sie taten es vielmehr, weil der Bruder des Königs die ganze Nacht an seinem Platz ausharrte.

Als die See im ersten Morgenlicht aufleuchtete, lag die nordafrikanische Küste zum Greifen nahe. Gleich über dem Strand erhoben sich die lehmfarbenen Mauern der maurischen Stadt Muluja; die Wehrtürme und die dahinter aufragenden Gebäude schienen zwischen den wie segnend ausgebreiteten Armen der Galionsfigur am Bug des Flaggschiffes zu tanzen.

Der Steuermann trat zum Kommodore. »Den Heiligen sei Dank! Sie haben uns trefflich geführt.«

»Und sie werden auch weiterhin mit uns sein – insbesondere San Jago!« erwiderte Don Juan d'Austria. Gleich darauf erteilte er eine Reihe von Befehlen.

Die Galeonen gingen hart an den Wind; auf den Galeassen schwangen die Aufseher ihre Peitschen, und die Kettensträflinge begannen mit äußerster Kraft zu rudern. Die Pfortluken der Geschützdecks wurden aufgestoßen, die Zwölf- und Vierzehnpfünder geladen und ausgerannt. Mit brennenden Lunten standen die Kanoniere bereit, im Schutz der Schanzverkleidungen machten sich die Landetrupps zum Nahkampf fertig.

Drüben an der afrikanischen Küste indessen geschah gar nichts. In tiefem Frieden lag die Stadt da, die maurische Bevölkerung schien ahnungslos zu schlafen. Erst als die Flottille schon auf Schußweite heran war, wurde es auf den Wällen von Muluja lebendig – doch da war es bereits zu spät. Denn nun drehten die spanischen Kriegsschiffe bei, und die Bordgeschütze spuckten Feuer.

Gleich einem scharfen Gewitter dröhnte der Kanonendonner; im nächsten Moment wallte über der Stadt eine Staubwolke gen Himmel. Dünn erklang das panische Geschrei derer, die nicht unter den einstürzenden Lehmziegelmauern begraben worden waren. Es hielt an, während die Spanier Schaluppen zu Wasser brachten, zur Reede von Muluja ruderten und an Land stürmten. Ein verzweifelter Ausfall von zwei oder drei Dutzend maurischen Reitern brach im Handumdrehen unter den Musketensalven der Seesoldaten zusammen – dann drangen die Katholischen in die

Stadt ein und metzelten jeden nieder, der sich ihnen entgegenstellte.

Don Juans Degen freilich blieb diesmal in der Scheide. Anders als einst vor Castellon de la Plane bewahrte er kühlen Kopf und überwachte das Kommandounternehmen vom Achterkastell seiner Galeone aus. Als er den endgültigen Zusammenbruch des Widerstandes in Muluja beobachtete und die Scharen der Flüchtlinge ausmachte, die durch das Südtor der Stadt in die Wüste zu entkommen versuchten, gab er den letzten Kampfbefehl dieses Morgens.

Die Trompeter auf dem Flaggschiff schmetterten ein Signal; daraufhin galoppierten die Panzerreiter los, die inzwischen als Eingreifreserve zum Strand gebracht worden waren. Sie preschten um die Stadt herum und schnitten den Moslems den Fluchtweg ab. Die Menschen in ihren wehenden orientalischen Kleidern – sehr viele Frauen und Kinder darunter – gerieten zwischen die Kavallerie und die Fußtruppen, welche ihnen von Muluja her nachsetzten. Noch einmal blitzten die Schwerter; dann verschleierten schwarze Rauchschwaden, welche aus der jetzt brennenden Stadt drangen, das grauenhafte Bild.

Die Sonne stand noch immer nicht sehr hoch, als die Reiter und Seesoldaten zur Reede zurückkehrten. Kaum waren die Männer wieder an Bord der Schiffe, lichtete die Flottille Anker und nahm Heimatkurs nach Malaga. Don Juan d'Austria jedoch, nach wie vor an der Reling des Achterkastells lehnend, ließ den Blick nicht vom Strand; erst als sich ihm der Steuermann näherte, wandte er den Kopf.

Der Offizier salutierte. »Auf unserer Seite sind nur wenige Tote zu beklagen. Muluja hingegen, das der christlichen Seefahrt in der Vergangenheit so arg zu schaffen machte, wird sich nie wieder von dem Schlag erholen, den Ihr geführt habt. Die Heiligen und San Jago sind wahrlich mit Euch gewesen, Herr!«

»Weil Christus und die Madonna es gewollt haben!« versetzte der Dreiundzwanzigjährige. Dann starrte er mit fanatischen Augen weiter auf die zerstörte Stadt; starrte und starrte, bis die nordafrikanische Küste unter der Kimmung versank.

***

Nach einer Reihe fürchterlicher Nächte in ihrer Zelle fiel es Barbara Blomberg eines Morgens wie Schuppen von den verweinten Augen. Plötzlich durchschaute sie die Zusammenhänge; einige gehetzte Herzschläge später wurde ihr klar, daß es eine Möglichkeit gab, aus Löwen zu entkommen. Noch am selben Tag drang sie ins Gemach der Klostervorsteherin vor und setzte alles auf eine Karte.

»Ihr tretet den Willen des Königs mit Füßen! Es entspricht nicht im mindesten der Absicht Seiner Majestät, daß ich in Eurem Konvent auf tückische Weise um mein Vermögen gebracht werden soll!« Wütend schleuderte die Vierzigjährige die Sätze ins erbleichende Gesicht der Äbtissin hinein. Das Erschrecken der anderen Frau ermutigte Barbara noch. »Wenn der König erfährt, welch infames Komplott Ihr geschmiedet habt, werde nicht ich für den Rest meines Lebens lebendig begraben sein, sondern Ihr – und zwar in einem Verlies!« drohte sie. Etwas beherrschter dann: »Widersprecht mir, wenn Ihr könnt – oder gesteht ein, daß Ihr geplant habt, Euch an meinem Hab und Gut zu bereichern!«

Ein paar Atemzüge lang wartete Barbara Blomberg ab; als keine Reaktion der Klostervorsteherin kam, fuhr die Schwarzhaarige fort: »Dem Monarchen lag mit Sicherheit einzig an meinem religiösen Wohl, als er mir vorschlug, meine Eignung zur Braut Christi in einem Noviziat zu prüfen. Ich erklärte mich auch dazu bereit; ernsthaft wollte ich in der Abgeschiedenheit Eures Konvents in mich gehen, um herauszufinden, ob mir das kontemplative Dasein einer

Nonne gemäß sein könnte. Damit handelte ich ganz im Sinne des Königs – von Euch indessen läßt sich das mitnichten sagen! Denn Euch war keineswegs um die alleinseligmachende Religion zu tun; vielmehr trieb Euch sündige Goldgier – und desselben Frevels machte sich auch Euer Komplize schuldig!«

Bei den letzten Worten zuckte die Äbtissin zusammen. Barbara stellte es mit Genugtuung fest und sprach weiter: »Erinnert Ihr Euch an die Beisetzung meines Gatten? Damals fielen zwischen dem Regimentskommandeur und Euch einige Sätze, die mir verrieten, daß Ihr mit ihm verwandt seid. Und von daher bot es sich für Euch und den Obristen natürlich an, eine Intrige zu spinnen, nachdem gewisse Intentionen des Monarchen hinsichtlich der wohlhabenden Witwe ruchbar geworden waren. Dank des Grabes im Kreuzgang Eures Klosters war es wohl nicht sonderlich schwierig, den Beamten im Broodhuis und damit dem König einzublasen, daß Löwen der ideale Ort für meine Vergeistigung sei. Ich sollte in den hiesigen Konvent eintreten, wo ich Euch und Eurem Komplizen mit Haut und Haaren ausgeliefert sein würde. Und schon auf der Fahrt hierher benahm sich der Obrist beinahe wie ein Inquisitor; nach Kräften versuchte er mich einzuschüchtern, damit Ihr das schändliche Werk dann um so leichter fortführen konntet. Ihr wolltet mich seelisch zerbrechen, um mir anschließend mein Vermögen abpressen zu können. Denn es wäre doch an Euch und damit auch an Euren Verwandten gefallen, sobald ich den Schleier genommen hätte, nicht wahr?!«

Die Äbtissin rang nach Luft; Barbara Blomberg musterte sie verächtlich und schoß ihren nächsten Pfeil ab: »Zweifellos hättet Ihr und der Obrist einiges mit dem Gold anzufangen gewußt, welches ich der Gnade Philipps II. verdanke. Aber andererseits wäre das Vermögen meinen Kindern und

Erben entgangen: meiner Tochter Karoline, meinen bürgerlichen Söhnen Konrad und Wolfgang – sowie meinem Erstgeborenen Don Juan d'Austria. Und sofern der Halbbruder des Königs geschädigt worden wäre, hätte dies in Madrid wahrscheinlich sehr böses Blut gemacht, oder?!«

Schroff wandte die Schwarzhaarige sich ab; schritt zu einer Anrichte an der Türwand des Gemachs, wo eine volle Weinkaraffe und Kristallgläser standen. Die Klostervorsteherin wagte keinen Einwand, als Barbara einen Pokal füllte; nachdem sie getrunken hatte, schloß die Vierzigjährige: »Da ich Eure Intrige durchschaut und infolgedessen jedes Vertrauen zu Euch verloren habe, bin ich gezwungen, mein Noviziat zu beenden! Noch heute werde ich Euren Konvent, in dem alles andere als christlicher Geist herrscht, verlassen. Und Ihr habt nunmehr zwei Möglichkeiten: Entweder Ihr akzeptiert meine Entscheidung und teilt dem Monarchen mit, daß ich mit Sicherheit nicht zu einem Dasein als Nonne berufen bin – oder Ihr versteift Euch darauf, mich weiterhin meiner Freiheit zu berauben. Dann allerdings werdet Ihr Euch vor dem König rechtfertigen müssen, denn es ist mir gelungen, heimlich eine Botschaft an Philipps Bruder, meinen Sohn Don Juan d'Austria, zu senden! – Und jetzt äußert Euch, Verehrteste!«

Kläglich, sehr kläglich fiel die Erwiderung aus. Die Äbtissin, welche sich rettungslos in die Enge getrieben sah, brach beinahe zusammen; stammelnd versicherte sie der Schwarzhaarigen: »Selbstverständlich akzeptiere ich ... Euren Entschluß.«

Kaum eine Stunde später verließ Barbara Blomberg das Dominikanerinnenkloster; auf einen Abschiedsbesuch am Grab ihres verhaßten Gatten verzichtete sie. Immerhin dachte sie kurz an ihn, als sie die Postkutsche nach Brüssel bestieg: Hieronymus Kegel hätte den Mut und die listige

Intelligenz, die zum Abstreifen der Fesseln nötig gewesen waren, gewiß nicht aufgebracht; sie aber, eine Witwe ohne jeglichen Rückhalt, hatte es geschafft und durfte mit Recht stolz darauf sein.

Und nun, ganz genau spürte sie es, wartete ein neuer, erregender Lebensabschnitt auf sie. Ein Neuanfang in der flämischen Metropole oder – jäh durchzuckte sie dieser verheißungsvolle Gedanke – auch anderswo.

***

Im Dezember 1570 löste Barbara Blomberg ihren Haushalt in Brüssel auf. Die Befürchtung, daß Philipp II. ihr Verschwinden aus dem Konvent vielleicht doch nicht so ohne weiteres hinnehmen könnte, hatte sie dazu bewogen. In der Hauptstadt wäre sie der königlichen Willkür am allermeisten ausgeliefert gewesen; hinzu kam, daß ihr die Anwesenheit Albas, der auf dem Großen Markt kürzlich wie zur zusätzlichen Provokation des unterdrückten Volkes sein eigenes Erzstandbild hatte errichten lassen, immer verhaßter wurde. Aus diesen Gründen hatte Barbara sich für Gent als neuen Wohnsitz entschieden. Die dortigen Bürger galten trotz oder womöglich gerade wegen der Greueltaten des Blutherzogs als besonders rebellisch; im äußersten Notfall, so die Überlegung der Witwe, könnte sie von ihnen also Hilfe bekommen.

Der König indessen hielt still, nachdem Barbara Blomberg sich in der Stadt an der Schelde etabliert hatte. Da mittlerweile starke englische Truppenverbände in Frankreich gelandet waren und auf hugenottischer Seite gegen die französischen Katholiken kämpften, mußte sich Philipp ebenfalls bedroht fühlen. Barbara vermutete, daß er in seiner spanischen Residenz über Verteidigungs- oder auch Angriffsplänen brütete und deshalb die Löwener Affäre vergessen hatte. So fand die Schwarzhaarige Muße, sich in ihrem neuen Heim am Steendam nahe der Sint-Baafs-Kathedrale einzurichten – und sie tat es auf reichlich skandalöse Art.

Auslöser war ein Gespräch, das Barbara wenige Tage nach ihrem Umzug geführt hatte. Einer ihrer ersten Erkundungsgänge hatte sie über die Brücke vom Sint-Baafs-Platz hinüber zum Prinsenhof geführt. Angesichts der imperialen Mauern des Wasserschlosses hatte sie unwillkürlich zu frösteln begonnen und sich enger in ihren otterpelzbesetzten Mantel gehüllt. Im gleichen Moment hatte ein knorriger Mann, ein Geuse offenbar, sie angesprochen: »Ihr friert an diesem Ort, und das zeichnet Euch aus! Jedem aufrechten Flamen läuft es kalt über den Rücken, wenn er sich bewußt macht, welches Unglück vor gut siebzig Jahren von diesen Steinen ausgebrütet wurde!«

Erstaunt hatte die Schwarzhaarige den Fremden angeblickt. »Was meint Ihr damit?«

»Wißt Ihr es wirklich nicht?« hatte der Genter erwidert. »Nun, dann habt Ihr es wohl einfach gefühlt – und ich will Euch gerne erklären, was ich meinte: Hier, in dieser Festung, wurde am 24. Februar 1500 der spätere Kaiser Karl V. geboren; über die Brücke da trug man ihn damals zur Taufe. Mit ihm aber kam der Haß auf die Protestanten in die Welt; der Haß, welcher sich mit Feuer und Schwert gegen die Evangelischen richtet. Und jetzt sagt selbst, ob der Prinsenhof nicht verflucht ist?«

Fassungslos hatte Barbara auf das Wasserschloß gestarrt, ehe sie imstande gewesen war, zu antworten: »Da gebe ich Euch recht! Ihr könnt gar nicht ermessen, wie sehr!« Unmittelbar darauf, während nunmehr der Geuse zutiefst verblüfft schaute, hatte die Schwarzhaarige sich umgewandt und war wie gehetzt zurück zu ihrem Haus am Steendam gerannt.

Doch auch dort hatte das Beklemmende sie verfolgt. Durch die straßenseitigen Fenster ihrer Wohnräume hatte die Vierzigjährige neuerlich das gewaltige Gemäuer erblickt; der Prinsenhof schien sie zu belauern und zu bedrohen. Zudem räderten ihr ununterbrochen die Zahlen des Datums, welches der Genter genannt hatte, durchs Gehirn: der Geburtstag des toten Kaisers und ebenso ihres verlorenen Sohnes Geronimo. Zwanzig Jahre waren verstrichen, seit man ihr den Erstgeborenen geraubt hatte; zwei unsäglich qualvolle Jahrzehnte – und dieses Leid verdankte sie der menschenverachtenden habsburgischen Macht, welche sich da drüben im Schloß manifestierte.

Zunächst hatte Barbara Blomberg den Drang verspürt, nicht nur das neue Heim, sondern auch Gent sofort wieder zu verlassen. Doch dann, in einer wilden Aufwallung von Trotz, hatte sie sich entschlossen, die Flucht nach vorne anzutreten. Der düsteren, widermenschlichen Zwingburg wollte sie überschäumende Lebensfreude entgegensetzen; den Moloch aus dunklem Stein durch eine Explosion aus Farben, Licht und Musik bannen. So war Barbaras Idee entstanden, in ihrem Haus prunkvolle Feste zu veranstalten; am Steendam sollten zahlungskräftige Bürger der Stadt sowie durchreisende Abenteuerlustige tanzen, schlemmen, trinken und sich erotisch vergnügen – dem Prinsenhof und allem, wofür er stand, zum Tort.

Das erste Bankett stieg zu Sylvester 1570 und war ein großer Erfolg; bis in den Sommer 1571 hinein richtete die Schwarzhaarige allwöchentlich weitere rauschende Feste aus. Bälle, Maskentreiben, Schäferspiele und andere Vergnügungen wechselten einander ab; stets waren die raffiniertesten Kokotten Gents anwesend, so daß die männlichen Gäste voll auf ihre Kosten kamen. In den Nächten, da im Haus am Steendam die Musikanten aufspielten und das ausgelassene

Gelächter durch die Räume klang, konnten die Feiernden die Welt draußen vergessen: das Wüten der Inquisition und die bestialische Kriegsführung Albas, der sich während dieser Monate immer noch scheußlicherer Greueltaten schuldig machte.

Manchmal, wenn Barbara allein war, wurde ihr die schreiende Diskrepanz zwischen dem, was unter ihrem Dach geschah, und den Schrecknissen, die Flandern heimsuchten, bewußt. Am Steendam floß der rote Wein in Strömen, anderswo dampfte das Blut der Hingeschlachteten. Im Licht der Kandelaber tanzten jene, die noch einmal davongekommen waren; doch stets war irgendwo am Horizont der rauchige Widerschein brennender Dörfer sichtbar. Halbnackte Brüste, verführerische Schenkel, makellos weißes Fleisch standen den Frauenleibern entgegen, die von den spanischen Soldatenrotten geschändet wurden. Wo man die Erotik im Edelbordell raffiniert auf die Spitze trieb, ging sie anderenorts im viehischen Vergewaltigen rettungslos unter. Statt des ekstatischen Hechelns hier waren dort Schmerzensschreie und Todesröcheln zu hören – und ins finale Keuchen hinein stachen sodann die Klingen, prügelten Musketenkolben, wurde hohnlachend auch die allerletzte Wärme der mißbrauchten Schöße ausgelöscht.

Autodafés und Orgasmen, qualmende Scheiterhaufen und zu Bergen geschichtete Leckerbissen, erregt glühende Haut und geröstete Menschenschwarte, herausgeputzte Galane und vertierte Marodeure, durch Kräutertränke verhütete Schwangerschaften und auf Schwertspitzen gespießte Säuglinge; Hügel um Hügel draußen im Land von Mordgerüsten überkrönt, Venushügel leidenschaftlich beackert – es war ein schier wahnwitziger Widerspruch. Und dennoch lag so etwas wie Logik darin. Die Bestialität Albas und das Treiben im Freudenhaus bedingten einander; nur scheinbar zynisch in ihrem Tun, gehorchten Barbara Blomberg und ihre Gäste der Natur, welche sich aus dem Totentanz heraus neu gebären wollte. Deshalb klammerten sich die vermeintlichen Sünder so verzweifelt ans gleißende, erotisch überhitzte Dasein; ans Leben, das andererseits der Blutherzog auf satanische Weise auszutilgen versuchte.

Diese Zusammenhänge waren der Schwarzhaarigen freilich nur undeutlich bewußt. In ihrem ganz persönlichen Aufbegehren folgte sie vor allem dem Instinkt und ahnte dabei: Die Feste und selbst das Huren beleidigten Gott nicht, die wahre Blasphemie wucherte in der Kerkern der Inquisition und auf den Schädelstätten Albas. So wurde Barbara Blomberg letztlich unbefleckten Gewissens zur Nachtkönigin, Kupplerin und Kokotte unter Kokotten; wieder und wieder suchte sie im Strudel der Lüste Vergessen und Betäubung. Wenn ein Kavalier ihr gefiel, schenkte sie ihm ihren Körper und schenkte sich damit selbst das zumindest vorübergehende Ausgelöschtsein; zuzeiten war sie die hingebungsvollste und am wenigsten berechnende Halbseidene, die je ihre Röcke im Schatten der Sint-Baafs-Kathedrale hatte fliegen lassen.

Im Sommer 1571 jedoch kam die Ernüchterung. Immer mehr puritanisch denkende Bürger nahmen an Barbaras Festivitäten Anstoß. Häufig wurde die Schwarzhaarige jetzt auf offener Straße angepöbelt, nachts schleuderten Unbekannte Kotbrocken und Steine gegen das Haus am Steendam. Als schließlich sogar Ratten- und Katzenkadaver durch die Fenster flogen, begriff Barbara Blomberg, daß sie sich nicht länger in Gent halten konnte. Innerhalb weniger Tage ordnete sie ihre Angelegenheiten und verließ die Stadt an der Schelde.

Ernüchtert, aber keineswegs gebrochen, kehrte die Einundvierzigjährige nach Brüssel zurück. Der Grund dafür lag weniger darin, daß es sie plötzlich wieder dorthin gezogen hätte; vielmehr schien ihr nach dem gesellschaftlichen Debakel in Gent eine flämische Stadt so gut oder schlecht wie die andere zu sein. Barbara hatte eingesehen, daß sie an ihrem Schicksal – egal ob durch Fluchten oder Neuanfänge – wenig zu ändern vermochte; an der Senne immerhin würde ein kleines Palais, wo sich die Männer amüsieren konnten, nicht das einzige seiner Art sein.

Zudem, daran zweifelte die Schwarzhaarige mittlerweile nicht mehr, war in dem knappen Jahr seit ihrem Ausbruch aus dem Löwener Kloster zumindest über diese Affäre Gras gewachsen. Offenbar hatte Philipp II. stillschweigend akzeptiert, was geschehen war – ebenso nahmen die königlichen Beamten im Broodhuis es hin, als die erlauchte Mutter des erlauchtesten Don Juan d'Austria an der vornehmen Koningstraat, nur ein paar Steinwürfe von der Sint-Michiel-Kathedrale entfernt, ein ganz ähnliches Etablissement wie am Genter Steendam eröffnete.

Und von einem ihrer ersten Liebhaber dort, welcher erst wenige Tage zuvor aus Madrid angekommen war, erfuhr Barbara Blomberg Anfang September eine aufwühlende Neuigkeit: Der Monarch hatte ihren Erstgeborenen zum Admiral befördert und ihn mit einer außerordentlich wichtigen Mission betraut.

Lepanto und Avalon

Östliches Mittelmeer/Flandern
September 1571 – Sommer 1576

Die Nacht vom 15. auf den 16. September 1571 war lau, der Himmel leidlich klar. Nur dann und wann schoben sich faserige Wolkenfetzen über den Sichelmond; ließen dadurch die Silhouetten der Kriegsschiffe, welche der Rachen von Skylla und Charybdis ausspie, noch unwirklicher erscheinen als ohnehin schon.

Es war ein Bild, wie die Straße von Messina es in all den vielen Jahrhunderten, in denen phönizische, griechische, etruskische, römische, byzantinische, sarazenische und christliche Flotten die mediterrane See befahren hatten, noch nie gesehen hatte. Mehr als zweihundert Galeeren und Galeassen mit rund 43000 Mann Besatzung, die sich während der vergangenen Wochen in verschiedenen Häfen Siziliens und Kalabriens versammelt hatten, formierten sich nun innerhalb weniger Stunden zur Armada; ein schier endloser maritimer Heerwurm suchte sich seinen Weg durch das gefürchtete Nadelöhr nach Süden.

Der Admiral hatte die geographischen Besonderheiten am Ausgang des Tyrrhenischen Meeres bei seiner Planung trefflich zu nutzen gewußt; kein feindliches Auge hatte den Aufmarsch der schwimmenden Festungen erspäht. Im Osten und in Richtung der afrikanischen Gestade hatten das italienische Festland und die Meerenge das Vorhaben gedeckt; im Westen, jenseits der Liparischen Inseln, hatten Seepatrouillen jeden vorwitzigen gegnerischen Kiel sofort attackiert. Im Schutz dieser natürlichen und taktischen Abschirmungen hatte die katholische Armada sich zusammengefunden; nun brach sie aus ihrem Schlupfwinkel hervor, um mit einem einzigen Paukenschlag die Machtverhältnisse im Mittelmeer zu verändern.

Vierzehn Monate zuvor, bei einem Treffen im Escorial, hatte Philipp II. im Zusammenhang mit der geplanten Offensive von den Kreuzzügen Ludwigs des Heiligen gesprochen; hatte seinen Halbbruder mit diesen Worten angestachelt – und nun, im Frühherbst 1571, führte der vierundzwanzigjährige Don Juan d'Austria den Oberbefehl über die ungeheure Flotte. Mehr noch: Seine Bestallungsurkunde war nicht nur vom spanischen König, sondern auch vom Papst und dem venezianischen Dogen gesiegelt. Eine Trias katholischer Mächte stand also hinter dem jungen Edelmann, der jetzt vom Achterkastell der größten Galeasse aus den gigantischen Aufmarsch überwachte.

An Backbord und Steuerbord von je einer flinken Galeere flankiert, bahnte sich der Dreimaster mit dem Admiralsbanner am Topp seinen schäumenden Weg durch den Sund. Auf dem Kommandodeck schritt der Sohn Barbara Blombergs ruhelos hin und her; er trug die gleiche Rüstung wie einst vor der maurischen Stadt Muluja. Zunächst noch im ungewissen Schein des Mondes, dann – ab der Höhe von Reggio – im strahlenden Sonnenlicht schimmerte der prunkvolle Brustharnisch; stumpf dagegen wirkte das abgeschabte Metall des Morions. Scharf spähten die graugrünen Augen des Fahlblonden unter dem Helmrand hervor, unablässig musternd und prüfend. Nichts schien ihnen zu entgehen: keine Ruderreihe, die aus dem Takt geriet, kein killendes Segel, kein kurzfristiges Umschlagen des Windes; kein Wellenkabbeln, das auf eine gefährliche Untiefe hinwies.

Stunde um Stunde harrte der Bastard Karls V. auf dem

Achterkastell aus; nahm im Lauf des Tages kaum einen Bissen zu sich, trank nur dann und wann ein paar Schlucke Wein. Vom Ehrgeiz nährte er sich, von der Gier auf die bevorstehende Schlacht; ihr fieberte er wie manisch entgegen. Und seine innere Spannung, die – wie die Untergebenen wußten – jederzeit jäh explodieren konnte, peitschte die Offiziere, Matrosen und Rudersklaven seiner schwimmenden Festung; im Sturmlauf jagte die Galeasse südwärts und riß die Armada mit sich.

Während der folgenden Woche freilich wurde aus dem anfänglichen Vorpreschen mehr und mehr ein Heranschleichen an die griechischen Gestade. Nun, da es keinen Schutz mehr vor türkischen Spähschiffen gab, suchte die Flotte sich ihren Kurs möglichst landnah und oft bei Nacht; nutzte jede Deckung, welche die Buchten und Vorgebirge des östlichen Kalabrien ihr boten. Sobald der Dreimaster des Admirals jedoch Kap Crotone passiert hatte, preschte die Armada neuerlich mit äußerster Geschwindigkeit vorwärts. Im ausgehenden September überquerte die Flotte das Ionische Meer; wieder stand Don Juan d'Austria in Harnisch und Helm unentwegt an Deck, bis endlich die griechische Insel Korfu am Horizont auftauchte.

Als die Armada näher kam, wurde auf der Reede vor dem Eiland ein einschüchternder Wald von Masten und Spieren sichtbar; ein großer Teil der moslemischen Seemacht hatte sich dort versammelt. Augenblicklich begannen auf den spanischen, päpstlichen und venezianischen Kriegsschiffen die Alarmtrommeln zu dröhnen; die Türken wiederum erkannten rasch, daß sie deutlich unterlegen waren. Infolgedessen stellten sie sich nicht zur Schlacht, sondern flohen und ließen die katholische Flotte damit ins Leere springen.

Die christlichen Galeassen und Galeeren formierten sich neu und nahmen die Verfolgung auf; zu Oktoberbeginn kreuzten Gejagte und Jäger bei Patras am Eingang des Golfes von Korinth. Dort schien das Blatt sich unvermittelt wenden zu wollen, denn eine zweite moslemische Flotte stieß zu der von Korfu; die Türken waren jetzt plötzlich leicht überlegen. Dennoch, obwohl sie zunächst Kampfvorbereitungen trafen, vermieden die Moslems zum zweiten Mal die Schlacht. Einander belauernd, trieben die beiden Geschwader nach Osten, wo am Ende des Meeresarmes die uralte Stadt Korinth lag; ein eher unbedeutender Ort namens Lepanto nahebei. Am Morgen des siebten Oktober dann hatte Don Juan d'Austria den Feind im Wurmfortsatz des Golfes endgültig in der Falle, und ganz wie dereinst sein Vater vor dem Sturm auf das sächsische Mühlberg gab er die Losung aus: »Deus lo volt!«

»Deus lo volt!« Die Soldaten und Matrosen nahmen den blasphemischen Ruf auf, über mehr als zweihundert Schiffsdecks pflanzte sich der fürchterliche Schrei fort. Wenig später bildete die katholische Armada im Norden und Süden je einen Angriffskeil, ihr Zentrum indessen hielt sich zurück. Auf diese Weise wurde die ohnehin schon zusammengedrängte türkische Flotte noch ärger in ihrer Bewegungsfreiheit behindert. Sie vermochte jetzt lediglich noch dorthin zu lavieren, wo im gegnerischen Mitteltreffen die Galeasse des Admirals zusammen mit den anderen schweren Kriegsschiffen wartete; sich ihrerseits zu entfalten war der moslemischen Flotte unmöglich. Schon durch die Flucht unter die Berge des Isthmus hatten die Türken einen gravierenden taktischen Fehler begangen; nun, vom frenetischen Gebrüll zu Ehren des Christengottes herausgefordert, machten sie den nächsten und entscheidenden.

In einem fast panischen Durchbruchsversuch preschten die moslemischen Triremen und Galeeren vor – und gerieten damit zwischen drei Fronten. Innerhalb kürzester Zeit entwickelte sich die Seeschlacht zu einem höllischen Inferno. Tausende Kanonen feuerten in rasendem Stakkato; von drei Seiten krachten die Voll- und Kettenkugeln, dazu die Kartätschen in die Deckaufbauten und Rümpfe der türkischen Schiffe. Fast überall hatten die Spanier, Venezianer und Päpstlichen freies Schußfeld, während die moslemischen Geschützmannschaften ständig Gefahr liefen, ihre eigenen Leute zu treffen.

Unter den Leibern der sterbenden Türken brachen die Decksplanken weg, blutschaumige Geysire sprangen über berstenden Wanten auf, Rahen und Spieren regneten auf Janitscharen und Rudersklaven herunter. Griechisches Feuer verwandelte Menschen in lebende Fackeln; grauenhafte Explosionen ereigneten sich, wenn die Brunst sich bis zu einer Pulverkammer durchfraß. Die Detonationen schleuderten Balkentrümmer und zerfetztes Fleisch zum brodelnden, vom Pulverqualm verfinsterten Firmament empor; gurgelnd verschwanden die geborstenen Schiffsrümpfe im Meer.

Der Fahlblonde, dessen Augen jetzt fanatisch aus dem Helmschatten heraus glühten, gab sich diesem fürchterlichen Danse macabre mit allen Fasern hin. Das fast orgastische Zucken seines Gesichts schien jeden einzelnen Tod, jeden verzweifelten Schrei, jede Blut- und Feuerfontäne feiern zu wollen; während die ununterbrochen losgebrannten Kanonensalven der Galeasse das Kastelldeck unter seinen Füßen erschütterten, lachte er immer wieder gellend auf. Und dieses Lachen, dieses schrille Keckern untermalte auch die Befehle, die er in schier endloser Folge brüllte; die Befehle, welche vieltausendfaches Sterben nach sich zogen. Mehr als die Hälfte der moslemischen Flotte trieb er so in den Untergang; wäre es nach ihm gegangen, hätte er die rauschhafte Mordlust auf ewig genossen – doch in der Vormittagsmitte nahm die Schlacht eine unverhoffte Wendung.

Aufgrund der schweren Verluste hatten die Türken zumindest einen Teil ihrer Bewegungsfreiheit zurückgewonnen; infolgedessen gelang es den verbliebenen kampftüchtigen Schiffen, sich notdürftig neu zu formieren und einen verzweifelten Entlastungsangriff zu versuchen. Die Attacke führte zu einem Teilerfolg; Rammsporne bohrten sich in die Rümpfe der erreichbaren katholischen Galeassen, Enterbrücken schmetterten auf die Bordwände allzuweit vorgeprescher Galeeren herab. Mehrere Schiffe sanken, aber dann konterten Don Juan d'Austria und seine Kapitäne, indem sie ihrerseits die letzten Reserven aufboten.

Bald tobte auf Dutzenden von Kriegsschiffen der Nahkampf. Haßerfüllt hieben Christen und Moslems mit Schwertern oder Äxten aufeinander ein; Dolche zerschlitzten Kehlen, Armbrustbolzen durchschlugen Rüstungen, Hellebardenklingen trennten Gliedmaßen ab und spalteten Brustkörbe, Keulenschläge ließen Schädelknochen zersplittern. Mit nunmehr fast epileptisch zuckendem Antlitz verfolgte der katholische Admiral das Gemetzel; er wirkte jetzt wie ein Besessener, konnte sich augenscheinlich nicht satt sehen an den apokalyptischen Szenen.

Einmal wischte ein anderes verzerrtes Gesicht vorbei; es gehörte einem jungen spanischen Seesoldaten. Hart unter dem Achterdeck der Flagg-Galeasse sprang dieser Söldner von seiner eigenen Galeere an Bord einer türkischen, schwang den Degen und attackierte einen Janitscharen. Don Juan d'Austria nahm wahr, wie der Türke sich wütend zur Wehr setzte; mit dem nächsten Lidschlag jedoch wurde der Admiral abgelenkt.

Der Seesoldat andererseits geriet im selben Moment in schwere Bedrängnis. Nur mit knapper Not vermochte er sich gegen die Säbelhiebe seines Gegners zu decken – dann ließ er sich von einer Finte täuschen, taumelte und suchte mit der Linken an einem Ruderblock Halt. Sein Straucheln rettete ihm das Leben; um Haaresbreite verfehlte das Krummschwert des Janitscharen seinen Kopf. Die Klinge traf aber das linke Handgelenk und durchtrennte die Knochen; die Hand hing bloß noch an ein paar Hautfetzen.

Auch Miguel de Cervantes hatte zu Beginn der Schlacht von Lepanto das gotteslästerliche »Deus lo volt!« gebrüllt. Jetzt schrie er gellend im Schock, ehe er zusammenbrach; daß er mit der verbliebenen Rechten Jahrzehnte später seinen unsterblichen Roman »Don Quijote de la Mancha« schreiben sollte, ahnte er nicht.

Unmittelbar darauf erwischte es auch den Janitscharen; ein Musketenschuß zerschmetterte ihm den Schädel und ließ seine Gehirnmasse auf den verstümmelten Spanier spritzen. Spanien wiederum, dazu Venedig und der Kirchenstaat durften nun, um die Mittagsstunde, triumphieren. Das letzte Aufbäumen der Moslems endete mit ihrer totalen Niederlage. Nur wenige türkische Schiffe entkamen; die meisten lagen jetzt auf dem Grund des Golfes von Korinth – und zusammen mit ihnen Zehntausende Moslems und Christen.

Das christliche Abendland hatte den größten Seesieg seiner Geschichte errungen. Künftig würde das Mittelmeer allein den Katholiken gehören – und weil der vorgeblich einzig wahre Glaube triumphiert hatte, sollten alsbald auch die Handelsprofite der katholischen Mächte ins Unermeßliche steigen. Daran freilich dachte Don Juan d'Austria höchstens am Rande, nachdem die Kanonen verstummt waren; er dachte vor allem an den ungeheuren Ruhm, den er an diesem Tag gewonnen hatte: In ganz Europa würde man ihn als den Helden von Lepanto feiern!

Dies beschäftigte sein Denken, während das Flaggschiff in freies Wasser gerudert wurde. Unnahbar wie so oft stand er auf dem Achterkastell; keiner seiner Offiziere wagte es, sich ihm zu nähern. Scheu hielten sie sich in gebührender Distanz – plötzlich geschah etwas, das die Chargierten beim besten Willen nicht zu begreifen vermochten.

»Du wolltest es, allmächtiger Gott!« flüsterte der Bastard Karls V.; dann lachte er schrill, nahm den stumpffarbenen Morion ab und schleuderte ihn in weitem Bogen ins Meer.

Acht Jahre – seit jenem Flottillenmanöver vor Castellon de la Plane Anno 1563 – hatte Don Juan d'Austria den unscheinbaren Helm in jeder seiner Schlachten getragen; damals hatte Philipp II. ihm den Morion als ständige Erinnerung an seine zwiespältige Herkunft aufgezwungen. Doch nun war der Fahlblonde frei! Aus dem Dunkel seiner Geburt hatte er sich endgültig ins Licht gekämpft; alles Drükkende seiner Vergangenheit schien jetzt im Strudel, den der Helm zog, zu versinken.

***

Chaotisch strudelten Finsteres und Grelles in den Monaten nach der Seeschlacht von Lepanto für Barbara Blomberg durcheinander.

Durch den triumphalen Sieg der katholischen Armada hatte sich die Lage der niederländischen Protestanten noch verschlimmert; fanatischer denn je brachte Herzog Alba dem Monarchen in Madrid seine Art von Blutopfern dar. In Brüssel und anderswo explodierten die Ängste der Menschen in einem hektischen religiösen Taumel einerseits, in wildem Lebenshunger andererseits. Während des Winters von 1571 auf 1572 stiegen Nacht für Nacht rauschende Feste im Etablissement der Schwarzhaarigen, und sie sorgte dafür, daß die Wogen immer noch höher schlugen.

Teils war ihre eigene, stets stichelnde Furcht vor dem Hause Habsburg daran schuld, daß sie wie manisch Betäubung suchte; teils der neuerliche Schmerz wegen ihres verlorenen

Erstgeborenen. Zum Helden des Abendlandes war Don Juan d'Austria aufgestiegen, sein Ruhm überstrahlte den ganzen Kontinent – aber der Glanz blieb kalt und eisig für diejenige, die Geronimo als Säugling in ihren Armen gewiegt hatte; Barbara hatte kein Quentchen Geborgenheit, kein Fünkchen Wärme davon.

Zwar durfte sie sich einmal mehr in der berechnenden oder schlicht geilen Bewunderung der Brüsseler Gesellschaft sonnen; wie gehabt war sie die erlauchte Mutter des Erlauchtesten, doch anders als früher gab sie sich keinerlei Illusionen hin. Von einem Augenblick auf den anderen, Barbara Blomberg wußte es nur zu gut, konnte das Schmeicheln erneut ins Tückische und Bösartige umschlagen.

Mit verhärteter Seele spielte sie also das Spiel mit und ließ sich umschwärmen; insgeheim aber sehnte sie sich mit allen Fasern bloß nach ihrem Sohn, nach ein paar Briefzeilen von seiner Hand wenigstens. Doch keine Nachricht kam aus Italien, nichts aus Madrid; nichts aus all den anderen Städten, wo Don Juan d'Austria nach dem unerhörten Sieg des Kreuzes über den Halbmond gefeiert wurde. Als die Tage im neuen Jahr schließlich wieder länger wurden, begann die Schwarzhaarige zu resignieren; einmal träumte sie in dieser Zeit, ihr Erstgeborener sei in Wahrheit gar nicht mehr am Leben, liege zusammen mit den vielen Toten auf dem Meeresgrund bei Lepanto.

Ein anderer Totgeglaubter indessen tauchte im Frühling 1572 unversehens wieder auf. Eines Mittags nach einer durchtanzten Nacht vernahm Barbara Hufgetrappel im Hof ihres Hauses; hörte gleich darauf, wie jemand ihren Namen rief. Als sie zum Fenster hastete, erblickte sie auf dem gepflasterten Rondell zwischen den Zierbüschen und dem rankenden Efeu einen schlanken, dunkelhäutigen Reiter. Er sah aus wie ein junger spanischer Offizier; im ersten Moment dachte die Schwarzhaarige, es sei einer ihrer vielen Galane – mit dem nächsten, jäh aussetzenden Herzschlag erkannte sie den Iberischen, den sie neun Jahre zuvor zur Kutsche nach Dijon hatte bringen müssen: ihren zweitgeborenen Sohn Konrad.

Im Nachthemd rannte Barbara ins Freie, flink wie ein junges Mädchen war sie auf einmal wieder. Dann spürte sie den straffen Körper an ihrer Brust, roch den herben Duft des Lederkollers und den erregenden Roßdunst; ohne sich um das nervöse Tänzeln des Rasseschimmels zu kümmern, stieß sie hervor: »Du siehst, bei Gott, nicht wie ein Jesuitenzögling aus!«

»Da sei der Teufel vor!« Der junge Mann lachte über das ganze Gesicht. »Ich bin den Kuttenfurzern im Kolleg ausgerückt. Habe mir das Leben nicht verpfuschen lassen wollen von den Geschorenen.«

Weil er das Erschrecken seiner Mutter gewahrte, setzte Konrad beruhigend hinzu: »Mach dir keine Sorgen! Zwar kletterte ich bei Nacht und Nebel über die Klostermauer – aber keiner wagte es, dem Bruder des Don Juan d'Austria die Häscher nachzuhetzen. Vielmehr war der Sprung in die Freiheit gleichzeitig einer ins Glück. Bei dem königlichen Regiment, das nahe Dijon lagerte, empfing man mich mit offenen Armen, nachdem ich mich zu erkennen gegeben hatte. Auf der Stelle verschaffte mir der Obrist ein Fähnrichspatent, und seit dem vergangenen Spätherbst marschiere ich nun schon mit meiner Schwadron. Leider erlaubte der Dienst es mir nicht, bereits früher einen Abstecher nach Brüssel zu machen – doch jetzt bin ich da!«

Zwischen Freude und Verwirrung hin- und hergerissen, hatte Barbara zugehört. Nun zwang sie sich, ein Stück von ihrem Sohn abzurücken; mit spitzen Fingern berührte sie sein Wappenkoller und murmelte: »Ich habe nichts gegen deinen Bruch mit den Mönchen, gewiß nicht. Aber mußte es denn ausgerechnet die Armee sein? Du weißt doch, wie Hieronymus Kegel lebte und endete; ich schrieb dir ja darüber nach Dijon ...«

»Der Kegel war kein anständiger Offizier«, verwahrte sich Konrad. »Ich werde es unter der Fahne tausendmal besser machen als er! Wie mein Bruder werde ich es anstellen, Don Juan hat mir den Weg deutlich genug gewiesen. Er, nicht der Hundsfott, der sich als dein Gatte aufspielte, soll mein Vorbild sein. Don Juan d'Austria, welcher hunderttausend Türken zur Hölle sandte ...«

Konrad brach ab; er hatte den jähen Schmerz auf dem Antlitz seiner Mutter gesehen und instinktiv richtig gedeutet. Zärtlich zog er die Schwarzhaarige an sich, dann fragte er leise: »Hat er noch immer nichts hören lassen?«

Barbara schüttelte den Kopf. »Seine Pflichten nehmen ihn wohl allzusehr in Anspruch. Aber eines Tages wird er sich ganz bestimmt an seine Familie in Flandern erinnern ...«

»Und vorerst bin ich bei dir«, versuchte Konrad sie zu trösten. »Ich bleibe ja in den Niederlanden stationiert und kann für dich sorgen.«

Die Schwarzhaarige hakte ihn unter. »Zunächst einmal sollten wir ins Haus gehen, schließlich stehe ich im Hemd da ...«

Eine Woche war ihnen vergönnt, ehe der Fähnrich zurück zu seiner Truppe mußte. Das Regiment lag zu dieser Zeit in Aalst; Anfang Mai jedoch sollte es an die Nordseeküste verlegt werden, wo die Wassergeusen nach wie vor verzweifelt die Fahne der Glaubensfreiheit hochhielten.

Während dieser sieben Tage verdrängte Barbara Blomberg den Gedanken, daß nun auch ihr Sohn zu denen gehörte, die gegen das flämische Volk wüteten. Sie stellte ihre eigene politische und religiöse Überzeugung zugunsten des so lange vermißten Familiären hintan; wollte ausschließlich Mutter für Konrad sein. Er wiederum öffnete sich ihrer Zuwendung gerne und unbefangen; schenkte der Schwarzhaarigen auf diese Weise das, was sie sich am meisten von ihm ersehnte.

Barbara dankte es dem Iberischen, indem sie ihr Etablissement vorübergehend schloß; die abenteuerlustigen Kavaliere mußten sich anderswo vergnügen. Die Zweiundvierzigjährige wollte nichts weiter, als an der Seite des Heimgekehrten im Innenhof zu sitzen und Zwiesprache mit ihm zu halten; stets wählte sie dafür eine efeubewachsene Mauernische aus. Dort mußte Konrad von den neun Jahren erzählen, die er in Dijon verbracht hatte; nachträglich wurde der Schwarzhaarigen dadurch sein bislang kaum faßbares Klosterdasein greifbar. Darüber hinaus stellte sie fest, daß das Eingezwängtsein bei den Jesuiten ihn zwar sehr lebenshungrig gemacht, ihn charakterlich aber offenbar nicht geschädigt hatte; lächelnd nahm sie es daher hin, wenn es ihn abends dann und wann in eine Taverne zog.

Auch hinsichtlich seines sonstigen Überschwangs machte Barbara gute Miene zum ausgelassenen Spiel. Einmal besorgte Konrad einen Zelter für sie; meilenweit jagten sie zusammen über die Felder, und während der Reitwind ihr offenes Haar flattern ließ, jauchzte die Zweiundvierzigjährige ebenso begeistert wie ihr Sohn. Jeder Galoppsprung des Rosses schien sie in eine andere, schönere Welt hineinzutragen. Der Horizont wurde licht; es war, als hätten dort nie Mordfeuer gelodert und als würden alle Ängste Barbaras weichen.

Freilich hielt dieses Gefühl nicht an, denn der Abschied von Konrad rückte unaufhaltsam näher. Drei Tage nach dem Ausritt saßen die beiden das letzte Mal an der Efeumauer; auf den Pflanzenranken lagen bereits die Schatten der Abenddämmerung. »Dein Besuch hat mir sehr gut getan«, sagte Barbara. »Ich wünschte nur, er hätte länger gedauert. Doch immerhin habe ich nun etwas, woran ich mit Freude denken kann, wenn hier wieder die schrillen Nächte beginnen ...«

Einen Augenblick lang hoffte sie, daß Konrad ihr ins Gewissen reden würde – aber er tat es nicht. Schon als Kind hatte er die Ausbrüche seiner Mutter aus der bürgerlichen Enge mitbekommen; zudem stand der lockere Lebenswandel der immer noch begehrenswerten Frau im Einklang mit seiner eigenen Daseinslust. Deshalb überhörte er das Stichwort, das Barbara ihm hingeworfen hatte, wechselte das Thema, sprach eine Weile über seine beiden jüngeren Geschwister und äußerte schließlich: »Im Gegensatz zu Karoline wohnt Wolfgang ja gar nicht so weit von dir entfernt. Wie du erzählt hast, seht ihr euch gelegentlich, so daß du nicht völlig auf dich allein gestellt bist.« Auf das zögerliche Nicken seiner Mutter hin fuhr er fort: »Wie auch immer. Ich sagte es dir bereits bei meiner Ankunft und wiederhole es jetzt: In Zukunft werde auch ich mich um dich kümmern. Ich werde nach Brüssel kommen, wann immer ich kann. Das verspreche ich dir!« Er zwinkerte ihr zu. »Deshalb solltest du ab und zu nach einem Schimmel Ausschau halten, der einen Fähnrich und unter Umständen schon bald einen Leutnant trägt.«

Früh am nächsten Morgen sattelte Konrad sein Roß und ritt ohne viel Aufhebens ab. Mit brennenden Augen blickte die Schwarzhaarige ihm nach. Auch wenn er das Gegenteil beteuert hatte, wußte sie, daß die Trennung lange dauern konnte; ebenso war ihr klar, welche Gefahren in den Marschen und zwischen den Prielen an der Küste auf ihn lauerten – und daß er in dem Krieg, welcher dort geführt wurde, auf der Seite des Unrechts stand. All dies belastete sie, dennoch blieb ein Quentchen Glück zurück: ein schütterer Wall gegen die innere Leere.

Barbara hatte nicht darauf zu hoffen gewagt, aber es wurde

Wirklichkeit: Bereits im Sommer dieses Jahres 1572 löste Konrad sein Versprechen ein und kam für einen weiteren einwöchigen Urlaub ins Haus an der Koningstraat. Allerdings hatte er sich seit dem Frühjahr erschreckend verändert; seine Gesichtszüge waren schärfer und verkniffener geworden, zudem schien sich etwas Zuckendes in sein Antlitz eingefressen zu haben.

Die Nerven des Fähnrichs lagen bloß, und das war beileibe kein Wunder. Denn Alba, der Blutherzog, ließ Flandern durch seine Truppen ärger denn je peinigen. Seit neuestem pflegte er Tag für Tag zehn Ketzer hinrichten zu lassen, freilich nahm er dabei in seiner blasphemischen Frömmigkeit die Sonn- und Feiertage aus. Dafür verlangte er jedoch andererseits von den Schergen und Henkern, daß die Delinquenten tausend Tode sterben müßten. Unsäglich bestialisch wurde infolgedessen in den Kerkern der Inquisition gefoltert; nach der Tortur erreichte kaum ein zur Verbrennung oder zur Enthauptung Verurteilter sein Golgatha auf eigenen Füßen. Teils wurden die grauenhaft Verstümmelten in Körben zu den Scheiterhaufen geschleppt; teils stauchte man sie vor den Richtblöcken in enge Armsessel, damit sie aufrecht saßen und das Henkersschwert sich zielgerichtet ins geschundene Fleisch fressen konnte.

Die Soldaten des königlichen Heeres aber, auch Konrad, mußten die späteren Opfer jagen und während der Hinrichtungen die Schädelstätten abriegeln. Ferner hatten sie den offenen Krieg gegen die aufs äußerste gereizten Geusen zu führen; einen zutiefst schmutzigen Krieg, unter dem zumindest die anständigen Landsknechte ebenfalls litten. All dies hörte Barbara Blomberg von ihrem Zweitgeborenen; manches war ihr bekannt gewesen, anderes nicht. Eines jedoch wußte sie mit unverbrüchlicher Sicherheit: Niemals würden die Protestanten ihren Widerstand gegen die Tyrannei aufgeben; gerade jetzt kämpften die Freischaren Wilhelms von Oranien verbissener denn je. Ihr Sohn jedoch stand auf der katholischen Seite; stand im Lager derer, welche die Freiheit mit allen Mitteln unterdrückten – und einmal mehr sah sich Barbara zwischen der Liebe zu ihm und ihrem Haß auf die Bestialität seiner obersten Befehlshaber hin- und hergerissen.

Bald aber verdrängte sie dieses Widerstreitende aus ihrem Bewußtsein; sie sah auch darüber hinweg, daß Konrad häufig aufbrausend war und an den Abenden übermäßig trank. Die Schwarzhaarige wollte seine Fehler ebensowenig wahrhaben wie die Veränderungen in seinem Gesicht; allein seine Anwesenheit zählte. Sie war dankbar für jeden Tag, den sie mit ihm verbringen durfte – doch zuletzt graute der Morgen, an dem ihr Sohn den Schimmel zum Aufbruch fertigmachte.

Diesmal begleitete sie Konrad zum Stadttor; lief neben seinem Pferd her und unterdrückte verzweifelt ihre Tränen. Von der Torbrücke aus schaute sie dem Reiter nach, bis er am nordwestlichen Horizont verschwunden war. Gleich darauf eilte sie zurück in ihr Haus; mit aller Macht trieb es sie dazu, das nächste Bankett auszurichten, um im Trubel und in der flüchtigen Lust Betäubung zu finden.

In der Nacht dann, als das Fest stieg, ahnte Barbara Blomberg nicht, daß ihrem Kokottendasein alsbald ein Ende gesetzt werden würde; daß sich von der Küste her einer näherte, der ihrem Leben eine völlig neue Wendung geben sollte.

***

Den ganzen langen Weg von Oostende her hatte er mißtrauisch den Fahrweg beobachtet und zuweilen nach der doppelläufigen Reiterpistole unter dem Plaid auf der Sitzbank getastet. Nun, da die Kalesche sich der nordwestlichen

Brüsseler Torbastion näherte, stieß er einen unterdrückten Fluch aus: »Damn it! Das gottverfluchte Rattennest Albas und Philipps scheint sich noch scheußlicher präsentieren zu wollen als das übrige Land! So wie diese Papisten mit den Protestanten umspringen, müssen sie vom Teufel besessen sein!«

Die Spießreihe, die aus den Schießscharten des Stadttores schräg in den glühenden Augusthimmel ragte, war schuld am Entsetzen des Reisenden. Auf jeder Lanzenspitze steckte ein menschlicher Kopf: die grausige Ernte der Inquisition an diesem Tag.

Wie schon einige Male zuvor seit seiner Landung in Oostende wünschte sich der Mittdreißiger in der Kutsche, er wäre nicht weich geworden; hätte es der Königin abgeschlagen, die diplomatische Mission zu übernehmen. Gleich darauf aber, während der Vierspänner über die Zugbrücke in den düsteren Torschlund polterte, dachte er: Nein! Gerade wegen der Bestialität hier braucht es die Unerschrockenheit der Humanitas! Den Katholiken zum Trotz muß demonstriert werden, daß es jenseits des Meeres ein starkes protestantisches Reich gibt, auf welches die Geusen von jetzt an zählen können!

Unwillkürlich umfaßte der Engländer den Kolben der Schußwaffe. Doch schon im nächsten Moment, weil die Kalesche zum Stehen kam, zog er die Hand wieder zurück. Ein Leutnant trat an den Wagenschlag mit dem Tudor-Wappen heran. »Würdet Ihr Euch bitte ausweisen?«

»Selbstverständlich, Mijnheer«, antwortete der Brite in akzentfreiem Flämisch und überreichte dem Offizier seinen Paß.

Halblaut las der Leutnant: »Anthony Standen ... im Auftrag Ihrer Majestät Elizabeth I. von England.« Er salutierte. »Am besten sprecht Ihr im Broodhuis auf dem Großen Markt vor, Sir!«

Der Brite nickte; auf der Weiterfahrt ins Stadtzentrum beeindruckten ihn die gediegenen Bürgerhäuser und prachtvollen Handelshöfe. Er erkannte, daß das urbane Leben sich hier seit Jahrhunderten solide eingewurzelt hatte; daß auf diesem Boden enorme Werte geschaffen worden waren – und das nicht nur im materiellen Sinn. Zugleich aber wurden immer wieder die Spuren des Religionskrieges und der widernatürlichen Unterdrückung sichtbar. Es gab zahlreiche leerstehende Gebäude mit vernagelten Türen und Fenstern, deren Bewohner der Inquisition zum Opfer gefallen waren; vor den Kirchenportalen bettelten invalide Landsknechte oder andere Unglückliche um einen Bissen Brot, und die Gesichter vieler Passanten waren von Verbitterung und Furcht gezeichnet. Zusätzliche beklemmende Akzente setzten grölende, oft betrunkene Soldatenhorden, Mönchsrudel in schmutzfarbenen Kutten und zuletzt das pompöse Standbild des bestialischen Toledaners auf dem Großen Markt.

Im Broodhuis dann, im Rahmen einer kurzen Audienz, sah der englische Diplomat den Herzog von Angesicht zu Angesicht. Alba war von Dominikanern und Jesuiten umringt; sie belauerten Anthony Standen, während er mit dem Herzog eisige Höflichkeiten austauschte und ihm seine Akkreditierungsurkunde überreichte. Danach rollte die Kutsche weiter zu dem Quartier, das bereits für den Diplomaten vorbereitet war. Es lag gleich hinter dem Rathaus; Standen atmete auf, als das Hoftor hinter der Kalesche ins Schloß fiel.

Die folgenden Tage verbrachte der Gesandte Elizabeths I. so zurückgezogen wie möglich. Er beschränkte seine Aktivitäten auf das rein Protokollarische, lebte ansonsten in seinem Haus wie auf einer Insel. Doch gegen Ende der Woche – nach einer Reihe subtiler Infamien seitens der hochgestellten habsburgischen Beamten, mit denen er zu tun hatte – schrie alles in ihm nach Ablenkung.

Der Kutscher nannte ihm die Adresse des Etablissements an der Koningstraat; nach Einbruch der Dunkelheit machte sich Anthony Standen auf den Weg dorthin.

***

Wie bei jedem ihrer Feste klang das Lachen Barbara Blombergs ein wenig zu laut, ein bißchen zu schrill. Sie spürte es selbst und schämte sich insgeheim dafür; zugleich aber wußte sie, daß diese aufgesetzte Fröhlichkeit sie schützte. Das Kurtisanenlachen war ein Wall gegen allzu intensives Nachdenken; ebenso sorgte es dafür, daß das Kokettieren der Schwarzhaarigen unverfängliches, wenn auch knisterndes Spiel blieb. Und gerade noch hatte sie geglaubt, dies würde auch in dieser Nacht wieder so sein – unvermittelt jedoch traf es sie wie ein Blitz.

Der Mann, der plötzlich unter der Gartenpforte erschien, war schuld daran. Aus dem samtigen Halbdunkel der Sommernacht trat er in den Lichtschein der Kandelaber; für einen Moment hatte Barbara das Empfinden, als käme er aus einer anderen Welt.

Groß, schlank und löwenblond war er; ein Mittdreißiger in der Fülle seiner Kraft. Wild und gleichermaßen verletzlich war sein Antlitz; lebenshungrig die Augen, sensibel der Mund, energisch Nase und Kinn.

Ein Kelte! durchfuhr es die Schwarzhaarige. Irgendwann hatte einer ihrer Gäste begeistert von diesem geheimnisvollen Inselvolk erzählt. Ein Kelte, ungebärdig und sanft! dachte sie; mit demselben Herzschlag tat sie den ersten Schritt auf ihn zu. Alles andere wurde bedeutungslos; Barbara war ihm bereits verfallen, sie hatte sich willenlos machen lassen von seiner einzigartigen Ausstrahlung. Taumelnd setzte sie den letzten Schritt und fühlte sich aufgefangen; aufgefangen von seiner Nähe, dem Zauber seiner graublauen Augen und seinen leisen Worten: »Ihr seid schön wie eine Göttin!«

»Ich bin nicht schön!« Stunden später fiel der Satz. »Vielleicht war ich es einmal, aber jetzt bin ich nur noch eine verblühende Frau.« Nackt lag Barbara in Anthony Standens Armen; ehe er etwas zu erwidern vermochte, fuhr sie fort: »Ich bin zweiundvierzig ... fast ein Jahrzehnt älter als du ...« Zögernd, fast unhörbar setzte sie hinzu: »Dabei sagen die Menschen doch, es sollte umgekehrt sein zwischen Liebenden ...«

»Die Menschen, die Jahre – warum vergessen wir sie nicht einfach? Es ist leicht, soeben haben wir es ja schon getan ...« Behutsam nahm er ihr Antlitz in seine Hände und sprach weiter: »Dein Haar glänzt wie Rabengefieder, was hat die Zeit ihm denn anhaben können? Und wenn ein bißchen feines Silber hineingesponnen wurde, was soll's? Ich war sofort fasziniert von seinem wundersamen Schimmer – und weißt du, warum? Weil es in Cymru, meiner Heimat, eine Sage gibt, wonach Frauen mit solchem Schmuck von den Feen Avalons abstammen ...«

Er tändelte mit der feinen Fülle; verlängerte dadurch ihr dankbares Entzücken, bis er spürte, daß sie bereit war, die Wahrheit des Empfindens über die Wahrheit des Verstandes zu stellen. Erst dann ließ er seine Fingerkuppen zu ihren Brauen weitergleiten und raunte dabei: »Das Blau deiner Augen ist so tief wie die See, die ich überqueren mußte, um zu dir zu gelangen. Und ebensowenig wie das Meer altert solche Schönheit. Sie kann nicht vergehen – desgleichen all das andere an dir, was dein Wesen in Wirklichkeit ausmacht!«

Sanft küßte er ein unwillkürliches Beben ihrer Lider weg

und fuhr fort: »Mit zwanzig und dreißig hast du jede Frau in den Schatten gestellt, wer möchte daran zweifeln! Und warum sollte es nun, da du vierzig bist, nicht mehr so sein? Meisterlich schuf die Natur dein Antlitz und deinen Leib, und dieses Geschenk bleibt dir erhalten. Dein Körper formt sich lediglich um in die Reife, in die Vollendung seiner selbst. Ist denn der blühende Mai tatsächlich wertvoller als der sanfte, goldene September? Ist nicht der eine Monat ein ebensolcher Traum wie der andere? Und in dir sehe ich sowohl den Mai als auch den September; nichts an dir kann durch den Wechsel der Jahreszeiten zerstört werden. Wie sonst wäre es möglich, daß du mich so über die Maßen verzauberst? Immerfort möchte ich dich anschauen; möchte dich erforschen, dich im Innersten kennenlernen. Und ich möchte dies auch, weil ich in deinem Gesicht lese, daß du dem Leben nie ausgewichen bist. Freude, Schmerz, Hoffnung, Ängste, Leid haben dein Antlitz geprägt – ja, auch grausames Leid! Auch das drückt sich in deinen Gesichtszügen aus, aber es schändet dich nicht! Es erweckt in mir vielmehr die Hoffnung, es lindern zu dürfen ...«

»So erkennst du also selbst das in mir – und nimmst es an?« flüsterte Barbara. »So tief bist du in mich eingedrungen in unserer ersten Nacht?«

»So tief!« bestätigte Anthony Standen. Dann liebkosten seine Lippen ihren Hals und die Ansätze ihrer Brüste, die vier Kinder genährt hatten. Vor Stunden, als er sie langsam entkleidet hatte, war Barbara trotz ihrer Sehnsucht verspannt gewesen; insgeheim hatte sie befürchtet, der Anblick ihres entblößten Leibes könnte ihn ernüchtern. Doch nun brauchte sie sich ihrer selbst nicht mehr zu schämen; sie dehnte ihre Brust, vertraute sich ihm an – und vernahm nach einer Weile erneut seine Stimme: »Ich suchte keine Liebe, als ich mich zu deinem Haus aufmachte. Das Finstere in

Brüssel; meine Pflichten, die mich zum Umgang mit den Spaniern zwingen – dies war schuld daran, daß ich mich nach Betäubung sehnte. Nach Vergessen in den Armen einer Kurtisane. Aber dann sah ich dich, und es war, als würde ein Traum Wirklichkeit. Nach langweiliger Ehe und Witwerschaft stand ich dir gegenüber: der einen und einzigen Frau, die ich in meinem Innersten schon immer gekannt hatte. Und du hast ebenso empfunden. Ich weiß es, denn wir gingen aufeinander zu, als wären wir schon ewig verbunden. Innerhalb eines Lidschlages fanden wir uns, und der Zauber dieses Augenblicks soll nie wieder enden. Zeitlos, mein Herz, wollen wir von nun an leben; es rieseln keine Sanduhren in jener Welt, in die wir uns gegenseitig führen werden ...«

Gleich darauf wurden seine Worte wahr. Seine Zärtlichkeiten berauschten sie von neuem; als er ihren Schoß küßte, in den er doch vermeintlich bereits vorher die äußerste Ekstase gesät hatte, spürte sie, daß es in Wahrheit tatsächlich erst beginnen sollte. Sie schrie vor Lust auf; schrie eine Brücke über ihr ganzes Dasein hinweg bis hin zu ihrem ersten, ahnungsvollen Erwachen als Frau. Und der Löwenblonde, der Kelte und Humanist, nahm ihre schrankenlose Hingabe an und vervollkommnete sie durch seine eigene, bis ihre Vereinigung im absoluten Bewußtsein des Wir gipfelte.

***

Das Miteinander hatte Bestand und veränderte Barbara Blombergs Leben. Die Bankette im Palais an der Koningstraat wurden zweitrangig für die Schwarzhaarige. Es zählte nicht länger das Gleißen der Kandelaber, sondern der Schein einer einzigen Kerze, der sich in Anthonys Augen spiegelte. Später im Jahr durfte Barbara zusammen mit ihm das sanfte Glühen des Kaminfeuers genießen, welches sie während der langen Gespräche in ihrem Boudoir oder beim Liebesspiel im Schlafgemach wärmte.

Erstmals in ihrem Dasein war der zweiundvierzigjährigen Frau tiefe Geborgenheit vergönnt; endlich konnte sie sich angstfrei fallen lassen. Es war möglich, obwohl Barbara Blomberg und der englische Diplomat nach außen hin den Schein wahren mußten. Anthony Standens Status verwehrte es ihm, sein Quartier hinter dem Rathaus zu räumen und zu Barbara zu ziehen; offiziell war er nichts weiter als der Galan einer bekehrten Kokotte, wie so mancher Brüsseler die Schwarzhaarige nunmehr feixend bezeichnete.

Möglicherweise lag jedoch gerade darin der Grund, warum die Beziehung auf Dauer innig blieb. Nie wußte Barbara, wann Anthony sich von seinen Pflichten lösen und zu ihr kommen konnte; nie versuchte andererseits er, sie irgendwie einzuschränken. Wenn sie dann freilich erneut eine Nacht miteinander verbrachten und die Schwarzhaarige am nächsten Morgen in seinen Armen erwachte, war dies stets von neuem beglückend. Beim Abschied stand bereits die Sehnsucht nach Rückkehr in seinen Augen – und in ihren das Versprechen, ihn abermals bei sich und in sich aufzunehmen.

Ohne Zwang, ohne alles Klemmende waren sie sich treu und ergänzten einander. In Gegenwart des Mittdreißigers fühlte Barbara sich um Jahre jünger; Anthony spürte, wie er durch das Zusammensein mit ihr, die ihm an Lebenserfahrung weit voraus war, innerlich wuchs. So verstrich der Herbst und kam der Winter; auch in der kalten Jahreszeit hielt der Zauber an, und das Paar schuf sich sein Avalon von Mal zu Mal neu.

***

In krassem Kontrast dazu stand Albas Widermenschlichkeit; im Frühjahr 1573 dann machte sich der Blutherzog eines Kriegsverbrechens sondergleichen schuldig.

Entsetzt mußte Anthony seiner Königin die schrecklichen Vorkommnisse melden. 2300 Freiheitskämpfer, neben niederländischen Geusen auch französische Hugenotten und englische Protestanten, waren nach einer Schlacht unweit der von Alba belagerten Stadt Haarlem in spanische Gefangenschaft geraten. Der Toledaner hatte die Männer zunächst bestialisch foltern lassen und sie anschließend allesamt aufs Blutgerüst geschickt. In einem Exzeß des Henkens, der fast eine Woche angedauert hatte, waren die Kriegsgefangenen abgeschlachtet worden; danach hatte Alba die Schädel der 2300 Geköpften vor den Wällen Haarlems auf Lanzen spießen lassen.

Beinahe zwei Monate hatten die Verteidiger der Stadt den schauerlichen Lanzenwald vor Augen gehabt; zudem war während dieser Zeit die Hungersnot hinter den Stadtmauern immer quälender geworden. Zuletzt, als die Übergabe Haarlems nur noch eine Frage von Tagen gewesen wäre, hatte der Blutherzog zum Sturm blasen lassen. Gnadenlos waren die ohnehin schon halb verschmachteten Menschen hingemetzelt worden; anschließend hatte Alba den Befehl erteilt, sämtliche Häuser der Stadt niederzubrennen und die Wehrmauern zu schleifen.

Rauchfahnen stiegen in jenem Frühling auch über der nordafrikanischen Küste gen Himmel. Don Juan d'Austria eroberte Tunis und richtete dort ein ähnliches Massaker wie Alba in Haarlem an. Nachdem die Kunde davon nach Brüssel gelangt war, litt Barbara Blomberg wochenlang unter Alpträumen; in ihren Nachtmahren schien die Fratze des Blutherzogs mit dem Gesicht ihres erstgeborenen Sohnes zu verschmelzen.

Verzweifelt suchte die Schwarzhaarige Vergessen in Anthonys Armen. Manchmal schrie alles in ihr nach ihm und seiner Leidenschaft, wieder und wieder schenkte der Kelte ihr Zuflucht. Auf diese Weise stand sie die Prüfung durch; über Frühling und Sommer hinweg rettete sich das Paar in den neuen Herbst hinein.

Und dann plötzlich die Nachricht, die sich wie ein Lauffeuer verbreitete: Philipp II. hatte den satanischen Toledaner aus den Niederlanden abberufen! Im Spätherbst räumte der blutsaufende Inquisitor das flandrische Feld; im Haus an der Koningstraat erklärte Anthony Standen dazu: »Eine einzige weitere Greueltat der Bestie noch – und meine Königin hätte eingegriffen! In den englischen Kanalhäfen bereiteten sich die Regimenter schon auf ihre Einschiffung vor!«

Nun aber, im Jahreswechsel von 1573 auf 1574, hingen die Dinge in den nachglosenden Niederlanden in der Schwebe. Zwar erloschen die Flammen nicht völlig, doch zumindest holte der Religionskrieg Atem – und eines Januartages kehrte völlig unerwartet Konrad nach Brüssel zurück.

Im Schneetreiben trabte er auf den Hof; als er sich aus dem Sattel des Rappen schwang, den er diesmal ritt, stäubte der Firn von seinem Mantel. Barbara, die zu ihm eilte, spürte den eisigen Hauch, der von ihm ausging – und dem entsprach sein Benehmen. Kaum hatte sie ihn umschlungen und geküßt, löste er sich abrupt wieder von ihr und fragte: »Na, was für ein Gefühl ist es, einen leibhaftigen Leutnant willkommen zu heißen?«

Die Schwarzhaarige warf einen kurzen Blick auf das Portepee, das er ihr vorwies, und murmelte ernüchtert: »Du wurdest also befördert ...« Mit vorwurfsvollem Unterton setzte sie hinzu: »Als du vor mehr als einem Jahr letztmals für zwei Tage kamst und ich dir Anthony vorstellte, warst du noch Fähnrich – so verfliegt die Zeit ...«

Konrad begriff; nach einem rauhen Räuspern entschuldigte er sich: »Ich weiß, daß ich mich mehr um dich hätte kümmern müssen. Aber man ist nicht immer sein eigener

Herr, wenn man der Krone dient.« Er klopfte seinem Hengst den Hals und fuhr fort: »Mein Regiment hatte schwere Kämpfe durchzustehen, ehe der Herzog von Toledo seine Demission erhielt ...«

»Wurdest du etwa verwundet?!« unterbrach ihn die Schwarzhaarige. »War das der Grund, warum du so lange nicht kommen konntest?«

»Ein paar Kratzer habe ich davongetragen«, erwiderte Konrad. »Doch es war nie so schlimm, daß ich den Feldscher länger als ein paar Tage gebraucht hätte.« Er ließ ein spöttisches Lachen hören. »Denen in Haarlem ist's ungleich übler ergangen!« Er bemerkte das jähe Erbleichen seiner Mutter. »Verzeih! Ich kann mir vorstellen, daß du das Blutbad dort mißbilligst. Du und dein englischer Galan. Aber sei beruhigt, ich gehörte damals nicht zu den Belagerungstruppen. Mein Regiment war die ganze Zeit in Oostende stationiert. Erst Anfang dieser Woche wurden wir nach Brüssel abkommandiert.«

»Heißt das, du liegst jetzt hier in Garnison?« stieß Barbara hervor.

»So ist's«, bestätigte ihr Sohn. »Und das bedeutet, daß ich in deinem Palais wohnen könnte.« Er grinste. »Natürlich nur, wenn es deinen Geliebten nicht stört. Ihr seid doch noch zusammen, oder?«

»Ja! Und Anthony würde nie von mir verlangen, dich hintanzusetzen!« Die Antwort der Mittvierzigerin klang schroffer, als sie beabsichtigt hatte. Konrads Feixen und dazu sein verändertes Wesen waren schuld daran; unvermittelt hatte er sie an Hieronymus Kegel erinnert. Im nächsten Moment freilich schalt sie sich deswegen eine Närrin, aber im Lauf der folgenden Stunden wurde ihr immer klarer: Ihr Sohn war ein Haudegen geworden – und er trank noch gieriger als bei seinen letzten Besuchen. Fünf Becher Wein leerte er vom

Nachmittag bis zum frühen Abend; jedesmal, wenn Barbara ihm ins Gewissen reden wollte, beteuerte er: »Ich vertrage es schon! Im Feld haben wir uns viel härteren Stoff hinter die Binde gegossen!«

Bei der Vesper, an der auch Anthony Standen teilnahm, ging er vom Burgunder zum schwereren Malaga über. Dann verabschiedete er sich plötzlich von seiner Mutter und dem Engländer. Gehetzt, wie von innerer Unruhe getrieben, warf er dem Paar hin, daß seine Kameraden ihn in einer Taverne erwarteten; spätestens morgen sei er wieder da und werde auch seine Sachen vom Troß mitbringen.

»Nimm es ihm nicht übel! Die Soldaten haben alle mehr oder weniger die Hölle durchgemacht, auch wenn das kaum einer eingestehen würde«, versuchte Anthony seine Geliebte zu trösten. »Du wirst sehen, er fängt sich, sobald er erst wieder weiß, was ein Zuhause ist. Das kannst du ihm nun geben; kannst ihm Zuwendung schenken und so die seelischen Wunden heilen, welche der Krieg ihm geschlagen hat – und soweit ich dabei mithelfen kann, will ich es gerne tun.«

Barbara tastete nach Anthonys Hand; eine Weile saßen beide schweigend da, schließlich sagte die Schwarzhaarige versonnen: »Eine gute Ehe wäre vielleicht das allerbeste Heilmittel für Konrad.«

»Möglicherweise«, erwiderte der Diplomat. »Doch in der Liebe läßt sich nichts erzwingen. Wer hat schon das Glück, sofort nach seiner Ankunft in Brüssel einer Fee zu begegnen, so wie es mir geschah ...«

Ein Lächeln malte sich auf Barbaras Antlitz; als Anthony sie an sich zog, vergaß sie die Sorgen um ihren Sohn.

Während der folgenden Monate tat das Paar sein Bestes, um den jungen Leutnant auf den richtigen Weg zurückzubringen – und der Erfolg stellte sich alsbald ein. Konrad wurde häuslicher und umgänglicher, nur gelegentlich brach er aus und verbrachte eine Nacht in den Kaschemmen. Wenn es geschah, sah Barbara es ihm klugerweise nach; im Mai 1574 dann revanchierte er sich unverhofft für diese Toleranz.

»Du hattest es wahrhaftig nicht leicht im Leben, kamst zudem die letzten Jahre kein einziges Mal aus Brüssel heraus«, sagte der Leutnant eines Abends zu seiner Mutter. »Deshalb denke ich, du solltest ausspannen und dir für ein paar Wochen den frischen Seewind um die Nase wehen lassen. – Nein, bitte keine Widerrede! Ich habe bereits mit Anthony gesprochen; er freut sich darauf, dich an die Küste zu begleiten. Außerdem ist das Quartier in Oostende schon für euch beide vorbereitet; ein Kamerad von mir hat das auf einem Kurierritt dorthin erledigt. Kommenden Montag reist ihr ab, und sobald du erst am Meer bist, wirst du mir dankbar sein.«

***

Graublau rollten die Nordseewellen gegen den flachen Strand heran; ruhelos schlingerten die Tangbärte in der steigenden Flut, die sich ein Stück weiter oben leise zischend im Sand verlief. Jenseits der Dünen lag hinter ihrem ockerfarbenen Ringwall die Hafenstadt, die Reet- und Ziegeldächer wurden von der Sint-Petrus-en-Pauluskerk überragt; unablässig schienen die Möwen von dort aus zur Nehrung Ter Streep und gleich darauf wieder landeinwärts zu ziehen.

Anfangs hatte Barbara das ständige wilde Vogelgeschrei als entnervend empfunden, doch mittlerweile genoß sie es beinahe; es war für sie zum Ausdruck der ungeduldigen Lebenslust geworden, welche sie seit der Ankunft in Oostende von Tag zu Tag stärker spürte. Das weite Firmament und der elementare Atem der See hatten sie seelisch befreit; zuzeiten wünschte sie sich, sie könnte selbst eine der ungebärdigen Möwen sein und an Anthonys Seite am Himmel tanzen.

»Tanzen mit dir zwischen den Wolken ...«, sagte die

Schwarzhaarige leise; sie und der Löwenblonde lagen, vom flüsternden Strandhafer umgeben, auf einem Dünenkamm. »Oder eines der Schiffe dort draußen hinter dem Ter Streep besteigen, damit es uns ins Nirgendwo entführt ... Mit den Wogen hinaustanzen aus der irdischen Welt, um zu erkunden, ob es jenseits ihrer Grenzen nicht eine schönere gibt ...«

»Avalon ...«, nahm der Kelte den Faden auf. Er spielte mit einer Locke, die sich über Barbaras Nacken und das Mieder ihres schlichten Leinenkleides ringelte. »Avalon, die Insel hinter dem Horizont, wo die wertvollsten Träume der Menschheit geboren werden ...«

Ein Wolkenschatten huschte über die Düne; die Schwarzhaarige, eben noch euphorisch, fröstelte jäh. »Träume, die geboren werden, um schon im nächsten Moment wieder zu sterben«, stieß sie mit bebenden Lippen hervor. »Es bleibt nichts von ihnen. Wir können uns zwar nach dem Eiland sehnen, aber wir dürfen es niemals betreten ...« Unvermittelt schossen Tränen in ihre Augen. »Verzeih, Anthony! Ich meinte nicht unsere Liebe. Nicht das, was uns verbindet. In dir habe ich trotz allem meine Insel gefunden ...«

Behutsam zog der Blonde sie näher an sich. »Du sprachst vom Schicksal allgemein, ich weiß. Vom Unbegreiflichen und oft Finsteren, dem die Menschheit ausgeliefert ist.«

Die Vierundvierzigjährige nickte. »Wir liegen hier geborgen, halten einander fest; zumindest vorübergehend können wir auf diese Weise einen Schutzwall gegen die Welt aufrichten. Doch außerhalb lauert das Feindliche: das, was Avalon wieder und wieder zerstört. Vor ein paar Monaten kehrte an dieser Küste der Friede ein; Konrads Regiment zog aus Oostende ab – aber wie schnell könnte der Krieg zurückkehren?! Wie schnell könnten sich die friedlichen Handelsschiffe dort draußen in feuerspeiende Galeonen verwandeln?! Wie schnell, wenn es Philipp einfiele, könnte Alba erneut in Flandern wüten?! An tausend Orten könnten neuerlich die Flammen der Scheiterhaufen lodern, ohnehin sind sie ja nie wirklich erloschen …«

Sie setzte sich auf. »Ich traue dem trügerischen Frieden nicht, nur dir vertraue ich! Alles andere empfinde ich als Bedrohung; auch jetzt, in dieser Stunde! Es ist mir, als könnte die Erde mit dem nächsten Lidschlag zerbersten! Als wäre nichts da, gar nichts, das sie in Wahrheit hält …«

Barbara starrte aufs Meer, dann brach es aus ihr heraus: »Die Priester behaupten, es sei Sünde, so zu denken; Gotteslästerung gar! Doch ich fand Gott nicht in meinem Leben; stets bloß seine steinernen, hölzernen oder metallenen Abbilder. Trostlose Götzenbildnisse, von denen nie Wärme, nie Schutz, nie Sicherheit ausging. Nichts von alldem, was mich umfängt, wenn ich in deine Augen blicke, Anthony! In ihnen finde ich das Wunderbare; finde ich das, was eigentlich überall auf der Welt existieren müßte, falls es einen lebendigen Gott gäbe. Und ich bin dir unendlich dankbar für dieses Geschenk; kann dir mit Worten gar nicht sagen, wie sehr … Nur: Wo ist dieses unbeschreiblich Schöne, diese grenzenlose Liebe, wenn du nicht bei mir bist?! Wo ist dann Gott, der doch nichts anderes als ebendiese Liebe sein kann?! Wo ist das übernatürliche Wesen, das nicht bloß mich behütet, sondern auch alle meine Mitmenschen?! Wo ist dieser Gott, den ich nie zu fassen vermochte: in keiner Kirche, vor keinem Altar, in keinem Kelch und keinem Tabernakel, in keinem Kruzifix …«

Eine Möwe schoß heran. Höhnisch, nicht länger wie die Verheißung von Freiheit, schienen die Vogelschreie in Barbaras Ohren zu klingen; gleich darauf vernahm sie Anthonys Stimme: »In den Tempeln der Abgötterei lebte das Göttliche nie!«

Hart hatte der Blonde den Satz gesagt; nach einer kurzen

Pause fuhr er fort: »In den pompösen Kathedralen, den protzigen Altaraufbauten, den finsteren Heiligengruften und juwelenbesetzten Reliquienschreinen, im Deus-lo-volt-Gebrüll, dem Weihrauchdunst und dem lateinischen Psalmodieren der Pfaffen war Gott immer nur als Popanz gegenwärtig! Dies hast du erkannt – und du bist auf dem richtigen Weg, wenn du das Göttliche anderswo suchst. Du findest es in der Tat im Antlitz deiner Mitmenschen, ebenso in der menschlichen Sehnsucht nach dem Guten. Dort ist es daheim, nicht jedoch im kalten Erz, tauben Gestein oder toten Holz. Sofern wir im Angesicht unserer Schwestern und Brüder nach Gott forschen, entdecken wir ihn auch; oft gerade bei denen, die uns schwach und verletzlich erscheinen. Zuwendung lautet das Zauberwort; es ist der Schlüssel zum Du, das für uns selbst wiederum zum erweiterten Ich wird: zum Miteinander, welches uns Menschen so sehr bereichern kann. – Und nun frage ich dich: Könnte dies die Antwort – und Avalon – sein?«

Lange schwieg die Schwarzhaarige, schließlich flüsterte sie: »Derart nahe sollte das scheinbar Unerreichbare sein?«

»Ja!« bekräftigte der Kelte. »Und unerreichbar war es nie!« In eindringlichem Tonfall sprach er weiter: »Einst besaß die gesamte Menschheit dieses Wissen. Durch den göttlichen Geist verbunden, waren die Völker Europas und der benachbarten Erdteile eine große, friedliche Familie. Aber dann erfolgte der Absturz! Die alte Welt, welche viele Jahrtausende geblüht hatte, wurde zerstört. Es geschah, weil das Widermenschliche über die Menschlichkeit triumphierte; weil Machtgier an die Stelle des Miteinander trat. So entstand das Imperium Romanum, das Kaiserreich der Römer, welches nur ein einziges Ziel hatte: das Abendland, Nordafrika und den Orient zu unterwerfen und zu knechten.

Später, als dieses Reich des Bösen unterging, kroch aus

seinem verrottenden Schoß ein anderes Ungeheuer: die römisch-katholische Kirche. Und sie machte sich des schlimmsten Verbrechens gegen Gott schuldig; sie verkehrte die menschenfreundliche Lehre Jesu, der dem Göttlichen sehr nahe gekommen war, in ihr Gegenteil. Statt jesuanischer Nächstenliebe predigte sie von Säkulum zu Säkulum Haß und Intoleranz und verwandelte ganz Europa sowie über Jahrhunderte hinweg auch Kleinasien in ein Schlachthaus.

Durch die Tyrannei der Päpste und der mit ihnen verbündeten Herrscher wurden Abend- und Morgenland zum Golgatha für Millionen; gerade heute wieder schreit das Blut der Ermordeten zum Himmel! Die wahnsinnigen Despoten glauben, sie würden Gott mit Hilfe der Scheiterhaufen und Henkersschwerter verherrlichen; in Wahrheit jedoch betreiben sie entsetzliche Götzenanbeterei. Und deshalb warst du, Barbara, drauf und dran, am Göttlichen zu verzweifeln. Obwohl du nach Gott suchtest und innerlich nach ihm schriest, dachtest du zuletzt, er sei nichts weiter als ein Phantom.

Aber das Wunderbare ist da; überall! Es zeigt sich in einer Mutter, die ihr Kind stillt; im Familienvater, der für die Seinen sorgt; in jedem Menschen, der einem anderen Liebe oder Barmherzigkeit schenkt. Es ist da; es ist von Natur aus in uns angelegt. Die Natur, welche eine Emanation des Göttlichen ist, will uns dieses beglückende Miteinander lehren. Sie möchte, daß jede Frau und jeder Mann diesen Erkenntnispfad, der direkt zu Gott führt, beschreitet. Und sofern wir das – allen finsteren Widerständen zum Trotz – tun, werden wir überreichen Gewinn davon haben. Dann wird unser Dasein vom Göttlichen erfüllt; Avalon rückt von neuem nahe – und wir sind imstande, das scheinbar unerreichbare Eiland zu betreten!

Und gerade du vermagst es, Barbara! Seit wir einander fanden, hast du mir unsagbar viel gegeben. All das Gemeine und Bittere, das du in deinem Leben ertragen mußtest, konnte dich nicht zerstören. Man hat dir so viel Böses angetan; dennoch waren deine Feinde nicht imstande, in dir die Sehnsucht nach dem Guten und Wahren abzutöten. Sie vermochten dir weder deine Liebesfähigkeit noch dein warmes, mitleidiges Herz zu rauben, noch dein unbestechliches Gewissen und deine geistige Freiheit; kein Quentchen von dem, was dich im Innersten ausmacht.

Nach all den Jahren, in denen man dich so brutal herumgestoßen hat, sitzt du nun hier am Meeresstrand, blickst auf das Wogen der See und stellst dir die tiefste und grundlegendste Frage: Wo liegt Avalon; wo lebt hinter dem Götzischen das Göttliche? Du zweifelst, ja, aber du ergibst dich nicht; kämpfst gegen das vermeintlich Ausweglose an. Und dafür, weit über das Körperliche hinaus, liebe ich dich! Dich und in deinen Augen den Abglanz des Adonai, des Ewigen, wie die älteste biblische Bezeichnung für das Göttliche lautet …«

Barbara umarmte ihn und suchte seine Lippen, rasch wurde aus dem zärtlichen Spiel leidenschaftliches Begehren. Sie vergaßen alles um sich herum; jeder hätte sie überraschen können bei der rauschhaften Vereinigung im wispernden Strandhafer – doch das Adonai barg sie.

Nachher flüsterte die rebellische Christin, die Protestantin: »Es soll also gar nicht das Jenseitige im Mittelpunkt unseres Lebens stehen, sondern das Menschliche?«

»Ja«, erwiderte der Humanist lächelnd. »Denn genau dadurch weitet sich unser Dasein hin zum Göttlichen aus.«

Kurz vor Sonnenuntergang schlenderten sie Hand in Hand zurück zur Stadt. Jetzt peitschte die Hochflut gegen die Küste; einige Stunden zuvor noch hätte Barbara das Toben der Brecher als bedrohlich empfunden, nun hingegen war sie vom ungebärdigen Donnern und Schäumen fasziniert. In der heimeligen Trinkstube des Gasthauses dann tauschte sich das Paar bis tief in die Nacht weiter aus. Anthony erzählte von John Wiclif, dem großen Reformator Englands; ebenso über den Reichsritter Ulrich von Hutten, der in Deutschland so mutig für die neue Menschheitslehre des Humanismus gekämpft hatte.

Später kam das Gespräch auf die Kinder der Schwarzhaarigen. Das Paar beschloß, bei der Rückreise einen Umweg über Geraardsbergen zu machen, um dort Karoline und ihren Gatten zu besuchen. »Vielleicht kann sie uns einen Rat geben, wie eine Gemahlin für Konrad zu finden wäre«, scherzte Barbara in diesem Zusammenhang. »Und wenn wir wieder in Brüssel sind, beteiligen wir am besten auch Wolfgang an unserem kleinen Komplott …«

Sie nahm einen Schluck Wein, dann sagte sie nachdenklich: »Seltsam, daß ich drei erwachsene Söhne habe, von denen bislang keiner eine Familie gründete. Nur meine Tochter heiratete ihren Freibauern beizeiten, aber Karolines Brüder scheinen sich nicht binden zu wollen. Manchmal denke ich, meine eigene unglückliche Ehe ist schuld daran …«

»Das muß keineswegs der Grund sein«, entgegnete Anthony. »Wolfgang ist doch gerade erst zwanzig, und bei Konrad habe ich das Gefühl, daß er einer festen Beziehung insgeheim gar nicht abgeneigt wäre. Womöglich stellt er uns ja schon bald eine bezaubernde junge Frau als seine Braut vor.«

»Falls es so käme, könnte ich so manche andere Enttäuschung leichter verwinden«, murmelte die Vierundvierzigjährige.

Anthony ahnte, was sie einmal mehr quälte; zugleich sagte ihm sein Instinkt, daß in diesem Fall das Schweigen die barmherzigste Art der Zuwendung war. Deshalb zog er Barbara an sich und gab ihr so Rückhalt in ihrem Kummer; in ihrem jäh aufgebrochenen Seelenschmerz, der Don Juan d'Austria galt: dem verlorenen Sohn, welcher zum Reichshelden und Massenmörder geworden war. Und jetzt wünschte sich die Schwarzhaarige, ihr Erstgeborener wäre heute mit am Strand gewesen; hätte dort zusammen mit ihr den Worten des Kelten lauschen können. Etwas Humanes muß doch auch in ihm stecken, dachte sie; er ist doch wie alle anderen Menschen aus Fleisch und Blut! Dann tastete sie nach Anthonys Hand und bat: »Laß uns zu Bett gehen.«

***

Mitte Juni trat das Paar die Heimreise nach Brüssel an; als die Kutsche kurz nach Einbruch der Dunkelheit in den Hof des Hauses an der Koningstraat rollte, erblickten Barbara und Anthony an die zwei Dutzend Militärrösser. Das Stampfen und Wiehern der aufgestörten Reitpferde mischte sich mit der lauten Musik, die durch die Fenster drang; unversehens glaubte die Schwarzhaarige sich in die Zeit ihrer wildesten Bankette zurückversetzt.

Im großen Salon dann bot sich ihr ein zutiefst abstoßendes Bild. Stockbetrunkene Offiziere vergnügten sich mit halbnackten Frauen, anstelle der Kandelaber brannten Fackeln, auf den Tischen standen ganze Batterien von Wein- und Schnapsflaschen. In einem Fauteuil im Mittelpunkt der Orgie fläzte Konrad; sein Gesicht glühte vom Alkohol, auf seinem Schoß saß eine barbusige Dirne. Der Iberische wirkte wie ein jüngerer und dunklerer Abklatsch Hieronymus Kegels; lallend – und auch dies erinnerte Barbara an den Rekrutenwerber – begrüßte er seine Mutter und ihren Begleiter: »Ein kleines Fest ... selbstverständlich nur unter uns Chargierten! Das Regiment ... soll leben! Du und der Engländer ... natürlich auch!«

Weil sie Konrad vor seinen Kameraden nicht brüskieren wollten, machten Barbara und Anthony gute Miene zum bösen Spiel. Der Morgen graute bereits, als die letzten ungebetenen Gäste sich endlich empfahlen. Der Iberische vermochte sich jetzt kaum noch auf den Beinen zu halten; mit Anthonys Hilfe brachte seine Mutter ihn zu Bett.

Am nächsten Tag stellte Barbara ihren Sohn zur Rede. Zuerst verteidigte er sich ganz so, wie sie erwartet hatte: »Einer wie ich wird eben immer wieder einmal über die Stränge schlagen! Im Feld haben wir das Saufen und Huren gelernt, was soll ich dagegen tun? Bei den verfluchten Jesuiten hat sich's angestaut, jetzt bricht es eben dann und wann heraus!« Doch als seine Mutter ihm vorhielt, auf welch fürchterliche Weise Hieronymus Kegel geendet war, wurde Konrad kleinlaut. Daraufhin lenkte Barbara das Gespräch geschickt in die Richtung, um die es ihr eigentlich zu tun war; sie nutzte die Zerknirschung ihres Sohnes, um ihm die Vorteile einer Eheschließung auszumalen. Später stieß Anthony ins gleiche Horn – und tatsächlich schien sich Konrad während der folgenden Wochen und Monate mit dem Gedanken an eine Heirat anzufreunden; immer eingehender musterte er die jungen Frauen, mit denen seine Mutter ihn bekannt machte.

Als sich der Herbst ankündigte, sah es ganz so aus, als hätte der Iberische seine Wahl getroffen. Er hatte nun viel Umgang mit einer Tuchhändlerstochter namens Anne van Leyden: einer hübschen Achtzehnjährigen mit braunen Augen, brünettem Lockenhaar und gutherzigem Charakter.

Anne wußte den Leutnant zu nehmen und ihn unaufdringlich zu führen; sie stimmte sich dabei durchaus mit seiner Mutter ab – und im Frühjahr 1575 wurde im behäbigen Fachwerkhaus des verwitweten Tuchhändlers Verlobung gefeiert. Der alte Peeter van Leyden saß dabei freilich eher bedrückt an der Tafel; die Braunäugige war sein einziges und spätgeborenes Kind, dies mochte ihm zu denken geben. Einmal, nachdem er eine ganze Weile geschwiegen hatte, murmelte der Mittfünfziger: »Wer wird das Geschäft führen, wenn ich nicht mehr bin? Ich kann ja wohl kaum erwarten, daß ein Offizier des Königs sich dem Verkauf von schnödem Kattun und Walkloden widmet ...«

»Du gehörst noch längst nicht zum alten Eisen«, erwiderte Konrad. »Und wenn du dich irgendwann zur Ruhe setzt, könnte man das Kontor auch von einer Vertrauensperson leiten lassen. – Aber wir wollen uns den Tag durch solche Gedanken nicht verderben. Wichtig ist vor allem, daß ich deine Tochter glücklich machen werde, und das verspreche ich dir bei meiner Soldatenehre!«

Obwohl Barbara bei den letzten Worten ihres Sohnes unwillkürlich zusammengezuckt war, freute sie sich über sein liebevolles Bekenntnis zu Anne. Sie drückte seine Hand und zwinkerte der jungen Frau verschwörerisch zu; danach bemühte sie sich, den Tuchhändler aufzumuntern. Es gelang ihr; Peeter van Leyden schien seine Sorgen zu vergessen, und geraume Zeit herrschte an der Festtafel frohe Stimmung. Barbara genoß die angeregte Unterhaltung – bis das Gespräch plötzlich auf Don Juan d'Austria kam.

Nur Anthony spürte, wie die Schwarzhaarige innerlich erstarrte, als der Tuchhändler äußerte: »Seltsam, daß der Admiral seiner niederländischen Heimat bisher keinen Besuch abstattete.«

»Mein Halbbruder hat eben Wichtigeres zu tun«, antwortete Konrad. »Nach dem Sieg von Lepanto und der Einnahme von Tunis plant er jetzt womöglich weitere Unternehmungen gegen die Türken. Vielleicht bereitet er aber auch einen noch spektakuläreren Coup vor. Erst kürzlich vermutete mein Obrist, daß Don Juan ein Geschwader nach England führen könnte, um dort der schottischen Königin Maria Stuart zu Hilfe zu eilen, welche von Elizabeth I. um den Thron gebracht wurde ...«

Der Leutnant ignorierte eine protestierende Geste Anthony Standens und fuhr fort: »Ein schneller Vorstoß nach Derbyshire, wo die katholische Monarchin inhaftiert ist, und dann mit der befreiten Königin rasch wieder zurück zur Küste – wer würde sich einem Helden wie Don Juan d'Austria dabei in den Weg zu stellen wagen? Wäre Maria Stuart erst in Madrid, könnte es unter Umständen sogar zu einer Heirat zwischen ihr und meinem Halbbruder kommen. Und danach die Restauration der schottischen Königin unter dem Schutz eines spanischen Invasionsheeres; einer Armee, deren Generalissimus zugleich der Gemahl der rechtgläubigen Monarchin ...«

»Genug davon!« unterbrach Barbara ihren Sohn. »Wir befinden uns in Brüssel, nicht in Madrid oder London. Ansonsten solltest du besser an deine eigene Eheschließung denken, statt an ...«

Sie verstummte; Konrad gewahrte den Schmerz in ihren Augen, entschuldigte sich und wechselte beschämt das Thema. In der Folge erwähnte niemand mehr den Namen Don Juan, so daß die Verlobungsfeier ohne einen weiteren Mißton ausklang. Zum Abschied umarmte Anne ihre künftige Schwiegermutter, leise sagte sie dabei: »Dein Sohn hat mir heute etwas versprochen, und ich möchte ein wenig davon an dich zurückgeben. Wenn Konrad und ich verheiratet sind – und er wird dann ja hier wohnen, da Vater uns braucht –, sollst du unter diesem Dach ebenfalls stets ein zweites Heim haben. Ein Heim, in dem eine Freundin lebt, denn die will ich dir sein!«

»Von Herzen gerne nehme ich deine Freundschaft an«, erwiderte die Fünfundvierzigjährige und küßte die jüngere Frau.

Später, als Barbara mit Anthony allein war, erklärte sie: »Ich bin felsenfest davon überzeugt, daß Konrad mit Anne glücklich wird!«

»Ja, sie ist etwas Besonderes – fast so wie du«, lächelte der Engländer. Er zog die Schwarzhaarige an sich und fügte hinzu: »Zweifellos hast du das Richtige getan, als du die beiden zusammenbrachtest!«

Dies schien sich zu bestätigen. Die Verlobungszeit verstrich, ohne daß irgend etwas die Eintracht des jungen Paares getrübt hätte; im Frühjahr 1576 dann heirateten der Leutnant und die hübsche Tochter des Tuchhändlers.

Peeter van Leyden und Anthony Standen führten das Brautpaar zum Altar; nach der kirchlichen Trauung versammelten sich die Hochzeitsgäste im Garten des Palais an der Koningstraat. Barbara hatte es sich nicht nehmen lassen, das Fest auszurichten – und sie hatte sichergestellt, daß Annes schönster Tag nicht in ein Offiziersbesäufnis ausartete. Zwar waren auch etliche Regimentskameraden Konrads geladen, doch die Chargierten befanden sich gegenüber den Kaufleuten und anderen reputierlichen Bürgern deutlich in der Minderzahl. Außerdem saß Wolfgang, zweiundzwanzigjährig mittlerweile, auf einem der Ehrenplätze an der Tafel; der Lakai hatte sich von seinem Adelsherrn Urlaub für die Hochzeit des älteren Bruders erbeten.

In ihrem zartbeigen Spitzenkleid sah die Braut entzückend aus; Konrad sonnte sich sichtlich im Glanz seiner taufrischen Würde als Ehemann. Sein Schwiegervater wiederum schien die Sorgen, die ihn beim Verlobungsmahl bedrückt hatten, vergessen zu haben. Nachdem die ersten Trinksprüche ausgebracht waren und der Wein ihm die Zunge gelöst hatte, sagte er zu Barbara: »Nun wird es wohl nicht mehr lange dauern, bis ich ein Enkelkind auf dem Schoß halten darf.« Er stieß mit der Schwarzhaarigen an, dann scherzte er: »Du bist mir ja in dieser Hinsicht bereits ein Stück voraus, obwohl es – an unseren Jahren gemessen – eigentlich umgekehrt sein müßte ...«

»Manchmal haben wir Frauen eben die Nase vorn«, erwiderte Barbara, wobei sie Anne zuzwinkerte. »Doch leider sah ich die beiden Kinder meiner Tochter Karoline nur ein einziges Mal – damals, als Anthony und ich auf der Rückreise von Oostende nach Brüssel zu Besuch in Geraardsbergen waren. Deshalb hoffe auch ich, daß Anne recht bald schwanger wird.« Sie wandte sich Wolfgang zu. »Und was dich angeht, so wünschte ich mir, du könntest dich entschließen, in die Fußstapfen deiner Geschwister zu treten und ebenfalls zu heiraten.«

»Du würdest gut daran tun, ein bißchen zurückhaltender zu sein!« antwortete ihr Jüngster schmunzelnd. »Sei damit zufrieden, daß mein Bruder heute in den Hafen der Ehe gesegelt ist, und laß mir meine Freiheit als Junggeselle. Die nämlich ist mir lieb und wert – allerdings könnte ich vielleicht anderer Meinung werden, sofern du eine ähnlich bezaubernde Braut wie die unseres Leutnants für mich in Aussicht hättest …«

Für seine launigen Worte erntete Wolfgang einen Lacherfolg; viele Stunden hielt die ausgelassene Stimmung an, zuletzt geleiteten die Festgäste das Hochzeitspaar zum Fachwerkhaus des Tuchhändlers.

Vor dem Portal umarmte Barbara Konrad und Anne. »Ich wünsche euch alles, alles Glück der Welt!« sagte sie leise.

Still wartete sie anschließend ab, bis das Brautpaar im Hausflur verschwunden war. Als die Sechsundvierzigjährige sich zum Gehen anschickte, gewahrte Anthony glitzernde Tränen in ihren Augen; behutsam zog er Barbara an sich und schenkte ihr einmal mehr zärtlichen Halt.

***

Barbara Blomberg hatte den Jungverheirateten friedliches Lebensglück gewünscht; der spanische Herrscher hingegen setzte neuerlich auf Intoleranz, Menschenverachtung und kriegerische Gewalt.

Im Frühsommer 1576 gründeten fundamentalistische niederländische Katholiken, welche dabei massiv von Philipp II. unterstützt wurden, einen Kampfbund. Diese Heilige Liga hatte sich die totale Vernichtung des Protestantismus auf die Fahnen geschrieben; infolgedessen war es kein Wunder, daß sich Abertausende freiheitsliebender Bürger aus sämtlichen flandrischen Provinzen ihrerseits zur sogenannten Genter Pazifikation zusammenschlossen und zu den Waffen griffen. In vielen hundert Städten, Märkten und Dörfern kam es zu Zusammenstößen zwischen beiden Parteien; zudem lieferten sich im Lauf des Sommers Geusen und spanisches Militär eine Reihe von Schlachten.

Auch Konrads Regiment nahm den Felddienst wieder auf. Allerdings wurde seine Einheit nicht zurück nach Oostende verlegt, sondern bekam Befehl, die Straße von Brüssel nach Löwen zu sichern. Ununterbrochen patrouillierten die Schwadronen; nur selten konnte Annes Ehemann eine Nacht im Tuchhändlerhaus verbringen. Barbara tröstete ihre Schwiegertochter, so gut sie konnte; manchmal, wenn sie mit Anne zusammensaß und ihr Mut machte, gelang es ihr, die eigenen Ängste um ihren zweitgeborenen Sohn zumindest kurzfristig zu verdrängen.

Dann, im Frühherbst, brachte Peeter van Leyden nach einem Besuch auf dem Großen Markt eine Nachricht mit heim, welche Barbara Blomberg zutiefst erschütterte: Ihr Erstgeborener befand sich auf dem Marsch nach Flandern!

Don Juan d'Austria war von seinem königlichen Halbbruder in Nachfolge des Herzogs von Alba zum Statthalter der Spanischen Niederlande ernannt worden – und sollte hinfort in Brüssel residieren.

Die Audienz

Flandern/Spanien
Herbst 1576 – Frühjahr 1585

Dichter Novembernebel lag über Brüssel; nur schemenhaft waren die Häuser, Kirchen und Paläste zu erkennen. Barbara Blomberg hatte den Eindruck, als könnte die Stadt jeden Augenblick ganz in den trüben Schwaden versinken; zu anderen Zeiten hätte die Schwarzhaarige sich bedrückt gefühlt. Doch heute, während die Kalesche sie und Anthony Standen von der Koningstraat zum Großen Markt brachte, berührte die triste Atmosphäre sie nicht wirklich. Vielmehr fieberte Barbara voller Vorfreude der Audienz entgegen – und während die Kutschpferde das letzte Wegstück zurücklegten, erinnerte sich die Schwarzhaarige, die eine elegante mirabellfarbene Robe mit Mantille trug, an die Ereignisse der vergangenen Woche.

Der Sonntag war noch einmal sonnig gewesen; am späten Vormittag hatten auf der Wehrplattform des Genter Tores die Posaunen zu schmettern begonnen. Die Bürger – Freunde und Feinde Habsburgs durcheinander – waren zur Ausfallstraße im Nordwesten der Stadt geströmt; hatten dort ein Spalier für die Kavalkade des Siegers von Lepanto gebildet. Unter dem Vivat-Geschrei der Katholiken und dem erregten Tuscheln der Protestanten – »Er hat den Seeweg gewählt, in Brügge ist er gelandet! Starke Truppenverbände haben sich zusammen mit ihm ausgeschifft, die werden später noch folgen! Er wagt es und kommt lediglich mit einer Vorhut nach Brüssel!« – hatten die etwa zweihundert Reiter die

Torbrücke passiert. Dieselbe, über die einst Anthony kam, hatte Barbara unwillkürlich assoziiert – gleich darauf war ihr der andere Mann fast auf Rufweite nahe gewesen: Don Juan d'Austria; ihr Geronimo, den sie im Planwagen in die Niederlande gebracht hatte.

Sie hatte ihn förmlich mit den Augen verschlungen: sein fremdes, noch immer vertrautes Antlitz, sein im Wind wehendes helles Haar; die Hand im goldenen Stulpenhandschuh, welche den prunkvollen Helm schwenkte; die gleißende Rüstung, das elastische Wiegen seines Körpers im Sattel des Araberschimmels. Mein Sohn! Dies ist wahrhaftig mein Sohn! Wieder und wieder hatte sie es gedacht. Alles, was er ihr – bewußt oder gezwungenermaßen – angetan hatte, war vergessen; sechsundzwanzig Jahre, in denen sie kein einziges Lebenszeichen von ihm erhalten hatte, schienen plötzlich bedeutungslos geworden zu sein.

Während der folgenden Tage, in denen die Stadt seinetwegen nicht mehr zur Ruhe kam, war Barbara hin- und hergerissen gewesen; unentwegt hatte sie sich gefragt, ob sie ihren Erstgeborenen schon gleich um eine Audienz bitten könnte oder sich noch ein wenig gedulden sollte? Dann aber war er es gewesen; vergangenen Donnerstag bereits, welcher ihr die Entscheidung abgenommen hatte. Ein Bote war ins Haus an der Koningstraat gekommen und hatte ihr einen Brief mit dem Siegel Don Juans überreicht; eigenhändig hatte ihr Sohn die Zeilen geschrieben: »Ich erwarte Dich Sonnabend kurz vor Einbruch der Dunkelheit im Broodhuis.« Darunter nichts weiter als ein schwungvoll hingeworfenes »G.« – doch es hatte alles, alles gesagt; zweifellos hatte Geronimo mittels dieses Buchstabens eine ganz persönliche Brücke schlagen wollen.

Nun, da die Kalesche auf den Platz im Zentrum Brüssels einbog, hatte Barbara das Empfinden, als würde sich der

Nebel unversehens lichten. Vor dem Broodhuis dann, an dessen Prunkfassade soeben Dutzende brennender Fackeln aufgesteckt wurden, verwichen die grauen Schwaden tatsächlich.

An Anthonys Arm passierte die Schwarzhaarige den Doppelposten der geharnischten Wachen am Portal. Im Inneren des Palastes geleitete der Diplomat, welcher nicht zum ersten Mal hier war, Barbara eine breite Freitreppe hinauf; anschließend durchschritt das Paar verschiedene Zimmerfluchten, unter deren Türen Lakaien standen. Auf dem obersten Absatz einer weiteren, marmorglatten Prunktreppe glitt die Schwarzhaarige aus; mit einem raschen Griff an den Ellenbogen brachte ihr Begleiter sie wieder ins Gleichgewicht. Lachend dankte Barbara ihm – und bemerkte, daß Anthonys Gesicht sich verspannte. Unmittelbar darauf erblickte auch sie den protzig gekleideten Haushofmeister, der plötzlich vor einer dunkel lackierten und mit Elfenbein geschmückten Doppeltür aufgetaucht war. Nun kam der Hofbeamte rasch auf sie zu; Anthony flüsterte: »Jetzt mußt du ohne mich weitergehen!«, dann wandte er sich fast abrupt ab.

Barbara nahm noch wahr, wie seine Degenscheide gegen die Treppenbalustrade klirrte; im nächsten Moment verneigte sich der Haushofmeister vor ihr und brachte sie zu der zweiflügeligen Pforte. Barbara trat ein; beinahe geräuschlos schloß sich die Tür in ihrem Rücken – und sie war mit Don Juan d'Austria allein!

***

Atlasschwarz glänzte die Rückenpartie seiner Staatsrobe; das lange fahlblonde Haar, das ihm über die Schultern fiel, bildete einen scharfen Kontrast dazu. Reglos stand der Kaiserbastard im Rahmen des gotischen Bogenfensters; das filigrane Maßwerk schien eine steinerne Statue zu umrahmen.

Voller Sehnsucht nach Don Juan hatte Barbara den Raum betreten; nun, während sie das Kabinett immer zögerlicher bis zur Mitte durchmaß, verspürte sie angesichts der so seltsam abweisenden Haltung ihres Erstgeborenen wachsende Beklemmung.

Warum zeigt er mir sein Antlitz nicht? Warum kommt er mir nicht entgegen? Er muß doch ebenso empfinden wie ich! Ihre Gedanken jagten sich; auf einmal glaubte sie zu verstehen: Er schämt sich vor mir! Er denkt, ich trage es ihm nach, daß er mich all die Jahre zurücksetzte; mir keinen einzigen Brief schrieb, mir nicht die kleinste Nachricht zukommen ließ. Daher ist er jetzt unsicher, ist ratlos. Aber das ist ja auch kein Wunder. Fast ein Menschenalter waren wir getrennt; seit er ein Kleinkind war, durfte ich ihm keine Zuwendung mehr schenken. Und deshalb weiß er nichts von Mutterliebe; weiß nicht, daß sie alles verzeiht.

Das vermeintliche Begreifen gab ihr den Mut weiterzugehen. Bis auf wenige Schritte näherte sie sich ihm; dann sagte sie gegen den atlasschwarzen Rücken hin das zärtlichste Wort, das ihr einfiel: »Geronimo ...«

Mein Sohn! hatte sie hinzufügen wollen. Mein verlorener und endlich wiedergefundener Sohn! Doch es kam nicht dazu – kaum hatte der Statthalter Philipps II. den Namen vernommen, fuhr er aggressiv herum und herrschte seine Mutter an: »Was untersteht Ihr Euch, Uns anzureden wie einen Straßenjungen?!«

Der Affront war gezielt erfolgt; Barbara, schlagartig ernüchtert, hegte keinen Zweifel daran. Während sie um Fassung rang, musterte Don Juan d'Austria sie mit verkniffenen Lippen; nachdem er sicher sein konnte, daß die zynische Zurechtweisung gewirkt hatte, ließ er es dabei bewenden. Er rückte die weißgoldene Ordenskette auf seiner Brust zurecht und sprach in gemäßigterem, aber eisigem

Tonfall weiter: »Wir haben Euch nicht herbefohlen, Barbara Blomberg, um in Erinnerungen zu schwelgen, die allzu lange zurückliegen; die, zumindest für Uns, schon längst nicht mehr existieren! Die Zeit ist hinweggegangen über das, was einmal war; mehr noch: Zwischen Uns und Euch liegen mittlerweile Welten!« Er tippte auf das Emblem an seiner Ordenskette. »Das Goldene Vlies hier – etwas Anrüchiges dort! Wir hoffen sehr, Ihr seid fähig, nachzuvollziehen, was Wir meinen!«

Die grauenhaft gedemütigte Frau unterdrückte ein Schluchzen; gleich darauf – es war, als zwänge eine unsichtbare Faust sie in die Knie – krümmte ihr Körper sich zum Hofknicks.

Don Juan d'Austria ließ seine Mutter vier, fünf gequälte Atemzüge in dieser Stellung verharren. Erst dann machte er die übliche herrische Geste, die es ihr erlaubte, sich wieder aufzurichten. Barbara gehorchte; geduckt, mit bebenden Schultern stand sie da und hörte den Helden von Lepanto nunmehr sagen: »Mit äußerstem Mißfallen haben Wir die Berichte über Euer Treiben zur Kenntnis genommen! Ihr habt verrufene Häuser in Brüssel und Gent geführt und dadurch die Lehren der alleinseligmachenden katholischen Kirche mit Füßen getreten! Ferner habt Ihr jahrelang Umgang mit einem Spion des ketzerischen englischen Hofes gepflegt; seid diesem gottverdammten Protestanten und Verfechter der humanistischen Alfanzerei in todsündiger Buhlschaft verfallen!«

Die Sechsundvierzigjährige wollte aufbegehren, doch ein wütendes Rachenpfeifen des Kaiserbastards brachte sie sofort wieder zum Kuschen – und schon vernahm sie die nächsten ungeheuerlichen Sätze: »Wir hätten die Macht, Euch aus den genannten und einer Reihe von weiteren Gründen der Justiz zu überantworten! So war beispielsweise Eure Flucht aus dem Kloster zu Löwen ein im Prinzip todeswürdiges Verbrechen! Ebenso ist Uns zu Ohren gekommen, daß Ihr eine Affäre mit einem gewissen Jan Steenhuis aus dem Hennegau hattet; einem Mitverschworenen des verfluchten Egmont: des Hochverräters, welcher den Lohn für seine Verbrechen nur einen Steinwurf von hier auf dem Schafott empfing! Es ist also absolut keine Frage, daß Ihr Euch in einer äußerst prekären Situation befindet – und Wir Euch auf der Stelle einkerkern lassen könnten ...«

Abrupt drehte er seiner zitternden Mutter neuerlich den Rücken zu; dumpf hallte seine Stimme im Mauergewölbe des gotischen Bogenfensters wider: »Aber um des Ansehens der Dynastie willen, zu der Ihr vor drei Jahrzehnten in einer gewissen Beziehung gestanden habt, wollen Wir einen anderen Weg als den soeben angesprochenen wählen, damit Ihr zur Vernunft kommt. Folgendes ordnen Wir hiermit an: Primo dürft Ihr keinerlei Kontakt zu Euren bürgerlichen Nachkommen mehr pflegen; insbesondere nicht zu dem Leutnant Konrad Kegel, widrigenfalls dieser Offizier aus der Armee ausgestoßen wird! Secundo ist Euch ab dieser Stunde jegliches Zusammensein mit dem englischen Spion Anthony Standen untersagt! Tertio reist Ihr in Begleitung zweier Vertreter des Heiligen Offiziums noch in dieser Woche nach Valladolid in Spanien ab, wo man für Euren Empfang bereits Vorkehrungen getroffen hat!«

Barbara hörte die letzten Worte nur noch undeutlich; zutiefst verstört dachte sie: Warum tut er mir das an?! Warum peinigt er mich so, obwohl er den Brief doch mit dem Zeichen für Geronimo unterschrieben hat?! Warum?! Warum?!

Sie wollte das Warum herausschreien, aber sie brachte nichts als ein Keuchen zustande, und dieses verzweifelte Stöhnen wurde vom abschließenden und schlimmsten Satz des Kaiserbastards übertönt: »Jetzt dürft Ihr Euch zurückziehen – aus Unserem Palast, Unserer Stadt und Unserem Leben!«

Wie betäubt taumelte Barbara Blomberg zur Tür und hinaus auf den Vorplatz. Die Umrisse der Treppe, auf der sie beim Heraufkommen ausgeglitten war, verschwammen vor ihren Augen – dann verzerrte auch dieses Bild sich ins Grauenhafte. Barbara sah, wie Anthony, der an der Balustrade gewartet hatte, ihr entgegenlaufen wollte – doch im selben Moment stürzten aus dem Portal einer Wachstube seitlich von ihm Bewaffnete; kreisten ihn ein, packten ihn. Der Engländer wehrte sich, griff zum Degen, brachte die Waffe aber nicht mehr aus der Scheide. Einer der gepanzerten Spanier preßte ihm die Schwertspitze gegen die Kehle; andere rissen seine Arme nach hinten und fesselten sie mit Handschellen. Gleich darauf, als die Soldaten ihn wegzerrten, vernahm Barbara noch einmal seine Stimme; Anthony rief ihren Namen, wieder und wieder.

Und dieses Rufen schien nicht verstummen zu wollen; ununterbrochen schien es in den Ohren der Sechsundvierzigjährigen nachzuhallen, während auch sie quasi als Gefangene zur Koningstraat gebracht wurde. Dort brach sie mit einem Weinkrampf zusammen; irgendwann, viel später, schleppte sie sich zu der Truhe, in der sie Don Juans Schreiben verwahrt hatte: den Brief mit dem schwungvoll hingeworfenen »G.« am Ende. Lange starrte sie auf das Pergament; schließlich begriff sie, daß sie sich von ihrer Sehnsucht nach dem verlorenen Sohn hatte täuschen lassen: daß der Buchstabe in Wirklichkeit ein verschnörkeltes J war und Juan bedeutete, nicht Geronimo.

Während der folgenden Tage löste Barbara Blomberg, ständig unter Bewachung stehend, ihren Haushalt auf und verpackte ihr wertvollstes Hab und Gut in mehrere Reisekisten. Eine knappe Woche nach der Audienz im Broodhuis bestiegen die Sechsundvierzigjährige sowie die beiden Büttel der Inquisition, welche sie nach Spanien begleiten sollten, die Postkutsche nach Brügge. Durch treibenden Nebel rollte die Kalesche nach Nordwesten: auf derselben Straße, die kurz zuvor schon der des Landes verwiesene Gesandte der englischen Königin genommen hatte.

Abermals glaubte Barbara, Anthonys verzweifeltes Rufen zu hören; es verfolgte sie auch in den ersten Nächten an Bord der Galeere, bis das Rauschen der See es endgültig zum Verstummen brachte. Von da an empfand Barbara Blomberg nur noch trostlose innere Leere; bald kam Todessehnsucht hinzu. Die ganze Zeit über, da sich das Schiff durch die Herbststürme im Ärmelkanal und danach in der Biskaya kämpfte, hoffte die Schwarzhaarige, sie könnte ihr Grab auf dem Meeresgrund finden.

***

Der Gebäudeklotz, welcher sich etwa drei Meilen außerhalb der kastilischen Stadt Valladolid in eine felsschrundige Falte der Hochebene duckte, wirkte dunkel und abweisend. Der Januarhimmel war regenverhangen; vom Duero herüber pfiff ein scharfer Wind, welcher den Maultieren an der Deichsel der Kalesche das Vorwärtskommen auf dem morastigen Pfad noch zusätzlich erschwerte.

Das also ist es! dachte Barbara Blomberg entsetzt. Das Gefängnis, das Don Juan d'Austria in seiner ungeheuerlichen Sohnesliebe für mich ausgewählt hat! Einmal mehr rebellierte ihr Magen, am ganzen Leib zitternd kämpfte sie gegen den Brechreiz an; die schier endlose Seereise und danach die wochenlange Fahrt in der ungefederten Kutsche hatten ein körperliches Wrack aus ihr gemacht. Geistig indessen war sie nicht gebrochen; die ungewöhnliche Atmosphäre Spaniens, dieses rauhen und zwischen schroffen Extremen zerrissenen Landes, hatte sie von ihrer lethargischen Todessehnsucht befreit und ihren Widerstandswillen geweckt. Als die Übelkeit abklang, schwor Barbara sich: Nie und nimmer werde ich in dem verfluchten Kloster dort vorne vermodern!

Als hätten die beiden Inquisitionsbüttel erraten, was sie dachte, schossen sie strafende Blicke auf die Schwarzhaarige; ließen die hölzernen Rosenkranzkugeln in ihren Händen schneller klappern. Unverändert hielt das hektisch klingende Geräusch während der letzten halben Meile bis zur Abtei an; erst als die Kalesche vor dem gedrungenen Portal des Torturmes zum Stehen kam, brach es ab.

Wenig später jedoch, nachdem die Vertreter des Heiligen Offiziums die abgemagerte Frau an ihre nunmehrigen Gefängniswärterinnen übergeben hatten, setzte es wieder ein. Denn auch die Dominikanerinnen, welche Barbara Blomberg jetzt wortlos in die Mitte nahmen, trugen Rosenkränze an ihren Hüftstricken. Das trockene Rasseln der knochenfarbenen Holzperlen begleitete Barbara bis in die Zelle, wo sie nach dem Willen ihres Erstgeborenen vermutlich möglichst rasch absterben sollte. Kaum hatten die Nonnen sich stumm wieder entfernt, brach die Schwarzhaarige über der Pritsche zusammen; ihr Schluchzen mischte sich mit dem Rauschen eines jäh aufkommenden Regensturmes draußen vor dem schießschartenähnlichen Fensterloch.

Eine volle Woche lang blieb diese Mauerscharte – abgesehen von der Klappe in der Zellenpforte, durch die man ihr Brot und Wasser hereinreichte – Barbaras einzige Verbindung zur Außenwelt. Ganz offensichtlich wollte die Äbtissin ihr unmißverständlich demonstrieren, daß sie völlig rechtlos war. Und auch am siebten Tag dann, als die Klostervorsteherin Barbara Blomberg zu sich befahl, änderte sich daran nichts.

Brutal eröffnete die Äbtissin der Schwarzhaarigen: »Ihr befindet Euch hier in strenger Klausur, jeglicher Umgang mit anderen Menschen ist Euch verboten! Ihr habt Buße für

Euer frevlerisches Dasein zu tun, damit Eure Sündenstrafen im Jenseits weniger schwer ausfallen – sofern Gott dies in Seinem unbegreiflichen Ratschluß für richtig hält ...«

Barbara mußte es hinnehmen; ebenso mußte sie sich mit der Tatsache abfinden, daß sich die spanischen Nonnen schamlos an ihrem Eigentum vergriffen hatten. »Konfisziert!« schnappte die Klostervorsteherin, als die Schwarzhaarige es in der dritten Woche ihrer Gefangenschaft wagte, nach den Kisten zu fragen, die sie aus Brüssel mitgebracht hatte. Beschlagnahmt also mein Silber und Zinn, das Geschirr, die Pokalgläser und Kerzenleuchter, dazu meine Kleider! dachte Barbara, während ihr einmal mehr die Galle hochkam. Sogar an den Kleidungsstücken fanden diese gekutteten Geier Gefallen; in ihrer Nächstenliebe wollen sie mir bloß das lassen, was ich nun schon Monate auf dem Leib habe! Aber ich werde mich zu wehren wissen! Schließlich kenne ich die Schwächen dieser bigotten Kreaturen genausogut wie ihren bösartigen Glaubenscifer! Zurück in der moderdumpfen Zelle dann, überlegte sie, wie sie am besten mit dem ihr verbliebenen Pfund wuchern konnte.

Nach der Ankunft im Kloster war der Schwarzhaarigen wenigstens eine Leibesvisitation erspart geblieben; der Grund lag vermutlich darin, daß dies im Widerspruch zum Keuschheitsgelübde der Dominikanerinnen gestanden hätte. Deshalb war Barbara noch immer im Besitz der Schmuckstücke und Goldmünzen, die sie im Palais an der Koningstraat hinter dem Rücken ihrer Bewacher beiseite gebracht und in einer Geldkatze verstaut hatte. In der Nacht vor der Abreise hatte sie den prall gefüllten Ledergürtel um die Hüften geschnallt und ihn seither ständig auf der nackten Haut getragen. Jetzt freilich, nachdem sie sich über ihre Vorgehensweise schlüssig geworden war, benötigte sie ein anderes Versteck für die Geldkatze.

Barbara nahm das schwere Kruzifix von der Zellenwand, löste einen Ziegelstein, scharrte in der lockeren Mauerfüllung dahinter einen Hohlraum aus und beförderte den Grus durch das Fensterloch ins Freie. Sodann stopfte sie den Gürtel in die Nische, verschloß diese wieder mit dem Ziegel und hängte das Kreuz zurück an seinen Platz.

Sie wartete einige Tage ab, dann bat sie abermals um eine Audienz bei der Äbtissin. Am übernächsten Morgen ließ die Klostervorsteherin sie holen; als Barbara vor der Dominikanerin stand, spielte sie zunächst die Zerknirschte und erging sich in frommen Redensarten; anschließend warf sie ihren Köder aus: »Auf der Fahrt hierher hörte ich, daß in Valladolid eine Kathedrale errichtet wird, und es drängt mich dazu, an Ort und Stelle für das Gelingen des Bauvorhabens zu beten. Deshalb möchte ich Euch bitten, mich einmal monatlich nach Valladolid pilgern zu lassen, wobei ich gerne das Novizinnengewand tragen würde. Ich glaube, dies wäre Gott wohlgefällig; zudem könnten meine Pilgergänge Eurem Konvent nützlich sein. Denn gewisse hochgestellte Persönlichkeiten in der Stadt, die allerdings anonym bleiben müßten, würden mich möglicherweise für meinen Glaubenseifer belohnen – und zwar in der Form, daß sie Eurem Kloster über meine unwürdige Person die eine oder andere christliche Wohltat angedeihen ließen. Ihr bräuchtet einer verworfenen Sünderin gegenüber also lediglich ein wenig Barmherzigkeit zu zeigen, um in den Genuß der genannten Spenden zu kommen, welche Ihr sodann ganz nach Eurem Belieben verwenden könntet …«

Nachdem sie sich eine Weile gewunden hatte, ging die Äbtissin auf den Vorschlag ein. Schon am übernächsten Morgen holte Barbara Blomberg ein halbes Dutzend Dublonen aus dem Wandversteck hinter dem Kruzifix, verwahrte die Münzen in ihren Strümpfen und wanderte in der Novizinnenkutte, welche die Nonnen ihr überlassen hatten, nach Valladolid. Dort besuchte sie zunächst die Kathedralenbaustelle, tat so, als würde sie in der halbfertigen Apsis eine Reihe stiller Gebete sprechen, und verschwand danach im angrenzenden Gassengewirr. Auf einem Abtritt holte sie die Goldstücke hervor, band sie in ein Schnupftuch und machte sich auf den Rückweg zum Konvent. Mit gierigen Augen nahm die Äbtissin die vermeintliche Spende entgegen; stellte anschließend einige lauernde Fragen. Doch Barbara gab nur nichtssagende Antworten; sie spürte, daß sie sich das jetzt leisten konnte, daß sie bereits im ersten Anlauf entscheidend weitergekommen war.

Während der folgenden Monate insistierte die Klostervorsteherin noch einige Male; sie tat es aber wohl eher, um die Form zu wahren – und bis zum Sommer dieses Jahres 1577 hatte sich der Handel reibungslos eingespielt. Mit jeder Gabe, welche die Schwarzhaarige ablieferte, besserte sich ihr Los ein wenig; die Nonnen zeigten sich im Umgang mit ihr zunehmend freundlicher. Ein Jahr nach ihrer Ankunft besaß Barbara Blomberg bereits eine kleine Zimmerflucht gleich neben den Gemächern der Äbtissin. Außerdem hatte sie ihre Kleider zurückgekauft, und die beiden Räume, in denen sie nun lebte, wurden von einer Laienschwester saubergehalten. Das schwere Wandkreuz freilich, welches auch in ihrer neuen Unterkunft hing, staubte Barbara regelmäßig selbst ab …

Wie die mittlerweile Siebenundvierzigjährige vermutete, lag der Grund für die Nachsicht der Klostervorsteherin jetzt nicht mehr allein in deren Goldgier; es schien darüber hinaus politische Motive zu geben. Gewissen abfälligen Äußerungen der Äbtissin über Don Juan d'Austria entnahm Barbara, daß der Stern ihres Erstgeborenen im Sinken begriffen war. Offenbar hatte Philipp II. gegen seinen allzu hoch emporgestiegenen Halbbruder zu eifern begonnen; die Klostervorsteherin wiederum, so die Einschätzung der Schwarzhaarigen, erachtete es wohl für vorteilhaft, ihr Mäntelchen nach dem Wind zu drehen.

Barbara Blomberg hatte keine Ursache, sich über diese Entwicklung zu beklagen. In behaglicher Umgebung und freigestellt von den düsteren religiösen Pflichten, verbrachte sie die folgenden Monate – im November 1578 dann, exakt zwei Jahre nach der verhängnisvollen Audienz im Brüsseler Broodhuis, traf eine fürchterliche Nachricht aus den Niederlanden im kastilischen Konvent ein.

***

Die Äbtissin bekreuzigte sich mehrmals, während sie die entsetzliche Kunde an Barbara weitergab: »Es geschah am ersten Oktober in einem Feldlager der königlichen Armee bei der Stadt Namur an der Maas. Don Juan d'Austria nahm eine Truppenparade ab und versicherte seinen Regimentern danach in einer flammenden Rede, daß Spanien nach dem Willen des Allmächtigen über die ketzerischen Geusen triumphieren werde. Plötzlich aber wankte der Statthalter im Sattel und mußte einen Augenblick später vom Roß gehoben werden. Als sie ihn in eine nahe stehende Bauernkate trugen, bemerkten die Offiziere, daß sein Leib im Fieber glühte. Unter dem armseligen Strohdach der Kate bemühten sich die Ärzte nach Kräften um ihn, doch Gott wollte es in seinem unerforschlichen Ratschluß anders. Gegen Mitternacht verstarb der Sieger von Lepanto und Tunis unter grauenhaften Krämpfen. Im blühenden Alter von einunddreißig Jahren raffte ihn der Tod hinweg; nachdem seine Seele von ihm gewichen war, erklärten die Doktores, er sei der Pest erlegen …«

»Mein Geronimo!« All die Liebe zu ihm, die Barbara so

mühsam unterdrückt hatte, schwang in ihrem Aufschrei mit. Jetzt war er für sie nicht länger der Statthalter, der sie so herzlos zurückgesetzt und fast gebrochen hatte; jetzt war er wieder ihr Sorgen- und Schmerzenskind. »Der Schwarze Tod ...«, stöhnte sie. »Und es war keine Hilfe mehr möglich ... «

»Ja, das ist seltsam«, murmelte die Äbtissin. »Üblicherweise dauert es bei einem Pestkranken drei, vier Tage, ehe das Leben mit den platzenden Beulen dahinschwindet oder die Lunge ihren Dienst versagt. – Im Fall Eures Sohnes, darüber wird in Flandern getuschelt, muß etwas hinzugekommen sein. Lästerliche Zungen behaupten sogar, es sei Gift gewesen; Gift, das der König seinem Bruder verabreichen ließ ...«

Die Nonne sah, wie Barbara auf ihrem Stuhl wankte; rasch wollte sie zugreifen, aber da stürzte die Schwarzhaarige auch schon ohnmächtig zu Boden.

Irgendwann kam Barbara Blomberg, nun auf ihrem Bett liegend, wieder zu sich. Im Lauf der nächsten Tage und Nächte durchlitt sie, teils in Wach-, teils in Alpträumen, noch einmal die Jahrzehnte, in denen sie sich vergeblich nach ihrem Erstgeborenen gesehnt hatte. Zeitweise wuchs ihr Schmerz ins schier Unerträgliche; mehrmals war sie versucht, Hand an sich selbst zu legen – doch zuletzt, als sie keine Tränen mehr hatte und sich dem Unabänderlichen beugte, fand sie in der Ergebung so etwas wie dunklen Frieden.

Barbaras vormals so prachtvolles schwarzes Haar freilich war aufgrund ihrer Seelenqual innerhalb einer einzigen Woche ergraut – und im Frühjahr 1579 mußte die Trauernde einen weiteren furchtbaren Schock verkraften.

Sie erfuhr, daß man den Körper ihres Sohnes in Flandern unter den Gebeten von Priestern in vier Teile zerschnitten und eingesalzen hatte. Anschließend waren die Stücke in Heringsfässer verpackt und auf Schleichwegen durch das feindliche Frankreich nach Spanien gebracht worden. Ende Mai war die Maultierkarawane im Escorial bei Madrid eingetroffen; in Gegenwart Philipps II. hatte dort die prunkvolle Beisetzung der sterblichen Überreste des kaiserlichen Bastards Don Juan d'Austria stattgefunden.

Als Barbara Blomberg dies vernahm, brach sie erneut zusammen. Nachdem sie wieder klar zu denken vermochte, wünschte sie inständig, ihr Erstgeborener wäre ein einfacher Bürger gewesen und hätte friedlich im Handwerkerhaus seiner Großeltern in der Regensburger Tändlergasse oder schlicht in ihren Armen sterben dürfen.

***

Einen knappen Monat nach der Bestattung ihres Sohnes erhielt Barbara, welche im Kloster dank einer unverhofften königlichen Amnestie nun auch offiziell nicht mehr als Gefangene, sondern als Pfründnerin angesehen wurde, einen Brief aus Brüssel.

»Liebste Schwiegermama!« schrieb Anne. »Leider durften wir Dir während der vergangenen schweren Jahre kein Lebenszeichen zukommen lassen, wir haben aber sehr oft an Dich gedacht. Jetzt jedoch scheint für Dich so manches leichter geworden zu sein, auch wenn die Wendung der Dinge Dir bestimmt noch einmal große Schmerzen zugefügt hat. Wir hoffen inständig, Du hast die Kraft gefunden, trotz allem wieder zuversichtlich in die Zukunft zu blicken. Aber nicht bloß mit Worten allein wollen wir Dich aufmuntern – deshalb nun die allerwichtigste Neuigkeit. Vergangenen Herbst kam Deine Enkeltochter Elvira zur Welt! Sie ist Konrad wie aus dem Gesicht geschnitten und hat von Dir die tiefblauen Augen, von mir allerdings bisher noch nicht sehr viel …«

Die Grauhaarige unterbrach die Lektüre; erstmals seit einer kleinen Ewigkeit lächelte sie, gleichzeitig perlten Tränen über ihre Wangen. »Ich wünsche dir, Anne, daß Elvira dein gutes Herz geerbt hat!« flüsterte sie; dann las sie den Schluß des Briefes: »Aus dem Broodhuis haben wir Gerüchte gehört, wonach Du jetzt wieder ganz Herrin Deiner Entschlüsse seist. Und falls dies so ist, könntest Du doch in Deine flämische Heimat zurückkehren, oder? Willst Du es nicht tun??? Du weißt gewiß noch, was ich Dir einst nach der Verlobungsfeier unter der Tür meines Vaterhauses sagte ...«

An jedes Wort erinnere ich mich, dachte Barbara gerührt und streichelte dabei mit der Fingerspitze die Unterschriften auf dem Briefbogen: die rundliche ihrer Schwiegertochter, die schwungvolle Konrads; am längsten das wunderschön unbeholfene »E« des kleinen Mädchens, dem seine Mutter offenbar die Hand geführt hatte.

Noch am gleichen Tag antwortete die Klosterpfründnerin. Sie schrieb sich viel von der Seele; am Ende erwiderte sie auf Annes Frage bezüglich einer Heimkehr nach Flandern, daß sie eine solch schwerwiegende Entscheidung im Augenblick nicht zu treffen vermöge. Sie werde wohl klarer sehen, wenn einige Zeit vergangen sei; im Moment sei sie ziemlich orientierungslos, vielleicht werde sie zunächst einmal eine Reise durch Spanien unternehmen.

Spontan, aus einer unvermittelten Eingebung heraus, hatte die Grauhaarige den letzten Satz formuliert – doch im darauffolgenden dreiviertel Jahr, das sie noch bei den Dominikanerinnen verbrachte, nahmen ihre Reisepläne immer konkretere Gestalt an. Als das Wetter dann im März 1580 frühlingshaft wurde, löste Barbara Blomberg ihren kleinen Haushalt im Konvent auf. Nach der Amnestie hatte die Priorin ihr einen beträchtlichen Teil der aus Brüssel mitgebrachten Wertgegenstände zurückgegeben; auch hatte sich im Versteck hinter dem Kruzifix ein Fundus an Gold und Juwelen erhalten, so daß dem wiedererwachten Tatendrang der inzwischen Fünfzigjährigen vom Materiellen her nichts im Wege stand. Sie verstaute die Kleinodien erneut in ihrer Geldkatze, verpackte ihr übriges Hab und Gut in Kisten, verabschiedete sich von den Nonnen und bestieg die Kalesche, welche sie tags zuvor in Valladolid gemietet hatte.

Ohne Zwischenfälle brachten der Kutscher Gonzales und der junge Beireiter Pedro sie quer durch Kastilien zu der Ortschaft unweit von Madrid, über deren Dächern sich der Palast- und Klosterkomplex des Escorial erhob. In einer Herberge erfuhr Barbara aus dem Mund des Wirts, was sie wissen wollte: »Nein, Señora, der König hält sich derzeit nicht im Schloß auf. Er zog bereits vor etlichen Wochen nach Westspanien, der Herzog von Alba begleitete ihn. Man munkelt, und auch die vielen Soldatenaushebungen sprechen dafür, daß es zu einem Kriegszug gegen Portugal kommen wird. Philipp trachtet ja schon lange danach, dieses Land zu unterwerfen ...«

Kommentarlos, mit gepreßten Lippen, nahm die Grauhaarige dies hin; dann fragte sie, ob es möglich sei, den Escorial zu besichtigen.

Der Herbergswirt schüttelte den Kopf. »Kein Fremder darf das Schloß oder die Abtei, in der sich das Heilige Offizium festgesetzt hat, betreten! Die Mauertore werden streng bewacht, und Ihr solltet Euch besser von den Hellebardieren und Musketenschützen dort fernhalten!«

Barbara mußte also darauf verzichten, das Grab ihres Erstgeborenen zu besuchen, um noch einmal stille Zwiesprache mit ihm zu halten. Der Wirt konnte ihr lediglich den Weg zeigen, welchen die aus Flandern kommende Karawane mit den sterblichen Überresten des Don Juan d'Austria ein knappes Jahr zuvor genommen hatte. Langsam, mit Tränen in den Augen, folgte die Fünfzigjährige dem Pfad, bis der Wallgraben des Escorial und die drohenden Zurufe der Bewaffneten ihr das Weitergehen verwehrten.

Zurück in der Herberge, drängte Barbara ihre Begleiter zum sofortigen Aufbruch. Im Steinschatten der Schloßmauern hatte sie erkannt: Allein in ihrem Herzen würde Geronimo weiterleben; in der Gruft hingegen, wo die Körperteile ihres vermutlich von Philipp II. ermordeten Sohnes lagen, war nichts als Moder und Verwesung.

Wie auf der Flucht jagte die Kalesche nach Norden davon. Gonzales und Pedro, die unterdessen wußten, daß die so grausam vom Schicksal geschlagene Mutter des Helden von Lepanto im Wagenkasten saß, hatten sich mitleidig bereit erklärt, so lange in Barbaras Diensten zu bleiben, wie sie es wünschte.

Mehr oder weniger ziellos führte die Fahrt über Segovia und Aranda zunächst nach Burgos. An den Abenden in den Gasthäusern tauschte sich Barbara Blomberg zunehmend freundschaftlich mit ihren Gefährten aus; tagsüber bat sie Gonzales öfter einmal, die Kutsche anzuhalten. Stets geschah dies an Wegstellen, wo es ungewöhnliche Felsformationen gab oder der Blick weithin über Berge und Talschluchten schweifte. An solchen Plätzen schien die Fünfzigjährige in den metaphysischen Geist der grandiosen spanischen Landschaft eindringen zu wollen; instinktiv suchte sie die allertiefste – heidnische – Wurzel des Daseins.

Manchmal glaubte die Grauhaarige, jene innerste, archaische Substanz des Lebens beinahe mit Händen greifen zu können; stets jedoch wich das eben noch Überwältigende im nächsten Moment jäh wieder ins Unfaßbare zurück. Und die wochenlange Reise selbst – sowohl durch die uralten iberischen Kernländer als auch in ungefährer Richtung von

Barbaras früherer Heimat – war äußerlicher Ausdruck dieses Zwiespältigen. Auf der Schwelle zum letzten Abschnitt ihres Daseins sah sich die Fünfzigjährige hin- und hergerissen: zwischen der Sehnsucht, irgendwo weltfernen Frieden finden zu können, und dem Angebot Annes, sie in Brüssel aufzunehmen.

Als sich die Straße nördlich von Burgos gabelte, die französische Grenze schon nahe, andererseits die kantabrische Atlantikküste nicht mehr fern war, fiel die Entscheidung: Barbara Blomberg stellte die Niederlande zugunsten des Atavistischen hintan. Gonzales ließ die Peitsche meerwärts schnalzen und bestärkte die einstige Kurtisane des Kaisers noch in ihrem Entschluß: »Ich kenne Kantabrien recht gut. Die Familie meiner Schwester lebt dort, im Dorf Colindes bei Laredo. Ein gesegnetes Stück Erde ist das; der liebe Gott muß es, auch wenn's in der Bibel anders steht, an einem Sonntag erschaffen haben!«

Einer spontanen Regung folgend, gestand Barbara dem Kutscher zu, seine Verwandten zu besuchen; von da an bemühte sich Gonzales, ihr jeden Wunsch von den Augen abzulesen. Eine knappe Woche später zügelte er die Pferde auf dem Kamm des Bergpasses von Ramales, sprang vom Bock, öffnete den Schlag der Kalesche und deutete zur Küste hinunter. »Da seht Ihr die Hafenstadt Laredo. An der Bucht daneben liegt Colindes. Ist der Ort nicht wunderschön?«

Begeistert nickte Barbara; selten hatte sie ein anziehenderes Bild erblickt. Im Halbkreis standen die weißgekalkten Häuser des Dorfes auf den rötlichen Klippen. Landeinwärts umrahmten zartblaue Lavendelfelder und dunkelgrüne Zypressenwälder die Ansiedlung; als harmonischer Kontrast dazu erstreckte sich bis zum geheimnisvoll flimmernden Horizont die azurfarbene See.

»Vorwärts!« Übermütig wie ein Mädchen rief es die Fünfzigjährige. Schon tänzelte Pedros Brauner den steilen Paßweg hinab, mit knarrenden Bremsen folgte der Wagen; obwohl er mit dem bockenden Gespann seine liebe Not hatte, strahlten Gonzales' Augen.

»Salud!« Das Wort aus dem Mund von Esteban, dem Schwager des Kutschers, klang für die Grauhaarige – vielleicht zum ersten Mal in Spanien – nach Heimat. Hellrot, von der Sonne durchstrahlt, funkelte der Wein in ihrem Glas: dem einzigen, das es auf der Finca gab; zu Ehren Barbaras hatte Estebans Weib Maria es aus der Truhe geholt. »Salud!« antwortete die Fünfzigjährige; dann, nachdem sie getrunken hatte, ließ sie den Blick einmal mehr wandern.

Die Bucht von Colindes vermittelte ihr ein tiefes Gefühl der Geborgenheit und ließ sie zugleich die Faszination des wahren, unverfälschten Lebens spüren. Gischtende Atlantikwogen und unerschütterlicher Fels gingen eine spannungsreiche und gleichermaßen entspannende Symbiose ein. In der Ferne verschmolz die erdgebundene Silhouette der Steilküste mit dem duftigen, fast anderweltlichen Schimmer über dem Meer; schien in ihm aufgefangen und ebenso neu aus ihm geboren zu werden. Dutzende von Fischerbooten tanzten draußen auf den Wellen, einige lagen gekippt im Sand zwischen den Steinrippen des Strandes. Entlang der Klippengrate, wo Grasnarben lockten, turnten Ziegen. Da und dort waren halbnackte, bronzehäutige Menschen zu sehen; gelegentlich trug der Wind einen Ruf oder ein Lachen heran.

All dies wirkte auf Barbara, als wäre Avalon, von dem Anthony so oft gesprochen hatte, wie durch ein Wunder greifbar geworden. Plötzlich wußte sie unverbrüchlich: Hier hatte kein Philipp das Sagen, kein Alba und auch keine katholische Kirche samt Inquisition und Freudlosigkeit. Hier gab es allein das natürliche Dasein; hier – ganz am Rande Europas – lag wahrhaftig ein Hafen.

Wieder hob sie das Glas, sagte lächelnd »Salud!« – und wenig später begann sie, beflügelt vom Wein, zusammen mit Maria, Esteban, Gonzales und Pedro Pläne für ihr künftiges Leben in Colindes zu schmieden.

Bei einem Fest am Abend lernte Barbara Blomberg die übrige Dorfbevölkerung kennen; bald waren sich die unverbildeten Menschen einig: Wenn die geheimnisvolle Fremde in Colindes ansässig werden wollte, mußte man ihr nach Kräften behilflich sein. Nach lebhafter Debatte entschieden die Dörfler, daß ein vor etlichen Jahren verwaistes Anwesen am westlichen Kap der Bucht als Wohnsitz für die Alleinstehende geeignet sei; allerdings beileibe nicht, weil man sie dorthin abschieben wolle. Vielmehr sei mit der kleinen Finca, welche seit alters her den bezeichnenden Namen »Fels der Witwe« trage, eine besondere Tradition verknüpft: In wöchentlichem Turnus müßte je eine der unverheirateten jungen Frauen von Colindes der Bewohnerin zur Hand gehen. Ansonsten sei der Weg zur Dorfmitte ja nicht weit; betrüge gerade einmal eine halbe Meile.

Barbara, die ohnehin schon mit dem malerischen Anwesen geliebäugelt hatte, fügte sich dem Ratschluß lächelnd und dankbar. Sie hätte sich auch nicht ausgegrenzt gefühlt, wenn das Haus noch einsamer gelegen wäre; was sie suchte, waren Ruhe und Frieden inmitten der bukolischen Landschaft.

Bereits am nächsten Tag erwachte die Finca auf den Klippen zu neuem Leben. Fleißig legten Esteban, Pedro und Gonzales Hand an, damit der »Fels der Witwe« wieder wohnlich wurde, und als sich allmählich der Herbst ankündigte, war es geschafft. Die beiden gutherzigen Männer machten sich auf die Rückreise nach Valladolid; die Grauhaarige blickte der Kalesche und dem Reiter nach, bis sie im Einschnitt des Passes von Ramales verschwanden.

Danach ging Barbara Blomberg langsam durch die Räume ihres Hauses; beinahe andächtig nahm sie in Besitz, was ihr geschenkt worden war. Sinnend betrachtete sie den kugelig aufgemauerten Küchenherd, das behagliche Bett in der Wandnische im Schlafzimmer; die aus rötlichem Holz gezimmerte Sitzbank, den Tisch und die anderen Möbel, die nun in der frisch gekalkten guten Stube standen. Hier berührte die Fünfzigjährige einen schlichten Keramikkrug, dort ließ sie ihre Fingerkuppen über das Gewebe eines Hängeteppichs gleiten.

Zuletzt betrat sie den rückwärtigen Hof, der halb Patio und halb Kräutergarten war. Efeu rankte sich dort an den Bruchsteinen der Umfassungsmauer empor, seitlich war eine Zisterne in den Felsgrund unter dem Humus gegraben; im Norden, über eine niedrige Brüstung hinweg, konnte der Blick frei hinaus auf die See schweifen.

Lange stand Barbara dort, um die Schönheit und den Frieden des Meeres in sich aufzunehmen; erst nach Stunden kehrte sie ins Haus zurück und genoß einen einfachen Imbiß. Am Abend dann schrieb sie im Schein der Öllampe an Anne und Konrad. Die Fünfzigjährige teilte den beiden mit, daß sie ein Refugium an der Küste der Biskaya gefunden habe; mit der Kälte und dem Lärm Brüssels – aber dies sei gewiß nicht gegen ihre Lieben in den Niederlanden gerichtet – wolle sie nichts mehr zu tun haben.

In der Woche darauf tat ihr ein Fischer aus Colindes den Gefallen und nahm den Brief auf seiner Schaluppe mit nach Bilbao, von wo aus einmal monatlich ein Postschiff nach Flandern auslief.

***

Während der folgenden Jahre tauschten Barbara Blomberg und ihre Schwiegertochter Anne sich regelmäßig aus.

1581, die kleine Elvira hatte längst das Laufen gelernt,

berichtete ihre Mutter, daß die Niederlande ihre politische Unabhängigkeit von Spanien erklärt hatten. Obwohl Anne davon begeistert war, befürchtete sie andererseits, die kühne Tat Wilhelms von Oranien und der Geusen könnte den katholischen Terror von neuem aufflammen lassen.

Dies war der Fall; ungeachtet dessen kam 1582 eine Nachricht aus Brüssel, über die Barbara sich von Herzen freute. Anne hatte ein weiteres Kind geboren; wieder ein Mädchen, das auf den Namen Annegret getauft worden war. Im gleichen Jahr flüsterten die Bewohner von Colindes aber auch über zwei aufsehenerregende Sterbefälle. Im Kloster Alba de Tormes hatte die fanatisch fromme und von daher im Geruch der Heiligkeit stehende Teresa von Avila die Augen für immer geschlossen; fast zeitgleich mit ihr war der blutsäuferische Herzog von Toledo in die Grube gefahren.

1583 schrieb Anne, daß ihr Gemahl zum Hauptmann befördert worden war. Der eher versteckte Hinweis auf ein offenbar tagelanges Besäufnis anläßlich dieser fragwürdigen Ehre gab Barbara zu denken und ließ sie eine schlaflose Nacht verbringen; neben der Sorge um ihren Sohn quälten sie noch einmal die schrecklichen Erinnerungen an Hieronymus Kegel. Bei der Lektüre späterer Briefe hatte sie manchmal das Gefühl, als sei mit der Ehe des Paares in Brüssel nicht alles in Ordnung – doch 1584 traf eine Hiobsbotschaft ganz anderer Art ein. Peeter van Leyden, der Handelsherr, war verstorben; friedlich, wie seine Tochter versicherte. Das Kontor, das ihr Vater mühsam bis zuletzt geleitet hätte, sei nach dem Willen Konrads jetzt in die Obhut eines von ihm eingesetzten Treuhänders gegeben worden.

Einen gewaltsamen Tod erlitt im selben Jahr Wilhelm von Oranien; der Führer der niederländischen Freiheitskämpfer fiel einem von der habsburgisch-papistischen Heiligen Liga angezettelten Attentat zum Opfer. Als Barbara Blomberg dies las, mußte sie unwillkürlich an Anthony Standen und dessen großartigen Traum von der wahren Bestimmung einer geläuterten Menschheit denken; gleich darauf wurde ihr bewußt, daß beinahe schon ein Dezennium verstrichen war, seit der Kelte sie zum letzten Mal in den Armen gehalten hatte. Nie wieder hatte sie von ihm gehört – aber die Zeit, sie spürte es jetzt, hatte die Wunde vernarben lassen. Ähnlich war es hinsichtlich ihrer beiden nachgeborenen Kinder. Seit Barbaras erzwungener Abreise aus Flandern hatten Karoline und Wolfgang so gut wie keinen Anteil mehr am Schicksal ihrer Mutter genommen; ein einziger nichtssagender Gruß der Blonden war nach Kantabrien gelangt, von ihrem Bruder gar nichts.

Barbaras Schwiegertochter hingegen schrieb nach wie vor regelmäßig, und die Mittfünfzigerin war ihr jedesmal dankbar dafür. Doch dann, im zeitigen Frühjahr 1585, versetzte ausgerechnet Anne ihr einen Schock, welcher dem vom November 1578 gleichkam, als die Nachricht vom Tod des Don Juan d'Austria im Dominikanerinnenkonvent eingetroffen war.

Der Brief bestand nur aus wenigen, mit zitternder Hand hingeworfenen Zeilen; war offenbar in Panik verfaßt worden: »Mutter! Es ist ein entsetzliches Unglück passiert! Konrad ist tot! Ich weiß mit meinen Kleinen nicht mehr ein noch aus ...«

Unterhalb einer unleserlichen Passage, wo die Tinte verschmiert war, entzifferte Barbara ein Postskriptum: »Keine Zeit mehr, Dir alles zu schildern. Die Post wartet nicht – mehr in einem Monat!«

Mit einem Weinkrampf brach Barbara Blomberg zusammen. Als sie wieder zu sich kam, begriff sie, daß die Dunkelheit Flanderns sie noch einmal eingeholt hatte.

Die letzte Reise

Flandern/Colindes
Frühjahr 1585 – Sommer 1588

»Ich weiß nicht mehr ein noch aus!« Der Satz hatte Barbara aus ihrem Refugium und auf das Schiff getrieben; er verfolgte und ängstigte sie, während die Karavelle sich durch die Äquinoktialstürme nach Norden kämpfte. Hinzu kam der furchtbare Schmerz über den Tod Konrads, ihres zweitgeborenen Sohnes, der dem Ältesten so unerwartet ins Grab nachgefolgt war. Neben ihrer seelischen Qual mußte die Mittfünfzigerin die körperlichen Strapazen der Seereise ertragen; als Barbara Blomberg nach der zweiwöchigen Überfahrt in Brügge von Bord taumelte, wichen die Schauerleute vor ihr zurück, als sähen sie ein Gespenst.

Die Frau im schwarzen Kleid schleppte sich vom Kai zur Kutschenstation; schon eine Stunde später fuhr die von vier Brabantern gezogene Kalesche ab. Auch in Flandern war das Wetter stürmisch, immer wieder fegten Regenschauer über das flache Land; frierend saß Barbara im klammen, zugigen Wagenkasten. Nach zweieinhalb Tagen tauchte am Horizont endlich die dunstige Silhouette Brüssels auf; bei Einbruch der Abenddämmerung polterte der Vierspänner durch das nordwestliche Tor und kam kurz darauf auf dem Großen Markt zum Stehen.

Kaum war Barbara Blomberg ausgestiegen, zuckte sie in einer Art von schaurigem Déjà-vu zusammen. Es schien ihr, als hätte sie vor langer Zeit genau an derselben Stelle gestanden: damals beim Abschied von ihrem zwölfjährigen

Sohn Konrad, ehe die Postkutsche ihn zu den Jesuiten nach Dijon entführt hatte. Aufschluchzend floh sie, lief am Broodhuis vorbei; rannte weiter, bis sie die Gasse erreichte, die ihr Ziel war.

Barbara hastete durch die halbdunkle Schlucht unter den vorkragenden Dachgiebeln – plötzlich stutzte sie, prallte erschrocken zurück. An der Stelle, wo sich einst das Handelskontor Peeter van Leydens befunden hatte, gab es nur noch eine Brandruine; der Dachstuhl war eingestürzt, die Fensterlöcher glotzten blind.

Die Mittfünfzigerin starrte auf die rauchgeschwärzten Mauern; dann, als ein Mann sie ansprach, stieß sie ihn beiseite und lief ins Innere des zerstörten Gebäudes. Dort begriff sie: Die Tragödie, die sich hier abgespielt hatte, mußte etwas mit Konrads Tod zu tun haben! Sie wankte; es sah aus, als würde sie zusammenbrechen – aber da war unvermittelt eine andere Frau da und hielt sie fest.

»Mutter, du?!« vernahm Barbara eine ungläubige Stimme; mit dem nächsten Lidschlag erkannte sie ihre Schwiegertochter.

In Annes Armen beruhigte sie sich ein wenig; ließ sich danach in das Haus schräg gegenüber bringen, wo die junge Witwe, wie es schien, mit ihren Töchtern untergekrochen war. Jemand flößte der Grauhaarigen eine bittere Flüssigkeit ein: Kräuterabsud mit Genever. Nachdem sie sich einigermaßen erholt hatte, wollte Barbara zunächst ihre beiden Enkelkinder sehen; anschließend erfuhr sie von ihrer Schwiegertochter, wie Konrad ums Leben gekommen war.

»Ich kann es dir nicht länger verschweigen«, begann Anne. »Mein Gatte wurde demjenigen immer ähnlicher, der einst dir das Dasein zur Hölle machte. Seit Jahren schon war Konrad dem Alkohol verfallen, und nach seiner Beförderung zum Hauptmann wurde es daheim und auf den Banketten immer schlimmer. Aberwitzige Duelle und wüstes Hasardspiel kamen hinzu; wahrscheinlich bildete er sich ein, er müsse auf diese Weise einem anderen, einem sogenannten Helden nacheifern – du verstehst?«

Sie brach ab; erst als Barbara nickte, sprach sie weiter: »Es war krankhafter Ehrgeiz, der ihn zu seinem Tun trieb. In tiefster Seele jedoch, da bin ich gewiß, wollte er gar nicht Soldat sein. Insgeheim fürchtete er sich vor dem grausamen Kriegshandwerk, deswegen brauchte er den Schnaps. Mit Hilfe des Alkohols mußte er sich betäuben – bedachte dabei nicht, wie gefährlich das Gift gerade für schwache Menschen ist ...«

Neuerlich verstummte Anne kurz, dann fuhr sie fort: »Oh ja, Konrad war schwach! Trotzdem liebte ich ihn und wollte ihm helfen. Wieder und wieder redete ich ihm gut zu, aber er hörte nicht auf mich. Für ihn zählte nur eins: die fragwürdige Bewunderung, die er aufgrund seines Lebenswandels im Regiment erntete. Einzig das war ihm wichtig, und selbst nach Vaters Tod änderte sich daran nichts. Inständig bat ich Konrad damals, den Dienst zu quittieren und die Leitung des Kontors zu übernehmen, doch er hatte bloß Hohn und Spott für mich übrig. Danach wurden seine Exzesse noch ärger, und vor etwa sechs Wochen, in der Februarmitte, bestand er darauf, in unserem Haus ein dreitägiges Fest zu veranstalten. Ich wehrte mich mit Händen und Füßen dagegen, aber Konrad setzte seinen Kopf durch ...«

Anne kämpfte mit den Tränen. »Er setzte seinen Kopf durch ...« wiederholte sie mit erstickter Stimme. »Sämtliche Brüsseler Offiziere kamen ...« Mühsam faßte sie sich. »Der Schnaps floß in Strömen, und der verfluchte Alkohol trug die Schuld an dem Unglück, das im Morgengrauen passierte. Einer der Betrunkenen torkelte gegen einen Kandelaber und warf ihn um. Ein Vorhang fing Feuer, im nächsten Moment stand die gesamte Fensterfront des Salons in Flammen, und eine Panik brach aus. Ich rannte zur Kammer meiner Kinder, holte sie aus den Betten und lief mit ihnen ins Freie; mittlerweile hatte der Funkenflug das Treppenhaus erreicht. Ich sah, wie ein Rudel Offiziere zum Brunnen draußen im Hof hetzte; vermutlich wollten sie eine Eimerkette aufbauen. Doch kaum einer war Herr seiner Sinne, sie taumelten herum und brüllten wild durcheinander. Und in dem fürchterlichen Trubel kam Konrad am Zisternenrand zu Fall – er stürzte in den Brunnen, der beinahe zwanzig Meter tief ist …«

Eine Weile war nur das Schluchzen der beiden Frauen zu hören, schließlich teilte Anne ihrer Schwiegermutter noch mit: »Das Haus brannte völlig aus, ebenso das Tuchlager. Mit einem Schlag hatte ich nicht nur meinen Mann, sondern auch das gesamte Familienvermögen verloren. Und wenn meine Kinder und ich nicht von mitleidigen Nachbarn aufgenommen worden wären, hätten wir betteln müssen …«

Barbara tastete nach Annes Hand. »Aber ihr habt überlebt! Du, Elvira und Annegret.«

»Das haben wir«, antwortete die jüngere Frau gepreßt. Mit demselben Atemzug begann sie erneut zu weinen; stockend stieß sie hervor: »Und auch das Ungeborene … das ich unter meinem Herzen … trage …«

Erst da begriff Barbara Blomberg das volle Ausmaß des Unglücks, das ihre Schwiegertochter getroffen hatte; zudem wurde ihr klar, was sie nunmehr zu tun hatte.

Einige Tage später, am Grab Konrads, sagte sie zu Anne: »Einst wolltest du mir ein Heim schenken, jetzt möchte ich dir eines anbieten. Komm mit mir nach Colindes, dort ist Platz für uns alle. Und laß uns bald reisen – ehe deine Schwangerschaft allzu weit fortgeschritten ist. Denn dein Baby soll unter dem Dach der Finca zur Welt kommen, das wünsche ich mir von dir.«

Unter dem gescheckten Aprilhimmel umarmten sich die beiden Frauen. Zeit verstrich; der Wind wisperte im noch schütteren Baumlaub, endlich löste sich Anne von ihrer Schwiegermutter und fragte: »Warum willst du das für mich und die Kinder tun? Hast du nicht schon genug Leid ertragen, mußt du denn immer noch weitere Sorgen auf dich nehmen? Sicher, ich hatte gehofft, daß du mir helfen würdest ... vielleicht mit Geld. Doch das andere hätte ich nie von dir verlangt; um so weniger, als du dich so sehr nach einem ruhigen Lebensabend sehntest. Und nun willst du um meinetwillen darauf verzichten; um einer Frau willen, deren Anblick dich außerdem ständig an deinen toten Sohn erinnern würde ...« Anne rang mit sich, dann fügte sie hinzu: »Oder geht es ... gerade um ihn?! Fühlst du dich vielleicht in meiner Schuld, weil Konrad an mir und den Kleinen versagte?! Falls es so wäre, könnte ich nichts von dir annehmen! Gar nichts!«

Lange blickte Barbara Blomberg auf das Grab, schließlich entgegnete sie: »Ich will dir meinen tiefsten Beweggrund nennen! – Ja, ich habe viel Schlimmes erfahren und könnte es dem Schicksal oder Gott – ganz wie du willst – jetzt durch Herzlosigkeit meinerseits heimzahlen. Aber es ist die heiligste Aufgabe des Menschen, das Leid durch Liebe zu überwinden. Einzig auf diese Weise kann verhindert werden, daß sich das Übel von Generation zu Generation fortpflanzt. – Und was Konrad angeht, so wurde er letztlich zum Opfer meines früher so unglücklichen Daseins. Weder du noch ich vermochten ihn zu retten, doch seine Kinder können wir beide vor dem Verhängnis bewahren, wenn wir ihnen all unsere Zuwendung schenken. Deshalb, um der Mädchen und des Ungeborenen willen, solltest du mein Angebot annehmen!«

Die junge Witwe tat es – und bereits in der folgenden Woche bestieg die kleine Reisegesellschaft die Postkutsche nach Brügge. Auf dem Schiff sorgte Barbara dafür, daß Anne, sie und die Kinder eine große, gut ausgestattete Heckkabine bekamen. Dennoch war die lange Überfahrt nach Bilbao sowohl für die beiden Frauen als auch für die siebenjährige Elvira und die dreijährige Annegret kein Zuckerlecken. Doch sie standen die Strapazen durch, und Anfang Mai gingen sie in der nordspanischen Hafenstadt von Bord.

Glücklicherweise hatten sich bei Anne, die nun im fünften Schwangerschaftsmonat war, die ganze Zeit über keine ernsthaften Komplikationen eingestellt; erschöpft, aber gesund langte sie in Colindes an. Dort machte Barbara ihre Schwiegertochter und die Mädchen mit Esteban, Maria und anderen Dorfbewohnern bekannt; spontan kam es zu einem kleinen Begrüßungsfest auf dem Dorfplatz. In der Abenddämmerung dann führte die Grauhaarige ihre Schutzbefohlenen zur Finca am Westkap der Bucht; als sie den »Fels der Witwe« erreichten, sagte Barbara zu Anne: »Hier wirst du dein Kind in Frieden zur Welt bringen!«

***

Etwas mehr als drei Jahre waren vergangen, seit die Einsamkeit Barbara Blombergs ihr Ende gefunden hatte; man schrieb den Juli 1588.

Unruhe erfüllte diesen Sommer! Zehntausende Soldaten und schier endlose Kolonnen von Troßwagen waren während der vergangenen Wochen durch Kantabrien gezogen. Die Häfen waren gesperrt und streng bewacht; in den Städten und Dörfern, wo die Priester tagtäglich Bittgottesdienste zelebrierten, liefen die abenteuerlichsten Gerüchte um.

Die beiden zurückgezogen lebenden flämischen Frauen allerdings hatten sich von der allgemeinen Aufregung nicht anstecken lassen. Nach wie vor war der »Fels der Witwe«

eine Insel des Friedens, und auch an diesem Nachmittag genoß Barbara – fast sechzig mittlerweile – die Beschaulichkeit. Sie saß im Hof der Finca, der halb Patio und halb Kräutergarten war, und blickte aufs Meer hinaus. In Landnähe schimmerten die Wogen im Sonnenlicht; ein Stück entfernt hingegen, seitlich eines Vorgebirges, hing eine tintige Wolkenbank über der See.

Der Widerstreit zwischen Hellem und Dunklem erinnerte die Frau im einfachen Leinenkleid an den Aprilhimmel, unter dem sie und Anne 1585 vor Konrads Grab gestanden hatten. Noch einmal sann sie über ihre damalige Entscheidung nach – plötzlich zuckte sie zusammen. Denn draußen auf dem Ozean schien sich etwas Molochisches vor das blauschwarze Firmament zu schieben.

In einer blasphemischen Prozession bahnten sich Dutzende Kriegsschiffe ihren schäumenden Weg: mächtige Galeonen und Galeassen, dazwischen Rudel von Galeeren. Zahllose Masten und Spieren zernadelten den finsteren Himmel; wie fahle Leichentücher wirkten die Segel, wie Särge die Silhouetten der Schiffsrümpfe und der auf ihnen lastenden Kastelle.

Die Armada! Erschrocken dachte es die Grauhaarige. Die stärkste Flotte, welche die Menschheit je sah! Das mörderische Aufgebot, mit dessen Hilfe Philipp die englischen Protestanten erneut unter die Knute der katholischen Kirche zwingen will!

Lange starrte Barbara; zuletzt übermannte sie der Abscheu. Im selben Moment, da sie den Blick abwandte, fühlte sie, wie eine kleine Hand an ihrem Ärmel zupfte. »Was bedeutet das dort drüben, Großmutter?« fragte der knapp dreijährige Bub, der auf ihrem Schoß eingeschlafen und soeben wieder erwacht war; Angst flimmerte dabei in seinen graugrünen Augen.

»Es bedeutet nichts, mein Liebling, gar nichts!« erwiderte die betagte Frau, auf deren Antlitz sich ausgereifte Schönheit und Weisheit paarten. Beruhigend streichelte sie den goldblonden Schopf des Jungen. »Da draußen treibt bloß der Größenwahn eines Königs vorüber – aber das geht uns nichts an. Wir brauchen so etwas nicht!«

»Nein, das brauchen wir nicht«, antwortete, ganz ernsthaft, ihr jüngster Enkel, den Anne im September 1585 zur Welt gebracht hatte. Tief atmete er auf. »Du hast ja mich, und ich habe dich. Und dann gibt es noch Mama, Elvira und Annegret. Und die guten Menschen im Dorf.«

»Außerdem besitzen wir den Frieden in unseren Herzen«, sagte Barbara; sagte es mehr zu sich selbst als zu ihm. Gleich darauf, als sie sich mit dem Dreijährigen im Arm zurücklehnte, so daß sie beide in der Efeulaube an der Bruchsteinmauer geborgen waren, dachte sie: Doch am allermeisten zählt die Liebe, die ich in deiner Gegenwart spüren darf, Geronimo! In deiner Nähe und in dem Namen, den deine Mutter dir gab – mir zum Geschenk …

Nachwort

Barbara Blomberg lebte noch ein knappes Jahrzehnt friedlich in ihrem Refugium und verstarb am 18. Dezember 1597.

Wahrscheinlich wurde sie zunächst in Colindes beigesetzt; später überführte man ihre sterblichen Überreste nach San Sebastian de Anó: ein Franziskanerkloster in dem altkastilischen Städtchen Santona.

Während der folgenden Jahrhunderte geriet das Grab dort in Vergessenheit, wurde jedoch 1960 bei Bauarbeiten wiederentdeckt. In einer »Art Geigenkasten«, wie es in der Literatur heißt, fand man die Gebeine einer Frau, bei der es sich nur um Barbara Blomberg gehandelt haben konnte.

In Regensburg ist die Erinnerung an die unglückliche Geliebte Karls V. bis heute lebendig geblieben. Ihr Geburtshaus in der Tändlergasse steht noch immer; auch das »Goldene Kreuz« und an dessen Fassade das Gedicht haben sich erhalten.

Glossar

Äquinoktialstürme – Stürme, die zur Zeit des Äquinoktiums – der Tagundnachtgleiche zu Frühjahrs- und Herbstbeginn – auftreten.

Alcalá de Henares – Universitätsstadt östlich von Madrid, nicht zu verwechseln mit dem Dorf Alcalá, in dem Geronimo als Kind lebte. – Zur Handlungszeit des Romans war es durchaus üblich, daß Halbwüchsige eine Hochschule besuchten; sie traten mit etwa zwölf Jahren ein, und es gab Vierzehn- oder Fünfzehnjährige, die bereits das Bakkalaureat (Magisterwürde) besaßen.

Alcazar – Königsburg von Madrid, die auf eine maurische Festung zurückgeht.

Alfanzerei – Narretei, wertloser Schwindel.

Almosenstube – Kleines Gemach im Zugangsbereich eines Klosters, wo Bettler Nahrungsmittel bekamen.

Ärarisch – Staatlich, im Eigentum der Krone.

Apostat – Abtrünniger. Nach theologischem Sprachgebrauch ist ein apostatischer Mensch jemand, der sich von der amtlichen christlichen Lehre oder dem Christentum insgesamt lossagte.

Armada – Diese spanische Flotte, mit deren Hilfe England erobert werden sollte, bestand aus etwa 130 Kriegsschiffen. Da sehr viele davon eine Tonnage und Bewaffnung aufwiesen, wie man sie in dieser Größenordnung bis dahin nicht gekannt hatte, wurde die Kampfkraft der Armada noch höher eingeschätzt als diejenige der Lepanto-Flotte des Don Juan d'Austria. Dennoch wurde die Armada, deren überdimensionierte Schiffe zu unbeweglich und zu wenig seetüchtig waren, besiegt. Der englische Admiral Howard schlug die Armada 1588 bei Calais; auf der Flucht nach Schottland erlitten die Spanier durch Stürme und Havarien weitere Verluste. Nur 76 Schiffe kehrten zuletzt wieder in ihre Heimathäfen zurück.

Autodafé – Ketzerverbrennung. Die wörtliche Übersetzung des Begriffs lautet: Glaubensakt.

Ave Maria – Gebet zur Madonna.

Beginen – Katholische Ordensfrauen, die in den nach ihnen benannten Beginenhöfen (Klostergebäuden) lebten.

Beireiter – Bewaffneter Begleitreiter, welcher die Insassen einer Kutsche beschützen sollte.

Beutelschneider – Taschendieb.

Bi(den)händer – Extrem schweres Langschwert, das mit beiden Händen geschwungen wurde.

Bogomilen – Religionsgemeinschaft, die im 9. Jahrhundert auf dem Balkan entstand und sich schnell bis Westeuropa ausbreitete. In Südfrankreich, wo sie im 13. Jahrhundert von den Katholiken durch eine Reihe von Kreuzzügen ausgerottet wurden, waren die Bogomilen auch als Katharer oder Albigenser bekannt.

Calvinisten – Anhänger des protestantischen Reformators Johannes Calvin (1509–1564).

Chargierter – Offizier.

Courtois – Höfisch, elegant.

Cymru – Wales.

Déjà-vu – Das jähe Gefühl, eine Situation genau so schon einmal erlebt zu haben.

Dezennium – Jahrzehnt.
Doge – Oberhaupt der Adelsrepublik Venedig.
Dörper – Dorfbewohner.
Duero – Fluß in Nordspanien.

Eheschließung vor der Trommel – Minderwertige Soldatenhochzeit, bei der eine Kesselpauke als Altar diente.
Einbecker – Bockbier, welches nach der norddeutschen, für ihre Braukunst berühmten Stadt Einbeck benannt war.
El Cid – Volkstümliche Bezeichnung für den spanischen Nationalhelden Rodrigo Diaz de Vivar (1043–1099), der 1094 das maurische Kalifat Valencia eroberte. Der verklärte El Cid steht für das spanische Rittertum schlechthin.
Engelmacherin – Eine Frau, die Abtreibungen durchführte.
Escorial – Spanischer Königspalast nordwestlich von Madrid.

Fauteuil – Schwerer Lehnsessel.
Feldscher – Wundarzt.
Felonie – Hochverrat.

Galeasse – Zwei- oder dreimastiges Kriegsschiff, das neben den Segeln zusätzlich über Ruderreihen verfügte.
Galeere – Kriegsschiff ohne starke Besegelung, aber mit einer oder mehreren Ruderreihen, das vor allem zum Rammen des Gegners eingesetzt wurde.
Galeone – Großes, hochbordiges Kriegsschiff mit zwei Kanonendecks und drei Masten.
Garotte – Hinrichtungsinstrument, das speziell in Spanien benutzt wurde. Der Delinquent wurde mittels einer Eisenklammer, die um seinen Hals lag und mit Hilfe von Schrauben enger gezogen werden konnte, erdrosselt.
Geusen – Volkstümliche Bezeichnung für die niederländischen Freiheitskämpfer; das Wort bedeutet: Bettler oder

Arme. Man unterschied zwischen den Wassergeusen, die zur See kämpften, und den Landgeusen.

Gildenhaus – Zunfthaus. In solchen Zunfthäusern versammelten sich die Vertreter der verschiedenen Handwerkszweige, der Zünfte oder Gilden.

Griechisches Feuer – Eine in Byzanz entwickelte Chemikalie, die durch Wasser nicht zu löschen war.

Gürtler – Handwerker, der Gürtel und andere Lederwaren herstellte.

Hasardspiel – Kartenspiel um Geld, bei dem die Teilnehmer ein hohes Risiko eingingen.

Heiliges Offizium – Inquisition.

Hieronomiten – Katholische Mönchsgemeinschaft, welche auf den Kirchenlehrer Hieronymus (ca. 347–420) zurückgeht und wie dieser in strenger Askese lebte.

Hornung – Februar.

Hugenotten – Sammelbezeichnung für die französischen Protestanten.

Hurenwaibel – Feldwebel, dessen Aufgabe es war, das Regimentsbordell zu betreiben.

Kantabrien – Region an der nordspanischen Küste westlich von Bilbao.

Kap Crotone – Landmarke an der östlichsten Spitze von Kalabrien.

Kap Tres Forcas – Das Kap liegt an der Mittelmeerküste des heutigen Marokko.

Karmeliten – Katholischer Mönchsorden. Bei den Verbrennungen der niederländischen Protestanten spielten die Karmeliten eine besonders schlimme Rolle.

Konventikel – Religiöse Zusammenkunft, zumeist im verborgenen.

Letzte Ölung – Katholisches Sterbesakrament.

Ludwig der Heilige – König Ludwig IX. von Frankreich (1214–1270). Er führte den sechsten und siebten Kreuzzug an, welche beide im Desaster endeten; ebenso rottete er die südfranzösischen Katharer fast völlig aus. Von der katholischen Kirche wurde Ludwig IX. als »außerordentlich verdienstvoller Glaubenskämpfer« schon kurz nach seinem Tod heiliggesprochen.

Manneken Pis – Berühmtes Wahrzeichen Brüssels, nachgewiesen seit 1388, das einen nackten urinierenden Knaben zeigt.

Marienmonat – Mai.

Marrane – Von der katholischen Kirche zwangsgetaufter spanischer Jude oder Maure.

Marterkreuz – Hohes Kruzifix, zumeist in der freien Natur, das zur Erinnerung an die Leiden Jesu mit allen möglichen Waffen und Folterwerkzeugen behangen war.

Montserrat – Berg in Nordostspanien mit berühmtem Wallfahrtskloster, wo einer christlichen Überlieferung zufolge einst der Gral aufbewahrt gewesen sein soll.

Morion – Visierloser Helm mit hohem Metallkamm und einem breit ausladenden Steg am unteren Rand.

Niedere Weihen – Vorstufe zur Priesterweihe in der katholischen Kirche.

Nordgau – Historische Bezeichnung für die heutige Oberpfalz.

Nordwald – Bayerische Bezeichnung für den Böhmerwald.

Oberfeuerwerker – Befehlshaber einer Artillerieeinheit. Die gewöhnlichen Artilleristen wurden als Feuerwerker bezeichnet.

Orden vom Goldenen Vlies – Adelsbund, der 1429 gestiftet wurde. Seine Mitglieder trugen einen toten, schlaff nach unten hängenden goldenen Widder an der Ordenskette.

Percheron – Kaltblütige Pferderasse, die in der französischen Grafschaft Perche gezüchtet wurde. Die ungewöhnlich starken Tiere eigneten sich optimal dazu, einen gepanzerten Reiter im zentnerschweren Plattenharnisch zu tragen.

Petschaft – Siegel.

Pfründner(in) – Pensionär(in).

Plätte – Großer Flußkahn mit flachem Boden, der zum Gütertransport diente.

Portepee – Quaste oder anderes auffälliges Abzeichen am Schwertgriff, das Offizieren vorbehalten war.

Profos – Für die Militärgerichtsbarkeit zuständiger Offizier. Er wurde auch als Stock- und Scharfrichter bezeichnet, weil er, unter anderem, die Prügel- oder die Todesstrafe über die Delinquenten verhängen konnte.

Purgatorium – Fegefeuer; im übertragenen Sinn auch Qual.

San Jago – Sankt Jakobus, spanischer Nationalheiliger.

Schaller – Runder Helm mit schmalem, waagrechtem Visierschlitz.

Schmalkaldischer Bund – Allianz protestantischer deutscher Fürsten und Reichsstädte gegen den katholischen Kaiser. Der Bund stand unter Führung des Kurfürsten Johann von Sachsen und des Landgrafen Philipp von Hessen. Mitglieder waren unter anderem auch die Städte Frankfurt/Main, Ulm, Augsburg und Straßburg.

Schöngürtlerin – Dieser Beiname der Sibylle Pluemberger ist historisch verbürgt. Die Gattin des Gürtlermeisters Wolfgang Pluemberger soll, ähnlich wie ihre Tochter Barbara, eine außerordentliche Schönheit gewesen sein.

Schute – Kleines Küsten- und Binnenschiff.

Segovia-Protokoll – Dieses Dokument aus dem Jahr 1566 ist historisch und kirchengeschichtlich höchst entlarvend. König Philipp II. von Spanien rechtfertigt (!) sich darin gegenüber dem Papst für die ihm von den Niederländern aufgezwungene Toleranz und entschuldigt (!) sich für die vorübergehende Aufhebung der Inquisition. Weiter versichert Philipp dem Oberhaupt der römischen Kirche, daß ihn selbst »der Ruin aller jener Länder« nicht daran hindern könne, »das zu tun, was ein christlicher Fürst tun muß zum Zeugnis seines katholischen Glaubens und der Macht und Ehre des apostolischen Stuhls«.

Skylla und Charybdis – Begriff aus der antiken Mythologie, mit dem die gefährliche Schiffspassage zwischen Sizilien und dem süditalienischen Festland (Straße von Messina) bezeichnet wurde. Es ging die Sage, daß dort ein Ungeheuer lauere, das die Seeleute verschlinge.

Sodomitische Sünde – Geschlechtsakt in ungewöhnlichen, von der Kirche geächteten Stellungen oder auch homosexueller Verkehr.

Tedeum – Feierlicher Sakralgesang.

Teresa von Avila – Spanische Nonne und Mystikerin (1515–1582). Sie war von fanatischem Glaubenswahn besessen, der eindeutig pathologische Züge trug. So verstieg sie sich etwa dazu, den Eiter von den Geschwüren Aussätziger zu lecken und dies als tiefstes christliches Entzücken zu bezeichnen. Die katholische Kirche verehrt Teresa als Heilige und seit 1970 (!) auch als »Kirchenlehrer«, wie die offiziell im Vatikan gebrauchte Bezeichnung lautet.

Thomas de Torquemada – Katholischer Großinquisitor für Kastilien. Er stand damit praktisch der spanischen Inquisition vor, der er im Auftrag des Papstes ihre endgültige Organisationsform gab. Torquemada lebte von 1420 bis 1498.

Torre de los Lujanes – Einer der ältesten Türme Madrids.

Trireme – Großes Kriegsschiff mit drei übereinanderliegenden Ruderreihen.

Waibel – Feldwebel, Sergeant.

Wallbüchse – Kleinkalibrige Kanone.

Welsch, Welscher – Italienisch, Italiener.

Wiedertäufer – Anhänger einer religiösen Bewegung der Reformationszeit, die sich in ihrem Glauben allein an den Evangelien und nicht an der amtskirchlichen Theologie zu orientieren versuchten.

Wilhelm von Oranien – Der in Deutschland geborene Adlige (1533–1584) war ab 1559 Statthalter der niederländischen Provinzen Holland, Seeland, Utrecht und Westfriesland und als solcher zunächst katholisch und königstreu. Die Greueltaten der Spanier bewogen ihn aber bald zum heimlichen Widerstand gegen Philipp II., ab 1567/68 dann zum offenen Kampf. 1573 trat Wilhelm zum Calvinismus über und erstritt bis 1581 die Freiheit der nördlichen flandrischen Regionen. 1584 fiel er dem Attentat eines Jesuiten zum Opfer.

Zehntbuch – Steuerbuch.

Zelter – Pferd mit besonders ruhiger Gangart (Tölter).

Zeughaus – Waffenarsenal.

Inhalt